陶渊明的幽灵

悠悠柴桑云

鲁枢元 著

·全新修订版·

上海文艺出版社
Shanghai Literature & Art Publishing House

序：悠悠柴桑云

我喜欢"柴桑"这个词，读起来昂扬，看起来有象。细品之："柴"关炊事，"桑"系服饰，平常人家的日用全在其中了。

我喜欢"柴桑"，更因为它是陶渊明的故里。

唐宋以来，陶渊明声名大振，"处士柴桑屋，将军细柳营"，柴桑成了文化人尤其是诗人朝拜的圣地。唐代著名诗人王勃、王维、李白、杜甫、孟浩然、王昌龄、韦应物、刘禹锡、王之涣、孟郊、贾岛、韩愈、柳宗元、白居易、李商隐都曾来过柴桑。宋代文化人探访柴桑留下许多吟诵咏叹。苏东坡是陶渊明的"超级粉丝"，一生将陶渊明视为楷模，以敬陶、慕陶、继陶为己任。他在访问陶渊明的故乡时曾写下这样的诗句："柴桑春晚思依依，屋角鸣鸠雨欲飞。昨日已收寒食火，吹花风起却添衣。"这首诗中也写到吃饭穿衣，像陶诗一样家常。王安石与苏轼政见不合，对陶渊明的敬仰不遑多让，失意时曾写下"柴桑今日思元亮，穷通何必较功勋"以自慰。陆游写诗深度阐释陶渊明："柴桑自有归来意，枉道人间不见容"，道出陶渊明回归田园本出自内在天性的需求，无关世间炎凉。辛弃疾晚年仿效陶渊明躬耕南亩，"若教王谢诸郎在，未抵柴桑陌上尘"，对庙堂达官贵人的轻蔑见之言表。还有一位宋代诗人竟发愿"一卷南华一炷香，柴桑可葬死何妨"，一旦闻道便真可以"视死如归"了！

陶渊明竟拥有如此强劲的感染力，这力量来自何处？来自"自然"。梁启超曾经一口气连用七个"自然"赞誉陶渊明，说他天性自然，崇尚自然，亲近自然，全身心地融入自然，自自然然地吟咏他心目中的自然，并且由于让生命因应自然而获得最大限度的个体自由，从而为人们在天地间的生存提供一个素朴、优美的范例。如果你承认自然的伟大，那么你就不会不承认诗人陶渊明的伟大。

"欲识此翁高绝处，一心长在白云间"，比起那些改朝换代、战天斗地的英雄豪杰，陶渊明不过是大自然中的清风白云。

"清风""白云"，是什么？

直白地讲，"清风""白云"即万物赖以生生不息的"大气"；往深处讲，"清风""白云"又象征着人类的精神空间，一个民族独具的灵魂与神韵。清风吹拂大地，白云舒卷长空，亘古长存，亘古常新。

进入现代社会以来，工业化、商业化、城市化的滚滚红尘不但污染了自然，也污染了人心，污染了人的精神世界。在这个天空毒雾腾腾、大地污水漫漫、人心物欲炎炎的时代，人们更需要陶渊明的清风白云，来荡涤、清洁自己的心灵与胸襟。

当年为了撰写《陶渊明的幽灵》，我曾来到江西九江县、星子县一带考察陶渊明的形迹，探访了栗里、东皋、斜川、虎溪、醉酒石、康王谷、靖节祠、陶公墓，这些文化遗存都在古时柴桑属地。

从此我竟与柴桑结下情缘，并结识了柴桑故里诸多乡贤。十年之内我曾五下柴桑，庆云峰下聚友问道，千年古刹听经坐禅，康王谷中探花寻径，柴桑桥头指点南山，醉酒石边踏月起舞，落星墩前驾风行船。有一次还偕同美国克莱蒙特大学城的几位教授与万杉寺的高僧纵谈佛法与过程哲学，以期共建生态寺院。那时节，我们就住在栗里陶渊明醉酒石旁的一座山庄里。

古人有句："行到水尽处，坐看云起时"，好像是谶语，似乎也是预言。现代人类社会高歌猛进数百年后，不料竟遭逢严重的生态危机，自然资源已经濒临"山穷水尽"的地步，人类是该停下脚步认真反思自己的所作所为了。那么且请就地坐下，回顾一下我们先人陶渊明清风白云般的自然人生，也许在那悠悠白云深处正蕴含着宇宙的真意、生命的启示。

2020 年 5 月·紫荆山南

目 录

序：悠悠柴桑云 /1

第1章：伟大诗人陶渊明

陶渊明与秦始皇在人类价值的天平上 /4

梁启超连用七个"自然"赞美陶渊明 /13

"人与自然"是一个元问题 /21

一团氤氲混沌的元气 /31

在自然中诗意栖居 /38

第2章：陶渊明的自然人生

神仙是完全融入自然的人 /50

陶渊明名字的玄机 /72

知白守黑是陶渊明的人生准则 /81

人与自然和谐共处 /91

让自然在灵魂里放光芒 /105

第 3 章：陶渊明的海外盟友

生态时代陶渊明将走向世界　/ 123

欧洲浪漫主义的"精神祖先"　/ 134

陶渊明的海外"自然盟友"　/ 149

陶渊明与卢梭：向自然人回归　/ 167

陶渊明与梭罗：营造诗意的梦幻　/ 182

艰辛历程：浪漫主义在现代中国　/ 198

第 4 章：陶渊明成了时代的亡魂

历史是人类的精神现象学　/ 224

"自然之维"的百年遗漏　/ 236

陶渊明诗歌的源与流　/ 250

时代的误读与狙击　/ 269

现代工业社会的亡灵　/ 295

第 5 章：陶渊明与当代人的生存困境

现代人能否求助一个"幽灵"　/ 316

达人善觉：樊笼隐喻与规训社会　/ 323

归去来兮：回归哲学与进步论　/ 334

素心清谣：清贫自守与消费社会　/ 349

悠悠南山：闲逸散淡与劳动伦理　/ 362

长吟陇亩：田园诗与农业文明　/ 378

桃源情结：东方乌托邦与后现代浪漫　/ 395

跋：魂来枫林青　/ 411

第 1 章

伟大诗人陶渊明

中国古代诗人陶渊明传世的作品并不多,为什么却在灿若星河的中国文学史中能够获得如此崇高的地位,被誉为"千古一人"的伟大诗人?

这是因为陶渊明的人生、陶渊明的诗歌能够与自然融为一体。

自然是什么?在中国传统文化精神中,自然不仅仅是现在人们经常挂在嘴边的"自然界"。老子《道德经》中说"道法自然",这个"自然"就是"道"本身,是关于整个宇宙的图像与奥义!

诗人陶渊明天性自然,崇尚自然,亲近自然,全身心地融入自然,自自然然地吟咏他心目中的自然,并且由于让生命因应自然而获得最大限度的个体自由,从而为人们在天地间的生存提供一个素朴、优美的范例。

如果你承认自然的伟大,那么你就不会不承认诗人陶渊明的伟大。

陶渊明与秦始皇在人类价值的天平上

我们的中国文学史教材中总说："伟大诗人陶渊明"，怎么伟大，伟大到什么程度，用什么尺度来衡量？这里我不想作学术性的论证，只想运用模糊的考量，即以古人在后人心目中的印象、或曰民众的"口碑"，判断其历史地位的高低，那么陶渊明的名声倒是可以与高高在上的秦始皇一较高下。

国人自古以来就把"名垂千古"视为至高无上的荣耀，看作一个人在历史长河中的身份地位。那"青史"，可以铭记在史册中，也可以流播于一代代后人的口碑上。

秦始皇历来被史书评为"千古一帝"，中国政治舞台上高度集权的"专制之始"，汉、唐、宋、元、明、清历朝历代莫不追随其后；而陶渊明则被誉为诗苑的"千古一人"，"诗人中的诗人"，时序更迭，柳、韦、苏、黄、辛、陆皆致力效仿。秦始皇被史家称作帝国的"传玺之始"；陶渊明则被称为诗界的"传灯之祖"。撇开文史学家的评语，即使在民间流传的草根文化中，知道秦始皇的人，大约就会知道陶渊明；知道"焚书坑儒"

典故的人，也不会不知道"桃花源"的故事。早年梁启超论及陶渊明时，似乎感到一切赞誉之辞都无以表达，于是便突兀地冒出一句大白话："这位先生身份太高了！"[1] 这里的"身份"，当然不是职位的大小，即使陶公仍然做他的彭泽县令，也无法与朕即天下的"始皇帝"相比。这里的"身份"显然是指"历史地位"及"人格品位"。

如果进一步考较，两个历史人物对于建树各自显赫历史地位所付出的个人努力以及社会成本，又是如此的悬殊。

秦始皇"奋六世之余烈"，毕一生之心血，耀武扬威，攻城掠地，往往血流漂杵，终于挣得"秦始皇"这一称号。据《史记·六国年表》统计：秦国为统一六国发动的战役共93次，其中有斩首记录的22次中已达181万颗，那可是真正要把人头砍下来才算数的！加上未统计的71次，杀人总数该在400万左右，而当时中国的户籍人口不过4000万，死人在十分之一！所谓"强秦"，实际上已成为一架效率极高的斩首机器，人们参观西安秦始皇陵墓的兵马俑方阵时，切不可忘记这段历史的血腥。秦始皇囊括四海、并吞八荒之后，为使"天下宾服"，在"端平法度""建置规章"，实施"车同轨""书同文"的同时，还制定惨烈的刑罚：或磔，或劓，或刖，或宫，或枭首、车裂、剖腹、镬烹，以严酷的专政手段大树特树自己的绝对权威。他抢

---

[1] 梁启超：《陶渊明》，商务印书馆民国十二年版，第3页。

占了三皇五帝的先机，垄断了"朕"与"玺"的用法。为了生时的显贵与死后的哀荣，他巡游四方，刻石铭功，动辄"发刑徒数十万"大兴土木，兴建穷极天下奢华的行宫与寝宫，几乎砍光了川、湘、鄂的古树珍木。为了这个"始皇帝"，其个人与整个中华民族，都是付出了巨大代价的。

相对于"千古一帝"的秦始皇，"千古一人"的陶渊明其历史地位的获得似乎要"轻易"得多，不过是喝喝酒、读读书、种种庄稼、聊聊天，写些关于南山、菊花的诗，或抚弄一番那张"无弦琴"，平常得几乎不能再平常，自然得不能再自然了。说是诗人，留下的诗文总共不过百十篇。

将秦始皇与陶渊明如此比较，结论显得很有些离奇，就好像是一架天平——人类价值的天平上，一端是一座巍峨的城堡或宫殿，一端则是一缕清风、一片白云，而那天平竟然没有显示出太多的偏斜。

一般人凭直觉当然还是会觉得那位皇帝要更"重"些，这位诗人毕竟要"轻"一些。其实未必。秦始皇的名声自古以来就存有争议，长期以来"毁誉参半"，甚至"毁"多于"誉"。1949年中华人民共和国成立后，在国家主席毛泽东的推举下曾一度身价倍增，"文革"结束后便又急剧下跌。而陶渊明除了"文革"期间与所有古代圣贤暂时倒霉之外，则始终"誉满天下"。长期以来人们对于社会历史的书写，太过于重视政治、经济、军事之类有形体、有重量的东西，而忽视了人类精神空间的清风和白云。这样的历史观已经积攒下太多的问题。

所谓"清风""白云",是什么?

直白地讲,"清风""白云"就是不久前哥本哈根会议上让一百多位国家首脑百般无奈的"大气",是天地自然间万物赖以生生不息的基质;往深处讲,"清风""白云"无疑又象征着人类的精神空间,一个民族独具的灵魂与神韵,属于人类的内在自然。"清风""白云"看似轻、虚、柔、弱,比起那些由砖瓦木石乃至钢筋水泥构建的楼台殿堂,决不会更不重要。在人类历史的天平上,如果说作威作福的秦始皇代表的是"人事",那么,清净本真的陶渊明代表的就是"自然",陶渊明的伟大也是因为他代表了"自然"一方。

若是以"人与自然"的总体尺度评价,陶渊明与秦始皇恰恰代表了不同的世界观、人生观。关于这个话题,当代哲学家金岳霖先生曾经有过精到的论述。

金岳霖先生49岁访美期间,在剑桥大学、芝加哥东方学院用英语写下《道·自然与人》一书。该书试图用西方学术界熟悉的话语介绍中国传统文化精神,在"自然和人"一章,他列举了"素朴人生观""英雄人生观""圣人人生观"的说法,并一一加以分析论证。

素朴人生观:
一个具有素朴人生观的人是这样的一个人,他具有孩子气的单纯性,这种单纯性并不是蠢人或笨伯的单纯性。它表现为谦和,虽然具有欲望却不为欲望所控制,有明显的自我意识却没有自我中心论。正因为如此,所以具有单纯性的个人不会因为胜利而得意忘形,也不会因为失败而羞愧万分。

就他本人来说,他完全地意识到自己的责任就是保持他的自我。就他的环境和同胞的方面来说,他对于他们要求甚少,因此他也不可能为他们所牵累。他也不疏远他们。这样的人生观引导他达到经常被称之为心灵的平和的境界。[1]

在金岳霖看来,素朴的人生观仍葆有更多的天真,它是混沌未开的、天人未分的、人与自然合而一体的,更接近于童真、童趣、人类的童年。它同时又是自主的、自足的,对外物少有欲求,因此也少有依赖,故常能做到心境平和、宠辱不惊。

英雄人生观:

具有这种人生观的人可能在内心中燃烧着由人来征服纯粹客观自然的热情,而且为强烈的情感所驱动来达到征服自然的目的。在这里,实在被两分化为纯粹的客观自然

---

[1] 参见金岳霖:《道·自然与人》,生活·读书·新知三联书店2005年版,第157—158页。

和人。人所着迷的是要征服纯粹的客观自然。如果从纯粹的客观自然的角度来看，直到今天胜利是属于人；但是从纯粹人类的角度来看，问题却并没有这样的确定。事情很可能是这样的，胜利者本人结果同样会成为失败者。

英雄人生观的另一种表现形式便是自我中心论……成功所需要的素质是感觉的敏锐，计划的熟练，抓住机遇的能力和执行自己计划的冷酷无情；虽然作为结果的成功可能有时是正确的，但是却不包含任何深刻的人生的意义；然而由于人们在什么是成功方面没有达成统一的看法，所以人们可能会认为无情的、有能力的和成功的人就是英雄。在某种重要的意义上说，他们确实是英雄。许多伟大的政治家、士兵或实业家或者甚至某些宗教家就是具有这样的英雄人生观的人……他们是战争的胜利者，而不是和平的维护者。[1]

这就是说，英雄人生观是一种"内与外""物与我"高度分化了的人生观，人已将自己游离于自然之外，凌驾于他人之上，将外部世界看作自己的对立面，是务必征服的对象。这样的人胸怀大志、能力高超、富于心计、意志坚强，杀伐果断往往近乎冷酷无情。他们为了事业的成功不畏艰险、不怕牺牲、赴汤

---

[1] 金岳霖：《道·自然与人》，生活·读书·新知三联书店2005年版，第158—159页。

蹈火在所不惜。这样的人勇于改造世界、推动历史前进。金岳霖先生指出，英雄人物辈出不穷，说明他们是必不可少的，如果人类的文明没有众多的英雄人物，可能就会停留在静止状态。但英雄人生观只不过是人类本性的一个方面，仅仅有他们，则是不充分的。

圣人人生观：

圣人的人生观在某些方面类似于素朴人生观，所不同的在于它的明显的素朴性是得自于高级的沉思和冥想。具有圣人观的人的行为看起来就像具有素朴人生观的人一样素朴，但是在这种素朴性背后的训练是以超越人类作用的沉思为其基础的，这就使得个人不仅仅能够摆脱自我中心主义，而且也使他能够摆脱人类中心主义。

惟一可行的方式就是认识到自己的命运，以一种比仅仅是社会的和政治的意义更为广泛的和平的心态来对待自己生命中的位置。他所需要的不是上帝的信徒那样的圣洁，因此能够超越人，而是包含有超越人的纯粹自然方面的敏锐智力，使他能够接近人所包含的自然，这样的自然就是天。在他那里，客观自然和主观自然是统一的，这样的统一就是和谐。[1]

---

[1] 金岳霖：《道·自然与人》，生活·读书·新知三联书店2005年版，第159、162页。

金岳霖认为圣人人生观类似于素朴人生观，却又超越了素朴人生观，那是人们以"高级的沉思和冥想"获致的结果。拥有圣人人生观的人不但摆脱了自我中心，也摆脱了人类中心，重新与天地合契，与自然和谐。他们可能拥有权力，却不误用权力；可能拥有财富，却不误用财富，拥有知识但不误用知识；拥有智慧，更不滥用、误用智慧。他们虽然超出了一般人，却又完全融入日常生活里的一般人，看上去与左邻右舍的张大爷、李二叔一样。他们平和地对待自己的命运，追慕的是心灵的宁静、洁净与社会的安定、和谐。他们的生活可能是清贫的，但精神内涵是素朴的、自然的，并不缺乏幸福与诗意。

不难看出，金岳霖先生反复阐释的圣人人生观，也正是陶渊明所持守的人生理念。

纵观人类历史，无论东方西方，可谓英雄无数，而圣人则寥寥无几。英雄成事也败事，圣人则无为无不为。现代社会危机四伏、灾难联翩，多与英雄们的"丰功伟绩"相关。

在对三种类型的人生观进行具体的剖析之后，金岳霖指出：从古希腊神话时代或圣经时代起，"西方世界里英雄人生观一直占据统治地位"，它的基本原则是"个人中心""人类中心"。英雄人生观使西方社会在政治、经济、军事方面创造出"辉煌的成就"，"范围极其广泛"，"意义十分巨大"。但同时，这种人生观也就表现出极大的"破坏性"。表现在生态方面，"人对自然的主宰"已达到极致，"客体自然"消失殆尽，现代人几乎完全生活在"人造环境"的囚笼中,这种改造自然、推动人类社会飞速发展的力量,有时不能不"令人毛骨悚然"。

世界变化的速度和效率,令人好奇和敬畏。但是考虑到所要达到的目的,人们却总也放不下类乎南辕北辙的担忧。每一个人都处在重压之下,束手无策,被无数的不断增长的欲望折磨着。最后的结果,也许还是最好的结果:即使传统意义上的贫穷苦难渐渐消失,也并不意味着期待之中的幸福就一定到来。

那还是在六十多年前,金岳霖,这位中国现代逻辑学的开山之人,在他的逻辑链条上悉心推演之后,针对时代的弊病最终得出的以下结论:地球上光有"英雄"是不够的,还应当有"圣人"。他说:"社会方面和个人方面的麻烦不在于我们生活所在的星球,而在于我们自己,而且为了防止社会机体被即将要影响整个世界的英雄观所控制,很有必要以圣人观来救治英雄观。"[1]

英雄立足于人间世,圣人常存在天地间,谁个堪称伟大,其实已经并不难分辨。

---

[1] 金岳霖:《道·自然与人》,生活·读书·新知三联书店 2005 年版,第 163 页。

梁启超连用七个"自然"赞美陶渊明

在中国文学史中,诗人陶渊明不但作品数量不多,人生阅历也并不复杂,但其诗文广为流布,其人格备受尊崇,其文学地位无以复加,则是因为他所拥有的丰富的精神内涵。

什么是陶渊明的精神内涵?前人已经概括出许多,如:散淡、旷达、狷介、率真、平易、质朴、宁静、冲默、乐天委分、随缘自适、固穷守节、委运任化……这些固然都可以成立,但假如进一步概括,更贴切的还是"自然",即中国传统文化精神意义上的"自然","自其然也",是天地万物存在的一种本真、本源状态,与"天""道"同义,一如金岳霖先生在美国讲学时强调的那种拥有"神性"的自然。

梁启超:"渊明何以能够有如此高尚的品格和文艺?一定有他整个的人生观在背后。他的人生观是什么呢?可以拿两个字来概括他:'自然'","他并不是因为隐逸高尚有什么好处才如此做,只是顺着自己本性的'自然'","'自然'是他理想的天国,凡有丝毫矫揉造作,都认作自然之敌,绝对排除。他做人很下艰苦功夫，目的不外保全他的'自然'。他的文艺只是'自然'的体现，所以'容华不御'恰好和'自然之美'同化。"[1]这一段话中，梁任公竟一连用了七个"自然"，表达他对陶渊明"自然精神"不容置疑的肯定。这里的"自然"，相当于"自在"，接近于自由。因此，梁启超接着又说："爱自然的结果，当然爱自由"，这导致陶渊明一生都是为了追求精神生活的独立而拒绝外界的利诱与胁迫，从而进入一种自然、自在、自由的精神境界。

胡适在其《白话文学史》中以不容置疑的口气判定："陶潜是自然主义的哲学的绝好代表者。他一生只行得'自然'两个字。"[2]

朱自清认定"陶诗里主要思想实在还是道家"，"道法自然"，前人所论陶诗"真淳"，同样是语出老、庄。"真者，所以受于天也，自然不可易也。"（《庄子·渔夫篇》），"淳"，"民无所争竞，宽大淳淳"（王弼：《老子道德经注》），其义皆不外乎"自然"。[3]

郑振铎在他的《插图本中国文学史》中一再赞美陶渊明是一位"真实的伟大的天才"，一位"天真""自然"的人，就像出污

---

[1] 梁启超：《陶渊明》，商务印书馆民国十二年版，第25—26页。
[2] 胡适：《白话文学史》，安徽教育出版社2006年版，第94页。
[3] 朱自清：《古典文学论文集》（下册），上海古籍出版社2009年版，第569页。

泥而不染的荷花、展翅于晴空的孤鹤、静挂于夜空的朗月。[1]

胡云翼在其《新著中国文学史》中如此评价陶渊明："陶潜的思想，虽说很有点儒家的忠义气分，但他受老庄一派哲学的陶冶很深，成为一个自然主义的人生观者，是一个乐天派的文学家。"[2]

朱光潜以法国自然主义哲学家卢梭"所称羡的'自然状况'"解释陶渊明的《桃花源记》，认为这是一个典型的农业时代的"淳朴乌托邦"。继而，他又以克罗齐的心理美学思想评述陶诗，认为在中国文学史上陶渊明的崇高地位只有屈原、杜甫可以与之相比并，且三人艺术境界之高下各有千秋，"渊明则全是自然本色，天衣无缝，到艺术极境而使人忘其为艺术"[3]。在"自然本色方面"，陶诗如"秋潭月影，澈底澄莹"，不但杜甫显得"时有斧凿痕迹"，苏东坡更是"小巫见大巫"。

在20世纪前期论及陶渊明的人文学者中，陈寅恪的阐发别具一格，他在仔细地剖析了陶渊明的《形影神》《归去来辞》《五柳先生传》等诗文后指出，陶渊明的核心思想既排斥儒家传统的"名教说"，也不同于当时社会上流行的"自然说"，而是开创了一种新的自然说，"渊明虽异于嵇、阮之旧自然说，但仍不离自然主义"。"新自然主义之要旨在委运任化。夫运化亦自然

---

[1] 郑振铎：《插图本中国文学史》（上册），北京出版社2001年版，第181页。
[2] 胡云翼：《胡云翼重写文学史》，华东师范大学出版社2004年版，第58页。
[3] 朱光潜：《朱光潜美学文集》第2卷，上海文艺出版社1982年版，第224页。

也,既遂顺自然,与自然混同,则认为己身亦自然之一部,而不须更别求腾化之术,如主旧自然说者之所为也。"陈寅恪认为陶渊明身体力行的这一"新自然说","惟求融合精神于运化之中,即与大自然为一体。"其意义在于为千年之后道教吸取禅宗精华以改进其教义,起到了"孤明先发"的作用。[1]

20世纪80年代以来的中国文学史书写中,把陶渊明作为"自然主义诗人"予以高度评价的,可以章培恒、骆玉明主编的三卷本《中国文学史》为代表:"陶渊明的思想,是以老庄哲学为核心,对儒道两家取舍调和而形成的一种特殊'自然'哲学。他心目中的理想社会,是一种'自然'的社会。""'自然'哲学的这一内涵,在田园诗中以美好的形象表现出来。""'静穆'是在'自然'哲学支配下构造出的美学境界。""归结起来,陶渊明的社会观和人生观都以'自然'为核心。"[2]

再往古代追溯,以"自然"品评陶渊明其人其文,更是众口一词。

在朱熹看来众人所推重的"陶诗平淡",那平淡只不过是外现的一种风雅,而骨子里则是"出于自然","后人学他平淡,便相去远矣。""陶渊明诗所以为高,正是不待安排,胸中自然

---

[1] 陈寅恪:《金明馆丛稿初编》,生活·读书·新知三联书店2009年版,第225、229页。
[2] 章培恒、骆玉明主编:《中国文学史》(上卷),复旦大学出版社1995年版,第356、359、360页。

流出。"他同时指出苏东坡虽然才华横溢,他的那些和陶诗正因为拘泥于"篇篇句句依韵和之",反而"失其自然之趣"。[1]

宋代另一位诗人陈模对于陶诗气象、渊明人品,同样追溯到"自然"的本源。他说:"渊明人品素高,胸次洒落,信笔而成,不过写胸中之妙尔,未尝以为诗,亦未尝求人称其好,故其好者皆出于自然,此其所以不可及。"[2]

明代王世贞在其《艺苑卮言》中赞赏陶诗"清悠澹永,有自然之味",乃是有一种天地境界的深沉"大思","后人苦一切深沉,取其形似,谓为自然,谬以千里。"

明代诗评家许学夷在《诗源辩体》中论"陶诗真率自然",一唱三叹,尤为突出,照录如下:

> 五言自汉魏六朝,皆一源流出,而其体渐降。唯陶靖节不宗古体,不习新语,而真率自然,则自为一源也,然已兆唐体矣。靖节诗真率自然,自为一源,虽若小偏,而文体完纯,实有可取。靖节诗真率自然,倾倒所有,晋、宋以还,初不知尚,虽靖节亦不过写其所欲言,亦非有意胜人耳。靖节诗乃是见理之言,盖出于自然,而非以智力得之。靖节悲欢忧喜,皆于自然,所以为达。[3]

---

[1] 转引[清]陶澍集注《靖节先生集》《诸本评陶汇集·朱熹论陶》。
[2] [宋]陈模:《怀古录》(清抄本·卷上)。
[3] [明]许学夷:《诗源辩体》(手稿本·卷六)。

第1章:伟大诗人陶渊明

清代乾隆年间的诗坛盟主沈德潜在对陶渊明、谢灵运的诗歌创作比较分析时指出：陶诗的不可及处在真在厚，其奥秘在于"合下自然"；而谢诗的不可及处在新在俊，其苦心的经营，则是"反于自然"的。[1]

乃至晚清朱庭珍《筱园诗话》中对"陶诗自然"的评价，更是崇尚有加，并以此引发一篇高论："陶诗独绝千古，在自然二字……元气混沌，天然入妙，似非可以人力及者。盖自然者，自然而然，本不期然而适然得之，非有心求其必然也。"[2]

《陶渊明集》中，他本人提及"自然"的地方仅四处，从字面上看不能算多，但于题旨上皆属关键。

一是在他38岁时因生母孟氏下世，辞官居丧柴桑老家，由生母而念及外祖父孟嘉，在其撰写的《孟府君传》中记述了外祖父关于"丝不如竹，竹不如肉"的见解："渐近自然"。这里的"丝""竹"已经不是纯粹的自然物，而是经过加工制作的"乐器"；而"肉"，则是指"人声"，即生命体直接的发声，更自然。这同时也表露了陶渊明"自然主义"的审美理想：对于文学艺术创作或鉴赏来说，越是靠近自然就越是高妙。

一是在他41岁时，八月间上任彭泽县令，不足百天便借胞妹程氏病故辞官回归故里，并写下名垂千古的《归去来兮辞》。

---

1 ［清］沈德潜:《说诗晬语》，见《清诗话》，卷上。
2 ［清］朱庭珍:《筱园诗话·卷一》。

文中对自己为何辞官返里作了如下解释："质性自然，非矫励所得；饥冻虽切，违已交病。尝从人事，皆口腹自役。于是怅然慷慨，深愧平生之志。"[1] 辞官是对违己自役的官场的摒弃，返乡则是回归天性中的自然。

一是在辞官返里的第二年，即 42 岁时写下的《归园田居》第一首："少无适俗韵，性本爱丘山。误落尘网中，一去三十年，羁鸟恋旧林，池鱼思故渊。开荒南野际，守拙归园田……久在樊笼里，复得返自然。"在这首诗中，他把自己摆脱官场的事务纠葛喻为飞回山林的鸟、游归涧流中的鱼，欢愉之情溢于言表。

还有一次谈到"自然"，是在《形影神序》中："故极陈形影之苦言，神辩自然以释之。"文中以"神"辨析顺应自然之理，开导世人从生死之惑中解脱出来。此时的"自然"，已成为人生应当遵循的常规。

陶渊明诗文中"自然"的意蕴当然并不拘于此四处。古代汉语中单音节词汇多，双音节词汇少，故陶渊明诗文中除了直接使用"自然"一词外，讲到与"自然"相关的意思时，更习惯于使用"自""天"。如"天道""天运""天命""天爱"，都含有"自然"的成分；"自乐""自逸""自得""自为"，也都含有"自使

---

[1] 本书所引陶渊明的诗文，特以楷体字标示，其出处除注明者外均参照袁行霈《陶渊明集笺注》附录《陶渊明诗文句索引》，不再一一注明。

其然"的意味。诚如台湾学者李辰冬先生所言：陶渊明的"行为心情，无往无时而不是自然。由于自然的性格，才能产生自然的风格。"[1]

综上所述，围绕着诗人陶渊明的，里里外外都是自然：其人的本性是自然的，作为诗人的天性更是如此；追求自然的生活才是生活的本真意义；诗文的书写对象应是外界的自然和内心的自然；而诗与一切文学艺术的创作都应是人的本性的自然流露，是自然而然的。对于陶渊明而言，自然就是诗人的灵魂，诗人亦成为自然的化身。

---

[1] 李辰冬：《陶渊明评论》，京大图书公司（台湾），民国六十四年版，第36页。

"人与自然"是一个元问题

以往，欧洲人把"人与上帝"看作人类必须面对的"元问题"；在邻近生态时代的今天，我们更愿意把"人与自然"的问题看作人类的"元问题"。所谓"人与自然"，在中国传统文化精神中即"人"与"天"，"天人之际"，"天人合一"。其中的"天"既含有"自然"，也含有"神"——中国人自己的"上帝"。由此观之，汉语言表述的"人与自然"，比西方话语中的"人与上帝"或许还要更周全一些。

英语世界中的"元问题"（meta-question），其中的词缀"meta"，据《牛津高阶英汉双解词典》解释，含有"在上、在外、在后"的意思。"meta-question"确切的解释应是在诸多具体问题之上、超越了这些问题之后得出的"本质性问题"，意指"抽象化""形式化""逻辑化"之后的最终问题。中国学界将 meta-question 译为"元问题"，其中"元"的本义其实与 meta 有较大的差异。在《中国古汉语大词典》中，"元"的本义为人的"头脑"，人的生命之本，进而引申为"首要""初始""本源""重大"，其组合的词汇，如"元气""元命""元化"多与自然本体及其运演相关。同时，"元"又通"玄"，"元"因此又附带了许多幽远、玄奥的宇宙精神气场。

我们这里所说的"元问题"，包含更多汉语的意象与情调。"元问题"，即"初始的""本源的""宏阔的"的问题，在时间上先于其他所有问题，在空间上笼罩其他所有问题。它是其他所有问题的根本，决定所有问题的性质与得失。它的解决将导致其他问题的迎刃而解，其他问题只要一日存在，它就将继续存在下去。

这样一个"元问题"，就只能是"人与自然"的问题。

或者换一种说法，元问题就是地球人类必须始终面对的"自然问题"。

人类如何对待这一问题，不但决定了人类社会的性质，同时也决定了人类在某一时期的精神状况，甚至也决定了人类作为自然中一员的生理状况。遗憾的是尽管时时有一些哲人提醒，长期以来人们对这一性命攸关的"元问题"，或置若罔闻，或做出片面的、错误的回应，乃至酿成今日世界上毁灭性的生态灾难。

中国古代哲学元典老子的《道德经》中讲："道生之，德畜之，长之、育之、亭之、毒之、养之、覆之"，"万物莫不尊道而贵德"，讲的其实也是"自然"与"人道"的交融与和谐，是对一种最高社会理想的追求。《道德经》中"道经"多言自然，"德经"

多言人事，一部《道德经》，即是古代中国哲人对"自然与人"这一元问题的一次精微妙曼的解析，如今已成为中西文化交流领域的经典。

1943年，金岳霖先生应邀到美国讲学，面对这样一个高度发达的工业社会，面对这样一个热衷于张扬人权、人道的法治社会，面对这样一个崇尚科技进步的学术文化界，金岳霖立足中国古代哲学，选定"自然和人"这一"元问题"，蓄意"输出"中国传统文化精神，不能不说用意之切、用心之深。在这次讲演中，金先生把中国哲学的核心概括为"天人合一"，即"自然与人合一"。但他特别强调地指出：汉语中的"自然"不尽是认知的对象，更是"信仰的对象"，是重要的"信念资源"，是人们"情感方面的依托"，是一个"复杂的意念图案"。[1] "天人合一"，就是"自然与人"的和谐，这一问题不但涉及个体所操持的价值取向与生存方式，也涉及人类面临的诸多问题，从人类社会的理念与秩序，到时代的精神气度、审美风范。在西方人面前，可以说金岳霖先生已经把"人与自然"这一元问题的中国式解析发挥到极致。

早年的马克思（Karl Marx，1818—1883）曾把"人与自然"的问题看作"历史之谜"，而对这一谜底的最终解答就是自然与人之间矛盾的"真正解决"，那也就是理想中的共产主义：

---

[1] 金岳霖：《道·自然与人》，生活·读书·新知三联书店2005年版，第148、149页。

这种共产主义，作为完成了的自然主义，等于人道主义，而作为完成了的人道主义，等于自然主义，它是人和自然界之间、人和人之间的矛盾的真正解决，是存在和本质、对象化和自我确证、自由和必然、个体和类之间的斗争的真正解决。它是历史之谜的解答，而且知道自己就是这种解答。[1]

早在19世纪，正当工业时代仍在蒸蒸日上的时候，恩格斯（Friedrich Von Engels，1820—1895）就曾经指出："我们不要过分陶醉于我们对自然界的胜利。对于每一次这样的胜利，自然界都报复了我们。每一次胜利，在第一步都确实取得了我们预期的结果，但是在第二步和第三步却有了完全不同的、出乎预料的影响，常常把第一个结果取消了。"[2] 马克思则更尖锐地指出："在我们这个时代，每一种事物好像都包含有自己的反面。我们看到……技术的胜利，似乎是以道德的败坏为代价换来的。随着人类日益控制自然，个人却似乎愈益成为别人的奴隶或自身卑劣行为的奴隶。甚至科学的纯洁光辉仿佛也只能在愚昧无知的黑暗背景上闪耀。我们的一切发现和进步，似乎结果是使物质力量具有理智生命，而人的生命则化为愚钝的物质力量。"[3]

---

1 〔德〕马克思：《一八四四年经济学哲学手稿》，人民出版社1985年版，第77页。
2 《马克思恩格斯全集》第20卷，人民出版社1965年版，第519页。
3 《马克思恩格斯选集》，人民出版社1976年版，第78—79页。

恩格斯与马克思分别从"自然的有机完整"与"人性的健康发展"这两个十分重要的方面权衡工业时代的利弊，也正是围绕着"人与自然"这一"元问题"向现代人提出警告。

反之，从现代性反思的角度看，现代社会的最大危机，也正是因为在"人与自然"这一问题上陷入了盲目性与片面性；从生态运动的意义上看，人类有史以来犯下的最大错误，正在于对自然采取了对立的乃至敌视的态度。

在西方学者的论著中，"工业化""现代社会""资本主义"往往是处于同一知识平面之上的。在现代化三百年来的发展历史中，对于现代化的审视，对于现代性的反思，对于资本主义社会的批判，从来就没有间断。最深刻的反思与批判总是来自这一时代精神与社会体制的内部，而且批判始终涉及这个时代、这个体制的各个方面，从政治经济制度，到文化心理、哲学观念、生活风格、审美想象各个领域。回顾人们对现代社会的反思，尽管思绪万千，但归根结底则是由于这个时代错置了人与自然的关系、损伤了作为人的生存环境的自然界，扭曲了作为人的内在自然的天性。

法兰克福学派的创始人之一霍克海默（Max Horkheimer, 1895—1973），在论证启蒙运动已经走向反面时，曾谈到现代化进程中人对自然的控制如何演化成人对人的控制："自然界作为人类操纵和控制的一个领域这一新概念，是与人自身作为统治对象的观念相似的"，"人对自然工具性的操纵不可避免地产生人与人之间的关系"。工业时代，控制与统治大自然的那种力量实际上也在控制统治着广大人民群众，"启蒙在这里是和资产阶级思想同一的"，[1] 工具理性已经化为资产阶级的意识形态。自然、人、国家全都成了为了实现一个既定的目的机械运转着的机器，想象力、创造力因此日趋干涸。在这样的社会里，就连文学艺术也已经纳入一体化的"文化工业"的生产营销流水线，"独特的个性""细腻的感情""自由的精神"如果不能被制作、包装成时髦的商品投放市场，就要被视作"无用的东西"被众人嘲笑、遗弃。人与自然关系的恶化，早已经侵入人的精神领域，污染了人类的精神空间。

海德格尔（Martin Heidegger，1898—1976）曾把审视的目光对准现代社会中"技术的本质"，在他看来，技术不仅仅是人类达到目的的手段和工具，技术还体现为人与自然之间真实存在着的一种"关系法则"。技术时代的真正危险还不是由某些技术引出的那些对人类不利的后果，比如原子弹、核武器；真正的危险在于现代技术在人与自然及世界的关系上"砍进深深的一刀"，从而对人、对自然的自身性存在都造成了扭曲与伤害。他举例说：早先的时候，新墨西哥的印第安人在春耕时拒绝使用钢犁并且要从马蹄上摘下铁制的马掌，为的是害怕划伤正在孕育万物的大地。大地，对这些印第安的土著居民来说是至亲

---

[1] 参见〔美〕马丁·杰：《法兰克福学派史》，广东人民出版社1996年版，第294页。

至爱的母亲。而在现代工业社会里,"一百马力的拖拉机带着六道双向锋利的钢制犁铧"在大地上隆隆开过,继而是施入化肥、喷进农药,勒逼大地交出更多的食品。大地由受人崇拜的万物之母沦为受人宰割的案上鱼肉。而此时的人,也已经变成工业机器上的附属物。"由于这个技术的意志,一切东西在事先因此也在事后都不可阻挡地变成贯彻着的生产的物质。地球及其环境变成原料,人变成人力物质,被用于预先规定的目的。"[1]在强大的技术力量统治下,社会的精神生活与情感生活被大大简化了,日渐富裕的时代却又成了一个日趋贫乏的时代。海德格尔关于"人与自然"的论述充满浓郁的生态学意味,启迪了生态学的人文转向,甚至昭示了生态时代的到来。

20世纪60年代之后,生态运动首先在西方发达国家蓬勃兴起,人与自然的问题,或曰人类的"自然问题",日益显突地成为众所瞩目的焦点。塞尔日·莫斯科维奇(Serge Moscovici, 1925—),这位数十年来一直投身于生态运动并撰著了《论自然的人类历史》《反自然的社会》《驯化人与野性人》"自然三部曲"的法国学者,在其不久前出版的《还自然之魅》一书中再三强调:"自然问题"将是21世纪的"世纪问题","在当今时代,自然问题处于政治和社会生活的核心","自然已经成为决策的

---

[1] 转引自〔德〕绍伊博尔德:《海德格尔分析新时代的科技》,中国社会科学出版社1993年版,第35页。

依据"，[1] 他借助歌德之口声称"自然不是一个问题，而是唯一的问题"；[2] 他又借助哲学界伽达默尔之口宣布：自然问题成为世人关注的焦点，"或许这是世界局势危急时刻出现的第一个希望。"[3] 他还接过马克思的命题告诫世人："今天，我们只能建议另一种人文主义，即自然人文主义"。[4] 面对工业社会的沉沦，莫斯科维奇再次向人类社会发出"回归自然"的呼吁，他说："这是发自心底、亟待得到聆听和理解的一声呼唤，呼吁复兴人类与自然、与周围新生的一切之间的统一……应当像对待母亲一样关心自然，以及自然为所有容身其中的人们所保藏的一切。"[5] 在当今世界上，任何一位有责任感的学者在论及社会政治、人类前途时都已经不能避开"生态"——或曰"人与自然"这一根本问题。

在"人与自然"这一问题上，并非没有不同的意见。那些从自身利益出发对自然继续持顽固敌对态度的企业家、技术官僚、无良政客们姑且不论；一些严肃认真的学者也会作出不同的解答。

英国政治经济学家安东尼·吉登斯（Anthony Giddens，

---

1 〔法〕莫科斯维奇：《还自然之魅》，生活·读书·新知三联书店2005年版，第235、237页。
2 同上，第9页。
3 同上，第211页。
4 同上，第238页。
5 同上，第114、115页。

1938— ），曾先后担任英国首相布莱尔、美国总统克林顿的顾问，是一位严谨的历史唯物论者，一位谨慎的社会进步论者，一位较为克制的乐观主义者，同时他也是一位对生态运动持保留态度的社会活动家。在他 1998 年出版的《超越左与右》一书中，他曾开辟专章论述了"现代性的负面：生态问题和生活政治"。书中提出一个古老的问题："我们将怎样生活？"他说，要回答这个问题，现代人就不能不首先关注到"科学技术的进步连同经济发展机制迫使我们面对一度隐藏在自然和传统的自然性之中的道德问题。"[1] 那就是说，人类生活的去向和质量还有待于"人与自然"这一元问题的适度解决。作为一位务实的政治理论家，吉登斯希望人类在已经建成的现代化大道上继续前进，希望依靠经济发展、全球合作以及人对自然控制能力的进一步加强而克服风险，走出困境。对于生态主义者提出的"回归自然""回归传统"的导向，吉登斯是不予赞同的。他在该章的"结论"中明确指出：我们已经无法回归自然或传统。[2] 从当下人类社会发展的趋势看，吉登斯的这一判断倒是更容易坐实。然而，我们仍然可以就此发出疑问：未来的生活就一定比现在、比过去更好？对于无法做到、不可能实现的事情，我们能不能思考与想象？如果务实的社会学家、政治学家不能够，那么文学家、

---

[1] 〔英〕安东尼·吉登斯：《超越左与右》，社会科学文献出版社 2000 年版，第 217 页。
[2] 同上，第 239 页。

诗人能不能够？

吉登斯或许不知道，在中国古代诗人陶渊明"久在樊笼里，复得返自然"，"遥遥望白云，怀古一何深"的诗句里，"自然"与"传统"已经返回诗人的身边与心中。比起现代学者的"现代性反思""自然法审视""生态学转向"以及"保守主义与自由主义的博弈"，诗人陶渊明关于"人与自然"这一元问题的回答或许是简单质朴的；然而，唯此则又更接近这一问题的本源。还由于他的解答是诗意的，因此就更蕴藉隽永，绵延悠长，无所不包而回味无穷。

梁启超晚年写下的《陶渊明》一书中，把中国古代诗人陶渊明视为"自然之美"与"人生之妙"和谐共处的典范，[1]那么，关于陶渊明的当下解读，或许会为"人与自然"这一元问题提供一份东方式的解答，从而为当代人走出日益严峻的生态危机寻求一线生路。在人类的精神文化版图上，陶渊明并非一个孤立的存在。尤其当人们再度面对"人与自然"这一元问题时，陶渊明，这位中国古代的先知先行者应当走进当今世界，或者说当今世界无论如何都应当回望一眼东方诗人陶渊明。

1　梁启超：《陶渊明》，商务印书馆，民国十二年版，第19页。

一团氤氲混沦的元气

"文如其人",或曰"风格就是人",已经受到科学主义文学批评理论的反复拆解,差不多就要被彻底颠覆。但对于诚实的文学理论来说,它依然是一个简洁质朴的命题。陶诗自然,陶渊明的诗风因其本人天性中的自然而自然,早已是文论界的定评。

首先,陶诗是以天地自然、田园风物为题材,即诗中的描摹对象多属自然。粗略查阅一下陶渊明诗文集的用语,出现频率最高的景物为林野、山泽、白日、素月、风霜、雨露、松柏、榆柳、桑麻、菊桃、兰蕙、鸟雀以及稼禾、鸡犬、柴门、茅檐、井灶、邻曲,当然也还少不了藜羹与春醪。即使其中某些物什已不纯粹自然,而人工的因素也总在最低限度之内,就如柴门、茅檐终不能与楼阁台榭相比一样。

其次是陶诗风格的自然。历代诗话、文论中对于陶渊明诗歌风格的评价多为"素朴""真率""清净""恬淡",这些评语仍然可以归结到"自然"中,应视作"返朴归真"的美学境界。

木不雕为朴，丝不染为素，朴与素，也就是自然所拥有的原质与本色。

有趣的是，在古人对于陶诗的评述中，更乐于以自然界的种种风物与情景来比喻陶诗的风格。如："渊明之诗，春之兰，秋之菊，松上之风，涧下之水也。"（杨万里：《诚斋集》卷八十《西溪先生和陶诗序》）"陶潜之作，如清澜白鸟，长林麋鹿，虽弗婴笼络，可与其洁。"（朱奠培《松石轩诗评》）"陶靖节诗，如巫峡高秋，白云舒卷，木落水清，日寒山皎之中，长空曳练，萦郁纡迴。望者但见素色澄明，以为一目可了，不知封岩蔽壑，参差断续，中多灵境。又如终南山色，远睹苍苍；若寻幽探秘，则分野殊峰，阴晴异壑，往辄无尽。"（陈祚明：《采菽堂古诗选·卷十三》）类似的比喻还有"寒泉出石，青兰伴谷""孤鹤翔云，疏桐倚月""新雨天霁，汀草怒长""绛云在霄，舒卷自如""苍波白石，竹蕯交阴""闲情邈云汉，清水出芙蓉"等。

陶诗描述的对象为自然，陶诗的风格亦为自然，似乎没有太多的争议。更深一层的问题在于陶渊明何以写出如此"自然"的诗篇，如此"尽写自然"对其人生、对后世的意义何在。

唐代诗人白居易曾发出疑问："常爱陶彭泽，文思何高玄？"可见他时常在琢磨陶诗的奥秘。他说有一天当他登上浔阳楼，望见陶渊明家乡的山川形胜时，方才有所解悟："今朝登此楼，有以知其然。大江寒见底，匡山青倚天。深夜溢浦月，平旦炉峰烟。清辉与灵气，日夕供文篇。"（白居易《题浔阳楼》）他的意思是说匡庐一带的天地精华与山川清辉为陶渊明的诗文灌注了自然的生机与灵气。用现代生态文艺学的话语讲，就是一个生命主体所处的生态序位，对其生命的色彩与属性产生了重要影响。

外部的自然环境对于诗人的创作的确可以产生重大作用，但似乎并不总是产生决定性的作用。比如，同时代而又同样喜欢贴近大自然的诗人谢灵运，一生写下许多吟诵自然风光的诗篇，其中不乏精彩美妙的篇章，乃至被文学史上尊奉为"山水诗"的始创者。然而，以中国传统诗论中"自然"的尺度衡量他的诗歌创作，便常常受到"刻意追新""雕琢太过"的指责，违背了自然的真义。严羽在《沧浪诗话·诗评》中指出"康乐之诗精工，渊明之诗质而自然"，遂得出"谢所以不及陶"的结论。在以"自然放任"为时代流行风气的魏晋南北朝，以率真自然为目标的诗人作家层出不穷，而惟独陶渊明抵达至境，终为后世认可，原因何在，这不能不归结到陶渊明的人格内涵，即其"任真率性""放旷散淡""委运任化"的自然哲学与"返乡归田""清贫自守""见素抱朴"的人生选择上。

对魏晋南北朝文学思潮及士人心态深有研究的当代学者罗宗强教授，对陶渊明其人其诗的"自然属性"曾做出精辟论述。他指出，从表面上看，魏晋士人无不以亲近自然、寄情山水相标榜，但各自用心及达到的境界却又很不相同，大抵可分为三类：

一是以"金谷名士"为代表的达官贵人，在锦衣玉食之后还要追求更高雅一等的精神愉悦，于是便把"怡情山水嵌入纵欲享乐的人生乐趣之中"，以图"身名俱泰"之快感。其典型便是石崇及其朋党的"金谷涧宴游"。金谷涧是洛阳城郊一处山清水秀的风景名胜，石崇凭着他显赫的政治地位与财力，在此大兴土木、营造园林。占地广阔的林苑内，前有清渠、后有岗峦，碧水绕舍、茂林成阴，馆阁楼台散布苑中；园内广植药草果蔬，多养鸟兽虫鱼，更设水碓、窑洞以添农家情调。主人与贵宾或登高临下，或列坐水滨，出则游弋垂钓为事，入则美女琴瑟助兴。如此豪华地亲近自然，必须有爵位、金钱的支撑，"自然"仅仅是他们用以享乐的又一对象，是其啖腥饫肥之后的一道清汤。

二是以王谢族人为核心的"兰亭名士"，这是一些有文学才情、有审美情趣，且具有一定社会地位的雅士。偏安江南后，为追求宁静的精神生活与优雅的仪容风度，于是到自然中寻求精神寄托，在山水间安顿自己的心灵，公务之余便有了"兰亭雅集"之类的佳话。这在王羲之的《兰亭集序》中已经留下生动描述："此地有崇山峻岭，茂林修竹，又有清流激湍，映带左右，引以为流觞曲水，列坐其次。虽无丝竹管弦之盛，一觞一咏，亦足以畅叙幽情。是日也，天朗气清，惠风和畅，仰观宇宙之大，俯察品类之盛，所以游目骋怀，足以极视听之娱，信可乐也。"罗宗强教授对王羲之的这段文字给予了高度评价："轻轻写来，毫无人间痕迹，崇山峻岭，茂林修竹，清流激湍，加上明净的天空，轻轻的春风，把暮春三月会稽山水的神韵全点染出来了……正是从这种感受出发，才从山水审美通向了生命的体认。"[1] 兰亭名士对于自然的态度较之金谷名士，显然已上升到更高的审美层次，然而罗教授还是对其做出了有保留的评价："他们仍然是欣赏者，他们站在自然面前，赏心悦目，从中得到美的享受，得到感情的满足。大自然的美，在他们的生活中虽然占有重要位置，但是，他们与自然之间，究竟还是有距离。"[2] 也就是说，在他们对大自然的审美过程中还存在着"主客关系的心态"，尚未进入化境。

在诗与自然、诗人与自然的关系上，罗宗强把最高、最美的评价诚心诚意地给予了一个穷苦落寞、寒素度日的士人陶渊明。他指出：与上述两类名士全然不同的是，陶渊明与大自然之间没有距离，"在中国文化史上，他是第一位心境与物境泯一的人。他成了自然间的一员，不是旁观者，不是欣赏者，更不是占有者。自然与他是如此亲近，他完全活在大自然之中。""陶渊明所写的山川，却全是田家景色，是淳朴的村民活动于其中的山川，或者说，是人与自然融为一个整体的环境……那是他的山水，他的天地，和他同生命同脉搏，和他的身心原是一

---

[1] 罗宗强：《玄学与魏晋士人心态》，天津教育出版社 2005 年版，第 253 页。
[2] 同上，第 272—273 页。

体。""物我一体，心与大自然泯一，这正是老庄的最高境界，也是玄学所追求的最高境界。但是这种境界，自玄风煽起以来，还没有达到过。陶渊明是第一位达到这一境界的人。"他甚至认为，这种境界，就连卓越的嵇康、阮籍也不曾全部达到，老庄之后，渊明是唯一在诗中"得道"之人。而陶渊明之所以能够达到这一境界，"就在于他真正持有一种委运任化的人生态度，并且真正做到了委运任化。"[1]

按照荣格精神分析心理学的说法，在陶渊明这里或许更多地承袭了中华民族的某些集体无意识，这在中国古代的文论话语中则被称作"一片氤氲""一团混沦"。这些集体无意识通过诗人的创作在现世显身，应是一个自然而然的过程。前人所论："陶诗混然元古""陶诗天然入妙"，究其原因，盖在于此。陶渊明的诗歌"自然天成"，既有"才质"，又有"根器"，这样的作品要想让它不流传都是不可能的。

在荣格的心理学中，"集体无意识"还常常被他描绘成一位"积淀了种族千万年生存之道的智慧老人"。陶渊明的无意识中就存在着这样一位老人，正如贺贻孙所说："彭泽乃见道者，其诗则无意于传而自然不朽者。"（《诗筏》）[2]至于诗人如何才能"见道"或"闻道"，《庄子·大宗师》借助"女偊"说出的一段话颇

---

[1] 罗宗强：《玄学与魏晋士人心态》，天津教育出版社2005年版，第273、274、275页。
[2] ［清］贺贻孙：《诗筏》（清道光重刻本），见《陶渊明资料汇编》（上），中华书局1962年版，第252页。

值得回味，现录于下：

> 闻诸副墨之子，副墨之子闻诸洛诵之孙，洛诵之孙闻之瞻明，瞻明闻之聂许，聂许闻之需役，需役闻之于讴，于讴闻之玄冥，玄冥闻之参寥，参寥闻之疑始。

看来，"闻道"依然是一个由显到隐、由隐到显、上天入地、下流上达、身体力行的过程。那居于中间环节的"于讴"几类于歌谣诗行。诗歌语言之上显在的意识层面是感觉（聂许）、知识（瞻明）、诵读（洛诵）、文字（副墨）以及作者的践行（需役），这应是一般人都能看得到的。而在"于讴"（诗歌）之下，是潜隐的无意识的深渊，是沉思默想（玄冥），是散淡放旷（参寥），最最本源处则是一团不可知解、不可化约的氤氲混沦的元气（疑始）。[1] 郭庆藩的《庄子集释》中更把"疑始"，即这一团氤氲混沦的元气解作"道之根本"即"重玄之域""众妙之门"。由此看来，陶渊明的不多诗文却能够传流千秋、影响百世、并焕发出无限生机，就是因为化生于这团氤氲混沦的元气之中、植根于这一近乎神秘的"道"的本源之中的。

1　参见陈鼓应：《庄子今注今译》，商务印书馆2007年版，第219页。

在自然中诗意栖居

在陶渊明的人生价值选择中，似乎可以看出这样一条路径：清贫——素朴——本真——自然，这是一条迥异于现代社会发展导向的路径，也有悖于当代大多数人的人生道路选择。这条路径让陶渊明付出了一定的代价，比如，要放弃为官的威权与显赫，从事辛苦的农业生产劳动；要承受相对清冷孤独的生活，忍耐一时不济的饥饿与寒冷。他得到的是什么呢？是对生死荣辱的解脱与超越，是身心的平静与和谐，是对天地万物的亲近与包容，是精神的自由与自在，是他自己并未渴求却实际上已经收获的后世人们对他的爱戴与尊崇！这一切都可以概括为这是一位毕其一生都在追求"在诗意中栖居"的人，因此，他的这条人生轨迹的完备表述还应是：

返乡归田——清贫自守——见素抱朴——本真自然——诗意栖居。

按照赵一凡先生通俗的解释，栖居（Wohnen）就是人与环境、与自然融为一体的祥和生存。[1]你不能不承认，充满诗意的人生也是一种至为幸福的人生，一种有益于天地万物、无损于他人利害的人生。后人常谓，读陶渊明的诗文，可以让人忘贫贱、忘生死，可以让"驰竞之情遣，鄙吝之意祛，贪夫可以廉，懦夫可以立"（萧统《陶渊明集序》），由此也可以见证出陶渊明诗文中蕴含的恢宏的精神能量，这是秦皇汉武、唐宗宋祖、成吉思汗一拨英雄豪杰都不能替代的。

说到"诗意栖居"，就不能不提起海德格尔的存在论诗学。海德格尔在阐释那位欧洲十九世纪的诗人荷尔德林时，所得出的结论竟与陶渊明的精神实质如此接近。在《荷尔德林诗的阐释》中，海德格尔首先看重的是荷尔德林的那首长达108行的《还乡》诗：

> 回故乡，回到我熟悉的鲜花盛开的道路上，
> 到那里寻访故土和内卡河畔美丽的山谷，
> 还有森林，那圣洁树林的翠绿，在那里
> 橡树往往与宁静的白桦和山榉结伴，
> 群山之间，有一个地方友好地把我吸引。[2]

---

[1] 赵一凡：《从胡塞尔到德里达》，生活·读书·新知三联书店2007年版，第158页。
[2] 〔德〕海德格尔：《荷尔德林诗的阐释》，孙周兴译，商务印书馆2002年版，第13页。

关于"故乡"和"家园"的涵义，海德格尔是这样认定的，它意指这样一个空间："它赋予人一个处所，人唯在其中才能有'在家'之感，因而才能在其命运的本已要素中存在。这一空间乃由完好无损的大地所赠予。"故乡的大地与天空是人与万物的"保护神"，"故乡最本己和最美好的东西就在于：唯一地成为这种与本源的切近——此外无它。所以，这个故乡也就天生有着对于本源的忠诚。"那么，返乡又是什么呢？

"返乡就是返回到本源近旁。"[1]

这与陶渊明的"返乡归田，返朴归真"简直如出一辙。

海德格尔理解的荷尔德林诗中的故乡，是"家园天使"（Engel des Hausses）和"岁月天使"（Engel des Jahres），近似于中国古代哲学中的"天地"与"造化"，或金岳霖先生在《自然与人》一文中所说的"自然神"。正是在这个意义上，海德格尔才判定："故乡是灵魂的本源和本根"，灵魂必须首先在这一基础中栖居，就像树木一定要扎根于土地之中一样，"诗人的诗意栖居先行于人的诗意栖居。所以，诗意创作的灵魂作为这样一个灵魂本来就在家里。""而'居家'中的家乡存在就在于，诗意创作的灵魂逗留在'源泉'的近邻"[2] 以我领会，这段"海德格尔式的艰涩"的关于"诗人灵魂""诗意栖居"的表述，仍然可

---

1 〔德〕海德格尔：《荷尔德林诗的阐释》，孙周兴译，商务印书馆 2002 年版，第 24 页。
2 同上，第 109、110 页。

以从陶渊明的诗文中寻找到质朴、顺畅的诠释:"不慕荣利""质性自然""忘怀得失""守拙田园""长吟掩柴门,聊为陇亩民""纵浪大化中,不喜亦不惧"……如果还非要举一个实例来说明"诗人的灵魂如何诗意栖居在家里",那么就来体会一下陶渊明的这段夫子自道:

> 少学琴书,偶爱闲静,开卷有得,便欣然忘食。见树木交荫,时鸟变声,亦复欢然有喜。常言:五六月中,北窗下卧,遇凉风暂至,自谓是羲皇上人。
>
> ——《与子俨等疏》

这里,诗人写的显然是"居家"状态,这个家不仅是那八九间草屋,同时也包涵了树木交荫、时鸟变声、季节更迭、旷野来风的故乡的大地与天空。此时"栖居"在北窗之下的诗人,远离俗世一切侵扰,放旷于大化流行之中,领受着造化的恩惠,身心皆与自然交融,此种体验直通伏羲氏、无忧氏、葛天氏、有巢氏的"本根"与"本源",人世间、普天下还有比此"诗意栖居"更值得留恋的境遇吗?

"诗意栖居",是人走向天地境界的通道,是人与自然和谐相处的场域,是精神价值在审美愉悦中的实现,是人生中因而也是天地间的最值得向往的生存状态,然而这种状态长期以来却被种种现实的、功利的、技术的、物欲的东西遮蔽了。在人们的日常生活中，随着自然的消泯，诗的性灵的干涸，年青一代已不知栖居在诗意中是何等滋味。为此，这里再引证两位"达人"关于"诗意栖居"的亲身体验，以期引发共鸣。

一位是中国明末清初的李渔，他在兵荒马乱的年头被迫丢开世间一切"正常生活"后，得到的却是完全融入自然时的奇妙感受：

> 追忆明朝失政以后，大清革命之先，予绝意浮名，不干寸禄，山居避乱，反以无事为荣。夏不谒客，亦无客至，匪止头巾不设，并衫履而废之。或裸处乱荷之中，妻孥觅之不得；或偃卧长松之下，猿鹤过而不知。洗砚石于飞泉，试茗奴以积雪；欲食瓜而瓜生户外，思啖果而果落树头，可谓极人世之奇闻，擅有生之至乐者矣。后此则徙居城市，酬应日纷，虽无利欲熏人，亦觉浮名致累。计我一生，得享列仙之福者，仅有三年。[1]

这位中国的风流才子大约还不清楚，自己这番体验到的，差不多就是西方神话传说中亚当与夏娃时代的生活情趣了。

另一位是世界生态运动的先驱约翰·缪尔（John Muir, 1838—1914），一位对大自然与人生充满深情厚爱的人，他在

---

[1] ［明］李渔：《闲情偶寄》，作家出版社1995年版，第335页。

"田野考察报告"中写下了自己徜徉于大自然中时的葱茏诗意:

> 我们站在一座高山上,现在它已经是溶进我们的身体里,使我们每一根神经都平静下来,它填充了我们周身的每一个毛孔,每一个细胞,在我们周围秀美的自然衬托下,我们肌骨的每一处似乎都变得像玻璃一样清澈透明,浑然是它不可分离的一部分,在阳光的照耀下,与空气、树木、溪流、岩石一起颤动——这是自然的一部分,既没有年老,也没有年轻,既没有疾病,也没有健康,只有不朽。[1]

缪尔还曾以优美的文字写下自己的体验:"大自然的祥和将注入你的身心,就像阳光注入林木一样。微风将给予你它们的清新,狂风将给予你它们的力量,而物欲与焦虑则像秋叶一样飘零而去。随着岁月的流逝,快乐的源泉在一个接一个地枯竭,只有大自然这个源泉永不枯竭。"[2] "造物主一刻不停,一边建树一边推倒,一边创造一边毁灭,使万物有节律不停运转。在无尽的歌声中造物主追逐着万物,从一种美丽的形式走出,又进入另一种美丽的形式。"于是,"奇迹发生了。一日仿佛千年,千年就是一日,以肉体存在的你也会得到永生。"[3] 那便是有限

---

[1] 转引自〔美〕比尔·麦克基本《自然的终结》,吉林人民出版社2000年版,第70页。
[2] 〔美〕约翰·缪尔:《我们的国家公园》,吉林人民出版社2000年版,第40页。
[3] 同上,第67、64页。

的生命在瞬间抵达永恒!

缪尔体验到的这种"物我两化"的境界就是老庄哲学中的"天人合一";而那"万物在歌声中节律性的运转",正是陶渊明的"纵浪大化中";那"一日千年、千年一日的永生"不也就是道家经典中孜孜以求的"神仙"境界吗?从人类的天性上来看,西方人与东方人、现代西方人与古代东方人竟还保留了如此相同的诗情体验与价值认同,这不能不让我们深受鼓舞!

· 第 2 章 ·

陶渊明的自然人生

以自然哲学的观念阐释陶渊明或许是一条可取的路径,而作为自然化身的东方诗人陶渊明也完全有可能为当代自然哲学研究提供新的启示。

说到这里,我们就不得不面对一个棘手的问题,那就是何谓"自然哲学"?何谓"自然主义"。

查一查一些大型辞书,其种种阐释几如密西西比河上纵横交错的水网,给人一片茫然。那么,干脆选取一种最简便的说法:站在自然的立场,以自然为尺度观察、体验、解释宇宙、社会与人生的哲学或思想。只是由于在不同的历史阶段,人们对于"自然"的感悟与理解不同,自然哲学或自然主义的内涵也就会发生相应的变化。前现代的自然哲学,以中国古代"天然合一"的观念为代表;现代的自然哲学以培根、牛顿把自然当作客观自然物的主客二分理念为代表。本书中讲到的自然哲学,希望跳出人类中心的格局,相信自然也是主体,自然是人类生存的依据,人类不过是地球共同体的衍生物,宇宙是一个由天、地、神、人共同组成的有机体。这样的"自然哲学"其实也是"生态哲学",诚如埃德加·莫兰所说:生态学"在与人类学有关的方面,它恢复了'自然'概念的崇高地位,使人生根于自然。自然不再是无序、被动、无定形的环境,它是复杂的整体。"[1] 朝着人文方向迈进的生态学,其实也就是后现代的自然哲学。

面对这样的研究对象,我们的思维方式、研究方法也应当随之改变。

进入现代社会以来,"自然"受到的最为惨烈的伤害来自极端的理性主义,那么,一直视为正统的学院式的概念形而上思维方式,是否也应当有所改变。既然"自然"可以视为直觉的经验,我们的研究是否也可以多些直接的体验与诗性的感悟?

德里达的得意弟子贝尔纳·斯蒂格勒(Bernard Stiegler)说,最根本的东西也是最熟悉的、最亲近的东西,但它们在文化中反而会成为最遥远、最隐蔽的东西。这几乎成为一个通病:最简单的东西又是最不易被察觉的,比如对于水中的鱼,最不易觉察的是"湿润",因为它就生活在湿润之中。"自然"之于我们,也成了"湿润"之于鱼,也是最容易被遗漏的。贝尔纳·斯蒂格勒下边的这些告白,值得我们深思:

---

[1] 〔法〕埃德加·莫兰著、陈一壮译:《迷失的范式:人性研究》,北京大学出版社 1999 年版,第 14 页。

自然规律之所以自然，就在于我们每一个人都必须对它作直接的、根本性的倾听和理解，而无需依靠离奇繁琐的推理。自然之声必然先于理性、先于（哲学、形而上学以及所有人为的）推理。每一个人——无论有没有文化——都理应听到自然之声。但是一个人越是有文化，就越是难听到它，因为他的文化掩盖了自然规律的自然性（"理性的不断进展扼杀了自然"）。

越是自然的东西就越是被深深地埋藏在"古老的可怕"的事物之中；为了回忆，找回沉沦之前的明晰性，就必须忘掉理性。所以，与其说我思故我在，不如说我感觉、受苦故我在。[1]

从小到大，我们似乎学习了许多文化，被称作"文化人"。我们自己可要提高警惕，再莫让喧嚣的"文化"遮掩掉"自然之声"。

一条可以尝试的道路，是循着伟大诗人的人生足迹，摸索前行。

伟大诗人陶渊明的人生，既是文化的人生，又是自然的人生，将有可能为生态时代的人们树立一个卓越的人生典范。

---

[1] 〔法〕贝尔纳·斯蒂格勒：《技术与时间——爱比米修斯的过失》，译林出版社 2000 年版，第 128、129 页。

神仙是完全融入自然的人

前人对陶渊明人格的评议多集中在三个方面：任真率性；放旷散淡；委运化迁。三个方面无非还是源于"自然"，源于外在自然与内在自然和谐抱一的中国传统文化中的自然精神。

一、任真率性

最初以"任真""真"评价陶渊明人格与诗品的，有萧统的《陶渊明传》："颖脱不群，任真自得"；《陶渊明集序》："论怀抱则旷而且真"。钟嵘《诗品》："笃意真古，辞典婉惬"。令狐德棻等《晋书隐逸传》："颖脱不羁，任真自得，为乡邻之所贵。"唐宋以来，更是为众人所乐道，如王维《偶然作》："陶潜任天真"；白居易《效陶潜体诗十六首》："归来五柳下，还以酒养真"；苏东坡《书李简夫诗集后》："陶渊明欲仕则仕，不以求之为嫌；欲隐则隐，不以去为高；饥则叩门而乞食，饱则鸡黍以延客。古今贤之，贵其真也。"黄庭坚《题意可诗后》："若以法眼观，无俗不真；若以世眼观，无真不俗。渊明之诗，要当与一丘一壑者共之耳"。辛弃疾《鹧鸪天·读陶渊明诗》："千载后，百篇存，更无一字不清真。"张雨《渊明》："渊明真率人，出处端不欺。"焦竑《陶靖节先生集序》："靖节先生人品最高，平生任真推分，忘怀得失，每念其人，辄慨然有天际真人之想。"许学夷《诗源辩体》："惟靖节不宗古体，不习新语，而真率自然，则自为一源。"李光地《榕村诗选》："六代华巧极矣，然所谓真气流行者，无有也……惟陶靖节隐居求志，身中清，废中权，故其辞虽隐约微婉，而真气自不可掩。"贺贻孙《诗筏》："陶诗中，雅懿、朴茂、闲远、澹宕、隽永，种种妙境，皆从真率中流出……真率处不能学，亦不可学，当独以品胜耳。"梁启超《陶渊明之文艺及其品格》："这样的人，才是'真人'，这样的文艺才是'真文艺'"[1]。

在玄风炽盛的魏晋之际，"真""真性""真源""真元""真宅""真宰""真君"成了时代的关键词。作为一个哲学概念，"真"应是道家用语，《庄子》一书中曾有形象的阐释。

一是《秋水篇》：

> 北海若曰："牛马四足。是谓天；落马首，穿牛鼻，是谓人。故曰，无以人灭天，无以故灭命，无以得殉名。谨

---

[1] 梁启超：《陶渊明》，商务印书馆民国十二年版，第16页。

守而勿失，是谓反其真。"

这里的"真"，是本性，天性，自然性，与人工相对，与现代汉语中的"真实"有很大不同。牛马的本性是天生的，用辔头、绳索把其口勒起来，将其鼻穿起来，是人工所为，非自然的。不以人工毁灭天然，不以巧计毁灭天命，严格地遵守这些道理，就是回复自然本性。

一是《渔父篇》：

孔子愀然曰："请问何谓真？"

客曰："真者，精诚之至也。不精不诚，不能动人。故强哭者虽悲不哀，强怒者虽严不威，强亲者虽笑不和。真悲无声而哀，真怒未发而威，真亲未笑而和。真在内者，神动于外，是所以贵真也……礼者，世俗之所为也；真者，所以受于天也，自然不可易也。故圣人法天贵真，不拘于俗。"

从字面上看，这里的"真"指的是"精诚"，缺乏精诚的情感和情绪不足具备"真"的品格，就不能感动人。但这里的"精诚"不能单单从现代心理学上理解为"精神的专一，内心的诚恳"，还应从先秦道家思想中去理解。《老子·二十一章》："'道'之为物，惟恍惟惚。惚兮恍兮，其中有象，恍兮惚兮，其中有物。窈兮冥兮，其中有精，其精甚真，其中有信。"这里的

"精",朱谦之、陈鼓应均将其解释为"气之极者"、天地间"最微小的原质"。陈荣捷、林语堂则将其译为英文的 life-force,即"生命力",或曰"生机",其实还是"道"的表现形式或另一种称谓,仍属于"天然""自然"的范畴。人的内心如果有了这种"本真"性的东西,就会由外表自然而然地表现出来,即使没有那些形之于声、容的东西,也同样可以感动人。为什么呢?就因为他内心拥有了这种"本真"的东西,这种由天性出发的东西。这段话中的"真",固然有"真诚"的意思,而这种心理上的真诚仍然是建立在自然的本源之中的,二者并不相悖。

唐翼明先生早年曾有一篇《陶诗"任真"说》的文章,文章在援引了庄子的这段话后界定:"道家的所谓'真'是指人内在的、最精最诚的东西,这种东西是'天'赋予人的,自然而然的,不可变更的。""任"是保养和守护,不让其真遗失。文中还特别强调:"真"不是"自然",陶集中所有的"真"字也都不能解释为"自然",由于"天"法"自然",故"真"不等于"天"。"任"也不是"听任","任真"也就不是顺遂自然。[1] 翼明先生当年的解释似乎有些"过执"了。问题出在他似乎将"自然"看作现代人们所说的"大自然",即"自然界",因此将"自然"排除于人的心灵之外,其实在先秦道家思想中,自然与人心也总是一体的,人的"精诚"是一种"天性""本性",自然地存在于天地

---

[1] 唐翼明:《古典今论》(台湾),东大图书公司中华民国八十年版,第120、121页。

之间，与道本是一体的。如此说来，前辈学者将"真"看作"自然"，将"任"解作"听任"，"任真"即"任自然"，应更切合道家思想的本意。龚斌先生《陶渊明传》中的一段论述，就精到地表达了这样的见解：

> 所谓"任真自得"之"任真"，即委运自然之意。《庄子·渔父》说："礼者，世俗之所为也。真者，所以受于天也，自然不可易也。故圣人法天贵真，不拘于俗。"照庄子的解释，"真"与"礼"相对立。"真"为天，为自然。任真的结果，大而言之，顺应天地自然之道；小而言之，任情释志，一任人性的发露和宣泄。[1]

陶渊明文集中写到"真"的，共七处：

> 悠悠上古，厥初生民，
> 傲然自足，抱朴含真。
>
> ——《劝农》
>
> 试酌百情远，重觞忽忘天。
> 天岂去此哉，任真无所先。
>
> ——《连雨独饮》

---

[1] 龚斌：《陶渊明传论》，华东师范大学出版社2001年版，第90页。

真想初在襟，谁谓形迹拘？

聊且凭化迁，终返班生庐。

——《始作镇军参军经曲阿一首》

投冠旋旧墟，不为好爵萦。

养真衡茅下，庶以善自名。

——《辛丑岁七月赴假还江陵夜行途中一首》

此还有真意，欲辩已忘言。

——《饮酒·五》

羲农去我久，举世少复真。

——《饮酒·二十》

自真风告逝，大伪斯兴。

——《感士不遇赋》

诗中所谓"真想""真意""真风"皆指"自然不可易"之天性、本性；养真、含真、任真，皆指养护、葆有、委身于这一"自然不易的天性、本性"；复真以及返真则是要抵御世俗一切的诱惑，回归到素朴抱一的本真中。总之，陶渊明在这些诗句中表露的情绪和意向仍不外是回归自然，过一种自然的生活，做一个自由自在、任真率性的人，即做一个为道家确立为最高人格典范的"真人"。

关于"真人"，在道家元典《庄子·大宗师》中多有生动鲜活的描述：

何谓真人？古之真人，不逆寡，不雄成，不谟士，若然者，过而弗悔，当而不自得也。若然者，登高不栗，入水不濡，入火不热，是知之能登假于道者也若此。

古之真人，不知说生，不知恶死，其出不欣，其入不拒，翛然而往，翛然而来而已矣。不忘其所始，不求其所终；受而喜之，忘而复之，是之谓不以心损道，不以人助天。是谓真人。

若然者，其心忘，其容寂，其颡頯；凄然似秋，暖然似春，喜怒通四时，与物有宜而莫知其极。

古之真人……其一与天为徒，其不一与人为徒。天与人不相胜也，是之谓真人。

——《庄子·大宗师》

这样的真人，"知与道"相合，嗜欲浅而根器深，忘生死而任其复返自然，随物所宜无所偏倚。这样的真人静寂安闲而又宽大恢宏，内心充实而面容可亲，情绪变化如四时运行一样自然。他既不以心智损害道，也不凭人工去助力于天然，他把自己认作天的同类，决不把天和人看作对立争斗的两个方面，如此与天浑同为一的人，就是真人。

如此真人，不就是能够融入自然、浑同自然、与自然血脉相通、结为一体的人吗？所谓"真人"者，其实就是"自然人"。《庄子》以及《淮南子》中，对此类能够融入自然、与自然结为一体的人，往往加以神化，成为"大泽焚而不能热，河汉冻而不能寒，疾雷破山而不能伤，飘风振海而不能惊。若然者，乘云气，骑日月，而游乎四海之外。死生无变于己，而况利害之端乎！"（《庄子·齐物论》，又见《淮南子·精神训》），如此"真人"，以死生为一化，以万物为一方，契大浑之朴，立至清之中，出入于无间之道，其实就是传说中的"神仙"了。换句话说，这里所说的"神仙"也就是能够驱除"机心""成心"，打破"自我中心"，与天地万物融为一体的人。由于"天地与我并生，万物与我为一"，"我"同时也就是"日月""大泽""河汉""风雨""雷电"，就是"冰雪""火焰"，当然也就可以入火不焚、入水不溺、遇雷电而不惊、临冰雪而不寒了。由此观之，"神仙"也就是能够完全融入自然的人！

老庄哲学中的"真"与"真人"观念，代表了中国古代社会理想化的人格取向，陶渊明无形中成了现实社会的一个"样板"。而作为模板，却又很难推广普及到全社会，也就是说真正能够进入神仙境界的人毕竟是少之又少。普遍的人格总是朝着相反的方向发展，人与天地对立，人向自然宣战，人类拼命向自然索取，攫取了再攫取，占有了再占有，在占有巨量的外物的同时，自己也被外物所拘禁，被外物所役使。所谓"真风告逝，大伪斯兴"，随着时代的发展进步竟愈演愈烈。

二、放旷冲澹

前人论及陶渊明的诗品及人品，任真率性之外，是放旷散澹：

赋诗归来，高蹈独善。亦即超旷，无适非心。
——颜延之《陶徵士诔·并序》

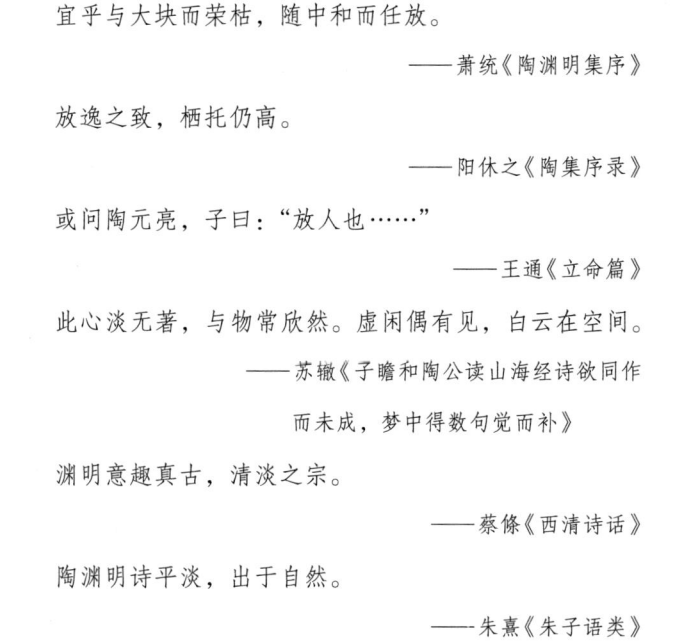

宜乎与大块而荣枯，随中和而任放。
——萧统《陶渊明集序》

放逸之致，栖托仍高。
——阳休之《陶集序录》

或问陶元亮，子曰："放人也……"
——王通《立命篇》

此心淡无著，与物常欣然。虚闲偶有见，白云在空间。
——苏辙《子瞻和陶公读山海经诗欲同作而未成，梦中得数句觉而补》

渊明意趣真古，清淡之宗。
——蔡絛《西清诗话》

陶渊明诗平淡，出于自然。
——朱熹《朱子语类》

作诗须从陶、柳门中来乃佳。不如是,无以发萧散冲淡之趣,不免于局促尘埃,无由到古人佳处。

——朱熹《论陶三则》

陶渊明诗所不可及者,冲澹深粹,出于自然。

——杨时《龟山先生语录》

先生高蹈独善,宅志超旷。

——张縯《吴谱辩证》

此等人质高,胸中见得平旷。

——吕祖谦《吕东莱文集·卷十二》

陶渊明天资既高,趣诣又远,故其诗散而庄,澹而腴,断不容作邯郸步也。

——姜夔《白石道人诗》

元亮远心旷度,气节不群,力振颓风,直超玄乘。

——王廷榦《靖节先生集跋》

陶元亮《归去来辞》,一种旷情逸致,令人反复吟咏,翩然欲仙。

——任涵芬《读书乐趣》

陶徵士诣趣高旷,而胸有主宰。

——钟秀《陶靖节记事诗品·序》

"旷",开朗貌,空阔,辽远。《老子》第十五章:"旷兮其若谷",即谓道之空阔足以容纳万物。旷,又作"空缺","荒芜"。由此衍生的词汇,如"旷达",心胸开阔;"旷澹",淡泊名利;"旷怀",开阔的胸襟;"旷土",未加耕种的土地;"旷野",辽阔蛮荒的大地等等。

"放",原意为弃,放逐,流放,如放臣;亦作逃逸,漂泊,如放迹、放佚;又作恣纵,如"放歌""放浪""放达""放旷"。所谓"放人",即恣性纵情自我流放于礼俗之外的人。

"冲",原意为"空""虚",老子:"大盈若冲,其用不穷";又作童幼如"冲龄",转义谦和、淡泊,如冲虚、冲漠、冲默、"冲淡"。

"澹",水波平稳、宁静、浩淼状,如澹然、澹荡、澹泊;形容人品之悠闲散淡,恬淡清心,与"淡"通。

综上所述,所谓"放旷冲澹",或许已经可以心领神会其中涵义,如果非要勉强做出文字上的具体解释,即:以清静自如的心态、放任自己的意愿、纵情地生活在空旷天地间。其中,既含有对当下世俗物欲的漠视、退避与超越;也含有对自己独立人格、高远志向的护持与守望。这些全都在《归去来兮辞》与《五柳先生传》中作了夫子自道式的表述:

> 先生不知何许人也,亦不详其姓字。宅边有五柳树,因以为号焉。闲静少言,不慕荣利。好读书,不求甚解;每有会意,便欣然忘食。
>
> 环堵萧然,不蔽风日。短褐穿结,箪瓢屡空。晏如也。

常著文章自娱，颇示己志。忘怀得失，以此自终。

——《五柳先生传》

寓形宇内能复几时，曷不委心任去留？胡为乎遑遑兮欲何之？富贵非吾愿，帝乡不可期。怀良辰以孤往，或植杖而耘耔。登东皋以舒啸，临清流而赋诗。聊乘化以归尽，乐夫天命复奚疑！

——《归去来兮辞》

以上两段话中，核心之处是"忘怀"与"孤往"。

"忘"，通"亡"，为遗失，还应是发自内心的舍弃，主动地离弃。这里的忘怀，即对世人趋之若鹜、孜孜以求的"荣华富贵"的放弃。有了这种放弃，才能使心灵无拘无束地放任、放达，进入自由的境界。这种境界，无恃于物，不待于人，甚至无求于世。不但无求于世，甚至与滚滚红尘上的众多世人背道而驰，所以又总是孤往独到的。陶渊明诗文集中对于"孤""独"多有偏爱，不时咏之、叹之，且常以"孤松""孤云"自喻。如"万物各有托，孤云独无依"。"栖栖失群鸟，日暮犹独飞……因植孤生松，敛翮遥来归。劲风无荣木，此荫独不衰。""此士胡独然，实由罕所同。""拥孤襟以毕岁，谢良价于朝市。""连林人不觉，独树众乃奇。"在中国古代文化传统中，"孤往""见独"历来被视为精神生活的最高境界。在陶渊明这里，"孤往"，意味着人格的独立;"见独"即见道,拨开层层障蔽,洞悉生存的真义,而这一境界正是陶渊明"旷放冲澹"人生选择的结果。

对于熟悉中国思想史的人来说,陶渊明选择的这一人生态度与价值取向,仍是老庄道德精神的体现。老子曰:"道冲,而用之或不盈"(《老子·第四章》),"大盈若冲,其用不穷"(《老子·第四十五章》),讲的是道心乃虚,只有清虚了,才能承载至高、至大。庄子曰:守护着道心的君子,能够"藏金于山,沈珠于渊,不利货财,不近富贵;不乐寿,不哀夭;不荣通,不丑穷,不拘一世之利以为己私分,不以王天下为己处显"(《外篇·天地》),游心于淡,合气于漠,超然物外,于尘劳杂乱、困顿烦闷中得"宁定湛然"之心,进入与天地同化合流的境界,即所谓"放逸之至,栖托仍高","胸中湛秋霜,云散空长天","长啸天地间,独立万物表"。这一人生至高境界,同时也是审美的高境界。或者说,人生的至高境界一定是审美的至高境界,正是这两种境界的有机结合,在中国美学史上形成了彪炳史册的魏晋风度,诗人陶渊明则是其中佼佼者。

"放旷冲澹"既意味着对世俗功名利禄的离弃,同时表现为对自然本真生活的亲近。世人皆重"藏金"于库为私财,"剽珠"为宝以饰己,而"放旷冲澹"之士则愿意返金于山,归珠于渊,舍荣华富贵而回归山泽之野。以陶渊明为代表的中国古代诗人的这种"放旷"之思,在西方是直到反思"现代性"、挽救生态危机时才明确得以表述的。如奥地利诗人里尔克(R. M. Rilke,

1875—1926）在一首诗中曾写到"金属的还乡"，"金属怀着乡愁病，生机渺渺无处寻"，金属的故乡是深山，后来被人们从矿洞里挖掘出来，加以熔冶锻裁，继而做成刀剑、器械、货币、皇冠，为人所算计、霸占、操纵、抢夺，从此失去了自己的本色。美国的著名环保活动家戈尔（S. A. Goer, 1948—　）在其《濒临失衡的地球》一书中还曾提到"面包的还乡"，他说现在的孩子们只知道面包被置放在超市的货架上，被采购到自家的餐桌上，而不知道面包作为麦子曾经生长在田野里，面包的故乡原本是原野。"在感性上，我们离超级市场更近，而不是麦田，我们对包装面包的五彩塑料纸会给予更多的关注，却较少关注麦田表土的流失。于是，我们越来越关注用技术手段来满足自己的需求，我们与自然界相联系的感受力却变得麻木不仁了。"[1]

　　古代的放旷之士在将"物"放之于自然的同时，获得的是心灵的广阔天地；现代的"物质主义者"，在将"自然"变成物质进而据为己有的同时，自己的心灵也被物质所拘，陷入物质的牢笼。一是舍中有得，一是得中有失，至于得失是否相当，人类作为一个整体，恐怕至今也没有算清这笔账！

　　李泽厚先生在他的前期著作《美的历程》中曾论及"魏晋风度"并提到陶渊明，他对这一时期文人学士的文学艺术创造活动给予了高度评价，令人耳目一新。然而，他将造成中古时代

---

[1] 〔美〕阿尔·戈尔：《濒临失衡的地球》，中央编译出版社1997年版，第177页。

这一审美高峰的原因仅仅归结为"人的觉醒",核心则又是"理性"的自觉,"对自己生命、意义、命运的重新发现、思索、把握和追求。"[1]李泽厚先生其实是用西方启蒙哲学的观念来解读魏晋士人的心性修为的,其间又添加了一些历史唯物主义与阶级分析的因素。他指出,正是由于魏晋统治者对知识分子施加的惨无人道的统治,才迫使当时的文人学士退避山林田野,这是"由社会向自然的政治性退避"。李泽厚先生的分析是有一定道理的,大自然对于受到折磨、伤害的心灵的确可以起到一定的抚慰作用,正如叔本华(A. Schopenhauer, 1788—1860)指出的:"一个为情欲或是为贫困和忧虑所折磨的人,只要放怀一览大自然,也会这样突然地重新获得力量,又鼓舞起来而挺直了脊梁;这时情欲的狂澜,愿望和恐惧的迫促,由于欲求而产生的一切痛苦都立即在一种奇妙的方式之下平息下去了。"[2]对于饱受黑暗政治压抑的"竹林七贤""正始文人",大自然的确产生过这样的效应。但我以为这对于魏晋诗人,尤其是陶渊明的心态并不完全适用,还应把它看作诗人对于老庄式生存观念的自觉选择,对于自然生活的由衷向往。魏晋风度的生成不仅由于"人的觉醒",也意味着自然的发现,或曰自然的再度发现。在魏晋时代,做一个高人、至人、真人,与做一个自然之

---

[1] 李泽厚:《美的历程》,中国社会科学出版社 1982 年版,第 275—276 页。
[2] 〔德〕叔本华:《作为意志和表象的世界》,商务印书馆 1987 年版,第 123 页。

人，做一个回归自然、同化自然的人是完全一致的，后者甚至还是前者的先决条件。

萧统评价陶渊明时所说的"宜乎与大块而荣枯，随中和而任放"，讲的也是诗人与自然的关系。人与自然的关系应当先于、大于人与政治的关系，是人必须首先面对的关系，这一点长期以来却被我们忽略了。政治上的高压与风险固然可以迫使诗人逃逸，而发自内心的主动放弃，更是出于对人生至高境界的自觉追求。况且，从陶渊明的所有传记中，我们并没有发现他受到多么严重的政治迫害。弃官退隐，只能说是他清醒地意识到在功名利禄之外还存在着人生意义的另一极，即广袤无际、意趣横生的自然天地，那里才是诗人"天行""天放"的精神之乡。

三、委运化迁

"委运化迁"，应是陶渊明诗文中最富于自然精神的思想。其中的关键是"化"字。陶集中提到"化"的句子达十余处，如：

我无腾化术，必尔不复疑。

——《形影神·形赠影》

纵浪大化中，不喜亦不惧。

——《形影神·神释》

迁化或险夷,肆志无窊隆。

——《五月旦作和戴主簿》

形骸久已化,心在复何言。

——《连雨独饮》

穷通靡攸虑,憔悴由化迁。

——《发昔和张常侍》

翳然乘化去,终天不复形。

——《悲从弟仲德》

目送回舟远,情随万化迁。

——《于王抚军座送客》

聊且凭化迁,终返班生庐。

——《始作镇军参军经曲阿作》

行迹凭化往,灵府长独闲。

——《戊申发六月遇火》

万化相寻绎,人生岂不劳。

——《己酉岁九月九日》

同物既无虑,化去不复悔。

——《读山海经·第十一》

聊乘化以归尽,乐夫天命复奚疑。

——《归去来兮辞》

余今斯化,可以无恨。

——《自祭文》

《辞源》中关于"化"的释义，首要者有三：一为变，变动；二为生，生成；三为死，消亡。看来，"变"乃"化"的基本义，而变化最为显著现象，当然是"生""死"间了。同一个字，既为"生"，又为"死"，如此对立、颠倒，在汉字的造字传统中并不多见，由此亦可见出此字的不同凡响。《辞源》的这一解释，似仍未尽人意，并未道出此字的缘由。许慎的《说文解字》中，以"化"为教化，"教行也，从匕，从人"，以教育促变化，似乎离源头更远了。再往前求证，那就不能不追溯到甲骨文了。甲骨文中的"化"字为：

𠆢（存二二一五）　　　𠆢（乙二五〇三）

酷似一反一正、一上一下、一颠一倒、一向一背的两个人形，这也可以解释为是同一人形在翻转腾越，取意"循环""轮回""周而复始"，与《老子》一书中多次讲到的"复归"（第二十八章）、"观复"（第二十六章）、"周行不殆"（第二十五章）、"反者道之动"（第二十四章）的思想十分贴近。进一步说，这种一上一下、一反一正、周而复始、循环不已、相辅相成、相克相生的思想，也正是老庄哲学的核心精义。正如《老子》开篇明义指出的："有无相生，难易相成，长短相形，高下相盈，音声相和，前后相随，恒也。"（第二章）如果将此"化"字解释为一阴一阳的两个人形，或同一个人形在阴、阳、奇、正不同位置上的循环显现，那么，这与老子"明道若昧，进道若退"、"万物负阴而抱阳，冲气以为和"、"大曰逝、逝曰远、远曰反"的思想也是一致的。中华民族的古人造出这一"化"字当在老子之先，也就是说作为一个拥有漫长农耕文化历史的种族，早已从自己春种秋实、寒来暑往的实践中领悟到生物圈中生生不息、周行不殆的生命现象，而这一生存经验最终在老子那里得到了哲学话语的表达。

陈鼓应先生曾对《老子》一书中的这一观念做出如此概括，并将其视为老子的"宇宙论"：万物充盈了生命的活力，欣欣向荣、生生不息。自然界中事物的运动变化依存着相反相成、反复交变、周行而不殆的规律，"'周'是一个圆圈，是循环的意思。'周行'即是循环运动，'周行而不殆'是说'道'的循环运动生生不息。"[1]"老子从万物蓬勃的生长中，看出了往复循环的道理（'万物并作，吾以观复'），他认为纷纷纭纭的万物，最后终于各自返回到它的本根（'夫物芸芸，各复归其根'）。"[2]至于最终"归"往何处，当然是复归到万物之初的自然状态。

甲骨文中那个"化"字的"大转身"，如果一再转动起来，就是一个"恍兮惚兮"的混沌，或许那就是后来人悉心描绘出的那幅享誉中外的"太极图"！

唐君毅先生曾经做出一个判断：中国文化是"圆而神"的。[3]由甲骨文"化"字衍生出的老子"周行不殆的"的循环论自然观，

1　陈鼓应：《老子注译及评介》，中华书局1985年版，第10页。
2　同上，第11页。
3　转引自牟宗三：《历史哲学》学生书局（台湾），民国七十三年版，第14页。

很容易使我们联想到现代生态学中的"生物圈"与"生态系统"的理论。

1875年,奥地利地质学家E·修斯(E. Suess, 1831—1914)首次提出"生物圈"的概念,它首次从现代科学的角度将地球上的万物看作一个有机整体,一个按照一定规律运动、循环、演化的整体,类似于一个周而复始的"圈"。此后,"生物圈"的概念便成了生态学中的一个基本术语。1935年英国植物学家A. G·坦斯莱(A. G. Tansley, 1871—1955)提出了"生态系统"的概念,认为大自然中的各种生物与它们的环境之间,以及生物与生物之间存在着物质、能量与信息的交流与变化,这是一个相互依存、相互作用、交互循环、自动反馈的过程。这也就是道家宇宙论中那个浑然一体、浩然同流、周行不殆的"化迁"过程,也是自然本真的、原初的存在状态。

遗憾的是地质学家修斯与植物学家坦斯莱在这个"圈"内只看到了空气、岩石、水分、森林、草地、牛羊、昆虫,却不甚留意自己——人类,似乎人只是一个"圈"外的观众,不是"圈"内的演员。而中国古代哲人,却从来没有忘记人也是时时刻刻处于"大化流行"之中的,是处于这一"周行不殆"的生物圈内的,而且只有人意识到并且主动置身于这一周行不殆的化迁运转之中,人才有了根基,才有了灵性,才有了随心所欲的自由,才有了无畏无惧的信念。

中国古代的这一生存理念,在《庄子》一书中得到淋漓尽致的发挥。如："天地与我并生，而万物与我为一。"（《庄子·齐物论》）"大块载我以形，劳我以生，佚我以老，息我以死。故善吾生者，乃所以善吾死也。"（《庄子·大宗师》）"故圣人将游于物之所不得遁而皆存。善夭善老，善始善终，人犹效之，又况万物之所系，而一化之所待乎！"（《庄子·大宗师》）"知天乐者，其生也天行，其死也物化。静而与阴同德，动而与阳同波。故知天乐者，无天怨，无人非，无物累，无鬼责。其动也天，其静也地，一心定而天地正；其魄不祟，其魂不疲，一心定而万物服。"（《庄子·天道》）以上讲的都是"天人一体""死生一如"，人与自然相亲相和，人与大化同流，在自然的生生不息中安顿自己的生死。

陶渊明用他一生的践历、以近乎完美的诗歌语言表达了这一极富生态意趣的哲思境界："目送回舟远，情随万化遗"，"行迹凭化往，灵府长独闲"，"纵浪大化中，不喜亦不惧"。所谓"情随万化"、"委运任化"、"纵浪大化"实则都是要与天地自然的整体运作融为一体，在自然的流转循迴中获得心灵的宁静与精神的永恒。

现代生态学认为，生物体与其环境总是处于物质与能量的交流状态中，一个人的肉体存在，即其生物性的存在显然是处于地球生态系统的"大化流行"之中的，组成宇宙的物质元素，同时也是组成人体的物质元素。人体内的液态循环包含有自然界的江河湖海，而大自然的风云变幻中也包含有人类的呼吸。

人的肉体来源于自然界，死后则又化归自然界，这颇有些类似《庄子·至乐》篇中的说法："察其始而本无生，非徒无生也而本无形，非徒无形也而本无气。杂乎芒芴之间，变而有气，气变而有形，形变而有生，今又变而亡死，是相与为春秋冬夏四时行也。"

对于个体生命而言，人死形散，遂返回大化流行的另一轮循环中，等同于在宇宙间永生。古人似乎也已经隐约察悟到这一生物圈中的规律，陶渊明诗中写到的"有生必有死，早终非命促"，"识运知命，畴能罔眷"，对此早有达观。

陶渊明名字的玄机

"知白守黑",见于《老子》一书第二十八章。

《老子》一书版本驳杂,以往通行的有王弼注本、河上公注本、唐代傅奕据项羽妾冢本整理的古本注以及近代罗振玉、马叙伦的注本。20世纪以来,随着考古视野的发展,又曾发掘出唐、汉以及战国时代的敦煌本、马王堆帛书本、郭店竹简本。通行本长期流播,影响广泛,然歧义亦逐日俱增;考古发掘本去古不远,按说应接近原作,然又多为孤例手抄残本,衍文脱字、错伪漏缺亦在所难免。加之历代学者别出心裁,一部《老子》遂成一方学术迷阵。第二十八章的疏证、诠释,更是深深陷入众说不一的尴尬中,从古代的王弼到近现代的易顺鼎、马叙伦、高亨、陈鼓应等,在章节、句式、文字、语义的考订、解说方面各执己见。限于篇幅,本文不拟对以往的学案一一推究,而选取今人高明先生在核校帛书《老子》后得出的结论,其文本为:

知其雄,守其雌,为天下溪。为天下溪,恒德不离。

恒德不离，复归于婴儿。知其荣，守其辱，为天下谷。为天下谷，恒德乃足。恒德乃足，复归于朴。知其白，守其黑，为天下式。为天下式，恒德不忒。恒德不忒，复归于无极。[1]

高明先生认为这段话逐一说出三层意思："知雄守雌""知荣守辱""知白守黑"。三个方面应为相互对应的三种关系，即强弱、贵贱、显隐，这也是"恒德"呈现于"天下"的三种方式。强弱、贵贱似乎都不难理解，其关于"婴儿"、"朴"的旨归也不难理解，乃侧重于个人操守与社会关系。这段话的难点显然在于"知白守黑"，重点也在于"知白守黑"，三层意思最终的结穴处也在"知白守黑"。正因为如此，老子才将"知白守黑"说成是"天下式"，即天下的"模则"，[2] 最终又将其归向"无极"，成为"道"的一个标志与象征，那无疑也是道法自然的最高境界。高明先生在他的书中以"婴儿之纯真无欲"喻"人之本源"，以"朴之无雕无凿"喻"木之本源"，以"无极而太极"喻"造化之枢纽"、即"宇宙之本体"，应是更符合老子原本哲学精神的。

此后，张志扬先生也曾多次著文讲到《老子》的第二十八

---

[1] 高明：《帛书老子校注》，中华书局1996年版，第452页"帛书老子甲本勘校复原"；第477页"帛书老子乙本勘校复原"。
[2] 王弼：《老子道德经注》，见楼宇烈：《老子道德经注校释》，中华书局2008年版，第74页。

章，他强调指出："二十八章"是《老子》五千言的"拱心石"，"知白守黑"就是玄德大道的最高境界。[1]那也应是中国古代道家精神的集中体现。那幅至今令世界瞩目的"太极图"，其精湛的内涵也就是"白"与"黑"之间知、守相逐的形象再现。难怪哥本哈根学派的量子物理学家尼尔斯·波尔将其镌刻在自己荣获的奖章上，在他心目中，"知白守黑"也是自然界的最高法则。

人们大多认为，《老子》一书中玄之又玄的话语，其实更接近关注宇宙本体、世界本源的自然哲学。作为老子学说"拱心石"的"知白守黑"理论，似乎也正在为自然科学的最新发现所印证。最新的宇宙起源理论认为，在最初的大爆炸之后，宇宙就好比一只蝴蝶的两片"翅膀"，向着一正一反两个对立的方向扩展开去，地球人类长期以来致力于认知的这个世界，只不过是整个宇宙的"一片翅膀"，另一片尚隐匿在神秘的幽暗之中。李政道先生在上海的一次科技报告中说：在大自然结构的最深远处，不但存在着我们日常能够感觉到的物质和能量，还存在着我们感觉不到的"暗物质""暗能量"。"大家也许不知道，已知物质只占宇宙总能量的百分之五"，"那些人类目前无法看到的'暗物质'大约占到了宇宙总质量的95%以上"，而宇宙中的"暗能量"是人们已经知晓的能量的14倍以上。[2]

---

[1] 张志扬：《道：秩序与句式——读〈道德经〉二十八章》，《江苏社会科学》2007年第6期。
[2] 参见《文汇报》2009年6月16日。

无独有偶，近来生物学界在生命最深处的基因组织内部，也发现了"暗基因组"，即原来被当作"消极的""惰性的"基因组，实际上却发挥着复杂而又重大的作用，那是微观世界中的"暗物质"。[1]

至于在人的精神领域，在个体心灵的"内宇宙"，"知白守黑"的说法，很容易使人联想起精神分析心理学中弗洛伊德的学说。当年，弗洛伊德震惊世界的发现就在于：人的心理像海上的冰山，意识只是阳光下晶明闪亮的部分，不过是冰山露出海面的一角；冰山的更深厚的部分隐蔽在幽深黑暗的海平面之下，那就是人的"潜意识"。至于荣格所说的"集体无意识"，作为亿万年人类进化史、生物进化史的积淀物，较之弗洛伊德的水下冰山，还要幽深黑暗的多，在与自然的关联上，几达"无限""无极"之境，那是人类全部生存智慧的滥觞与渊薮。他时常运用自己的语言向西方文化界讲述老庄哲学中"知白守黑"的奥义："心理生活中真正有意义的东西却几乎总是处在意识的地平线下，何况，当我们谈论现代人的精神问题时，我们涉及的几乎全是看不见的东西——它们是最隐秘、最脆弱的东西，是一些只在夜晚开放的花。……对许多人来说，白昼的生活就是这样一种噩梦，以至它们反倒渴望使他们精神清醒的夜

---

[1] 参见孙奋勇：《解码基因组中的"暗物质"》，《同济大学学报》（医学版），2011年第1期。

晚。"[1]"在一个民族的精神生活中,黑暗也同样可以召唤出能够给人以帮助的光明。"[2]也许正因为如此,荣格的学说在欧美学界乃至一般民众中的影响,仍在与日俱增。

由此看来,"知白守黑"不但是通向自然终极奥秘,也是通向人心至高境界的必由之路。

人们只要稍微用心品味一下,就会不难发觉:中国古代伟大诗人陶潜、陶渊明的名字中就隐含有"知白守黑"的意蕴。

在中国古代文学研究领域,伟大诗人陶渊明的名字,也是一个不解的谜团。

朱自清先生曾说过:由于"渊明门衰祚薄,其诗又不甚为当时所重,是以身没未几,名字已淆乱耳"。按照朱自清先生在《陶渊明年谱中的问题》一文中的考据:"渊明名字,古今计有十说",如:名潜字渊明,名渊明字元亮,名潜字元亮,名潜字元亮小名渊明,另有"深明""泉明"等。朱自清自己倾向于名"渊明",字"元亮",由晋入宋后开始改名为"潜",然而又不同意是因为激愤于刘裕篡晋而改名的说法,仍将其归结为"泽于道家者深"的哲学趋向。[3]

陶渊明名字的公案中,"深明""泉明"来自唐代官方对于高祖李渊名讳的规避,可以不论。剩下的名与字的"淆乱",其

---

[1] 〔瑞士〕荣格:《荣格文集》,改革出版社1997年版,第123页。
[2] 同上,第113页。
[3] 朱自清:《古典文学论文集》下册,上海古籍出版社2009年版,第458页。

实也只是"潜"与"渊明"、"元亮"的排列顺序,就目前人们掌握的文献资料来说,要想得出一个确切的共识,怕是不可能了,似乎也没有太多的价值与意义;有意思的倒是后来人对于"陶潜、陶渊明、陶元亮"涵义的解释。比如,那些强调渊明"以儒家为本"、"不忘晋室"、"耻事二姓"的学者,多主张陶渊明是在刘裕篡晋后方才更名为"潜"的。而把名字中的"明"字、"亮"字说成是陶渊明对于忠君报国、思致中兴的"诸葛孔明""诸葛亮"的景慕与效仿。[1]而主张陶渊明"任真自得"、"放旷冲淡"、"委运化迁"的学者,则希望从"其泽于道家者深"的思想倾向上、以道家的自然哲学精神阐释"陶渊明"、"陶潜"的涵义。

袁行霈教授承继朱自清的思路,拒斥陶渊明因耻事二姓更名为潜的说法,希望从中国古代自然哲学的高度理解陶渊明名字的意蕴,并征引《易经》中的爻辞做出以下诠释:

> 关于"渊明"、"元亮"、"潜",三者意义之关联,古《谱》曰:"《易·乾·初九》:'潜龙,勿用'。《九四》:'或跃在渊'。四为初之应,四之渊即初所潜处。……《广雅》'潜'训'隐',《说文》'隐'训'蔽',隐蔽皆有暗义。暗者,明之对也。亮,《说文》做'倞',云'明也。'"是亮

---

[1] [元]刘壎:《隐居通义·卷八》。

与潜为对之，亮与明为同训。[1]

这里的解释与汉字语义学相符，与中国古人名字的结构常规相符，已经切合陶渊明名字的本义。而"潜龙勿用"、"或跃在渊"，也正表现了生命在天地间的一种自然状态。如果佐以高亨先生《周易古经今注》中的诠释："潜，隐也"，"龙潜于渊，得其所之象。人得其所，可以无咎"，[2] 那么与陶渊明"不易乎世，不成乎名"、"逃禄归耕"、"复返自然"的人生操守更是完全吻合的。

我想再做一点补充：如果陶渊明果有后来的"更名"之举，那么取名为"潜"，也应在他萌生辞官之意、决心退隐之时，该在刘裕篡晋之前，并非由于"耻事二姓"，而是基于其视官场如"樊笼"、"网罗"的人生观念。"潜"之取义更有可能来自《诗经》中的句子："鱼在于渚，或潜于渊"（《诗经·小雅·鹤鸣》）。鱼由"渚"（明亮的浅水）入"渊"（幽暗的深水），可以说是"弃明投暗"，但幽暗的深水反而会给鱼提供更多的安全与自由，自由自在的个体将会在这幽暗的深水中闪现出内在的生命亮光。如果这样的解释可以成立，那么关于陶渊明的名字与陶渊明的人生哲学几乎就可以相互印证了。

---

[1] 袁行霈：《陶渊明研究》，北京大学出版社2009年版，第237页。
[2] 高亨：《周易古经今注》，中华书局1984年版，第161、163页。

其实，陶渊明名字的叫法虽多，汇总起来不外乎相互映衬对照的两个方面：一是潜和渊，一是明和亮。即：一是幽暗，一是光明，所谓"陶潜""陶渊明"，就是"深潜于幽暗深渊中的一丝光明"。如果进一步引申，这一命名中还应包涵更为蕴藉的哲学意味，那就是道家经典中"知白守黑"的哲理。

如果接过朱自清关于陶渊明"其泽于道家者深"的话题，文章似乎还可以进一步做下去。《老子》一书中，"渊"字多次出现，与"渊"相类的"谿"、"谷"皆谓水之所归，也多次出现。"渊兮，似万物之宗"（《老子·四章》）；"鱼不可脱于渊"（《老子·三十六章》），皆以"渊"喻"道"，以"渊"为"万物之母"、为"众妙之门"；而人的生命尤其不能脱离"道"，就像鱼不能脱离深水之渊一样。此外，《老子》一书中讲到的"明道若昧"、"大白若辱"（《老子·四十一章》）、"其上不皦，其下不昧"（《老子·十四章》）、"俗人昭昭，我独昏昏"（《老子·二十章》）、"和其光，同其尘"（《老子·四章》）、"窈兮冥兮，其中有精"（《老子·二十一章》）、"见小若明，守柔曰强"（《老子·五十二章》）也都含有"知白守黑"的意蕴。《庄子》一书中亦不乏这样的例子："夫道，渊乎其居也，漻乎其清也。""视乎冥冥，听乎无声。冥冥之中，独见晓焉；无声之中，独闻和焉。故深之又深而能物焉，神之又神而能精焉。"（《庄子·天地》）讲的也都是"以渊喻道""知白守黑""冥中见晓""深中见物"的道理。如果说"陶潜""陶渊明""陶元亮"的名字中包容有"知白守黑"

的道家哲学主旨与精粹，该不是牵强之议。

陶渊明的诗文中并不曾出现过"知白守黑"的字句，但对于陶渊明来说，"知白守黑"不仅是天地万物孕育演化的基本"法式"与"模则"，更是人生在世安身立命完善而又完美的最高境界。陶渊明不只是命名上的"知白守黑"，其一生之所以能够在穷通、荣辱、贫富、显隐以及生死、醒醉、古今、言意之间身心和谐，意态从容，皆因他身体力行地实践了"知白守黑"这一中国古代自然主义的哲学精神。

知白守黑是陶渊明的人生准则

综观中外人类历史，凡属不朽的诗人、作家，总是与他所在的民族的某些内在的、核心的精神遗存融为一体，总能集中体现出这个民族的生存大智慧，从而成为这个民族灵魂的诗意化身，中国古代诗人陶渊明也应如此。具体说来，应是由于他始终尊奉了"知白守黑"这一道家自然哲学的生存模则，并在其文学创作中得以完美的展现。

从陶渊明的人生、艺术践历中，我们不难找到"知白守黑"的例证。

一、回归：出仕与幽居

返乡，或曰归隐，是陶渊明一生中的关键大事。

从"三十而立"到"四十而不惑"这十年中，他时断时续数次出入官场，从做将军府的幕僚，到彭泽县的县令，并未见其做出什么政绩（不像我们现在的官员，全都要"政绩辉煌"）。

四十一岁那年年底,据说是因为拒绝逢迎前来检查评估的上司,便索性辞官返回老家种田去了,此后二十年里直到最后去世,再没有出来做官。

陶渊明辞官返乡的社会因素或许是重要的,身在官场无异于身陷牢笼,上层社会的尔虞我诈如同刀箭网罗,政治的黑暗腐败时时令人郁闷窒息,在这样的处境之中,生命的安全也时常受到威胁。弃官归田就是迷途知返、险途求安,应该说就是"鱼潜于渊"。

但从根本上说,陶渊明的退隐归田还应是其内在心性的欲求,正如他在《归去来兮辞》中表白的:为官不多日,便"眷然有归欤之情。何则?质性自然,非矫励所得。"对于重返乡土后的田园生活,陶渊明曾作出如下描述:"园日涉以成趣,门虽设而长关。策扶老以流憩,时矫首而遐观。云无心以出岫,鸟倦飞而知还。景翳翳以将入,抚孤松而盘桓。""登东皋以舒啸,临清流而赋诗。聊乘化以归尽,乐夫天命复奚疑!"在他的笔下,重返田园就意味着回归自然,回归生命源头,回归到心灵的栖息地,因而也是回归到诗意葱茏的渊薮。

美国俄勒冈大学教授格兰·拉夫(Glen Love,1932—)曾从现代生态批评的角度论及田园对于文学、对于人类的意义:"田园的永久魅力在于从本能直觉或自身的神秘感上证明我们是自然的产物。我们必须时常返回大地寻找某种被文明剥夺了的神圣归根感。"[1] 陶渊明返乡的最深层的原因，可能正是这种发自天性的对于自然的归属感，在以往的评论中却往往被忽略了。

对于陶渊明来说，"天道幽且远，鬼神茫昧然"，"我实幽居士，无复东西缘"，天道、鬼神全都在幽暗中，主动避开忙碌的世事是"知白"；回归田园安于幽居是"守黑"，亦即对于自然之本源、心灵之本真的守护。老子曰："常德不离，复归于婴儿"，"常德乃足，复归于朴"，返朴归真是道家修成正果的至高境界。陶渊明的"返乡归田"，也正是对于"返朴归真"的身体力行。

海德格尔特别看重荷尔德林那首长达108行的《返乡》诗，其原因也正在于此。"故乡是灵魂的本源和本根"，灵魂必须在这一基础中栖居，就像树木一定要扎根于土地之中一样。即使一棵树木，其生命也注定要尊奉天地间"知白守黑"的模则：其枝叶摇曳于动荡不已的天光，其根须深藏于静谧幽暗的地层。老子曰："夫物纭纭，各归其根。归根曰静，静曰复命，复命曰常。"（《老子·十六章》）陶渊明的"返乡归田"就是"归其根"，几同于海德格尔的"返回到本源近旁"，那里才是达成个体生命"诗意栖居"之处。中国古代诗人陶渊明的"归去来"，其最终

---

[1] Glen A. Love, Revaluing Nature: Toward An Ecological Criticism in Cherylly and Harold From meds. The Ecocriiticism Reader: Landmarks In Ecology, *The University of Georgia Press*, 1996, pp.230–231.

意义正在这里。

二、桃源：现实与理想

在中国古代文学辽阔深邃的夜空中，陶渊明的《桃花源记》是一颗最为亮丽的星，在其后的文学史中，"桃花源"成了历代作家驰骋文学想象的一块沃土，同时也成了一般民众心神向往的洞天福地。

陶渊明笔下的"桃花源"，相对于现实的社会生活，那是一个"幽蔽"的神奇世界，被他称为"神界"："奇踪隐五百，一朝敞神界。淳薄既异源，旋复还幽蔽。"这里的"神界"，是一个呈现于历史暗夜天幕上的理想世界，一个本真、澄明之境，"桃花源"由此成了浪漫精神与乌托邦想象的同义词。

梁启超就曾指出：在《桃花源记并诗》里，陶渊明有他理想的社会组织，"至于这篇文的内容，我就想起他一个名叫做东方的Utopia（乌托邦）。"[1] 稍后，朱光潜也作出过类似的判断："渊明身当乱世，眼见所谓典章制度徒足以扰民，而农业国家的命脉还是系于耕作，人生真正的乐趣也在桑麻闲话，樽酒消愁，所以寄怀于'桃花源'那样一个纯朴的乌托邦。"[2] 值得注意

---

[1] 梁启超：《陶渊明》，商务印书馆民国二十二年版，第25页。
[2] 朱光潜：《朱光潜美学文集》第2卷，上海文艺出版社1982年版，第217—218页。

的是，梁、朱二位前辈分别在"桃花源"这个Utopia（乌托邦）之上冠以"东方的""淳朴的"定语，那就是说乌托邦还有"西方的"、并不淳朴的，那该就是16世纪由英国的莫尔（Sir Thomas More，1478—1535）、培根（Francis Bacon，1561—1626）设计的"正宗乌托邦"，它们都以理性与知识为前提，以制度与管理为手段，试图通过开发自然、改造自然的途径在人间建立一个繁荣昌盛的新社会。对照陶渊明的"桃花源"，它们除了在"文学想象"这一点上拥有肤浅的相似外，其内涵、趋向、途径，几乎毫无相同之处。相对于西方莫尔、培根们设计的"光明的""进取的"的乌托邦，东方陶渊明的桃花源则是一种"幽晦的""退隐的"乌托邦。

从柏拉图的"理想国"，到莫尔的"乌托邦"，到培根的"新大西岛"，进而到康巴内拉的"太阳城"、哈林顿的"大洋国"、欧文的"和谐村"、卡贝的"伊加利亚"，如此一路走来，当这些曾经在云间飘浮的美妙幻影纷纷降落人间化作实实在在的蒸汽机、内燃机、汽车生产流水线、核潜艇、太空梭、机器人、克隆狗、转基因大豆，化作摩天大楼、高速公路、超级市场、跨国银行，以及各种宪章、论坛、委员会、董事会后，人们才发现最初期许的幸福并未随之降临，落地的"乌托邦"貌似一座光明璀璨的豪华大厦，实际上又成了一座约束、困厄人们的牢笼。此时，在乌托邦的疆土上便又涌现出一些新潮的思想家，向着正宗的乌托邦反戈一击，那便是进入20世纪以来日渐突现的"反乌托邦"斗士,这些人以挖苦、嘲弄、批判的方式表达了对于启蒙主义乌托邦的"反拨",并有意无意间表达了他们对于日渐恶化的自然生态、社会生态、精神生态的深切关怀,世界乌托邦运动开始进入"后现代时期"。

此时再来回望古代东方诗人陶渊明的"桃花源",那貌似潜隐幽晦的山洞之内似乎又闪现出一种幽幽的光影,一丝柔弱的拯救之光。这种淳朴的、东方式的乌托邦已经与扎米亚京、赫胥黎、奥威尔们的"反乌托邦"拥有类似的指向。

三、饮酒:醒与醉

陶渊明一百多篇诗文中写到酒的约五十余篇,几占去一半。"偶有名酒,无夕不饮,顾影独尽,忽焉复醉。""忽与一觞酒,日夕欢相持。""千秋万岁后,谁知荣与辱。但恨在世时,饮酒不得足!"读渊明诗文,觉得他似乎无日不饮,一醉再醉,饭可以不吃,酒却不能不喝,甚至生命将尽,遗憾的还是酒未喝足!在一般人的日常生活以及社会舆论中,"酒"的口碑并不那么好,唯独一旦与文人,尤其是与诗人搭界,便滋生出诸多风雅与深意来。在众多与酒结缘的诗人中,陶渊明是最高典范。

至于诗人为何爱酒,酒为何钟情诗人,落实到陶渊明身上,诗与酒的关系究竟如何,众说纷纭。

魏晋时代,政治黑暗,士心凄苦,许多文人借酒放旷,在酒中脱略行迹、遗世忘物,乃至忘情、忘忧、忘我、忘天,与自然浑融一体,以取得精神的解脱与超越。有论者指出:"酒乃渊明返朴归真之窗口",[1]可谓得之。换一句话说,酒,也是陶渊明由有入无、由白入黑、由纷扰世事进入澄明之境的通道。陶渊明在《饮酒·十三》一诗中,以"醉士"与"醒夫"的对比,生动地表述了这一见解:

> 有客常同止,
> 取舍邈异境。
> 一士长独醉,
> 一夫终年醒。
> 醒醉还相笑,
> 发言各不领。
> 规规一何愚,
> 兀傲差若颖。
> 寄言酣中客,
> 日没烛当秉。

在这首诗中,醒者"何愚",醉者"若颖",醉了的要比醒着的更聪颖明白,按照叶嘉莹先生的说法,诗中反映的仍是陶

---

[1] 胡不归:《读陶渊明集札记》,华东师范大学出版社2007年版,第127页。

渊明的道家思想。道家讲"有待""无待","有待"是仰仗外界东西支撑、满足自己;"无待"是依靠内在精神涵养充实自己。"醒夫"做事精打细算、患得患失,貌似精明,其实愚蠢;"醉士"独守内心,目无他物,看似浑浑噩噩,其实是真正的聪颖。这种诗学之思与老子[1]"明道若昧""大白若辱(黑)"的哲学精神声气相投;这种"贬醒褒醉""贬有尚无"的态度,显然是一种精神向度上的"知白守黑"。

海德格尔在阐释荷尔德林《追忆》诗中有关饮酒的诗句时指出:诗人之醉与常人之醉不同,诗人在醉中超越日常逻辑化的认知方式,将自己的性灵升至存在本源的近处,因此,诗是参悟世事人生的最好的方式;而醉则是存在的本真状态。诗人之醉不是"麻醉",而是"陶醉","陶醉状态乃是那种庄严的情调",是"黑暗作为清晰性的姐妹显现出来。"[2] 海氏所言,该就是陶公所指的"酒中深味"吧。而海德格尔这里强调的"陶醉",莫非就是我们的"陶渊明之醉"!

四、挽歌:生于死

对于生死,陶渊明似乎并不认同转生轮回、羽化成仙的宗

---

1 叶嘉莹:《叶嘉莹说陶渊明饮酒及拟古诗》,中华书局2007年版,第149页。
2 〔德〕海德格尔:《荷尔德林诗的阐释》,孙周兴译,商务印书馆2002年版,第143页。

教教义。陶渊明之所以能坦然面对死亡，是因为在他看来"生"不过是逆旅之馆——"家为逆旅舍，我如当去客。去去欲何立？南山有旧宅。""人生似幻化，终当归空无"。而"死"不过是"永归于本宅"、"终当归空无"，由自己脚下的乡土田园进一步回归到天地自然的大化流行之中，回归到"道"与"无"的真境。他时常乐道的"生"与"死"，其实仍然可以归之于"白"与"黑"的大范畴："生"为白，为有限；"死"为黑，为无限。陶渊明的视死如归，也仍然是基于道家哲学"知白守黑"的信条：知其白，守其黑，复归于无极。

道家的生死观是建立在其自然哲学之中的。在庄子看来，人的生老病死犹如自然造化中晨昏昼夜、春夏秋冬的推演，其实质是作为万物之本的"气"的聚合离散，依然是处于大化流行之中的。"生也死之徒，死也生之始，孰知其纪！人之生，气之聚也；聚则为生，散则为死。若死生为徒，吾又何患！"（《庄子·知北游》）得之于"气"，归之于"气"，来自自然，返于自然，本是道之运行的绝对法则，人又何苦自寻烦恼，去违背这一法则呢？

自古万难唯一死，贪生怕死实乃人之常情，而且愈是不可一世的大人物，愈是贪生怕死，如费尽心机寻求长生不老的秦始皇、汉武帝。由于这一"贪"与"怕"，又给人生带来多少无谓的积虑与烦恼，大大减损了生存的质量。"生寄死归""委运任化"的道家精神使陶渊明得以彻底洞悉生死大义；向死而生，坦对凶吉，反而使他平添许多乐趣与诗意，从此活得逍遥自在。

辞世前他在为自己写的《挽歌辞》中吟诵："死去何所道，托体同山阿"；在《自祭文》中又写道："陶子将辞逆旅之馆，永归于本宅"。回顾自己的一生，从"茫茫大块，悠悠高旻，是生万物，余得为人"，到"勤靡余劳，心有常闲，乐天委分，以至百年"，生生死死，皆为自然，故"识运知命，畴能罔眷，余今斯化，可以无恨。"对于陶渊明来说，"委运任化"，不为死生所拘，不仅是一种通向精神自由的人生选择，也是他"纵浪大化中"从而获得本真诗性、进入文学艺术创造的玄妙之境的前提。

人与自然和谐共处

"五四"以来被现代科学武装了头脑的学者,总希望像对待"唯心—唯物""主观—客观""意识—物质"那样对待古代思想史中的道家和儒家,此种二元对立的概念形而上思维方式,其实并不适合中国古代哲学研究对象,更不适合套用到陶渊明身上。然而,这几乎已成为我们的几代学人挥之不去的心理定势。至于陶渊明究竟是儒家,还是道家,还是儒道兼蓄,外儒内道、先儒后道,这始终是陶渊明研究中的一个众说纷纭的话题。诸说可能均有一定道理,惟独坚执"纯道家"或"纯儒家"并排斥另一方的极端论者没有道理。

我自己更倾向于以道家精神阐释陶渊明其人、其诗、其文。鉴于儒家思想在汉之后已成主流、正宗,所以渊明青少年时代学习儒家经典、深受儒家思想濡染,在心中埋下儒家"治国平天下"的种子是不难理解的。而由于魏晋时代风气影响,陶渊明吸纳老庄及玄学的思想精华从而培育成自己的宇宙论、人生观更是顺理成章。加上个人的天性禀赋、人生遭际、审美偏爱,从此愈加走进老庄哲学的纵深天地，似乎也符合其文学创作的实际。这样的思路倒也清晰，只是仍然没有跳出儒、道二元模式，运用到对于陶渊明的诠释，往往失之肤浅。以往有学者对陶渊明做出的看似模棱两可的表述，或许更具深意。如明代学者刘朝箴的说法："靖节非儒非俗，非狂非狷，非风流非抗执，平淡自得，无事修饰，皆有天然自得之趣。"[1] 清代学者钟秀针对有关陶渊明的研究指出："何必庄、老，何必不庄老，何必仙释，何必不仙释。故放浪形骸之外，谨守规矩之中，古今来元亮一人而已。"[2] 那无异说陶渊明就是陶渊明，是一个超越了固有学理框架和传统认知的人，一个被誉为"胸次阔达"、能够与天地化一，与万物共荣、随中和而任放的人，一个"道法自然""元气混沌"的人。这样的人，正如"道"之本身，其实已经很难用语言表达。

"道"，不宜仅仅视为"道家"用语，而应看作中华民族自远古时代就已萌生出来的那种"自然哲学"的精神核心，它集中地表达在老庄的宇宙论中，也渗透在儒家的天道学说里。即使在墨家、名家、阴阳家以及后世的佛教禅宗里，都时隐时现。陶渊明不只属于道家，也不只属于儒家、佛家，唯有"自然"才是他的家，他的诗、他的人就是中国传统自然哲学精神的化身。

20世纪以来，老庄的自然哲学思想在中国社会革命运动与

---

1 ［清］陶澍集注：《靖节先生集》《诸本评陶汇集·刘朝箴论陶》。
2 ［清］钟秀：《陶靖节记事诗品》（清刻本）。

现代化建设运动持续的强烈轰击下，几乎全盘崩溃。惟在几位海外华人学者中一息尚存，并且随着世界哲学思潮的涨落，不时地调整路向、变幻色彩。更令人感慨的是，所谓老庄道家哲学，竟是寄寓在那些被称作"当代新儒家"的学人篱下才得以存活下来的。

被誉为一代儒学宗师的钱穆先生（1895—1990）曾著有《老庄通辨》一书，书中汇集了他自1923年至1960年三十余年间撰写的关于老庄的十八篇论文，其中也谈到了道家的自然观。钱穆先生是一位拔起于民间、自学成才的知识分子，面对风雨飘摇的故国黎民，以济世匡时、光大种族、造福华夏为己任，故在先秦诸子经典悉心研究的基础上，最终选择了儒学孔孟之道，而不是道家的老庄学说，他所倡导的"救世界必中国，救中国必儒学"主张，由青年时代至暮年始终未变。

从表面看，他的这种提法与"五四"口号迥异，然而在爱国救亡的大前提下却又是一致的。正因为钱穆的这一立场，使他对道家自然哲学的取舍也映照上时代色彩。在《郭象〈老子注〉中之自然义》一文中，钱穆在对王弼注老子与郭象注庄子的"自然义"比较分析中指出：王弼主张"自然生万物"，"以自然为无称之言，穷极之辞。穷极犹云太极，即所谓有物先天地也。无称之言，则无形本寂寥也。"[1] 在王弼这里，"道""无""自然"

---

1 钱穆：《庄老通辨》，生活·读书·新知三联书店2002年版，第368页。

三名相通，所谓"自然"不过是"道"与"无"的另一说法。自然生万物成了"无中生有"，钱穆从儒家务实的立场出发，认为这种"形上之无"必失之于"空"，于时于世无补。而郭象注庄则不然，郭象主张"万物以自然生"，即"万物自生"，"无既无矣，则不能生有。""天地万物，变化日新，与时具往，何物萌之哉？自然而然耳。"（《庄子注·齐物论》）"吾以自然为先之，而自然即物之自尔耳。"（《庄子注·知北游》）在郭象看来，"自然"就是"万物"，自然等同于"自然界"，自然之外并无一个超越其上的"主宰"，主宰自然万物的机制就在自然物之内，这种内在于物的机制可称之为"理"。至此，王弼与郭象的自然观其泾渭之分已昭然若揭。王弼关注形上而崇"无"，郭象关注形下而贵"有"。崇无者最终归自然于"天道"，贵有者则纳自然于"物理"。归天道者重虚静无为，言物理者则重变革践行。大约正是在这一点上契合了钱穆济世匡时的儒家情思，因而他对郭象的"自然义"给予了极高的评价："故虽谓中国道家思想中之自然主义，实成立于郭象之手，亦无不可也。虽谓道家之言自然，惟郭象所指，为最精卓，最透辟，为能登峰造极，而达于止境，亦无不可也。"[1] 在钱穆看来，郭象的自然主义不但发展了老庄元典中的自然主义，甚至超越了老庄，成为中国古典自然哲学的顶峰。这里显然有钱穆一己的偏爱，更是由于他以儒家解道

---

1 钱穆：《庄老通辨》，生活·读书·新知三联书店2002年版，第369页。

家、以儒家统道家，把老庄的自然哲学通过郭象之手加以"物化"，纳入儒家经国治世的门径，甚至进而引向现代社会的实用主义、理性主义的轨道。

钱穆的系列著述中，先孔子后老子，抑老子扬庄子，继而凭借郭象改造老庄之学，盖出于他坚持以学术利国家、利大众、利社会进步的儒学操守，作为学术立场，则是与中国社会现代化伊始所推崇的启蒙理性相一致的。

出生于1899年的方东美先生（1899—1977）虽然只比钱穆小四岁，虽然都以发扬儒家思想为己任，然而在对待中国传统文化中"自然"这一命题时，似乎已经被分别搁置在两个不同的时代。

钱穆更像一位"纯儒"，努力顺应历史的潮流，以儒家正统思想，改造老庄哲学中空无不实的东西，以为推进社会现代化所用。而方东美由于从青年时代就受到西方现代哲学的熏陶，乃至得到西方当代学术思想的严格训练。柏格森、弗洛伊德、怀特海都曾作为他的精神导师，其思想虽然驳杂，学术视野却更为开阔，对西方现代观念的偏颇、对西方社会现代化进程中积淀的重重弊端看得更为清晰。方东美的志业是用中国儒学的精华揭示西方现代社会的流弊，矫正西方社会发展中的偏失，因此便把思想的锋芒首先指向现代性反思。

为达此目的，方东美的"新儒家"采取了更为开放的姿态，常常积极主动地汲取老庄元典中的自然哲学精神，以补偿儒学在展开现代性批判时的力所不足。下面一段话摘自方东美《从比较哲学旷观中国文化里的人与自然》，从中便可以清楚地看出他的这一用心：

> 自然，顾名思义该是指世界的一切。就本体论来说，它是绝对的存有，为一切万象的根本。它是最原始的，是一切存在之所从出。它就是太极，这字首先见之于易经一书中，易经上认为太极能生天地，又能递生天地之间的一切的一切。后来到了宋代，由理学家更进一步发展为无限的天理，为万事万物所遵循而成就最完满的秩序。
>
> 从宇宙论来看，自然是天地相交，万物生成变化的温床。从价值论来看，自然是一切创造历程递嬗之迹，形成了不同的价值层级，如美的形式，善的品质，以及通过真理的引导，而达于最完美之境。
>
> 不论有何困难，中国人都喜欢用自然两字远胜过宇宙两字。主要的理由有三，第一点在《易经》中有说明：
>
> "成性存存，道义之门。"
>
> 这是因为中国哲学里的自然和性禀是一体的。所以用"自然"两字可以使天人合一。第二点是由于中国人具有诗的气质，常把自然拟人化。老子有段话说得极为恰当，他说：
>
> "天下有始，以为天下母。既得其母，以知其子；既

知其子,复守其母,没身不殆。"

自然和人之间有如母子的亲切关系,这种关系并不因疏远而消失。第三点是在自然的境界上,把天地人合成一片,把万有组成一个和谐的乐曲,共同唱出宇宙美妙的乐章。[1]

这里,方东美高度赞扬了中国古代视自然为大化流行、天人合一、生机充盈、自由和谐、完美至善的有机自然观,以此对抗西方现代社会中物质的、机械的、简化的、与人对立的自然观,以及在这种自然观之上建立的政治、经济、人格结构。

与钱穆的崇尚理性不同,方东美对"理性"则颇有保留,乃至迁怒于宋儒"偏执理性"、"违背人性与自然"的弱点。他曾反复指出:"宋儒过分执著于偏颇的理论,而对于人类具有善性的欲望、情趣,以及具有善性的情感、情操,都一概抹煞了。这是一个偏颇的哲学,它不能够同文学、诗歌、艺术以及一般的开阔的文化精神结合起来。这样一来,很容易造成一种萎缩的哲学思想体系。"理性的单一化、绝对化,破坏了人的自然天性,如何矫正这种"理性主义"的弊病,方东美说:"疗治这个文化的弊病,最好是借重道家的精神。""道家的哲学精神在这一点上应与儒家的哲学精神,像先秦时代一样深深地结合起

---

[1] 方东美:《生命理想与文化类型》,中国广播电视出版社1992年版,第128—129页。

来。"[1] 儒家讲"备天地，俯万物"，道家讲"天地与我并生，万物与我为一"，是完全可以结合起来的。方东美与钱穆的理论指向显然不同，钱穆认为郭象在《庄子注》中以"物理"取代"天道"并对宋代理学产生重大影响，是"中国思想史上的绝大贡献"，而在方东美看来，那反倒该是"绝大失误"了。钱穆用功处在于推动现代中国的社会进步；方东美关注的则是对于现代性的反思与批判。

至于"自然"在中国古代哲学中的本体地位，向有"有""无"之辩。道家"崇无"，儒家"贵有"，方东美作为"现代新儒家"的代表人物，则对道家的"崇无"给予极高评价，甚至认为这是超越西方主流哲学的必由之路。钱穆则不然，他一如既往地站在纯儒的立场上，拒绝给老庄自然哲学中的"无"以更高的评价，反而认为这种"崇无"精神导致了老庄哲学内在的"空虚"而与世无补。

两相比较，贵有者致力务实、尚用，志在强国富民；崇无者则蹈虚、超越，意在守护个体生命的清净与自由，一外一内、一实一虚、一进一退、一强一弱，实则代表了社会活动与个人生存的两个方面，应是相辅相成、互生互补的。如若进一步探究，贵有务实者必以人工胜天然，以自然为对象物，从而为人类谋福利；崇无蹈虚者，祈望与天地自然为一体，为个体

---

[1] 方东美：《生命理想与文化类型》，中国广播电视出版社1992年版，第507、508页。

生命求解脱。前者以物质的集聚为至上福祉，后者以诗意的栖居为最高境界。关于这一点，钱穆也是认可的，当他批评庄周之学最终流于"空言"时又特别指出："然而此等境界，以施之艺术，则可谓入圣超凡矣。"所以，钱穆对于陶渊明仍不乏发自内心的推重，不过，钱穆的志向毕竟在于为人生，而不是为艺术。

艺术与人生又总是关系密切的，而这一关系，在许多时候，在很大程度上又与对待"自然"的认识与态度密切相关。在现代中国人文学者中，方东美关于中国自然哲学与艺术精神的阐发尤值得人们深为关注。

方东美指出，中国传统的自然哲学与宇宙论中就包含着普遍的艺术价值，庄子所谓："圣人者，原天地之美而达万物之理"，即"充分展现了中国人深邃的灵性"，"中国人在成思想家之前必须是艺术家，我们对事物的观察往往是先直透美的本质"，中华民族因而成为一个长于艺术创造，尤其是诗歌创造的民族。即便中国人的"哲学智慧"，差不多也总是在"艺术情操"中发展起来的。哲学与诗，在中国古代总是同根并生的，都是自然与生命的融会贯通。充沛的、使万物含生、生生不息的创造力与生命的创造力、艺术的创造力是一致的。"不论是哪一种中国艺术，总有一股盎然活力跳跃其中，蔚成酣畅饱满的自由精神，是以劲气充周，而运转无穷！所有这些都代表了一种欣赏赞叹，在颂扬宇宙永恒而神奇的生命精神，就是这种宇宙生意，促使一切万物含生，万化兴焉。"[1]他又说："除非我们先能了解道家这种深微奥妙的哲理，否则对很多中国艺术，像诗词、绘画等等，将根本无从领略其中机趣。"[2]

方东美的基本立场固然是儒家，更多时候他却是站在《周易》的原始高地上，寻觅着中国哲学思想的滥觞，儒家的"德"也被他赋予了自然的品格，成为"自然灵魂的道德"。[3]在中国传统哲学中自然与人的生命之关系是如此密切，中国的诗人、艺术家因此也最能"徜徉自然之间，最能参悟大化生机而浑然合一"，[4]从而怀着静穆愉悦之情走进艺术的化境，达成诗意的栖居。

方东美的这番论述，为我们探讨伟大诗人陶渊明自然的诗思与人生，提供了一个值得信任的导向。

在中国文化思想研究界，儒家研究一直处于主导地位。然而，从种种迹象看，在儒家思想的现代变革中，道家精神却一层层深入到儒家内部，并与西方现代哲学相呼应，改造着儒家的教义，甚至动摇着儒家的某些基本立场。

在如何看待"自然"的问题上，当代新儒家的阵营中如果说钱穆（也许还应加上冯友兰）尚且热衷于运用西方启蒙运动以

---

[1] 方东美：《生命理想与文化类型》，中国广播电视出版社1992年版，第373页。
[2] 同上，第368页。
[3] 同上，第413页。
[4] 同上，第381页。

来的理性主义、实用主义思潮挽回儒学的颓败，因而对道家思想多持保留态度的话；到了方东美那里，由于接收了柏格森的生命哲学、弗洛伊德的精神分析学以及怀特海的有机过程哲学，继而对道家思想，尤其是"道法自然"的思想便生发出更多的认同，并据此对工具理性展开批判，走进"现代性反思"行列。

到了20世纪后期，当杜维明先生以"当代新儒家第三代传人"的身份出现时，儒家思想已面临又一次重大变革。这次变革的背景是环境灾难、生态危机席卷全球并日益猖獗，已危及每个国家、每个人的生存，危及人类道德精神的底线。与钱穆的理性主义、方东美的生命哲学不同，杜维明则是从生态哲学的角度切入新儒家的当下变革的。于是，更具备生态意味乃至精神生态意味的老庄自然哲学，在杜维明那里就成为鞭策儒学变革的动力，促使儒学参与后现代社会的营造。杜维明的生态型"新儒学"也因此渲染上后现代色彩。

首先，杜维明强调人类社会的发展必须"重新定向"，面对全球化日益险恶的生态危机，"为了人类的绵延长存，无论在理论还是实践上，我们与自然的关系都需要有一个根本性的转变，这是一个紧迫的任务。"[1] 而原本以"自然科学"面目出现的"生态学"，早在20世纪50年代经由伟大的女作家瑞秋·卡逊（Rachel Carson，1907—1964）的呼吁，已经开始了它的

---

[1] 杜维明：《对话与创新》，广西师范大学出版社2005年版，第182页。

"人文转向",生态学已经越来越深入地普及到社会学、政治学、经济学、伦理学、法学、哲学、美学、文艺学诸人文领域,在上述人类文化领域已经全都不可回避地重新审视起"自然"与"人文"的关系。

作为人类精神文化的儒学如何面对这一世界潮流,杜维明旗帜鲜明地提出了"儒学的生态转向"。他指出这是一种新的世界观,一种"人类宇宙统一论的世界观",一种"天人之间互动共感的世界观","就重估儒家思想而言,这种世界观通过强调人与大地之间的相互作用标志着儒学的生态转向。"[1]为此,他说儒家思想"必须要超越人类中心主义",[2]甚至要改变儒家"以人为本"的基本原则。为了增强这一判断的说服力,他还援引了现代新儒家另外两位先贤——熊十力与梁漱溟关于人与自然关系的言论,尤其是熊十力以《周易》为基础的"自然活力论",堪称"儒家生态转向"的先声。

杜维明发表在新世纪之初的一系列论文,在总结百年来现代新儒家经验教训的基础上,反复提醒"新儒家"进行自身反思的必要性。他认为,"五四"运动之后,受全盘西化的影响,本来遭遇西化论者严厉打击的儒学,竟也倒向西方,断定儒学价值的唯一标准就是"看它与西方定义下的'现代化'是否吻合"。

---

[1] 杜维明:《对话与创新》,广西师范大学出版社2005年版,第183页。
[2] 同上,第2页。

杜维明称此为"儒学的现代主义转向",认为这一转向的结果是把儒学科学化、实用化、工具化、世俗化也简单化了,儒学的"原始语言已经从根本上被重构了,它不再是一套关于信念的语言,而成为一种工具理性、经济效益、政治权宜和社会管理的语言。"[1]这种儒学不是离"生态关怀"更近了,反而显得与生态格格不入。他目前的志向,显然是要把这种"现代主义"的儒学扭转回"自然主义""生态主义"的道路上来,重新使"天人合一"的理念焕发活力。他认为这是"新儒家"从现代主义迷茫中的苏醒,将对地球人类建构新的世界观和人生观有所裨益。

在杜维明看来,建构这种后现代的、生态型的世界观、人生观,就要从中国传统的思想文化中汲取生机与活力,那就是把地球看作一个"生机勃勃的生命共同体"。这种观念可以是儒家的也可以是道家的,也可以是儒道未分之前的典籍中表达的,总之,它是中国传统文化精神固有的。

杜维明指出的这个"生命共同体",相当于中国古代自然哲学中的"大化流行",其本质仍然是"气",当然不是物理学中说的"空气""气体",而是中国哲学中独有的用语。"气"作为万物本源,既是物质又是能量,既是生理又是精神,既是生命又是生机,既是肉体又是灵魂,既是万有又是空无,"气的氤氲形成了山川河流、花草树木、石头动物以及人类各种能量物质

---

[1] 杜维明:《对话与创新》,广西师范大学出版社2005年版,第217页。

的生命形式,象征着道家创造性转化的无时不在。""不同形态的'气'无时不在,无处不在,万物因此呈现出一个单一的流动过程,任何事物都处于该过程之中,连万能的造物主也不例外,"即"自然"的创化者仍是自然自己,正所谓"自其然也"。杜维明还特别指出:"我们自己本身就是'天道'不可脱离的一部分,正如山川河流一样,是'大化'合法的存有,是'气'之流动所产生的结果。"[1]

杜维明的"新儒学",新就新在运用现代生态学的"生态系统理论"对中国传统文明的自然哲学进行了卓有成效的阐释,从而打破了"物质-精神""客观-主观"二元对立的现代思维模式,打通了儒、道两家贵有与崇无的壁垒,面对地球人类遭遇的史无前例的生态灾难,描绘出一幅中国式的宇宙论图像,这对于在后现代阶段重建人与自然的和解与和谐是有启发意义的。

---

[1] 杜维明:《存有的连续性:中国人的自然观》,载《世界哲学》2004年第1期。

让自然在灵魂里放光芒

陶渊明是诗人也是哲人,他是中国古代的一位诗哲,也是汉文化圈的诗哲,甚至在世界诗化哲学中也应具备他的一席之地,这倒不是说他撰写了多少哲学著作,而是因为他为数不多的诗篇中却饱含着深潜的哲思。

在中国现代学术界,陈寅恪先生是较早从自然哲学角度评价陶渊明的学者,首先肯定了陶渊明不仅是诗人,同时还是创辟了"新自然说""新自然主义"的中古时代"大思想家"。陈寅恪1945年在对魏晋时代思想背景详细剖析的基础上指出陶渊明的思想倾向虽承阮、刘"任自然"之遗风,却又不同于阮、刘之放浪形骸、别学神仙;虽不薄周、孔,但并不干世求进,旨在"委运任化""随顺自然"。陈寅恪先生明确地将其概括为"新自然主义","虽无旧自然说形骸物质之滞累,自不致与周、孔入世之名教说有所触碍。"他的结论是:"渊明之为人实外儒而内道"。[1]

---

[1] 陈寅恪:《金明馆丛稿初编》,生活·读书·新知三联书店2009年版,第229页。

从陈寅恪的表述中我们甚至可以感觉到，陶渊明哲学思想的核心其实更贴近"原教旨"的道家精神，他的结论得到后继诸多学者的认同与响应。当时却受到朱光潜先生的质疑，认为陶渊明好读书不求甚解，博览群书如"蜂儿采花酿蜜"，把所吸收来的不同的东西融会成他的整个心灵。"在这整个心灵中我们可以发现儒家的成分，也可以发现道家的成分，不见得有所谓内外之分，尤其不见得陶渊明有意要做儒家或道家。假如说他有意要做某一家，我相信他的儒家底倾向性比较大。"[1] 朱光潜认为陶渊明思想内涵丰富，但主导倾向仍是儒家，而陈寅恪则是在承认陶渊明儒道并蓄的前提下，认为他的人生起决定作用的仍是"自然主义"，即道家。基本判断有同，亦有异。

新时期以来，陶渊明研究专家袁行霈先生早在80年代初就发布了《陶渊明崇尚自然的思想与陶诗的自然美》的文章，明确指出："陶渊明思想的核心就是崇尚自然"，"'自然'是指导陶渊明生活和创作的最高准则。"[2] 在陶渊明思想的"儒道之辨"中，袁行霈显然是站在陈寅恪一方的，认定"陶渊明崇尚自然的思想，继承了老子哲学"，"从字面上看，陶渊明似乎是儒学的信徒。其实不然……陶渊明是用道家的观点去理解儒家经典的。就连孔子本人，也被陶渊明道家化了。"[3] 1997年，袁行霈

---

[1] 朱光潜：《朱光潜美学文集》第2卷，上海文艺出版社1982年版，第212页。

[2] 袁行霈：《陶渊明研究》，北京大学出版社2009年版，第49页。

[3] 同上，第57、58页。

出版了他的《陶渊明研究》一书，该书首篇文章《陶渊明的哲学思考》在陈寅恪提出的路向上，对陶渊明关于"自然"的哲学思想进行了较为全面的开掘。这篇文章可以看作他的陶渊明研究的"纲"，由于此纲高举，因此也使得他的研究成果明显地"高人一筹"。

特别值得注意的是，哲学界专家对于陶渊明研究的介入。20世纪40年代初，贺麟先生在谈论自然与人生的专文中，尽管站在黑格尔理性主义的立场上对道家的自然观多有指责，但仍遮掩不住他对中国传统自然哲学观的偏爱，对于"自然精神化"的一往情深。在这篇文章中，贺麟把陶渊明的诗歌当作典型的范例，证明诗人如何将自然内在化、从而达成自然与人合一的审美境界：

> 近代精神所谓回到自然，就是要回到精神化、人文化的自然，并不是要埋没自我，消灭人生，沉没与盲目的外界。乃是将自然内在化，使自然在灵魂内放光明。如像陶渊明"悠然见南山"的南山，武陵渔夫所追寻的桃源，以及一切诗和画里面描写的自然景象，都可以算得在灵魂里放光明的自然。这就代表自然与人生合一的关系，既不是自然与人生混一不分，也不是自然与人生对立而无法调解。[1]

---

[1] 贺麟：《文化与人生》，商务印书馆1988年版，第122页。

将陶渊明哲学思想研究进一步推向深入的是当代哲学家张世英先生，他在《天人之际》一书中跨越文学与哲学的界线，别具慧眼地运用中西比较的方法，将中国古代诗人陶渊明的哲思与海德格尔后期的哲学思想加以比较研究，于"天人之际"发现了二者在"存在"本源之处的遇合：

> 陶渊明的诗颇富哲理，除了中国的道家哲学是陶诗的直接思想渊源外，西方哲学家中，似乎只有海德格尔的哲学与陶诗中的哲理相近，也比较能够解释陶诗；海德格尔的哲学颇富诗意，中国诗中较能表达海德格尔哲学的似乎只有陶诗。[1]

海德格尔（Martin Heidegger，1889—1976）的哲学即通常所说的存在主义现象学，从当代西方哲学中这一颇有影响的学派入手，也许可以让我们走进陶渊明诗性哲学的堂奥。

1946年前后，海德格尔与留学德国的中国青年学者萧师毅合作翻译《老子》，由于种种原因，仅摘译了八章。其中第二十八章中的"知其白，守其黑"被译作德文"那知晓其光明者，藏身于它的黑暗之中。"据莱奥特·波格勒在《东西方对话：海德格尔与老子》记述，海德格尔原译："洞若观火之人会将自己

---

[1] 张世英：《天人之际——中西哲学的困惑于选择》，人民出版社2007年版，第375页。

遮蔽于黑暗之中。"它基于这样的理解:"为了在白昼望见星辰,易朽之人的思想必须让自己沉入黑暗深井。"[1]

"知白守黑"的道家思想,对于老年的海德格尔应是刻骨铭心的。1976年5月26日海德格尔在梅斯基希去世,5月28日安葬,遵照他生前的意愿,墓碑上没有按照常规装饰基督教的十字架,而是一颗闪烁的星。其寓意便是:"星星的升起只为处于黑暗及其神秘深度中的人们"。

那么,海德格尔就是一颗让自身没入幽深黑暗中的星。"没入幽暗中的星",怎么看都像是呼应了中国伟大诗人陶潜、陶渊明的名字。"潜""渊明",那也是深渊里的一线光明!如此看来,"知白守黑"竟成了沟通陶渊明与海德格尔的一条精神隧道。

奥特·波格勒还说,海德格尔这样做的目的在于:将现代人"从柏拉图以来两千多年的压倒性权力"的"牢狱"中解救出来!说到底,这一回归之路,也还是那条早已为诗人陶渊明向往的通往"自然"与"自由"的道路。

海德格尔还曾用大量篇幅、不厌其烦地阐释了荷尔德林《追忆》一诗中对于"暗光"的描写,按照奥特·波格勒的说法,这几乎就是海德格尔对于"知白守黑"哲理的活学活用,"荷尔

---

[1] 〔德〕莱茵哈德·梅依:《海德格尔与东亚思想》,中国社会科学出版社2003年版,第213页。

德林把酒说成是玻璃杯中的'暗光'。海德格尔把《老子》中关于这种方法的诗句作为荷尔德林这首诗的附录：'知其白，守其黑'"。[1]

荷尔德林的这一节诗是：

> 但是，愿有人为我端上
> 芳香郁郁的酒杯一盏，
> 盛满幽幽的光芒，
> 我就能心安；因为
> 在榆树下假寐
> 许是多么甜蜜！[2]

海德格尔在解读此诗时紧扣其中的关键词是"幽幽的光芒"。

他说："葡萄酒被称为幽幽的光芒。可见，诗人依然在请求那种有利于清晰性的光芒和明亮。但幽幽的光芒又消除了清晰性，因为光芒与黑暗是冲突的。对一种仅只限于计算对象的思想来说，看起来似乎就是这样的。不过，诗人看到一种闪烁，这种闪烁是通过它的幽暗而得以闪现的。幽幽的光芒并不否定

---

[1] 〔德〕莱茵哈德·梅依：《海德格尔与东亚思想》，中国社会科学出版社2003年版，第216页。
[2] 〔德〕海德格尔：《荷尔德林诗的阐释》，商务印书馆2002年版，第140页。

清晰性，但却否定光亮的过度，因为光亮越是明亮，就越是坚决地不能让人视见。过于灼热的火不仅使眼睛迷乱，而且，过大的光亮也会吞噬一切自行显示者，并且比黑暗更为幽暗。"[1]

这里与其说海德格尔在阐释荷尔德林的诗歌，不如说他在讲述自己的诗学，讲"光亮"与"幽暗"的关系，而这种诗学之思与老子的哲学精神如出一辙。老子曰："明道若昧""大白若黑辱""知其白而守其黑"，也可以看作那"幽幽的光芒"。陶渊明的名字，"渊"与"潜"、"明"与"亮"，也可以看作这"幽幽的光芒"。正是在诗人这里，幽暗与光亮得到了整合与和谐。如果说"明亮"代表的是那个"存在者"，即世间的万象万物，而"幽暗"则是深潜于万象万物之下的那个"在"，万事万物的本源、本根，唯有在诗人这里，在如美酒一般的诗歌中，万物的本源才能通过那"幽幽的光芒"呈现出来。

可惜荷尔德林诗中畅饮的是地中海沿岸的那种"葡萄酒"，海德格尔似乎也未品尝过中国式的白酒。在中国，那些杜康、茅台、剑南春、老白汾，看上去是"水"，实际上又是"火"，是可以燃烧的"水"，"水"与"火"在中国的酒中达到了优美的统一，人生的"水深火热"都可以在美酒"幽幽的光芒"中得到完好的统一。

后期的海德格尔喜欢把人类比作"植物"："我们是植物，

---

[1]〔德〕海德格尔：《荷尔德林诗的阐释》，商务印书馆2002年版，第142页。

不管我们愿意承认与否，必须连根从大地中成长起来，为的是能够在天穹中开花结果。"[1]"树深深地扎根于大地。树因此茁壮而茂盛，向着天空之祝祷开启自身……大地的有节制的生长和天空的慷慨恩赐共属一体。"[2] 仰望着天空，扎根于大地，这就是海德格尔式的"知白守黑"。

"白"与"黑"的辨析，也是关于"有"与"无"的探求。

不知是不是受到东方哲学的影响，海德格尔把他的"存在之思"放在了"有""无"之辨的基础之上。在海德格尔看来，现代科学的视野与哲学不同，它看到的全是"有"，或者说它只能看到"有"。而真正的哲学问题却必须面对"无"，"无"又是对"现实存在物"整体上的超越。

"无"究竟是什么，海德格尔在他的《形而上学是什么》一书中做出了如此解答：

> "无"既不是一个对象，也根本不是一个存在者。"无"既不自行出现，也不依傍着它仿佛附着于其上的那个存在者出现。"无"是使存在者作为存在者对人的此在启示出来所以可能的力量。"无"并不是在有存在者之后才提供出来

---

[1] 孙周兴选编：《海德格尔选集》（上卷），生活·读书·新知三联书店1996年版，第1241页。
[2] 同上，第993页。

的相对概念，而是原始地属于本质本身。[1]

海德格尔的这段论述，吞吞吐吐，恍恍惚惚，颇类老子的话语方式。他的"无"（Nichts）的涵义，与老子的"无"的涵义确有某些相似之处，都是对万物之有的超越，是超越于实有万物之上的一种本真存在。然而，又不尽相同。在海德格尔那里，"无"是万物涌现的背景与归宿，"有"是被"嵌入""无"之中的；而在老子那里，"有"是被"无"生出来的，无中可以生有，无是万物之母，无即是道。但在对现实的超越，对本真境界的回归与守护这一大方向上，海德格尔的"无"与中国道家思想中的"无"又拥有一个共同的目标。

如此一来，海德格尔的"有无之辨"也就成了"知白守黑"的西方版本。白，是"显"、是"有"；黑，是"隐"、是"无"。白，是"动"，是"进"；黑，是"静"，是"退"。白，是已敞开的现实；黑，是深藏的秘境。白是"存在之物"、是"器"；黑，是"存在"的本源、是"道"。海德格尔的"无"与老子的"道"都是一个深不可测的"渊"，哲人与诗人的"思"，则是"渊"之深处的一丝亮光。

海德格尔认为能够"由畏入无"的人，总是一些"大勇者"

---

[1] 孙周兴选编：《海德格尔选集》（上卷），生活·读书·新知三联书店1996年版，第146页。

与"伟大者"。而中国老庄式的"由静入无"的人，却多是那些散淡、旷放、隐逸者，这些人中，多半又是诗人，这里又显现出西方与东方民族根性上的重大差异。

在中国古代，这一超越现实的自由境界，总是艺术的境界；能够抵达这一本真、澄明、万物源头的人，总是诗人。

宗白华先生将这一"白与黑"、"有与无"的哲理运用到艺术美学中，对"境界"做出精辟的解释："既须得屈原的缠绵悱恻，又须得庄子的超旷空灵。缠绵悱恻，才能一往情深，深入万物的核心，所谓'得其寰中'。超旷空灵，才能如镜中花，水中月，羚羊挂角，无迹可寻，所谓'超以象外'。"[1]他举例说，"万萼春深，百色妖露，积雪缟地，余霞绮天"，是物境；"烟涛溟洞，霜飙飞摇，骏马下坡，泳鳞出水"，是生境；"皎皎明月，仙仙白云，鸿雁高翔，坠叶如雨，不知其何以冲然而澹，翛然而远"，才是艺术的"灵境"。前二者都还是"有"，惟后者才是"无"。艺术的最高境界是"无"的"空灵"，色即是空，空即是色，色不异空，空不异色，那"空"也就是老庄所说的"无"，或许也就是海德格尔追慕的原始本真的"存在"。

陶渊明诗曰："人生似幻化，终当归空无"。张世英先生指出"这里没有面临死亡的哀鸣，而是通过死来表达一种超出富贵，超出虚名，超出生死等一切'寓形宇内'的洒脱'空无'之

---

[1] 宗白华：《美学散步》，上海人民出版社1981年版，第65页。

情，可以说是对海德格尔所谓超越哲学的吟诵。""诗比哲学更能表达'存在'的真意"[1]，陶渊明通过对死的领悟所体会到的"超越"和"无"的境界，比海德格尔说得更为明白。

"结庐在人境，而无车马喧。问君何能尔？心远地自偏。"张世英先生认为这是陶渊明的"体无之道"，诗意的心远，其哲学解释就是"超越"，是人对整个世界的一种超然态度。海德格尔哪里知道他的哲学早已经由中国古代诗人陶渊明做出印证。

"采菊东篱下，悠然见南山"，"此中有真意，欲辨已忘言"。张世英先生说："这里的'真意'，我想是指人生之本然，颇似海德格尔的'本真状态'"。[2]

到了后期，海德格尔改弦更张，把回归本真、再现澄明的唯一希望寄托给诗和诗人。艺术，尤其是"诗"，成为"存在之真理"发生的本源。他说："形象的诗意道说把天空现象的光辉和声响与疏异者的幽暗和沉默聚集于一体。通过这种景象，神令人惊异。在此惊异中，神昭示其不断的近邻。"[3] 那意思不外乎是说，只有诗人才是纵横腾挪、上下遨游于天、地、神、人之间的使者，才是自由出入于有无之间的圣灵，诗人能将自然

---

[1] 张世英：《天人之际——中西哲学的困惑与选择》，人民出版社2007年版，第376页。
[2] 同上，第376—377页。
[3] 孙周兴选编：《海德格尔选集》（上卷），生活·读书·新知三联书店1996年版，第476页。

内化于心，让自然在灵魂中闪光，使幽暗显现于大白；能于存在的开、闭、显、隐中透递出真切的信息。

套用唐代诗人常建的一首诗，可以说宇宙间的诗与诗人就像那浩渺江面上飘来的琴声，"能使江月白，又令江水深"。江水深，是"渊"；江月白，当然是"明"了。

老子说："俗人昭昭，我独昏昏。俗人察察，我独闷闷"。（《老子·二十章》），即指得道之人总是那孤独地守护着茫茫暗夜的人；海德格尔则说，那是一些被现实中"太大的光亮""置入黑暗中"的人。这样的人，既可以是老子、海德格尔那样的哲学家，也可以是荷尔德林或陶渊明这样的诗人。

当哲学家海德格尔在为人类探索拯救之路时，给他以无限启迪与巨大助力的，却是一位诗人：德国浪漫主义诗人F·荷尔德林（F. Holderlin，1770—1843），这也象征着在古希腊哲学之后，哲学与诗再度结盟。

在海德格尔的著作中，我们尚且没有发现他曾经讲到过陶渊明，也许他根本就不知道中国古代这位诗人；当然，一千多年前的陶渊明更不会预测到海德格尔的存在。然而，他们却在《老子》的道家思想中相遇了，而且成为心照不宣的知音。至于为何要在"道家"的思想原野上遇合？这是因为海德格尔与陶渊明在哲学的天地里走上了同一条路，那就是："回归之路"。在陶渊明是回归田园乡土，是诗歌性灵的回归，回归到素朴本真的源头；在海德格尔则是哲学的回归，回归到柏拉图、亚里士多德之前的古希腊早期哲学，即那个人与存在浑同为一的时代，而这个时代也正是中国老子、孔子创立他们哲学思想的时代。

现代社会发展至今，自然的蒙难与诗歌的噩运已同时殃及人类肉体与精神的存在，这股时代洪流来势汹汹，几不可阻挡。晚年的海德格尔一方面努力揭示自然在现代社会颓败的根源，一方面试图在一个技术占统治地位的世界里让诗歌与文学担负起精神救赎的重任。从那时起，"自然的观念"与"诗意的栖居"再度成了哲学界思考的重大课题；从那时起，无论西方还是东方，人们都在渴望为迷失前程的现代人寻获一条回归之路。

·第 3 章·

陶渊明的海外盟友

生态无国界。

这话似乎不需多加论证，空气无国界，风雨无国界，地球升温的生态灾难已经席卷全世界，真要做到"环球同此凉热"了！国界也限定不了人类之外的其他动物，不说空中飞行的鸟了，中国的东北虎时常穿越边境流窜俄罗斯的西伯利亚；乌苏里江作为界河曾引发中苏两个兄弟国家血肉相搏，而河里的大马哈鱼依然亲密往来。美国气象学家爱德华·罗伦兹（Edward N. Lorenz）揭示的"蝴蝶效应"还证明："一只南美洲热带雨林中的蝴蝶偶尔扇动几下翅膀，便会引起美国得克萨斯州的一场龙卷风。"此时，就在我写下这几行文字时，祸起肯尼亚、索马里、乌干达的沙漠蝗虫正穿越国界飞向巴林、卡塔尔、伊朗、巴基斯坦、印度生儿育女。一种比单细胞还要微小的新型冠状病毒正肆虐全球，在中国、伊朗、意大利、日本、印度、美国、德国、英国、法国、西班牙、土耳其一百多个国家破关斩将。

尽管不同国家的生态状况会有某些差异，但从整体上看，生态问题无疑是一个跨越国界、跨越民族、跨越时代的问题。那么对于生态困境、生态危机的拯救，也应当是全人类共同面对的当务之急。在生态批评、生态养护、生态文化研究领域，不同国度、不同民族甚至不同的时代，都会拥有共同的关注、共同的话语、共同的精神。

在太空中漂移的我们人类生生不息的这个星球，本身就是一个有机的整体，一个周行不殆的生态系统。在这一章中，我们将大胆地探讨一下，在这个系统内，亦即在世界范围内，我们是否能够寻找到与中国古代伟大诗人陶渊明的"知音"与"盟友"。

我们设定的场域首先是诗歌与文学，同时也会涉及其他人文活动领域。

生态时代陶渊明将走向世界

柯林伍德就曾经指出：在远古时代，在人类文明的源头，东西方人类对自然的看法与态度其实并没有太多的差异。比如，古希腊的泰勒士（Thales，前624—前574）把自然比作"母牛"，他的自然观念"同文艺复兴的自然概念差距很大。后者把它作为一个由非凡的工程师为了自己的目的而建造的宇宙机器，他则把它作为一个宇宙动物，其运动只听从自己的目的。这个动物生活在它所由产生的环境中间，就像母牛生活在草地上一样。"[1]

中国的老子把自然比作"玄牝"，那也是一个作为万物之源的庞大母体，"玄牝之门，是谓之天地根"（《老子·第六章》）。中、西方早期的自然哲学都倾向于把自然看作一个有机也有灵的整体，一个同时包容了人类自己在内的混沌化一的整体，一个充满活力、饱含生机、拥有着自己的意志和情感的整体，当然，那也是一个充满神秘和魅力令人尊敬又令人畏惧的整体。

---

[1] 参见〔英〕罗宾·柯林伍德：《自然的观念》，华夏出版社1999年版，第35页。

王国维先生也曾断言，中国古代自然哲学中的"物质"是生物性的，具有内在生命。他以"物理"的"物"为例，"物"字的表形的偏旁为"牛"，中国的"物理学"是"牛理学"，一如老子的"玄牝"之说。这个"牛理学"也就是"生理学"，"生命的道理学"，或曰："生命哲学"。中国古代哲学就是这样一种以"生命活动"为核心的自然哲学。在西方，亚里士多德的"动物学"中其实也讲了许多"物理"知识，这说明在西方早期的自然哲学中，生理与物理也还没有严格的界限。

　　在中国古代思想中，自然与人文的一体化是毋庸置疑的，人的身体是自然的一部分，"此人所以参天地而应阴阳也"；人性与兽心之间并没有截然的界限，即"人未必无兽心，禽兽未必无人心"；人间政事与自然天时是相互感应的，即"观乎天文，以察时变；观乎人文，以化成天下"、"圣人治致太平，皆求天地中和之气"；即使人类的文学艺术活动，也注定是与天地自然"并生"的："文之为德也大矣，与天地并生者何哉……心生而言立，言立而文明，自然之道也。"比起中国相同历史时期的典籍，西方在苏格拉底之前关于自然与人文的文字记载要稀缺得多。但仅从那些断简残篇中仍然可以看出，那也是一种有机整体的宇宙观。比如，那时的学者都在追寻宇宙统一的本源，泰勒士认为是"水"，把代表大水的海神夫妇看成创世的父母；阿那克西美尼认为是"气"，"气的凝聚和稀释造成万物"，"气使我们结成整体，整个世界也是一样"；赫拉克利特则认为是

"火",世界就是一团"永恒的火",一团不停地转化流变着的火。而芝诺还把自然与人的德行联系起来,认为"按照自然而生活,这就是按照德性而生活",这与老子《道德经》中的倡导就非常接近了。

西方思想界在苏格拉底之后,"学者"变成了"智者",哲学的核心问题也由对宇宙自然本原的探讨变为对人世间道德伦理、科学知识的研究。在柏拉图那里,实在的自然界与精神中的理念世界已经成了两个相互分离、相互对立的世界,物质与精神、身体与灵魂、本质与现象、形式与内容、个性与共性二元对立的思维模式已初步形成。亚里士多德则进一步在形而上学、形式逻辑、科学分类诸领域为西方的理性主义、科学主义思想奠定了基石。到了近代,在培根、笛卡儿、牛顿之后,自然才被全盘的物质化、实体化,成为人类之外、与人类相对立的一个"客观世界",一种为人类提供福利的资源,一架遵循所谓客观规律运转的机器。而人类则是世界的中心,是自然的主宰,对自然拥有绝对的权力。

启蒙运动和工业革命以来,由于理性主义哲学、科学技术至上思想的指引,加上以数量计算为基础的市场运作,使西方社会现代化的进程飞速发展,国家的经济水平、国民的福利事业迅速提升,其科学进步、社会富足、国力强盛均被看作人类幸福生活的样板,成为世人倾慕、效仿的对象。至此,西方文明发展史中的现代自然观,随着西方物质文明向世界各地迅速扩散,被世界各国的民众所接受，渐渐成为主宰全球的一种自然观。

在中国，尽管中间也有着不同学派的分歧，远古时代关于自然的观念，在两千多年的历史长河中却始终延续下来。"天不变，道亦不变"，中国传统文化没有背弃那个"天人合一"原点，只是在固有的原点上不断地复述着、阐释着，形成一种"根深而枝叶不茂"的现象。相对于西方，中国人对于"自然-人文"同一性的坚守使中国社会长时期地处于发展缓慢、原地徘徊的状态，终至被当作"愚昧落后"的典型。

直到19世纪末，当西方国家以坚船利炮的强权手段敲开古老中国的大门，一些激进的中国人才意识到"科学""技术"威力的强大，才开始放弃自己祖宗的精神遗产，向西方寻求"真理"，要像西方人那样"倡人权""尊理性""兴科学"，奋发图强，以人胜天。陈独秀在"五四"时期的言论可谓最具代表性："自英之达尔文持生物进化之说，谓人类非由神造，其后递相推演，生存竞争优胜劣败之格言，昭垂于人类，人类争赖智灵，以人胜天，以学理构成原则，自造其祸福，自导其知行，神圣不易之宗风，任命听天之惰性，吐弃无遗，而欧罗巴之物力人功，于焉大进。""国人而欲脱蒙昧时代，羞为浅化之民也，则急起直追，当以科学与人权并重。"[1]

自"五四运动"以来，尽管政权有所更迭，走西方现代化的

---

[1] 陈独秀：《独秀文存》，安徽人民出版社1987年版，第11、8页。

道路，迅速提高科技水平，加强对自然开发利用的力度，努力实现"工业化"，始终都被定为国家发展的大计方针。其间也有表示怀疑的，如早年的辜鸿铭、杜亚泉、熊十力、梁漱溟，拒绝"全盘西化"、"彻底与传统决裂"，主张在"东西调和""新旧折中"的基础上重建东方文化，促使物质文明与精神文明、人与自然的和谐发展，却被划入保守派、反动派的行列，陷入莫名的尴尬与深深的困惑之中。更令人惋惜的是，中西方的文化理念、自然观念因此失去了一次融通互补的机遇。这一失误，对中国后来的社会进程埋下了隐患，更令人慨叹不已。

为现代中国人意料不到的是：当中国人仿效西方社会的发展模式意气风发、奋起直追的时候，西方人却已开始反省自己，开始矫正自己社会发展的路径。

早在19世纪初，西方思想界的一些先知先觉就开启了对于工具理性的批判，对于现代性的反思，对于工业时代科学技术的重新审视。其中，当然也包括对于西方自然观的反思。百年来的哲学反思，造就了一大批卓越的西方思想家：卢梭、韦伯、梭罗、尼采、西美尔、怀特海、舍勒、史怀泽、斯宾格勒、雅斯贝尔斯、利奥波德、汤因比、霍克海默、海德格尔、马尔库塞、贝塔朗菲、贝恰、罗尔斯顿、柯布、格里芬等；在这反思的队伍中甚至还包括一批伟大的科学家：爱因斯坦、波尔、海森伯、莫诺、普里戈金等。西方现代生态运动也正是在这些反思型思想家的启迪下渐渐推向高潮的，从卡森的《寂静的春天》

问世,到洛夫洛克与马古利斯的"盖娅假说"的提出,在西方的人文世界中"自然"才又渐渐恢复其崇高的地位。

在这一反思过程中,不少西方学者一反往昔的轻蔑与高傲,开始以严肃认真的态度钻研中国文化,开始对中国古代圣哲表达由衷的敬意,开始从中国传统文化中学习如何与自然和谐相处。如诺贝尔奖获得者、著名比利时科学家伊里亚·普里戈金(Iliya Prigogine,1917—　)指出:"中国文明对人类、社会与自然之间的关系有着深刻的理解","中国的思想对于那些想扩大西方科学的范围和意义的哲学家和科学家来说,始终是个启迪的源泉。"[1]李约瑟(Joseph Terence Montgomery Needham,1900—1995),则认为"老子是世界上最懂自然的人","道家在中国文化中,至今还是生气蓬勃的"。[2]英国当代科学史家J·尼德海姆在读过《庄子·在宥篇》后竟激动地说:"请记住,当今人类所了解的有关土壤保护、自然保护的知识和人类所拥有的一切关于自然和应用科学之间的正确关系的经验,都包含在《庄子》的这个章节中,这一章,和庄子所写的其他文字一样,看起来是如此深刻、如此富有预见性。"[3]普里戈金在他的

---

[1] 〔比利时〕普里戈金:《从混沌到有序:人与自然的新对话》,上海译文出版社1987年版,第1—2页。
[2] 〔英〕李约瑟:《中国古代科学思想史》,江西人民出版社1999年版,第186—187页。
[3] J. Needham, Science and Civilization in China, Cambridge: Cambridge University Press, pp.98, 9.

书中征引路《庄子·天运篇》开头一段话之后说:"我们相信我们正朝着一种新的综合前进,朝着一种新的自然主义前进。也许我们最终能够把西方的传统(带着它对实验和定量表述的强调)与中国的传统(带着它那自发的、自组织的世界观)结合起来。"[1]

相反,在整个20世纪,除了个别非主流的学者,中国思想界对于自然的思考反而冷落下来,对于现代社会的反思也要比西方迟了许多。

近二十年,随着生态运动的高涨,一些学者接应时代的呼求,开始发掘中国传统文化中的"自然哲学",开始发掘中国传统文化中"自然-人文"一体化的世界观,并把"天人合一"观念的提出看作中国古代文化对于全人类的最大贡献,从而为解救地球生态危机提供一份宝贵的学术资源。山东大学曾繁仁教授郑重指出:"天人合一"这样的思想观念,"是中国古代文化精华之所在,渗透于中华民族文化与生活的方方面面,已经成为中国文化的标志,它所包含的生态智慧具有极为重要的当代价值,理应引起我们的高度重视与正确评价。这样做在一定的程度上是在全球化语境下的一种中华民族文化身份的认同。如果我们连'天人合一'这样最重要的民族文化精华都要放弃,那

---

[1] 〔比利时〕普里戈金:《从混沌到有序:人与自然的新对话》,上海译文出版社1987年版,第57—58页。

中华民族的文化身份将会变得更为模糊，中国人将难以找到自己的精神家园和心理归宿。"[1]。

也许是老子《道德经》中所说的"反者道之动"的论断言之不谬，也许是辩证法中"否定之否定"的规律仍然有效，事实上，所谓"后现代"的思想家们，在反思批判"现代社会"的时候，往往对"前现代"的思想家们表示出更多的同情和理解，甚至在学术精神上结为同盟。西方"后现代"哲学家们"回到前苏格拉底"的呼声，就代表路这一诉求。

要论"前现代"的精神文化资源，中国无疑得天独厚。

比起古典希腊的"前苏格拉底"来，中国先秦时代的文化典籍要完整、丰富得多，而且从商周到明清，在两千多年的历史长河中一直维护着它的绵延性。因此，当代西方的一些哲学家，在他们反思"现代性"时，便往往会从中国古老的学术资源库中求取援助。尤其是在存在主义现象学出现之后，"中国古学不再是一个天生的侏儒、总是走调的歌手，而是忽然变得活泼、风趣、聪明和动听起来，起码让人感到那里大有来头，含有无穷无尽的生机。"[2] 那位生态运动的先哲阿尔贝特·史怀泽在对人宣讲现代社会伤及人的道德精神时，曾详细地复述了庄子的那个"抱瓮老人"的故事。他最后得出的结论是：

---

[1] 曾繁仁：《转型期的中国美学》，商务印书馆2007年版，第443页。
[2] 张祥龙：《从现象学到孔夫子》，商务印书馆2001年版，第8页。

> 这位园丁在公元前5世纪所感到的危险，正以其全部严重性出现在我们之中。我们周围许多人的命运就是从事机械化的劳动。他们离开了自己的家园，生活在压迫人的物质不自由状况中……我们大家或多或少都有丧失个性而沦为机械的危险。从而，这种对人类生存的各种物质和精神伤害，成为知识和能力成就的阴暗面。[1]

身处这个时代的思想界，无论东方还是西方，其面对的核心问题即在于重新审视并调整人类与自然的关系、缓解地球生态系统的危机，促进人类社会的和平与和谐。在人类社会进入生态学时代之际，中国传统文化思想中素朴的现象学思想、先天的整体论与生成论思想、和谐的自然美学、自发的生态哲学思想，已经成为人们再也无法拒绝的学术资源和精神能源。与近百年来中国学术思想界总是"顺水西漂"不同，在新的世纪里，它将扮演更为积极主动的角色，而其凭借的不仅是时代潮流的"峰回路转"，还有它自身拥有的文化传统和学术精神的实力。这将也是中国学术走向自主自立的开始，将是中国学术精神世界化的开始。

不久前，一位西方学者在文章中指出："21世纪将第一次经历真正的全球化哲学"，"21世纪的哲学主角"将是"东方哲学"，

---

[1] 〔法〕阿·史怀泽：《敬畏生命》，上海社会科学院出版社1995年版，第35页。

尤其是中国的再生的传统哲学。[1]

中国古代哲学从《周易》开始,讲"生生之为易"、"天地氤氲,万物化生",讲"道生万物"、"道法自然"、讲"天人合一"、"民胞物与"——"自然"始终是一个"出发点",同时也是一个"制高点"。"自然"在中华民族的传统思想中占据着无比重要的地位,"自然"是"天地相交、万物生长变化的温床",是"宇宙生命大化流行的境域",是"蕴含着理性的神奇与热情交织而成的创造力",是"人的生命与宇宙生命的浑融圆通"。这一切都在说明中国哲学的根基是建立在一种东方型的"自然哲学"之上的。那么,以"自然"为魂魄、以"自然"为化身的中国诗人陶渊明、曾经被陈寅恪奉为"新自然主义"发明人的陶渊明,也必然会在这一中西哲学"新的综合"中再度现身。

2008年10月,在清华大学举办的"超越梭罗:对自然的文学反应"国际研讨会上,我曾经呼吁:文学切近自然生态,在中国悠久的文化历史中是有着优良传统的。早在一千六百年前,在中国江西庐山的山脚下,就曾经诞生过一位伟大诗人陶渊明,他与梭罗一样厌恶既定的社会体制,维护自然与人的统一,追慕素朴的田园生活,亲历辛苦的农业劳动并创作出许多优美的诗篇。更重要的是,他和梭罗一样,都创造了一种生态型的生

---

[1] 参见〔澳〕G·普里斯特:《二十一世纪初的哲学走向何方》,《世界哲学》,2005年第5期。

活方式，一种有益于生态和谐的人生观念。地球已经进入"人类纪"，地球遭遇的生态状况却要比梭罗、陶渊明时期恶劣一百倍、一千倍。一个越来越明显的事实是：人类精神的取向对地球生态系统的和谐、稳定起着最终决定作用。为此，我们应当发挥梭罗、陶渊明的创作精神，共同参与到拯救地球的运动中来。

自然环境的恶化，人类精神的沦落随着"全球化"的推进日益向世界各国迅速蔓延。一线希望依然是"哪里有危险，哪里就有拯救"。守望精神，保护自然的生态运动已波及全球，在这样的背景与形式下，中国人有义务向世界推出自己的诗哲陶渊明。在即将到来的生态时代，陶渊明也必然走向世界，为地球人类创建生态型生存模式提供一个充满诗意的典范。

欧洲浪漫主义的"精神祖先"

通行的中国文学史教材并不把陶渊明放进"浪漫主义诗人"的行列,而总是把这一名份毫不犹豫地赋予屈原和李白,那么,陶渊明是否可以算作浪漫主义诗人呢?这要取决于如何确定浪漫主义的内涵。

何谓浪漫主义,在中国的文学理论批评界始终是一本烂账。比如,20世纪20年代,郭沫若曾经决绝地将浪漫主义斥责为"反革命文学"[1],到了50年代之后,郭沫若成为中国革命作家的楷模之后,同时也成了"中国现代文学史上最有影响的浪漫主义作家"。

在世界范围内,浪漫主义也是一个极其复杂的现象。英国当代著名哲学家以赛亚·伯林(Isaiah berlin,1909—1997)在其《浪漫主义的根源》一书中感慨地说,浪漫主义是一个危险、混乱的领域,犹如一个让许多人迷失其中的古怪的洞穴。

---

[1] 郭沫若:《革命与文学》,《创造月刊》第一卷,第三期。

同样是复杂、混乱，中西方的情形又有着实质上的区别。

在西方，浪漫主义文学运动被视为欧洲近代史上的一场意义重大、影响深远的思想运动，"属于公认具有现实意义的世界文化现象"[1]；在中国，"浪漫主义"被阉割掉其中文化思想的内涵，仅仅成了文学创作的方法与手段，比如"大胆的幻想""离奇的情节""奇特的夸张""神话的色彩"等。这样一来，陶渊明的诗文，除了如《桃花源记》个别篇章沾染些许浪漫主义色彩外，大多不符合"浪漫主义"的标准。

撇开这种偏见，重新从人类文化思想史的角度探寻陶渊明，我们将会发现这位中国古代伟大诗人或许更贴近浪漫主义本初的精神实质。

如果承认古往今来的地球人类在面对"人与自然"这一"元问题"上总归有着某些共同的诉求，那么，东方中古时代的陶渊明与西方18、19世纪那些杰出的浪漫主义文学家如卢梭、诺瓦利斯、华兹华斯、荷尔德林以及梭罗，就具备了更多比较研究的可能性。正是在这一"正本清源"的意义上，我们将陶渊明确定为浪漫主义诗人，而且是一位立足于自然的浪漫主义诗人。

在历经百年的中国文学史书写中，明确指出陶渊明是一位"自然浪漫主义诗人"的学者，似乎只有早期的刘大杰先生。他20世纪40年代出版的《中国文学发展史》中写道："陶渊明

---

[1] 〔俄〕加比托娃：《德国浪漫哲学》，中央编译出版社2007年版，第1页。

是魏晋思想的净化者，他的哲学文艺亦即他的人生观，都是浪漫的自然主义。"[1]

如何对待自然，曾是欧洲"原教旨"浪漫主义者的核心问题。而陶渊明正是在对待自然的精神倾向上，充分展现了他的浪漫主义情怀，并与一千多年之后他的欧洲同行们遥相呼应。这不能不说是世界精神文化版图上一个颇为玄妙的迹象。

以赛亚·伯林在《浪漫主义的根源》一书中对"浪漫主义"的复杂内涵、生成的内因曾做出精彩表述。在他看来，浪漫主义"是发生在西方意识领域里最伟大的一次转折。发生在十九、二十世纪历史进程中的其他转折都不及浪漫主义重要，而且它们都受到浪漫主义深刻的影响。"[2]

18世纪末，欧洲的启蒙运动在取得辉煌成就的同时，已渐渐显露出可怕弊端，浪漫主义正是在审视、批判启蒙运动的立场上扎下自己的营盘。伯林把"浪漫主义的真正的父执"的桂冠给予一位德国"草根文人"、既是康德的邻居又是康德的对头的约翰·乔治·哈曼（Johann Georg Hamann，1730—1788），理由便是"他是第一个以最公开、最激烈、最全面的方式向启蒙主义宣战的人。"[3] 这个人"给了启蒙运动最沉重的打击，启动了浪漫主义的进程，启动了整个反叛启蒙主义理念的进

---

[1] 刘大杰：《中国文学发展史》，百花文艺出版社2007年版，第140页。
[2] 〔英〕以赛亚·伯林：《浪漫主义的根源》，译林出版社2008年版，第10页。
[3] 同上，第51页。

程"。[1] 在他的身边还聚集着许多比他享有更高声誉的同道，如诺瓦利斯（Novalis，1772—1801）、弗·施莱格尔（Friedrich von Schlegel，1772—1828）、布莱克（William Blake，1757—1827），其中还应当包括卢梭，只是他的情况要更复杂些，我们将在后文论及。

伯林在试图为浪漫主义寻找一个定义时，对这些浪漫主义的"父执"们的主要思想观念曾作出如下陈述：

反对科学主义，反对官僚体制。浪漫主义者反对滥用科学的力量，尤其反对把科学原理运用到社会治理中，"科学一旦被运用到人类社会，就会导致某种可怕的官僚主义"。他们还反对伤害自然有机统一性的"专业化"，反对用"概念和范畴"涵盖那些"非常之物"，总之，反对启蒙主义工具理性的一切衍生物。在他们看来，"启蒙主义的整套理念正在扼杀人们的活力，以一种苍白的东西替代了人们的创造热情，替代了整个丰富的感官世界"。[2] 他们坚信"上帝不是几何学家，不是数学家，而是诗人。"[3]

厌恶光明，讴歌黑暗。他们的理由是：在启蒙主义强烈光芒的照射之下，"当奥林匹亚诸神变得过于驯服、过于理性、过于正常时，人们很自然地就会倾向于那些较为黑暗的冥府之

---

[1]〔英〕以赛亚·伯林：《浪漫主义的根源》，译林出版社2008年版，第45页。
[2] 同上，第48页。
[3] 同上，第53页。

神。"[1] 浪漫主义者是一群因为对现实不满而退回内心世界的人，他们宁可相信诗人无意识深处的白日梦，也不愿屈就朗朗乾坤中的科学技术。

尊奉个人的精神自由，摆脱一切对于自由思想的约束。康德（Immanuel Kant，1724—1804）被伯林称作"拘谨的浪漫主义者"，他坚信人具有与生俱来的天赋自由，强烈反对任何一种人支配人的形式。天才是不会被驯化的，谁如果一味地依赖他人，就会失去自己的立足之地，成为他人的附庸。即使伟大的德意志天才诗人歌德，只因为他循规蹈矩地"向魏玛公爵俯首称臣"（为"五斗米"折腰？），遂招来施莱格尔们的鄙视。[2]

"精神自由"与"自然天性"一致，自然的才是自由的。与启蒙主义思想家把自然看作客观的、中立的、敌对的存在截然不同，人与自然是融而为一的，"人类群体是按照类似植物或动物的方式逐渐成长的"，[3]"精神的悸动也是自然的悸动"，"艺术作品的生命与自然中令人仰慕的东西相似"，"真正有价值的艺术作品，是那些类同自然之作"。[4]

在浪漫主义看来，18世纪以来，时代的工业化、市场化、城市化进程严重地破坏了人类的自然环境，摧残了人的自然天

---

1 〔英〕以赛亚·伯林：《浪漫主义的根源》，译林出版社2008年版，第51页。
2 同上，第55页。
3 同上，第65页。
4 同上，第101页。

性，钳制了个人的精神自由，因此拒绝承认社会的发展进步，"思乡怀土""回归自然"成为浪漫主义永恒的主题。"浪漫主义是梦游的中世纪诗歌的苏醒……是对工业革命恐怖的逃避"；"浪漫主义是美丽的过去与可怕、单调的现实的对照"；"浪漫主义是自然的人对于丰富生活的感知"；"浪漫主义是知足的、单纯的、乡村民歌的声景"；"浪漫主义是自然的胸怀，是绿色的田野、是母牛的颈铃、是涓涓小溪、是无垠的蓝天……"[1]

谈论欧洲浪漫主义文学，注定绕不过勃兰兑斯的文学史著《十九世纪文学主流》。

勃兰兑斯自己信奉实证主义、科学主义，是一位追随欧洲现代化进程的进步论者，因此在他看来，19世纪的文学思潮竟大半是"反动"的，是逆工业化、现代化潮流而动。在谈到19世纪欧洲的浪漫主义作家时，勃兰兑斯挨个直陈：科勒律治"对启蒙时代的哲学原理提出了全面的抗议"；华兹华斯"对现代的文明轻易否定，认为这种文明和道德格格不入"，他以乡下人自居，作品里"呈现给读者的却是某种近乎停滞的宁静的乡间生活……纯地方性乡土之恋。"德国诗人荷尔德林则"渴望从当时人为的社会结构中逃出来，逃向自然去……重新找到永恒的自然"，"他为一去不复返的事物所苦"，"他的整个写作活动便只能是对于失去的希腊的眷恋不舍的悲悼。"在谈到浪漫主义文

---

[1] 参见〔英〕以赛亚·伯林：《浪漫主义的根源》，译林出版社2008年版，第21—24页。

学运动先驱弗·施莱格尔时,勃兰兑斯一连用了九个"退回"和"后退"表达他的愤懑:"退回艺术天才的随心所欲","退回到游手好闲","退回到单纯享受的植物化","退回到直觉的信仰","退回到极乐世界的猿人状态"等等。[1]

勃兰兑斯在猛批欧洲浪漫主义的思想倾向的同时,却不能不承认欧洲浪漫主义文学在艺术成就方面的光辉业绩:"浪漫主义曾经几乎在每个文学部门使风格赋有新的活力,曾经在艺术范围内带来了从未梦想过的题材",[2]这些与时代"倒行逆施"的作家,几乎全都是这个时代杰出的作家。勃兰兑斯未能解释:此类"反动"而又"优秀"的文学家,究竟为什么与时代的大潮发生如此严重的冲突。

就这一话题"接着说"下去的,是浪漫主义策源地——德国的两位思想家本雅明和马尔库塞。在他们看来,浪漫主义文学与现代社会之间的冲突,主要是"美学法则"与"工业社会法则"的格格不入,尤其是关于"自然"的美学地位的冲突。

在本雅明看来,荒野的自然产生崇高美,而工业化把自然变成了一片美学的荒原。若干年后,本雅明的这一论断在美国生态批评家蕾切尔·卡森的《寂静的春天》一书中得到了确证。在本雅明看来,科学的进步、经济的增长并不等于社会的进步、

---

[1]〔丹麦〕勃兰兑斯:《十九世纪文学主流》第2册,人民文学出版社1981年版,第68页。
[2] 同上,第440页。

人类文明的进步。与此相反，这种单一的进步力量更像从天堂里吹来的"一场风暴"，"它以进步的名义把堕落后的人类带向离天堂越来越远的去处，风暴所经之地留下的是一片废墟——现代性的废墟。"[1]

马尔库塞把"自然"纳入他的"审美之维"研究，他质问19世纪以来大多数文学艺术家尤其是那些浪漫主义诗人，为什么全都对经济文化生活中日益加剧的机械化、市场化持批判态度？他指出这是因为现代文明像对待他人那样对待自然，把自然当作掠夺利用的资源。自然界本身越来越有效地被控制着，一个人造的自然反而又变成"社会延展出来的手臂"对人实施着严密的控制。"商业化了的自然界、污染了的自然界、军事化了的自然界，不仅在生态学意义上，而且在实存本身的意义上，切断了人的生命氛围。"这样的自然界"阻挠了人从环境中得到爱欲的宣泄"，"剥夺了人与自然的合一"。[2]

至此，我们可以断定：近代欧洲浪漫主义文学是一种与启蒙运动的思维定向、价值取向唱反调的文学，一种与方兴未艾的现代工业社会反其道而行的文学。这一时期的浪漫主义文学表现的主要思想倾向是：重情感，轻理智；厌恶工业文明，珍惜生存的诗意；崇尚精神自由，淡泊物质享受；尊重人的自然

---

[1] 郭军等编：《论瓦尔特本雅明》，吉林人民出版社2003年版，第31页。
[2] 〔德〕马尔库塞：《审美之维》，生活·读书·新知三联书店1989年版，第131页。

天性，鄙视现代科学技术；怀疑社会的发展进步，热衷于回归乡土、回归民间、回归自然、回归传统，其作品的情调往往是悲悯的、感伤的，且往往采取想象的、夸张的、幻化的乃至神秘的创作手法。

至此，我们不难看出，在中国与欧洲"正本清源"意义上的浪漫主义血脉相通的，不是20世纪50年代的郭沫若，反倒是一千六百年前的古人陶渊明。

这里可以提供一个反证：我国老一辈文学批评家李长之先生在其《陶渊明传论》一文中曾作出这样的判断："总之，陶渊明的社会理想……如果产生在资本主义已经起来的时代，那无疑是反动的倒退的。"[1] 这里所说的"资本主义已经起来的时代"应该正是"十八世纪欧洲的启蒙时代"，在文学领域与这个时代抗衡而被指责为"反动""倒退"的，便是"浪漫主义"！

作为自然主义者的陶渊明，似乎天生就应当是一位浪漫主义者。

即使在人格的类型上，陶渊明与欧洲18世纪那些浪漫主义的诗人竟也如此相似。

伯林在其《浪漫主义的根源》一书中谈到这些浪漫主义诗人、文学家时写道："事实上他们是一群绝对天真的人。他们穷困、羞怯，他们是书呆子，在社会上处境尴尬。他们动辄获咎，

---

[1] 李长之：《陶渊明传论》，天津人民出版社2007年版，第138页。

不得不仰人鼻息，充当大人物的私人教师，他们总是充满了羞辱感和压抑感。显然，在厕身其中的世界里，他们遭受限制、遭受委屈；他们就像席勒所说的'弯枝'，总是向后回跳击中弹压它的人。"[1]伯林指的大约是卢梭、哈曼、诺瓦利斯、荷尔德林这些人，但字里行间总能恍惚看到我们陶渊明的身影。陶渊明固然没有当过"大人物的私人教师"，却多年充任"大人物的私人秘书（将军府的参军）"，他最终在彭泽县令任上"解绶去职"，也许可以看作"弯枝"不甘心"折腰"的最后一次"回跳"。

在创作理念与文学风格上，华兹华斯（William Wordsworth，177—1850）被公认为英国文学中最早出现的浪漫主义作家，被尊奉为英国十九世纪的"桂冠诗人"，是继莎士比亚、弥尔顿之后的又一位大家，在中外文学史的研究中几乎成了一块"浪漫主义"的模板。他与我们的陶渊明虽然相隔遥远空旷的时空，但在创作的理念与文学的风格上却拥有更多的相近、相似、相通、相同之处。关于陶渊明与华兹华斯的比较研究，近年来已经成为一个热闹的话题。[2]

---

[1]〔英〕以赛亚·伯林：《浪漫主义的根源》，译林出版社2008年版，第131页。
[2] 相关文章如：曹辉东：《物化与移情——试论陶渊明与华兹华斯》《南大学报》1987年第1期；兰菲：《华兹华斯与陶渊明》，《东西方文化评论》第3辑，北大出版社1991年版；杜明甫：《相异文化背景下的诗化自然：陶渊明与华兹华斯》，《河南师范大学学报》，2006年第2期；白凤欣、姜红：《陶渊明与华兹华斯自然诗审美意识的比较》，《海南大学学报（人文社会科学版）》2005年4期；张鹏飞《陶渊明与华兹华斯田园诗风意趣的读解比照》，《世界文学评论》2010年第1期等。

著名诗人、英国文学专家屠岸先生指出：华兹华斯是一位"虔敬地把灵魂赋予整个大自然，又在大自然当中努力寻找人性"的人，[1] 他出身清贫，热爱自然、崇尚自然，成年后自觉地离开喧嚣的城市，隐居在昆布兰和格拉斯米尔湖区。像陶渊明一样，华兹华斯的诗歌中充满了对于田园自然风光的吟诵，清风白云、晨月夕阳、幽谷溪涧、农舍炊烟、荒草野花、鸟雀牛羊，让他感到只有在大自然的怀抱中才能获得心身的自由，才能抚慰人世间带给他的郁闷与创伤。他曾在一首题为《致雏菊》的诗中写出陶渊明"东篱采菊"的意境：

> 你是自然界平凡的草木，
> 神态谦恭，容颜也朴素，
> 却自有一派清雅的风度——
> 　　爱心所赋予！
>
> 时常，在你盛开的草地上，
> 我坐着，对着你，悠然遐想，
> 打各种不大贴切的比方，
> 　　以此为乐事。

---

[1] 《杨德豫译诗集·华兹华斯诗选》，广西师范大学出版社 2009 年版，第 253 页。

这既是一种西方式的"在思"的状态,也是一种东方式的"物我两化"的境界,与陶渊明的"采菊东篱下,悠然见南山"有异曲同工之妙!这种诗意盎然的体验,往往成了浪漫主义诗人们的生存方式,正如伯林所说:"浪漫主义是灵魂自我游戏时秘不可述的欢愉。"[1]

像陶渊明一样,华兹华斯的诗歌中常见恋土怀乡之作,他热衷于表现农村、乡民苦中作乐的日常生活,对"桃花源"那样的传统的小农经济充满温馨的向往,这是因为他坚信农村的生活才是最自然的生活。像陶渊明一样,华兹华斯也思考死亡,因为"死亡"才是与自然最为亲密的联系方式。我们的陶渊明深知此中三昧,"识运知命,畴能罔眷,余今斯化,可以无恨。寿涉百龄,身慕肥遁,从老得终。奚所复恋。"屠岸先生谓华兹华斯亦已悟得此中精义,"死亡在诗人看来并不是令人痛苦的事,而是重新回到自然。这种回归才是人类的最终归宿",诗人在《露西组诗》中反复写到死亡,"露西好像就是自然界的一部分,活着没有被注意,死后无人忧伤,回归自然,这仿佛是天经地义的事。"[2] 华兹华斯还擅于讴歌童真、童趣,这是因为在他看来儿童比成年人更贴近自然,因而也更率真任性,更容易从自然中得到灵性的启示。

---

1 〔英〕以赛亚·伯林:《浪漫主义的根源》,译林出版社 2008 年版,第 22 页。
2 《杨德豫译诗集·华兹华斯诗选》,广西师范大学出版社 2009 年版,第 260 页。

华兹华斯诗集中，甚至类乎陶渊明以"孤云"自况的诗句：

> 我独自漫游，像山谷上空
> 悠悠飘过的一朵云霓
>
> ——《无题》（1802）

屠岸先生曾就此评论道："诗人把自己当时的心情用飘游的孤云来比喻是十分恰当的。孤云一方面是孤独的，另一方面，他在大自然中又是自由不羁的。""孤云有着居高临下、俯瞰人生的能力，可以看清世态的炎凉，人情的冷暖，也可以看清美丽的自然风光给人们带来的欢乐。"[1]

陶渊明的诗集中关于"孤云"的名句：

> 万族各有托，孤云独无依。
> 暧暧空中灭，何时见余晖。
> 朝霞开宿雾，众鸟相与飞。
> 迟迟出林翮，未夕复来归。
> 量力守故辙，岂不寒与饥。
> 知音苟不存，已矣何所悲。
>
> ——《咏贫士七首·之一》

---

[1] 《杨德豫译诗集·华兹华斯诗选》，广西师范大学出版社2009年版，第256页。

陶渊明的"孤云"比起华兹华斯的"孤云"更为凄清、决绝，但在高蹈独善、无持无依、我行我素、自由不羁的个性独立上确是一致的，或许都可以看作他们各自"灵魂的自我飘游"。

即使从负面的评价而言，华兹华斯在现代欧洲、陶渊明在当代中国，都曾遭遇到来自激进的革命政治派别的批判，罪名也相仿佛：消极的、软弱的、落后的，拉住历史车轮倒退的，因而也是反动的。

至于文学风格表现方面，论者也多有强调陶渊明与华兹华斯的共同之处。"我一见彩虹高悬天上，心儿便跳荡不止"，这是华兹华斯一首诗的开头的两句，有人便说华兹华斯的诗歌语言也似这雨后天空里的彩虹，常常能于清新淡雅中透递出绚丽多彩。至于陶渊明的诗风，在宋代就已经有了"如绛云在霄，舒卷自如"的评价，无外乎也是赞美其天然自在、平淡中见新奇。

屠岸先生概括华兹华斯的诗歌人生时则一连用了八个"自然"："华兹华斯的大部分诗歌，从内容到形式，从情节到语言，都离不开自然之情，自然之美。自然中有灵魂，自然中有人性。人生的真谛也许就存在于对自然的追求与执着真诚的爱。自然与人生，这二者在华兹华斯看来，是密不可分的，合二为一的。诗人的一生就是努力使自己融于自然，又让自然为我所融的实践。"[1] 读者还应记得，梁启超先生曾经一口气连用七个"自然"

---

1 《杨德豫译诗集·华兹华斯诗选》，广西师范大学出版社2009年版，第262页。

第3章：陶渊明的海外盟友

概括陶渊明的诗学精神。

  我们的陶渊明比起欧洲的这位华兹华斯可是早生了一千三百多年啊,难怪美国当代深层意象派诗人布莱(Robert Bly, 1926—　)慨叹:中国古代诗人陶渊明还应是19世纪英国自然浪漫主义诗人华兹华斯的"精神祖先"呢![1]

---

[1] 李平:《西方人眼中的东方文学艺术》,上海教育出版社2004年版,第157页。

陶渊明的海外"自然盟友"

以往,陶渊明的世界影响主要在汉文化圈内。

首先是日本。最初,日本民族或许是通过昭明太子萧统(公元501—531)所编《文选》认识陶渊明的。据日本近代学者考证,公元8世纪时,陶渊明诗文集即由遣隋、遣唐之留学生与留学僧带回日本。孝廉天皇天平胜宇三年(公元751年)著名诗集《怀风藻》中便收录有陶诗《桃花源记并诗》与《归去来兮辞》。至日本平安朝与江户朝时期,陶渊明的生平及作品更是成为许多日本诗人创作的素材,甚至连嵯峨天皇也借用陶诗中的典故写出《玩菊》这样的诗篇:"秋去秋来人复故,人物蹉跎皆变衰,如何仙菊笑东篱,看花纵赏机事外"。

陶渊明诗歌中的自然主义精神在日本更是深得人心,作为日本文化象征的弘法大师(公元774—835),在其《文镜秘府论》中将陶诗"孟夏草木长,绕屋树扶疏。众鸟欣有托,吾亦爱吾庐"视为人们居住的"环境自然美学"之典范。明治维新之后,著名文学评论家宫崎湖处子在其《归省》一书中,将陶诗归之于

"回到大自然中去"之田园文学作品类，令人耳目一新。[1]20世纪以来，日本汉学家对陶渊明的研究蔚然成风，参与的学者之广，发表、出版的著述之多，甚至不亚于中国国内，这里已难以详述。[2]

其次是朝、韩。至迟在北宋之后，陶渊明的诗文已经为古代朝、韩学者耳熟能详，流传下来的历代诗话中，多有记载。如高丽朝著名诗人、哲学家白云居士李奎报（1169—1241），早年曾与陶渊明有着相似的人生遭际，博览群书、胸怀壮志，却因性情耿直而仕途坎坷，曾在地方任牧司录兼掌书记之类的小官，终因受人排挤遭谪贬流放，一度隐居天麻山专心从事撰著。李奎报一生性喜诗、酒、琴，模仿陶渊明的"五柳先生"自称"三嗜先生"。他曾在一则诗话中对陶渊明表达了如此倾心的敬佩："陶潜诗恬然和静，如清庙之瑟，朱弦疏越，一唱三叹。余欲效其体，终不得其仿佛，尤可笑已。"[3]

成书于朝鲜仁祖二十五年的《学诗準的》一书，作者李汝固（1584—1674）将汉诗按品分类，依其重要程度分为"熟看"与"抄读"。他对于陶诗的推重，远在其他诗人之上："五言古诗，无出汉魏名家。然其近于性情者，《古诗十九首》外……渊

---

1 参见王菁黛等：《陶渊明对后世文学的影响》，Docin.com 豆丁网：陶渊明（4938）文学（29862）。
2 详见魏正申：《日本 20 世纪陶渊明研究书评》，《九江师专学报》2001 年增刊。
3 邝健行等选编：《韩国诗话中论中国诗资料选粹》，中华书局 2002 年版，第 6 页。

明诗性情最正,朱子以为可学,但文字质朴,不可专学。最好者四十余首,抄读。"

更为可贵的是李子新(1681—1763)在其《星湖僿说》一书中,从古代自然哲学的层面解读陶诗,认定陶渊明是一位遵循天地自然大化流行的大人、圣人:"余读陶渊明四时诗,觉造化流行之气象,如目睹圣人必观水。""大人者,与天地合其德,与四时和其序,惟一片方寸与元气流通,生发收敛,无所往而非天也。陶渊明四时词,盖得此意也。"[1]

至于陶渊明在西方国家的流布与影响,却少有这样的盛况。

20世纪以来,中西方的文化交流很不平衡,中国人自己的传统文化经过近百年严厉的自我否定已几近断流;西方现代文化正如太平洋的海啸一般汹涌而来,几乎淹没了东方文化的所有领地。我们能够看到的,多是西方流到中国的,很少有中国流到西方的。

在号称"诗的国度"的中国,即使诗歌创作也是如此。中国当代最优秀的诗人如海子、苇岸,当他们谈起自己追慕与效仿的诗人、文学家时,可以排成长长的一列:荷马、但丁、莎士比亚、托尔斯泰、歌德、尼采、安徒生、卡夫卡、惠特曼、泰

---

[1] 邝健行等选编:《韩国诗话中论中国诗资料选粹》,中华书局2002年版,第233、228页。

戈尔、爱默生、纪伯伦、普希金、叶赛宁、济慈、雪莱、卢梭、蒲宁、雨果、黑塞以及米什莱、赫德逊、列那尔、普里什文、谢尔古年科夫、阿斯塔菲耶夫等等，当然，还少不了荷尔德林，却很少提起自己国度的传统诗人。只有一次，苇岸在讲到鲁迅、巴金、苏轼、范仲淹时提起陶渊明，也只是一掠而过。他坦诚地承认："祖国源远流长的文学，一直以来未能进入我的视野"。海子更是绝情地说："我恨东方诗人的文人气质，他们把一切都变成趣味。"[1] 这里我不想责备年青诗人的偏激，我只是为我们中华民族诗国疆土的沦丧感到悲哀。是什么原因使我们最有希望的诗国传人竟翻越一道道异国语言的障碍，"皈依"到大洋彼岸的诗人行列，而对于自己的诗歌传统竟不置一顾！正因为这样，所以当我看到西方人用真诚的目光、直率的心意关注到中华民族的传统文化时，就会充满感激之情。

在陶渊明的西方接受史中排在首位的，当属法国。早在18、19世纪之交，法文刊物《中国丛刊》就曾发表过陶渊明的译诗，并配发有介绍文字。后来，因为一些偶然的际遇，陶渊明与法国文坛结下深情厚谊。

> 你翻译的陶潜诗使我神往。不独由于你的稀有的法文知识，并且由于这些歌的单纯动人的美。它们的声调对于

---

[1] 转引自苇岸：《太阳升起以后》，中国工人出版社2000年版，第235页。

一个法国人是这么熟悉！从我们古代的地上升上来的气味是同样的。[1]

这是1929年名震寰宇的大文豪罗曼·罗兰（Romain Rolland, 1866—1944）写给一位年仅23岁的中国青年的信中的一段话。

20世纪20年代，留学欧洲的中国年轻诗人梁宗岱把陶渊明的十九首诗和几篇散文译成法文寄给了罗曼·罗兰，得到罗曼·罗兰的高度赞扬。他在给梁宗岱的回信中，有感于中法两个民族文化心理上的相通，兴奋地写下这段话。

接下来，法国印象派诗人P·瓦雷里对陶渊明的诗歌也表现出极大的热情，并为梁宗岱的《法译陶诗选》的出版撰写了序言，对中国的文化传统、对陶渊明的诗歌创作做出会心的评述。他写道："中华民族是（或曾经是）最文学的种族"；陶渊明的诗歌体现出"一种考究的简朴，几近无暇。"瓦雷里对陶渊明的评述也无一例外地扣准了"自然"："试看陶潜如何观察'自然'，他将自己融进去，参与进去，……有时像情人，有时像多少带点微笑的智者。"他甚至将陶渊明视为"中国的拉封丹和维吉尔"。[2]

另一位对中国古代诗人陶渊明表示敬意并引为同道的，也

---

1 梁宗岱：《诗情画意》，中央编译出版社2005年版，第288页。
2 梁宗岱：《法译陶潜诗选》，外语教学与研究出版社2003年版，第20、21页。

是一位法国人，即当代法国著名诗人、作家、美术家亨利·米修（Henri Michaux，1899—1984）。米修近乎痴迷地崇尚中国古代文化，尤其对禅宗与老庄的道家哲学情有独钟。他性情和平，与世无争，深居简出、超然物外，过着恬静淡泊的生活。他与人极少交往，唯独与一些寓居欧洲的华裔文化人如程抱一、赵无极结下情谊。他曾经读过梁宗岱的《法译陶诗选》，并在20世纪30年代游历中国，陶渊明的自然主义精神深深地映印在他的心目中，滋养了他的创作生涯。他曾经对前来造访的中国学者罗大纲说：他十分推崇中国古代诗人陶渊明，喜欢陶渊明的诗集，"中国古代诗人品格这样清高，是别国诗人中很少见的。"[1]

陶渊明被介绍到英国，应归功于英国皇家学会会员戴维斯（Davis，SirJohnFrance，1795—1890）的努力。这位英国早期著名汉学家对于中国古典文学怀有浓厚兴趣，且涉猎广泛。他曾翻译过唐诗，翻译过元人杂剧，编译过《好逑传》等明清小说，还出版过一部研究陶渊明的专著：《陶渊明——他的作品及其意味》，书中"采用心理美学和接受美学对陶渊明及其诗作进行分析评判，给人一种耳目一新的结论"。[2]

进入20世纪之后，英国、美国、澳大利亚以及中国国内都出版了一些陶渊明诗文的英文译本，开展了对于这些译本的

---

[1] 罗大纲：《难得与弥修会面》，《外国文学研究》1994年，第1期。
[2] 陈友冰：《英国汉学的阶段性特征及成因探析》，《汉学研究通讯·国际汉学》（台湾），中华民国97年8月号，总107期。

比较研究，甚至还有人对历代有关陶渊明的绘画做出对比分析。如苏珊·尼奥森（Susan Nelson）从李公麟、赵孟頫等人画作中看出陶渊是偏离社会主流的人物：一位面容姣好、曲线流畅的中年男子，头戴葛巾，一手执杖、一手握菊，下巴扬起，凝眸远眺，那随风飘逸的衣带，营造出富有神性的光环，透递出中国古代文化中"元气"，象征着陶渊明超凡脱俗的思想。[1]

美国的陶渊明研究虽然起步较晚，陶渊明作为一位历史人物，却被色彩浓重地写进教科书中。如麦基的《世界社会的历史》一书中就为陶渊明特意撰写一篇小传，将其描绘成一位"不一般的中国农民"，一位喝酒、吟诗、将理想寄托于世外桃源、陶醉于简单田园生活的诗人，颇有些美国自然主义者梭罗的气息。据说一位叫马克·艾尔文的美国汉学家出版的一部书中，要把诗人陶渊明归于"环保主义者"行列了。[2] 多少有些令人尴尬的是，在美国异彩纷呈的教科书中，与陶渊明并列成为"亮点"的中国古人，竟还有杨玉环与李自成，显得有些不伦不类。

美国当代最优秀的诗人之一加里·斯奈德（Gary Snyder，1930—　），是一位崇尚自然的诗人，同时也是一位热爱田园生活的"农夫"。他在他的诗中将自己的全部同情都给了自然界，试图以大自然的清新、纯真、和谐对抗现代社会的紊乱、

---

[1] 参见田晋芳：《英语学界陶渊明研究补遗》，《琼州学院学报》2015年，第4期。
[2] 参见李毅：《美国教科书里的中国》，广东教育出版社2006年版，第293、294页。

污浊及愚昧无知。因而被誉为当代绿色浪潮的"诗歌代言人",甚至被奉为生活的先知、维护生态平衡的圣人。遗憾的是,我没有看到斯奈德在什么地方说起过陶渊明,他钟情的是另一位中国古代山野诗人寒山。历史的长河中总是会有许多裂隙和漏洞,在不同种族间的文化交流中,此类遗漏不足为奇。但这并不排除斯奈德在人生道路的选择与文学创作的实践中,与陶渊明声气相求。"相逢何必曾相识",事实说明,他们在"人与自然"这个人类共同面对的元问题上,仍然是一对心灵相通的契友。

下边说一说我自己的一点亲身体会。

2017 年,我的《陶渊明的幽灵》一书的英文版 *The Ecological Era and Classical Chinese Naturalism — A Case Study of Tao Yuanming* 由施普林格出版社(Springer)与中国外语教学与研究出版社合作出版,翻译者为苏州大学的孟祥春教授。

这本宣扬中国古代诗人陶渊明的书得到美国学术界诸多名家的关注与好评。

耶鲁大学教授、美国著名过程思想家,美国德日进学会副主席、《世界宗教与生态》丛书主编玛丽·伊芙琳·塔克(Mary Evelyn Tucker)在为该书撰写的"序言"中写道:

> 陶渊明不仅仅是浪漫主义诗人或者自然文人,他能够洞见自然万物之灵魂,亦能在纤微变化中把握自然内在的

生命悸动。他描摹这些悸动，用笔轻柔，却又圆润娴熟，我们能感受到一股蓬勃之力；陶诗陶象，萦绕脑海，给人以超越升腾之感。

他对自然之清明与人类归属的洞见给当下和未来带来了欣慰。他诗意的一切必能长盛不衰，激励着我们追寻他的道路。如今生态崩坏，社会解体，我们从未像现在那样去审视如何在更大的宇宙中安身立命。

经由陶渊明，我们或可回归宇宙。[1]

美国人文科学院院士、著名生态经济学家、中美后现代研究院创始院长小约翰·柯布（John B. Cobb，1925— ）在为该书题写的推荐语中指出：中国伟大思想家陶渊明，其思想给中国传统赋予一种至关重要且意味深长的形式。陶渊明的思想与当今时代需求存在着潜在关系。

美国爱达荷大学教授、著名生态批评家《文学与环境跨学科研究》主编斯考特·斯洛维克（Scott Slovic）认为：诗哲陶渊明对世界环境思想产生了连绵不绝的影响，揭示了我们如何通过与自然的关系而探索"人类存在"的基本意义。

尤其让我感动的是，那年初夏，在上海我有幸会见来自美国

---

[1] 见英文版 *The Ecological Era and Classical Chinese Naturalism — A Case Study of Tao Yuanming* 序言，施普林格出版社与中国外语教学与研究出版社2017年版，译者：孟祥春。

西部大盐湖高地的特丽·T·威廉斯（Terry Tempest Williams）、布鲁克·威廉斯（Brooke Williams）夫妇，他们都是美国生态文化界有广泛影响的作家、学者。布鲁克还是博物学家、探险家，有过多次荒野探险经历。特丽的《心灵的慰藉》由程虹教授翻译成中文，在中国读书界拥有诸多"粉丝"。特瑞女士告诉我说，最近两个月里，《陶渊明的幽灵》这本书竟然成了布鲁克的"精神寄托"。原来他们夫妇来中国前，就已经从塔克教授那里得到了该书的校样。布鲁克演讲时，现场向大家出示了随身携带的《陶》书英译版的校样复印件，几乎每一页都用绿色的便条写下他阅读时的标记！一本沉重的校样途经万里，被从美国西部的大沙漠地区带到中国华东沿海，我很感动：我们的陶渊明有幸在当代西方又结识了一位可贵的"盟友"！我对布鲁克开玩笑地说：我与您是有夙缘的，因为我们的名字中都有一个"鲁"字，并随即为他起一个中国名字："鲁布柯"——"让大地布满青枝绿叶"，布鲁克很喜欢！

旅美青年学者刘丽丽博士曾告诉我，中文版《陶渊明的幽灵》在哈佛燕京学社图书馆、耶鲁大学图书馆、哥伦比亚大学图书馆等十多个大型图书馆都有收藏；英文版 *The Ecological Era and Classical Chinese Naturalism* 在美国、加拿大、澳大利亚、新加坡、马来西亚、新西兰、阿拉伯联合酋长国、黎巴嫩、南非、德国、瑞士、西班牙、丹麦、荷兰、英国等地的图书馆已有收藏，这是需要感谢英文译者孟祥春教授为此付出的辛劳的。

如果不是拘泥于字面上的关涉,而是从精神相互呼应的意义上,我们还可以为中国古代诗人陶渊明在西方寻找到更多心灵上的"自然之友"。

往远处说,可以找到古希腊时代雅典的伊壁鸠鲁(Epicurus,公元前341—前270年)。

一般说来,古希腊哲学有两大路线,一条是理性主义路线,一条自然主义路线。前者的代表是柏拉图,后者便是伊壁鸠鲁。伊壁鸠鲁学派代表着希腊自然主义哲学的伦理精神的最完善状态。

以往国内学界常把伊壁鸠鲁说成是一位享受主义者,其实他追求的享乐主要是一种精神上的享乐,一种心境上的平静和谐,这恰于陶渊明是一致的。伊壁鸠鲁哲学的核心也是顺从自然,"我们决不能抵抗自然,而应当服从她。当我们满足必要的欲望和不会引起伤害的身体欲望的时候,当我们坚决地拒绝有害的欲望的时候,我们就是在满足自然。"[1]

伊壁鸠鲁也主张简朴、清贫的田园生活,"如果我们用自然所确立的生活目的来衡量,那么贫穷就是巨富了","奢侈的财富对于男人和女人毫无意义,就像水对于已经倒满水的杯子毫

---

[1]〔古希腊〕伊壁鸠鲁、卢克莱修:《自然与快乐》,中国社会科学出版社2004年版,第45页。

无意义一样"。所谓"贤人"就是把自己调整到满足于简单生活所需的人,"贤人应当喜爱田园生活","宁静无扰的灵魂既不扰乱自己也不扰乱别人"。[1] 伊壁鸠鲁似乎也是一个善饮的人,因为他说过贤人"他们即使喝醉之后也不会发酒疯"。

伊壁鸠鲁又是一个参透生死的人,他说,大家都是"一个终有一死的凡人","我们只活一次,我们不能再次降生;从永恒的角度讲,我们必将不再存在。""当我们到达终点时,我们应当保持宁静,心怀愉快。"临终前他也曾写下类似自祭文之类的文字:"今天是我幸福的一天,同时也是我生命的最后一天……但是我用回忆和你一起讨论时所感到的心灵快乐来抗衡这一切。"[2]

从伊壁鸠鲁残留书简的片言只语中,我们不难听到东方古国的陶渊明的迴鸣。

在历史不长的美国文学史中,作为陶渊明的自然之友,我们很容易找到爱默生(Ralph Waldo Emerson,1803—1882)和惠特曼(Walt Whitman,1810—1892)。爱默生在美国的地位,常被比作中国的孔子,却又比我们的孔子多了几分浪漫主义的气质。他的自然主义美学的核心是强调自然与精神的同一性:自然也是一种精神的存在,每一种自然现象都是某种精神现象

---

1 〔古希腊〕伊壁鸠鲁、卢克莱修:《自然与快乐》,中国社会科学出版社2004年版,第46、54、52、50页。
2 同上,第45、48、37页。

的象征物,自然与人的精神之间存在着同构。"悲风爱静夜,林鸟喜晨开"、"望鸟惭高云,临水愧游鱼";"自然界的每一种景观,都与人的某种心境相呼应,而那种心境只能用相应的自然景观做图解。"[1] 爱默生的这些论述与陶渊明的诗歌创作主旨如出一辙。

看一看惠特曼《草叶集》的书名,一股田园风便迎面而来。同样成长于农家、且为惠特曼的好友的另一位作家约翰·巴勒斯(John Burroughs,1837—1921)曾对惠特曼作出如此评价:"这个人有着远远超过其他任何一个当代诗人的特质——我是指那种对真实的自然以及各种事物的毫无保留的共鸣,那种对大自然以及纯朴、深沉的人的展示,那种表达的惊人的率真和直接,中间没有任何隔阂或者修饰。"[2] 惠特曼相信,幸福的生活总是简单的,优秀的诗歌语言总是自然的。"万物相寻绎"、"万物各有托",心有灵犀一点通,惠特曼同样信奉宇宙间的万事万物都是大化流行、相通相依、变幻无穷、生生不息的,人也应当遵循、顺应自然的规律。一个悖逆自然的人类社会,注定最终要被自然所淘汰。比起陶渊明,惠特曼的性格中亦不乏"金刚怒目"的一面,他曾在一首短诗中厉声地教训起美国总统来:

---

[1] 转引自朱新福:《美国文学中的生态思想研究》,苏州大学出版社2006年版,第83页。
[2] 转引自王诺主编、夏光武著:《欧美生态文学研究丛书·美国生态文学》,学林出版社2009年版,第66页。

> 你所做所说的一切对美国只是些玄虚的幻影.
> 你没有学习大自然——你没有学到大自然的政治,
> 没有学到它的广博、正直、公平,
> 你没有意识到只有像它们那样才能服务于这些州,
> 凡是次于它们的迟早都要被驱逐出境。[1]
>
> ——《致一位总统》

在背向现实社会、背离物质文明、回归自然、回归源头的道路上,一位比我们的陶渊明更激烈、更极端的是法国画家保罗·高更(Paul Gauguin 1848—1903)。也是在40岁之际,他毅然辞去令人羡慕的银行的职务,脱去了文明的外衣,只身一人来到太平洋的塔希提岛,置身于伟大、神秘的大自然中。那是一个比陶渊明的"栗里""东皋""桃花源"更加原始荒蛮的地方,他却在那里安下家来,融入当地的部落,并将自己的绘画艺术推向峰巅,为此他曾写下这样一段"归去来"的自白:

> 我离开时为了寻找宁静,
> 摆脱文明的影响。
> 我只想创造简单、非常简单的艺术。
> 为了达到这个目的,

---

[1] 〔美〕惠特曼著:《草叶集·致一位总统》,九州出版社2001年版,第334页。

> 我必须回归到未受污染的大自然中，
>
> 只看野蛮的事物，
>
> 像他们一样过日子，
>
> 像小孩一般传达我心灵的感受，
>
> 使用唯一正确而真实的原始表达方式[1]

1898年春天，当他意识到自己将不久人世，他没有像诗人陶渊明那样为自己撰写"挽歌"或"自祭文"，而是在死去之前绘制了一幅大气磅礴的图画：《我们从哪里来？我们是谁？我们往哪里去？》，不但诚悦地接受造化的安排，而且还为芸芸众生指点的迷津。他自我夸耀地说："我已完成了一幅富有哲理、完全可与《福音书》媲美的画儿！"[2] 朝闻道，夕死可矣。对应陶渊明的诗句："死去何所道，托体同山阿"，这又近乎一种东方智者的生死观。

这里，我还想提名一位陶渊明的"自然盟友"，一位虽然不是文学家，却为20世纪文学的心理批评、原型批评作出重大贡献的人，那就是前边我们已经说到的瑞士精神分析心理学大师卡尔·古斯塔夫·荣格。荣格一生热爱自然，尤其爱水，自谓只有濒水而居方能灵智不绝，真是应了中国"智者乐水"的

---

[1] 〔法〕高更：《高更艺术书简》，新星出版社2010年版，扉页题词。
[2] 同上，第265页。

古话。

与海德格尔相比，荣格受中国道家哲学影响更直接、更完备，也更深刻，他对于"黑暗中蕴含着光明"的道理坚信不疑。中年时代，荣格曾游历非洲肯尼亚、乌干达的"黑人世界"，走进那些原始部落，竟悠然产生一种"如归故里"的感觉，"似乎数千年以前这里就是他的家。"原始部落中的智者告诉他，"白人用脑思考，黑人用心感知"，这让他感到无比震惊。美国当代荣格研究专家戴维·罗森（David Rosen）评述说："荣格似乎以一种神秘的方式验证着老子的哲言：知其白，守其黑，为天下式。为天下式，恒德不忒，复归于无极。"[1] 这就是说，荣格从他的人生路径中同样寻觅到陶渊明式的"知白守黑"的哲理。

也是在40岁之后，荣格开始在瑞士风光旖旎的苏黎世河上游建屋定居，准备在这里埋下自己的根，重新发芽。房屋使用波林根的石头建造，他说他希望就此"成为众多石头中的一员，诉说与自然亲密交融的一生，诉说与'道'的和谐感。"[2]

荣格愈是到了晚年愈是崇尚中国的老庄哲学，戴维·罗森指出："他几乎是把古老的道家智者作为他个人的导师。"[3] 晚年的荣格在波林根村打水、种菜、砍柴、烧饭，过着农夫一般的

---

[1] 〔美〕戴维·罗森：《荣格之道：整合之路》，中国社会科学出版社2003年版，第115页。
[2] 同上，第101页。
[3] 同上，第104页。

简朴生活。他说:"这里没有电力设施,天冷的时候我靠向火炉取暖。傍晚时分,我燃起油灯。这里没有自来水,我从井中打水;我劈柴用来烧饭。""在波林根,周围的一切几乎都是沉默无声的。而我生活在'自然的适度和谐之中'。思绪不断地涌现,回荡着多少个世纪的往事,也遇见那遥远的未来。在这里,那创造的痛苦得以缓解,创造与游戏密切地结合在一起。"[1]

80岁之后,风烛晚年的荣格还不时到野外做短暂停留,眼前覆雪的山峰高高耸起,只露出一角湛蓝的天空,周围一片荒凉静寂。荣格呼吸着山间清新的空气说:"这将是我最后一次见到大山了",这时泪水已经盈满眼眶。[2]此情此景似乎大不同于陶渊明的"悠然见南山",但作为对于自然的"终极感悟"却是异曲同工,差异只在东西方感情表达的不同方式上。

据戴维·罗森的书中记述,1961年的6月初,荣格在临终的前几天,梦见自己置身于黑黝黝的大森林中,一些柔韧的树根从地层深处伸展出来,围绕着他,闪烁着金色的亮光,他自己"已经成为神秘金色的一部分,深深地植根于大地母亲之中。"[3]那应该是大自然深处的密藏在荣格灵魂中的闪光。正如

---

[1] 〔美〕戴维·罗森:《荣格之道:整合之路》,中国社会科学出版社2003年版,第160页。
[2] 〔英〕文森特·布罗姆:《荣格:人和神话》,黄河文艺出版社1989年版,第412页。
[3] 〔美〕戴维·罗森:《荣格之道:整合之路》,中国社会科学出版社2003年版,第196页。

中国哲学家贺麟先生在《自然与人生》一文中说过的话,那是"将自然内在化,使自然在灵魂内放光明。"[1]

在灿如星河的世界作家行列中,我们很容易寻找到更多的与中国古代诗人陶渊明心灵默契的"自然盟友"。

比如,俄罗斯伟大作家列夫·托尔斯泰(Lev Tolsoty,1828—1910),尤其是在晚年精心阅读了中国道家典籍《老子》之后的托尔斯泰。

又如多才多艺、写下了《园丁集》《飞鸟集》的印度诗哲泰戈尔(Rabindranath Tagore,1861—1941)。1924年他造访中国时,苦心孤诣地宣讲他的自然主义诗学观念:"花草树木,有天然之美观,予极表好感。盖予深望世人返璞归真,生活上力求节俭,重农作而不重工巧,庶不为讲物质实利者所支配。"[2]

当然,我们不会遗漏了卢梭和梭罗,我们要将这两位与陶渊明的自然主义哲学最为投契的西方人物,放在下文花费更多的文字加以陈述。

---

[1] 贺麟:《文化与人生》,商务印书馆1999年版,第112页。
[2] 〔印度〕泰戈尔:《佛教与东方文化》,1924年5月20日《申报》。

陶渊明与卢梭：向自然人回归

18世纪的欧洲，随着工业文明的快速发展，人与自然的冲突愈加激烈，并在社会政治与人类精神领域引起巨大震荡。如何生活，如何做人，再度成为一个哲学问题。在那个思想家蜂拥群起的时代，让·雅克·卢梭（Jran Jacques Rousseau，1712—1778）成了欧洲启蒙时代一位特立独行的思想家，一位对现代人类史进程产生持续影响的思想家。

德国当代哲学家恩斯特·卡西勒力排众议，坚执卢梭的所有著作是一个整体，全都围绕着一个最根本的问题，即"自然"与"文明"之间的纠葛，"自然的人"（homme naturel）与"人为的人"（homme artificial）之间的冲突与整全。

卢梭毕其一生要向人们表达的是："人为的人"已经摧毁了人的自然状态，这是人类堕落腐败的根源，"重返自然状态之简朴与幸福的道路已被封死，而自由之路却敞开着；我们能够，而且必须踏上这条道路"。[1]《新爱洛绮丝》是对"自然"的颂扬；《爱弥儿》是对"自然人"的呼唤；《社会契约论》则是对回归自然状态、重建人类文明的社会政治学设计，而《忏悔录》《对话录》都是对这一总体设计的反复核对与审订。在卢梭这里，社会伦理、国家法律与包括人的天性在内的"自然律"应该是一致的。显然，卡西勒的"卢梭问题"归根结底还是一个"人与自然"的问题，或人类文明如何面对自然的问题。这是卢梭的元问题，也是人类的元问题。

在卡西勒之后，克里斯托弗·凯利（Christopher Kelly）研究卢梭的力作《卢梭的榜样人生》一书同样贯穿了这一说法，认为卢梭终其一生的奋斗目标不过是："在一个被人类文明败坏的堕落社会中如何可能保存天性，过上一种符合自然的生活。"[2]即如何克服文明人回归自然的障碍，如何超越文明导致的"去自然化"而实现人性的"自然整全"。

卢梭在其成名作《科学与艺术的进步是否有利于社会风俗的净化》中，对欧洲在启蒙运动中发生的历史性变化几乎全盘加以质疑：所谓"科学和艺术"，看似"社会的花环"，实则也是一具"锁链"，它们"在使人成为文明社会公民的同时，也扼杀了人与生俱来的自由情感"，使人沦为"幸福的奴隶"；它们

---

[1] 〔德〕卡西勒著、〔美〕盖伊编：《卢梭问题》，译林出版社2009年版，第28页。
[2] 〔美〕凯利：《卢梭的榜样人生》，华夏出版社2009年版，第1页。

在培养"时尚"的同时,也败坏了传统中的自然淳朴的风俗。社会越文明,就越是形成一些"整齐划一"的原则,而这些铁定的"原则"背后往往隐藏着冷淡、欺骗和背叛,成为束缚、戕害人类自然天性的东西。[1]

重自然而贬人工,是中国传统道家思想的核心问题之一,卢梭在《爱弥儿》第一卷的开篇,就毫不犹豫地向读者宣示:

> 出自造物主之手的东西,都是好的,而一到了人的手里,就全变坏了。他要强使一种土地滋生另一种土地上的东西,强使一种树木结出另一种树木的果实;他将气候、风雨、季节搞得混乱不清;他残害他的狗、他的马和他的奴仆;他扰乱一切,毁伤一切东西的本来面目;他喜爱丑陋和奇形怪状的东西;他不愿意事物天然的那个样子,甚至对人也是如此,必须把人像练马场的马那样加以训练;必须把人像花园中的树木那样,照他喜爱的样子弄得歪歪扭扭。[2]

卢梭此处所讲的人类对待"马"与"树"的恶迹,中国的庄子在其《马蹄篇》中,龚自珍在其《病梅馆记》中也曾有过类似

---

[1] 参见叶秀山、王树人主编《西方哲学史》第五卷,江苏人民出版社2006年版,第260—263页;尚杰:《尚杰讲卢梭》,北京大学出版社2008年版,第10—11页。
[2] 〔法〕卢梭:《爱弥儿》上卷,商务印书馆1978年版,第5页。

的指责:"善治马者"致"马之死已过半";"绳天下之梅者",则以"殀梅、病梅为业以求钱也。"难怪卢梭自己也说,与他的那些高度文明化的法国同胞相比,"自己更像是一个东方人!"

作为一部论教育的书,《爱弥儿》第一卷讲到"自然人"与"文明人"的培养教育是两个完全不同的渠道。他形象地指出:"文明人在奴隶状态中生,在奴隶状态中活,在奴隶状态中死:他一生下来就被人捆在襁褓里;他一死就被人钉在棺材里;只要他还保持着人的样子,他就要受到我们制度的束缚。"这里所说的"襁褓"、"棺材",意味着人所创造的社会文明对于人的自然天性的束缚与戕害。文明人为了适应社会、适应他人而丧失了自我、丧失了自由,尤其是内心的自由。这种"文明人"被文明所束缚的苦痛,中国古人陶渊明早就有着切身的体验,只不过"锁链""襁褓""棺材"被唤作"樊笼""尘网""宏罗",陶渊明坚决辞去彭泽县令的官位,"不为五斗米折腰"也许只是一个表面的说法,"质性自然,非矫励所得",不愿"违己交病",不肯"心惮远役",才是他退居田园、回归自然的根本原因。

卢梭拒斥了"文明进步"的光辉,竭力维护未遭文明开凿的自然,宁做一个在幽暗中苦苦摸索的独行者,也不做随波逐流的"文明人"。在晚年撰写的《忏悔录》中,他似乎对自己"误入社会、误成文明人"充满了悔恨,同时又以细腻绵长的文笔仔细表述了自己如何"悟以往之不谏","觉今是而昨非",如何由"文明人"一步步艰难地返身自然,归之于"自然人"的。按照凯利的说法,《忏悔录》整个就是一部一个在时代变革中四下碰壁的文明人如何回归自然,重做自然人的笔录,展现了一个自然人在渴望重返自然状态途中的艰难尝试和苦苦探索。"自然让人曾经是多么幸福而良善,而社会却使人变得那么堕落而悲惨"[1]卢梭从自己的生命体验出发,相信"人之初,性本善",认定处于自然状态的"原始人"比现代社会的文明人更简朴、更天真、也更善良,因而也更自由、更幸福。同时,他也深知现代人已经无法返回原始的自然状态,他努力实施的是如何改变现代文明人的人性,使其"天良发现",按照自然的法则重新组装自己的国家和社会。

对于"由文明人返回自然人"这一过程的探求,卢梭留下的是数百万言的著述,而陶渊明仅存区区百余篇诗文,卢梭比陶渊明显得繁复丰赡,他的关于"文明"与"自然"的思考同时还涉及国家体制、社会形态、政治哲学、教育方针、法律体系、宗教意识各个方面,站在"反启蒙"的立场上为"启蒙"做出了卓越的贡献。但面对"人与自然"这一元问题,在逃出尘世牢笼、文明囚禁,立意做一个"自然人"的最终目标上,陶渊明却要简净利索得多。

尽管文史学界一贯认为陶渊明在自己的时代没有得到应有的评价,但我在浏览了诸多关于陶渊明的研究与评论后仍然觉

---

[1] 〔德〕卡西勒著、〔美〕盖伊编:《卢梭问题》,译林出版社 2009 年版,第 16 页。

得,最初由萧统在《陶渊明传》《陶渊明集序》中对陶渊明作出的评价仍是最为恰切深刻的。

《陶渊明传》中记述,身居朝廷高位的檀道济前去探访陶渊明,对他说"子生文明之世,奈何自苦如此",劝他放弃"躬耕自资"的田园生活,做一个与时俱进的"文明人",陶渊明当面婉言谢绝,说自己"志不及也"。待到檀道济离去,便将他馈赠的"粱肉"一股脑扔掉了,表明了他坚决与"文明之世"划清界限的心迹。

在《陶渊明集序》中,萧统一方面对"文明之世"给人的"幸福生活"做了保留性的肯定:"齐讴赵舞之娱,八珍九鼎之食,结驷连镳之游,侈袂执圭之贵,乐则乐矣,忧则随之。"同时却对"与大块而荣枯,随中和而任放"的自然人生进行了高度赞扬。指出陶渊明的选择,正是体现了贤者的"明达之用心"。进而,萧统又列举了苏秦、商鞅等热衷于功名利禄,投身于政治纷争的风云人物,不但没有给社会带来稳定与安全,而且自身也劳碌不已,死于非命。相比之下,陶渊明式的抽身而退、回归自然,"安道苦节,不以躬耕为耻,不以无财为病"的田园生活,才真正有益于人心,有助于风化,可望收到"贪夫廉,懦夫立"的社会效果。在萧统的价值观中,陶渊明与欧洲的卢梭面对的似乎是同一个"人与自然"的问题,在由文明人返归自然人的精神诉求上竟如此惊人地一致。

由于基本立场与出发点的一致,因此在一些较为具体的问题乃至情境方面，卢梭与陶渊明也表现出有趣的相似性。

比如他们都曾在"出仕"与"致仕"之间有过游移动摇，最终都选择了"弃官隐居"的回归之路。青年时代的陶渊明也曾抱有"社会整全"——即为国为民革弊兴利、建功立业的念头。他先后做过州府的教育官员和军府的幕僚，41岁时终于在彭泽县令的职务上决绝于官场。卢梭早年也曾在法国驻威尼斯使馆任幕僚，但他很快就意识到产生效用的只是官场的"面具"，一旦他希望凭自己的才能与意志行使职责，政治秩序与个人天赋之间便发生严重冲突，强者的不义与弱者的愤慨终于使他辞去使馆的职务，并且从此断绝从政为官的念想。当卢梭在法国学界初露头角时，国王路易十五为笼络文人名士，曾有意向他颁发年薪，他同样不肯为之"折腰"，毅然拒绝了。对此，他在《忏悔录》里解释说："一旦接受这笔年金，我就只得阿谀奉承，或者噤若寒蝉了……"[1] 这与陶渊明的"不为五斗米折腰"如出一辙。

朱光潜先生曾经指出，《桃花源》中的"境界""颇类似卢梭所称羡的'自然状况'"。[2] 晚年的卢梭告别了巴黎的社交圈，返回乡野过真正的退隐生活。像陶渊明在诗中表达过的"误落尘网中，一去三十年"一样，卢梭说他已经"在不适合（他的）环境

---

1 〔法〕卢梭：《忏悔录》第二部，商务印书馆1978年版，第469页。
2 朱光潜：《诗论》，岳麓书社2010年版，第243页。

里羁留了十五年"。1756年4月9日（这一年卢梭44岁，与陶渊明回归自然的年龄相仿），他离开了城市，从此就不再居住在都市中。他说自己从此"有可能按照个人志趣选定的方式过幸福而持久的生活"了。[1] 卢梭固执地认为，作为人类文明象征的城市，恰恰"是坑陷人类的深渊。经过几代人之后，人种就要消灭或退化；必须使人类得到更新、而能更新人类的，往往是乡村。"[2]

在埃皮奈夫人为他提供的莫特莫朗庄园的"退隐庐"，卢梭写道：早春的残雪尚未褪去，大地已开始萌动春意，树木微绽苞芽，迎春花已经开放，睡意蒙眬中听到夜莺在窗前歌唱，乡野的自然风光令人心旷神怡。他在狂喜中喊出："我全部的心愿终于实现了！"这与陶渊明在《归去来辞》中抒发的情感何其相似："登东皋以舒啸，临清流而赋诗。聊乘化以归尽，乐夫天命复奚疑！"在这里，重返田园就意味着回归自然，回归生命的源头，回归心灵的栖息地，因而也是回归诗意葱茏的渊薮。

虽然同是主张回归自然，并身体力行地踏上回归之路，卢梭与陶渊明之间的差异，当然也是显而易见的。但这些差异并没有遮蔽他们在面对"人与自然"这一元问题时显露出的慧心与良知。

陶渊明生活的公元5世纪的中国，正处于农耕时代的成熟

---

1 〔法〕卢梭：《忏悔录》第二部，商务印书馆1978年版，第497页。
2 〔法〕卢梭：《爱弥儿》上卷，李平沤译，商务印书馆1978年版，第43页。

期，即是一个纯粹的农业社会，一个人出生伊始，接受的便是农业文明的洗礼。而卢梭生活在18世纪的法国、瑞士，启蒙运动已取得显著成效，工业文明的基础初步奠定，城市化的进程在迅速扩展，资产阶级夺取政权的大革命已进入爆发的前夜，在这样一个时代，卢梭作为一个关心时政的知识分子，尽管他的本性始终向往着自然与田野，却不可能像陶渊明那样完全遁入乡野，而更多的是在日内瓦、巴黎、威尼斯等城市间颠沛流离。

18世纪的法兰西民族，虽然仍是王国体制，但民主制度已具雏形，国王路易十五并不像司马氏皇帝那样，一句话就可以砍下持不同政见者的人头，知识分子有着较多的发表言论的空间，这个国家待不住了，还可以跑到另一个国家著书立说。即使在男女关系上，卢梭所在的民族对他的"胡作非为"也表现出更宽和的容忍度，包括他的手淫、偷窥、嫖妓、多角恋爱以及与"妈妈"华伦夫人的反常性爱关系（对于这些，立足于"自然人"的卢梭当然有自己的解释）。陶渊明年轻时也曾春心荡漾，在那篇《闲情赋》中表达了对自己心爱的女子的身体的渴望："愿在丝而为履，附素足以周旋"，"愿在莞而为席，安弱体于三秋"，这不过说明作为自然人，陶渊明与卢梭一样也会拥有亢奋的性欲。但陶渊明在他那个时代却触犯了禁忌，萧统的《文选》不选，后继的责难声不断。

就个人而言，卢梭的性情与陶渊明也不尽相同，卢梭的气质更为缠绵、内向、敏感、脆弱，更欠缺自我保护能力，在进退显隐之间几乎徘徊一生。对于达官权贵,他也总不能完全舍弃对他们的依附和利用,不能像陶渊明那样"纵浪大化中,不喜亦不惧",而是左冲右突、东躲西藏,虽百折不挠,终免不了被愚弄羞辱,因此受到的伤害更多。他也因此长年处于焦虑、愤懑、恐惧、抑郁的不良情绪中,不能像陶渊明那样轻易地走进旷达、淡定、悠然、静穆的境界。

直到生命的最后阶段,卢梭对他身处的这个文明社会才彻底失望,那时他切身感到,全人类最为善良、深情的人经过一个"全体一致的协定",已被放逐到社会之外。此时的卢梭孤独得就像陶诗中的一片"孤云":"万族各有托,孤云独无依",国王靠不住,元勋靠不住,贵妇人的沙龙靠不住,奸狡的政客更是靠不住。一无依傍的"孤立"虽然凄清,反而空前自由了。卢梭在他的未竟之作《一个孤独漫步者的遐想》中写道:"如今我重回大自然,只接受大自然的法则"。

垂暮之年的卢梭他开始全身心地融入大自然之中,常常"孤身一人,在崎岖的山岭之间深入……黑色的松树和巨大的山毛榉盘枝错节,很多树木因年深日久倒在地上,彼此缠绕,形成了难以逾越的障碍,将这个隐蔽之处重重封锁起来……山谷的罅隙间传来猫头鹰、鸢鸟和海雕的叫声,幸而有几只罕见但熟悉的小鸟舒缓了这可怖的寂静。"[1] 这也正是陶渊明在《归去来兮

---

[1] 〔法〕卢梭:《一个孤独漫步者的遐想》,花城出版社2005年版,第114页。

辞》中描绘的放归田园后寻幽探险的情境："既窈窕以寻壑，亦崎岖而经丘。木欣欣以向荣，泉涓涓而始流。"暮年的卢梭深深地庆幸，他终于在"斩断了一切世俗的欲念"、摆脱了社交圈"令人难受的纠缠之后"，"重新找到大自然的全部迷人之处"[1]，在广袤美丽的大自然中完成了生命的回归之路。

晚年的卢梭一心追求的这种"稳定"与"闲逸"的生活，类似于陶渊明的"宁静"与"散淡"。

早在撰写《忏悔录》的阶段，卢梭就已经认定，自然人都是闲散的，只有文明人才终日忙碌，而且日益陷入更频仍的忙碌。卢梭由此把闲散、闲逸看作文明人"摆脱文明化堕落和悲惨"的方法，看作文明人"回归准自然环境中"的途径。[2] 在《忏悔录》第十二章，卢梭对他认定的闲逸作出如下说明："我所爱的闲逸不是一个游手好闲者的闲逸……我所爱的闲逸是儿童的闲逸，他不停地活动着，却又什么也不做；是胡思乱想者的闲逸，浮想联翩，而身子却在呆着。"或者，"在树林和田野里漫不经心地蹓跶，无意识地在这里那里有时采一朵花，有时折一个枝，差不多遇到什么就嚼点什么。"[3] 这或许可以看作一种卢梭式的"采菊东篱下，悠然见南山"。

没有看到卢梭嗜酒的说法，起码他不像陶渊明那样终日杯

---

[1] 〔法〕卢梭：《一个孤独漫步者的遐想》，花城出版社2005年版，第132、133页。
[2] 〔美〕凯利：《卢梭的榜样人生》，华夏出版社2009年版，第189页。
[3] 〔法〕卢梭：《忏悔录》第2部，商务印书馆，第789、790页。

不离手,"平生不止酒,止酒情无喜"。然而卢梭对于研究植物的兴趣似乎已经成为"瘾嗜",不亚于陶渊明对于酒的一往情深,而且愈到晚年,这种兴趣就愈加炽烈。卢梭研究植物只是出于对自然的热爱、出于亲近自然的天性,出于渴望融入自然的心灵之需,这种"研究"与那些专职的植物科学家不同,它没有任何使用的目的,只是卢梭隐居生活中的慰藉。他自己解释说:"这项研究于我是一种嗜好,我已不再有其他种种爱好,而它正填补了我的空虚。""我的生活越是孤寂,越需要某种东西来填补空虚",深入幽谷丛林,在蛮荒之地寻找新的植物,我的呼吸都更自由自在了。[1]卢梭说,正是由于迷上了植物学,"草地、流水、森林,身处其间的孤寂、安宁和休憩,都不停地在我记忆中闪过。它让我忘却了人们的迫害、仇恨、蔑视和侮辱,忘却了他们用来报答我对他们真诚温馨的依恋的所有罪恶。"[2]奇怪啊,中国人的"何以解忧,唯有杜康",在这位法国人那里竟变成了"何以解忧,唯有植物"!植物采集竟能使卢梭如此沉溺其中、陶醉其中,于其中驰想象、寻解脱,这样的"植物学研究"不正如同陶渊明的"或有数斗酒,闲饮自欢然"吗?

在书写的风格上,虽然卢梭写的多是政论性文字,陶渊明则是诗歌,但他们的共同之处却显得更为重要,那就是"自

---

[1] 〔法〕卢梭:《一个孤独漫步者的遐想》,花城出版社2005年版,第113—114页。
[2] 同上,第118页。

然",就是天性的自然吐露与舒展。卡西勒说当法国的"诗体成了被塞进思想的一副空壳","诗的源头活水全都干涸"之际,"只有卢梭一人破除了这个加之于法国语言和诗歌之上的魔咒。他连一首严格说来可被称作抒情诗的创作都没有,但却发现了抒情的世界并使之复活。"[1]法国作家A·莫洛亚借用圣勃夫的话说:"卢梭是第一个使我国(法国)文学充满青翠的绿意的作家。"[2]为什么会这样,卡西勒说这是因为"他从未忘记在其童年和青少年时期就学会的自然的语言。""他沉浸于自然的内在生命之中,并随着自然本身的节奏而动。"[3]卢梭自己的说法是:"我不加阻挠(甚至)毫无顾忌地把自己交付给那瞬息的感想。"[4]这种写作的精神风格一如中国古人对于陶渊明的评价:"不烦绳削而自合"(黄庭坚),"不待安排,胸中自然流出"(朱熹),"直写己怀,自然成文"(许学夷),"吟咏性情,浑然天成"(袁燮),"绛云在霄,舒卷自如"(敖陶孙)。

在卢梭与陶渊明之间可以做出比较的,还有他们对于"死亡"的态度。

陶渊明面对死亡堪称潇洒,他在去世前,为自己写挽歌,写祭文,文辞隽永,境界宏阔,意趣绵长,秋日将自悼自祭的

---

1 〔德〕卡西勒著、〔美〕盖伊编:《卢梭问题》,译林出版社2009年版,第77页。
2 〔法〕卢梭:《忏悔录》第2部,商务印书馆,第823页。
3 〔德〕卡西勒著、〔美〕盖伊编:《卢梭问题》,译林出版社2009年版,第77、78页。
4 同上,第112页。

第3章:陶渊明的海外盟友

诗文写讫，初冬便安然随风逝去。在陶渊明看来，不但活着顺应自然，面对死亡，也要顺应自然，这才是"自然人"的生存境界。晚年的卢梭也已渐渐达到这一境界。他说，人一出生其实就已经开始向终点走去，"一个老人如果还有什么要学的话，就只是为了学习死亡。"[1] 他说在他生命的余年里将要把自己调整到"临终时想要保持的状态"。卢梭在反复思考了前人关于死亡的理论之后认为，死亡是一种自然现象，因此，对于自然人说来，并不存在对于死亡的恐惧，顺应死亡也是顺应自然，是一种"准自然状态"，类似于陶渊明的"纵浪大化中，不喜亦不惧。"在卢梭看来，所谓"死亡的痛苦"、"面临死亡的恐惧"只不过是文明人的想象（包括基督教的地狱），尤其不过是现代医疗科学的教育诱导的结果。卢梭说，此时的他即使不能说已经成为一个"自然人"，也已经进入了"准自然状态"，对于死亡，他感觉到的"与其说是悲伤，不如说是一种平静的幽思，甚至其中还有某种甜蜜的滋味。"[2] 这种境界，也就是中国得道高僧弘一法师临终前所说的"悲欣交集"了。

据说，创办于1776年的法文刊物《中国丛刊》曾对陶渊明进行过简略的介绍并发表过他的诗，而这也正是卢梭写作《一个孤独漫步者的遐想》的年头，不知卢梭是否碰巧会看到陶渊明

---

1 〔法〕卢梭：《一个孤独漫步者的遐想》，花城出版社2005年版，第30页。
2 〔美〕凯利：《卢梭的榜样人生》，黄群等译，华夏出版社2009年版，第186页。

的诗篇。也许，卢梭根本就不知道陶渊明的存在，但这并不会成为他们心灵相关相通的障碍，并不妨碍他们面对人类的"元问题"，成为知音与同道。

法国哲学研究专家尚杰先生在《西方哲学史》第五卷中，用了近90页的篇幅讲述卢梭，多于孟德斯鸠的70页、伏尔泰的60页，更多于爱尔维修的18页，甚至还略多于狄德罗的86页，这无疑体现了卢梭在世界哲学史中的突出地位。在结束该章的论述时，尚杰为垂暮之年的卢梭描绘一幅如此的画像：

> 在乡间小路上，老卢梭弓着腰，右手持着拐杖，左手一束野花（或许是野菊花），穿戴整齐，（他自己说是"穿一套宽大的粗布衣服"，见《退想漫步之三》）典雅，凝视着远方，没有焦虑，只有沉醉。[1]

读者如有兴趣不妨到百度网上查看一下，晚年卢梭的这一模样，与中国历代画家如李公麟、赵孟頫、王十朋、陈洪绶笔下陶渊明的形象何其相似！

---

[1] 参见叶秀山、王树人主编：《西方哲学史》第五卷，江苏人民出版社2006年版，第344页。

陶渊明与梭罗：营造诗意的梦幻

人类历史的进程毕竟不是由陶渊明、卢梭这些人掌握的，在卢梭之后的两百年中，人与自然的争斗更加酷烈，无论是西方还是东方，人们全都浸沉在战胜自然的喜悦中，而这一胜利终于导致地球生态系统濒临崩溃，导致自然在20世纪日渐陷入濒死的绝境。

德国哲学家马克斯·舍勒（Max Scheler，1874—1928）在20世纪初就已经揭示："作为生物，人毫无疑问是自然的死胡同"。已经拥有数百万年发展史的人类，说起来仍然显得如此幼稚：费尽心机、突飞猛进的，在貌似空前鼎盛的现代社会中，不但把"自然"送进了"死胡同"，也把自己禁闭到这个"死胡同"中。面对自然之死，舍勒同时提醒人们还有一线希望：人类作为"精神生物"，作为能够"神化自身的生物"，"人就不仅仅是死胡同；人同时还是走出这条死胡同的光明和壮丽的出口……人同时具有双重特性：死胡同和出口！"[1]

---

1 〔德〕舍勒：《舍勒选集》（下），生活·读书·新知三联书店1999年版，第1376页。

在人类的思想史中，无论是东方还是西方，总会有一些人在这条"死胡同"中徘徊摸索，寻觅着走向本真澄明之境的出口。

到了20世纪中期，随着"自然"的境遇愈加凶险，拯救自然、拯救人类自身的诉求遂酿成声势浩大的"生态运动"。在这一运动中，此前一百年的美国诗人、散文家亨利·大卫·梭罗（Henry David Thoreau，1817—1862）成了这一运动的先知先觉，被奉为守护自然本真与人类本性的圣哲。

1949年，老一代作家徐迟先生将梭罗的代表作《瓦尔登湖》翻译介绍到中国，开始并没有引起人们的注意，1982年经译者修订由上海译文出版社刊印，遂一发不可收拾，当前中已有十多种不同版本的《瓦尔登湖》问世，似乎仍然不能满足人们的需求。瓦尔登湖遂成了中国读书界一道开阔、亮丽的风景，梭罗遂以他"自然主义诗人""生态文学家"的身份成为众多中国诗人、作家的偶像。

20世纪后期，辉耀于中国文坛的两位青年诗人海子和苇岸，都是虔诚的梭罗崇拜者，都曾经从梭罗那里汲取了崇尚自然的信念。海子曾写下献给梭罗的组诗：《梭罗这人有脑子》；苇岸更是到了"言必称梭罗"的地步，他的那本薄薄的遗著《太阳升起以后》曾数十次写到梭罗，他说：《瓦尔登湖》给他带来的精神喜悦和灵魂颤动是其他作品不能比拟的，"它教人简化生活，抵制金钱至上主义的诱惑。它使我建立了一种信仰，确立了我今后朴素的生活方式。"[1]他说他和梭罗之间有一种血脉相连的亲近，他已经将自己的文学人生"皈依"了梭罗。

海子，苇岸这些被誉为"麦田诗人""大地诗人"的年青一代中国文学家，敬重梭罗固然无可非议；但无论如何也不应该无视自己民族的自然主义诗人陶渊明吧。因为在"简化生活""蔑视金钱""景仰朴素"方面，陶渊明不是更早、更近、更好的榜样吗？

如今，自然之死的进程在我们的国土正极速蔓延，诗人的声音依然微弱。海子死了，苇岸死了。更加不幸的是，那位在一千六百年前去世的陶渊明在今天也已经在年轻一代诗人的心目中死去的。

值得深思的是，当我们的年青诗人向梭罗的《瓦尔登湖》一再顶礼膜拜时，我在《瓦尔登湖》一书中却屡屡看到梭罗对于东方、对于中国、对于中国文化、对于中国哲人的向往。在这本书中，梭罗时不时地会援引一些中国古代经典中的话语为自己的观点站台，为自己的行文佐证。这位个性倔强的美国人一会儿是"孔子说"，一会儿是"孟子说"，一会儿又是"曾子说"；时而说到《中庸》，时而又讲起《大学》，包括商王盥洗铜盆上的铭文也被他搬用到自己的文章之中。这些引证不见得

---

[1] 苇岸：《太阳升起以后》，中国工人出版社2000年版，第117页。

全都恰切，令人感动的是梭罗兼容并包的世界情怀。美中不足的是，梭罗引用的中国古代经典全属儒家言论，我想这倒不是因为他对儒家理念的偏爱，而是因为他当时能够阅读到的只有玛什曼翻译的《孔子的著作》、科列翻译的《中国古典：通称四书》、法国汉学家博迪耶翻译的《孔子与孟子》这三本书，三本书全是儒家经典。鉴于梭罗自然主义的立场，设若他有机会接触到老庄的著述，那么这场精神领域中的风云际会注定将是另一番气象！

至于陶渊明，假如他们有缘相识，一定会成为相互欣赏的"素心人"而"清谣结心曲"、"乐与数晨夕"的。

就是在那次"超越梭罗：文学对自然的反应"的国际研讨会上，当我从生态批评的角度将陶渊明与梭罗并置谈论后，一位金发碧眼的中年女学者当场要我将"陶渊明"的名字用中文写在她的笔记本上，我很欣慰，甚至有些感激她。

关于陶渊明，前边我们已经讲了很多，这里让我们再来瞻仰一下梭罗这位美国"绿色圣人"。

梭罗曾经以7美元的价格卖一条船给霍桑（N. Hawthorne, 1804—1864）并教给他如何划船。这位年长的著名美国小说家曾生动地记述下梭罗的容貌："带着大部分原始天性的年轻人……丑陋、堕落、长鼻、怪声怪调，举止尽管彬彬有礼，总带有点粗俗的乡村野气，与其外表甚合……自从两三年前以来，他否定了一切正常的谋生之道，看来趋向于在文明人中过一种印第安人的生活。"[1] 没有虚饰，看来接近于写实。

1847年梭罗30岁那年接受问卷调查时自我介绍说："我是个校长，家庭教师、测量员、园丁、农夫、漆工，我指的是房屋油漆工，木匠、石匠、劳工、铅笔制造商、玻璃纸制造商、作家，有时还是个劣等诗人。"[2]

在19世纪工业化、市场化蓬勃兴起的美国，聪明能干的梭罗其实比一般人拥有更为优越的资质：他懂测量，擅设计，发明过新型钻机和改进铅笔制造的专利。然而他却对这个日益工业化、市场化、都市化的时代极为不满，毅然选择了背道而驰的方向。用爱默生的话说，"他不当美国工程师的领袖，而去当采黑莓队的队长。"[3]

陶渊明与梭罗，在时间上相隔一千五百年，在地域上分居东西两个半球，在种族上还明显地拥有"黄""白"两种肤色，然而面对人类文明与自然的冲突，面对"人与自然"这个元问题，我们仍然可以在他们之间找到许多相同、相似之处：两个人的诗文中都写到"读书""种豆""锄阜""採花"（虽然不一定都是菊花）、看云彩、听鸟叫；梭罗在《瓦尔登湖》中甚至还讲到"无弦琴"，即"宇宙七弦琴"，那是由森林上空的风"拨弄"

---

[1]〔美〕罗伯特·塞尔编：《梭罗集》下册，生活·读书·新知三联书店1996年版，第1155页。
[2] 同上，第158页。
[3] 同上，第1159页。

松树的枝叶发出的天籁。当然，这只能算是字面上的贴近。

若往深处探讨，梭罗与陶渊明相似的地方至少可以归纳出以下五点：

一、拒斥现行社会体制，与主流社会保持距离，在一定程度上表现出对"文明进步"的怀疑。

梭罗与陶渊明都是崇尚自然、醉心于自然的诗人，都在以他诗人的浪漫情怀拒斥着置身其中的社会体制，痴心营造着关于自然与自由的梦幻。这在陶渊明，是"不为五斗米折腰"，决绝地辞去政府中的职位，同时也就逸出主流社会的种种管制和约束，表现出自己的独立意志。对于梭罗来说，他本来拥有在现代社会谋生的多种技艺，但他还是拒绝了一切公职，甚至拒绝了社会上认可的一切体面工作，成了康科德城民众眼里一个不务正业的浪荡人。他精神上的抵抗甚至波及刚刚起步不久的美国工业社会的各个方面，如铁路、银行、邮政、报业等。在他看来，这些被民众"幻想"为"肯定的进步"，其实都是些索债的"魔鬼"，它给人们带来某些好处，却又总是追逼着人们加倍偿还利息。

梭罗说，他热爱的是田野中的"鲜花"，而时代文明塞给他的却是工厂里的"钢锭"！[1] 陶渊明在自己的诗歌中则坦言，他本性是一只自由飞翔的鸟儿，时代向他展示的却是一只"囚

---

[1] 《梭罗日记》第七卷，第80页。转引自〔美〕罗伯特·米尔德：《重塑梭罗》，东方出版社2002年版，第293页。

笼"。如果说某个时代的社会体制总是一个时代人类文明的集中体现，陶渊明、梭罗的反体制倾向无异包含着对时代文明总体的审视和批判，这对于一种社会体制的健全发展其实是不可或缺的。

二、退避山野，返身农耕，在自然中寻求生存的意义与生命的支撑。

关于陶渊明的退隐归田、委运化迁，前文已有所论及。梭罗的退隐山林，返身农耕则更像是一场在瓦尔登湖畔展开的"实验"，一次精彩绝伦的"行为艺术"，时间也只有两年零两个月，不像陶渊明返身农耕二十二年，直至终老林下。尽管如此，梭罗的回归情绪确是真切、浓郁的，其对于内、外自然的体会也是深刻独到的。

平心而论，身处工业化蒸蒸日上时期的梭罗，要想挣脱时代大潮的裹挟返身农耕，比陶渊明的回归田园更为其难！然而，在1845年开春，28岁的梭罗拎了一把借来的斧头，毅然走进瓦尔登湖畔的森林，自己动手盖房、开荒，开始了他自然主义诗学的实践。

他的口号一如陶渊明的"任自然"：让生活像自然一样常新，"跟大自然自己同样简单"、"同样的纯洁无瑕"，"如大自然一般自然地过一天！"[1]

---

[1] 〔美〕H·梭罗：《瓦尔登湖》，吉林人民出版社1997年版，第82、90页。

他在森林中种豆、砍柴、捕鱼、采集野果，换取生活中最低限度的温饱。

在主观取向上，梭罗的"退"与"返"甚至更为决绝，他不但要从工业化的、市场化的时代抽身而退，还要从当下的农业生产方式退回更远古、更简单同时也更"自然"的原始农耕时代。他认为只有原始农业才与自然有着更亲密的关系，因此也就更具有"神"性。现代农业的目标只"把土地看作财产，或者是获得财产的主要手段"，由于现代人的贪婪与自私，大地上农耕的风景已经被破坏了。[1] 他认定人不应为物所役，不必为了攫取更丰厚的利润去拼命劳作，而应把更多的时间留给与自然的交流与融合，在与自然的交流融合中享受天地间最高的精神愉悦。

在《瓦尔登湖》一书中，梭罗曾用富有诗性的话语记述了他"疏懒""宁静""充实""优美"的一天：

> 在一个夏天的早晨里，照常洗过澡之后，我坐在阳光下的门前，从日出坐到正午，坐在松树、山核桃树和黄栌树中间，在没有打扰的寂寞与宁静之中，凝神沉思，那时鸟雀在四周唱歌，或默不作声地疾飞而过我的屋子，直到太阳照上我的西窗。……这样做不是从我的生命中减去了

---

[1] 〔美〕H·梭罗：《瓦尔登湖》，吉林人民出版社1997年版，第156页。

时间，而是在我通常的时间里增添了许多，还超产了许多。我明白了东方人的所谓沉思以及抛开工作的意思了。[1]

梭罗在这里体会到的，其实就是老庄哲学中"致虚静，守静笃"，"平易恬淡、乃合天德"，让人生顺应自然的精神；其实也就是陶渊明诗句中"目送回舟远，情随万化遗""山气日夕佳，飞鸟相与还"的境界。

陶渊明说："此还有真意，欲辨已忘言"（《饮酒二十首并序·之五》）；梭罗则写道："你瞧，现在已经是晚上"，"一天里我什么也没有做，什么也没有说，我只静静地微笑，笑我的幸福无涯。"[2] 在这里，梭罗似乎已经感悟到"与天合其德"、把自己同化于自然之中，才是生命中最有意义、最美好的事，而现代社会的进步正背离这一原点愈行愈远。

三、持守清贫，以清贫维护生命的本真、生存的自由、灵魂的纯洁。

陶渊明自41岁上弃官归田之后，生活一天比一天贫困，几乎沦落到食不果腹、衣不蔽体的地步，却能"安道苦节，不以躬耕为耻，不以无财为病"，且不改初衷，一意孤行。其原因是陶渊明有更高的信念，即"清贫"与"素朴"是"得道"的必由之

---

1 〔美〕H·梭罗：《瓦尔登湖》，吉林人民出版社1997年版，第106页。
2 同上，第82、90页。

路，是一个人回归自然、回归本真时不可或缺的精神元素。

梭罗没有贫困到衣食无着，他在瓦尔登湖边的木屋里是有意识地体验贫困，竟也清理出许多关于清贫的道理。在他看来，康科德城中人们千方百计地渴求发家致富，等于生活在"别人的铜币中"，"在别人的铜钱中，你们生了，死了，最后葬掉了。"这就好比一片泥沼，人们深陷其中挣扎一生，即使目的达到，付出的却是生命的独立与自由。"大部分的奢侈品，大部分的所谓生活的舒适，非但没有必要，而且对人类进步大有妨碍。"[1]

在陶渊明那里，生活中难得的舒适与享受，如"五六月中，北窗下卧，遇凉风暂至，自谓是羲皇上人"，反倒是一分钱不花的。在《瓦尔登湖》中梭罗一再声称：面对大自然，穷人与富人本是平等的，"夕阳反射在济贫院的窗上，像射在富户人家窗上一样光亮；在那门前，积雪同在早春融化。""城镇中的穷人，倒往往是过着最独立不羁的生活"。[2]陶渊明其实也正是为了"独立不羁"，才选择了清贫生活。美国人梭罗似乎已经看透了陶渊明的苦心："最明智的人生活得甚至比穷人更加简单和朴素。中国、印度、波斯和希腊的古哲学家都是一个类型的人物，外表生活再穷没有，而内心生活再富有不过。"[3]

四、崇尚精神自由，自做精神主宰，善于以生命内宇宙的

---

[1] 〔美〕H·梭罗：《瓦尔登湖》，吉林人民出版社1997年版，第82、90页。
[2] 同上，第306页。
[3] 同上，第12页。

充实替补对外部物质世界的索取；为了更高理想而超越现实营造空中楼阁。

在面对人与自然这个元问题时，梭罗与陶渊明一样强烈追求精神自由，善于以生命内宇宙的充实、替代外部物质世界的匮乏；为了更高理想不惮于超越现实营造空中楼阁。

对于陶渊明来说，这是"肆志无窊隆"、"心远地自偏"，是"纵浪大化中，不喜亦不惧"，"寓形宇内能复几时，曷不委心任去留"，是一种任心适志、无论穷通的达观心态，是一种道家哲学意义上无持无待的逍遥游，体现在文学创作中则是一种超越现实遨游于虚幻之境的浪漫主义精神，是人间难觅的桃花源。

对于梭罗来说则是那种力排众议的自信，无畏无惧的孤独。"物尚孤生，人固介立"，陶渊明归田后曾表示"息交绝游"；梭罗则一再表示"社交往往廉价"，而"寂寞是有益于健康的"，"我爱孤独。我没有碰到比寂寞更好的伙伴了。"[1] "太阳是寂寞的"，"上帝是孤独的"，"我个比一张豆叶，一枝酢浆草，或一只马蝇，或一只大黄蜂更孤独"。一般人难耐孤独，是因为对外需求太多，圣人与大自然都不惧孤独寂寞，是由于内在的充盈。梭罗宣称："只要我还能思想，世界对于我还是一样地大。"他为此援引孔子语录："三军可夺帅也，匹夫不可夺其志

---

1 〔美〕H·梭罗：《瓦尔登湖》，吉林人民出版社 1997 年版，第 128 页。

也。"[1] 在论及内外关系时,梭罗说:"你的衣服可以卖掉,但要保留你的思想。"衣服是外在的,可有可无;思想却是内在的珍宝,必须坚守秘藏,这与老子说过的"被褐怀玉"(《老子》第七十章)大致相似。梭罗曾在自己的日记中表露,他对于社会也没有什么有效的作为,他希望自己做的,是"在贝壳中培养出珍珠"。《瓦尔登湖》终于成了他内心精神修炼的结晶,一座用诗一般的语言文字营造的"空中楼阁"。

在《瓦尔登湖》一书的结束语中,梭罗写道:"一个人若能自信地向他梦想的方向行进,努力经营他所想往的生活……如果你造了空中楼阁,你的劳苦并不是白费的,楼阁应该造在空中,就是要把基础放到它们的下面。"[2] 梭罗的"空中楼阁"正类乎陶渊明的"桃花源","空中楼阁"与"桃花源"都不过是他们在诗意栖居中营造的一个关于人类社会自然整全的梦幻,都不过是他们凭借自己的艺术想象对现实社会的一次诗意的超越。

五、他们在各自民族文学史上的杰出贡献。

置身于不同时空、不同种族的陶渊明与梭罗,他们都在"种豆""锄草"的时候收获了文学上的庄稼。他们种下的不仅仅是豆子,黄豆或豌豆,同时也种下了他们各自的德行、旨趣、情志、理想,因而他们也收获了散文、收获了诗歌。他们的诗

---

1 〔美〕H·梭罗:《瓦尔登湖》,吉林人民出版社1997年版,第307页。
2 同上,第302—303页。

文犹如田野上的花朵、树林中的鸟鸣、天上的白云、山间的溪水,是属于自然的,属于农耕时代的,属于一颗质朴、真率的心灵。

梭罗说过,田园风光中最珍贵的还不是丰硕的收成,而是"诗意",要靠诗人精心提取。只是由于时代的错位与个人气质上的差异,陶渊明更钟情于田园,梭罗则更倾心于荒野,陶渊明最终成为中国文学史上"田园诗"的宗主,梭罗则开创了美国文学史上"自然随笔"的范例,两人分别为世界文苑贡献了意义重大、影响深远的文体。

以上五点是梭罗与陶渊明大体相同或相通之处。

梭罗的自然主义精神的精华集中表现在他的《瓦尔登湖》一书中,书中有专门一篇是写瓦尔登湖的,文字异常优美,这瓦尔登湖就是梭罗内心世界的象征。奇怪的是,当我读到梭罗的这篇文字时,我不由自主地产生一种近乎幻觉的联想,梭罗笔下的"瓦尔登湖"也是陶渊明这位古代中国诗人的写照。

梭罗写道:"瓦尔登的风景是卑微的",虽不宏伟,却很美。这个湖以"深邃"和"清澈"著称,它"深得没有底",亦不枯竭;却又"明净得出奇","明亮而无垢"。它就如同"大地的眼睛;望着它的人可以测出他自己的天性的深浅"。它又是"一面镜子,如果有任何不洁落在它面上,马上就沉淀。"这湖生成于人类初始的本源,"也许远在亚当和夏娃被逐出伊甸园的那个早春之前,瓦尔登湖已经存在了";它"像隐士一样生活在森林中已经这么久",它"含蓄"而"自尊","纯洁"而"庄严","粗犷"而"和谐"。它是"大地和天空之间的媒介物","可以称为'神的一滴'",在"它的最深邃僻隐处,高高躺在我的思想中"。最后,梭罗说:"如果最美的风景应以人名称呼,那就用最高贵、最有价值的人的名字吧",[1] "许多人都曾经被譬喻为瓦尔登湖,但只有少数几个人能受之无愧。"[2]

那么,我们这里很想问一问梭罗的在天之灵:用陶渊明来譬喻、来称呼瓦尔登湖,是否可以?

陶渊明就是瓦尔登湖。

在陶渊明与梭罗之间当然也还存在着明显的差异,这些差异还不仅只表现在一位终日与酒相伴,一位滴酒不沾;一位儿女成群,一位终生未娶;一位主要写诗也写散文,一位主要写散文也写诗歌。

生活在中国东晋末年的陶渊明所要逃避的是铁定的门阀氏族制度、虚伪的名教典章对人的本真天性的约束与戕害,是频仍无端的战乱给人生带来到苦难与凶险,陶渊明的退隐与回归多少带了些"圣人韬光""贤人遁世"的无奈。

而生活于19世纪中叶的美国人梭罗,面对的是汹涌澎湃的工业化浪潮对传统农耕社会的全面冲击,是高速发展的科学技

---

1 〔美〕H·梭罗:《瓦尔登湖》,吉林人民出版社1997年版,第185页。
2 同上,第181页。

术与市场经济对人的心灵的物化，人心与自然环境同时遭遇现代化的胁迫。梭罗走进瓦尔登湖畔的山林之中，不是逃避，不是退隐，是为了取得向现代社会提起诉讼或挑战的证据。

梭罗在潜入自然的时候心有旁骛，因此他不总能做到像陶渊明那样静穆、悠然，他的文字中更多了些愤激、焦灼、抗争、驳难，有时不免锋芒毕露，像一位19世纪的"美国愤青"。梭罗给人的印象是在素朴的形象上又添加了些"救世英雄"的光辉，陶渊明顾及的只是自救与救心。

也许仍然基于东、西方的差异，在走近自然、同化自然的过程中，二人的途径仍存有明显的差别。梭罗虽然被西方学者冠以"超验主义作家"的名号，但在通往自然真谛的道路上他仍不得不时时借助理性，在通往自然的秘奥时他仍旧不能忘怀知识与技术的"梯子"。而东方的陶渊明通过感悟则往往"一步登天"，他可以在浑然不知的心境中达成"天人合一"，使自己的身心完全融会于自然，这就是"采菊东篱下，悠然见南山"的那种境界。

可不可以这样说："云无心以出岫"——陶渊明"无心"却使自己成为"陶渊明"；"掂把斧子进山林"——梭罗"奋力"终使自己成了"梭罗"。

"无心"也好，"奋力"也罢，在对待人与自然的关系上，这两个人差不多都达到了先知先觉的"圣人"境界，并受到各自民族的认可与尊重。遗憾的是，为他们所钟情的"自然"至今并未因此得救。在陶渊明撰写他的《归去来兮辞》一千六百年之后，在梭罗撰写他的《瓦尔登湖》一百六十年之后，"自然"终于还是无可挽回地沦落到濒死的边缘。

但愿这不是最终的结局。

艰辛历程：浪漫主义在现代中国

发轫于19世纪晚期的中国现代文学，所处的历史条件已经与欧洲大不相同。在19、20世纪之交的国际环境下，中国社会所能选择的自救、自强之策，只能是效仿西方道路，跟随着西方现代化的步伐急起猛追，而反思现代化进程的声音则异常微弱。

在哲学界、社会学界尚有梁启超、杜亚泉、辜鸿铭、梁漱溟等人；在文学界，像欧洲那样的自然浪漫主义诗人就更为稀缺。以往的中国现代文学史中，将浪漫主义文学的代表人物标定为郭沫若，实质上却与欧洲文坛上的浪漫主义相去甚远。厦门大学俞兆平教授对此曾有精辟的论述：郭沫若的所谓新浪漫主义"已失去西方18、19世纪作为历史形态的浪漫美学、文学思潮的质的规定性，它仅是隶属于苏联的社会主义现实主义创作原则的一个组成侧向而已，与作为一个文学流派独立自存的浪漫主义已不属于同一内质的东西了。"[1] 他继而从现代文学史

---

1 俞兆平：《中国现代三大文学思潮新论》，人民文学出版社2006年版，第35页。

研究的角度提出：这一时期中国有否趋近、隶属于欧洲"思潮运动"的、相对纯正的浪漫主义文学呢？答案是有这么三位作家：宗白华、沈从文、冯至。[1]

这里，我希望接着俞教授的话题，借助其中的两位，探讨一下自然浪漫主义在现代中国的命运，一位是在中国大地土生土长的文学天才沈从文，一位是留学德国身受浪漫主义文学熏陶的华夏游子冯至。

先说沈从文。

沈从文的创作思想与19世纪初欧洲浪漫主义思潮相似，而与"五四"时代盛行的启蒙理性、科学精神较为疏远，乃至一定程度上的背离。在20世纪40年代，他曾告诫自己："用一支笔，来好好的保留最后一个浪漫派在20世纪生命挥霍的形式，也结束了这个时代这种情感发炎的症候。"[2] 沈从文的浪漫主义精神不难从他以下创作思想中得到印证：

挑剔社会进步，留恋往昔的"抒情诗气氛"。

在《长河》题记中，沈从文以爱憎分明的文字写道："表现上看来，事事物物自然都有了极大进步，试仔细注意注意，便见出在变化中那点堕落趋势。最明显的事，即农村社会所保有那点正直素朴人情美，几乎快要消失无余，代替而来的却是近

---

1 俞兆平：《中国现代三大文学思潮新论》，人民文学出版社2006年版，第62页。
2 《沈从文全集》第12卷，北岳文艺出版社2009年版，第127页。

二十年（1914—1934）实际社会培养成功的一种唯实唯利庸俗人生观。敬鬼神畏天命的迷信固然已经被常识所摧毁，然而做人时的义利取舍是非辨别也随同泯灭了。'现代'二字已到了湘西，可是具体的东西，不过是点缀都市文明的奢侈品……前一代固有的优点，尤其是长辈中妇女，祖母或老姑母行勤俭治生忠厚待人处，以及在素朴自然景物下衬托简单信仰蕴蓄了多少抒情诗气氛，这些东西又如何被外来洋布煤油逐渐破坏，年轻人几乎全不认识，也毫无希望可以从学习中去认识。"[1] 在沈从文看来，现代化进程带给中国农村的只是轻薄、浮躁、伪饰、机诈，他在《边城题记》中曾再度申明：读者应"认识这个民族的过去伟大处与目前堕落处"，清楚地表白了他的"怀古幽情"与"向后看"的价值取向。[2] 正如日本文学评论家山室静指出的："作者的笔表面上是淡泊的，但其背后潜藏着对近代文明激烈批评和抗议——至少说潜藏着激烈的厌恶。"[3]

守望农业文明，耻与现代都市人为伍。

沈从文的学生汪曾祺把老师的小说概括为"一个乡下人对现代文明的抗议"，可谓深谙师门玄机。沈从文始终以"乡下人"自命，"我实在是个乡下人，说乡下人我毫无骄傲，也不在自贬，乡下人照例有根深蒂固永远是乡巴佬的性情，爱憎和哀乐自有

---

[1] 《沈从文全集》第10卷，北岳文艺出版社2009年版，第3—4页。
[2] 《沈从文全集》第8卷，北岳文艺出版社2009年版，第59页。
[3] 刘洪涛等编：《沈从文研究资料》下册，天津人民出版社2006年版，第825页。

它独特的式样，与城市中人截然不同，他保守、顽固、爱土地，也不缺少机警却不甚懂诡诈。"他看不上城市人，尤其是现代社会的城市人，"城市中人生活太匆忙，太杂乱，耳朵眼睛接触声音光色过分疲劳，加之睡眠不足，营养不足，虽俨然事事神经异常尖锐敏感，其实除了色欲意识以外，别的感觉官能都有点麻木不仁。这并非你们的过失，只是你们的不幸，造成你们的不幸的是这一个现代社会。"[1]在西方现代作家中愿意做乡下人的还真不少，哈代、福克纳都喜欢说自己是乡下人，梭罗、惠特曼、托尔斯泰都热衷于做乡下人。而在当时的中国，沈从文却感到"自愿做乡下人的实在太少"，"乡下人太少了。倘若多有两个乡下人，我们这个'文坛'会热闹一点吧。"[2]中国文坛上的沈从文是孤独的。

沉湎田园视景，钟情于山野自然。

浪漫主义者总是具有浓郁的乡土意识、地方色彩，在文学创作中拥有自己的一方独特生态领地。沈从文的领土是湘西沅水上游那片诸多民族杂居之地，他的身体和心灵似乎从来都是与那里的山水旷野、林木鸟兽融为一体的。无论喜时忧时、顺境逆境他总是能够保持对自然的敏感、保持与自然的息息相关，似乎时刻都能返身自然之中，并从自然那里汲取力量、萌生智

---

[1]《沈从文全集》第9卷，北岳文艺出版社2009年版，第3、4页。
[2] 同上，第6页。

慧、激发灵感。夏志清曾以无比钦佩的口气赞誉：沈从文的文体和他的"田园视景"是整体的，不可划分的，这是一种"静候天机，物我同心"式的创造力，他的这一功夫直追中国古代的大诗人、大画家，现代文学作家中没有一人及得上他。1934年1月，沈从文重返湘西，在山川秀丽、阳光朗照的泸溪之上写信给北京的妻子，说他如何在这河水上对历史、对自己、对自己的文学创作豁然开悟：大自然中寒来暑往、四时交递的庄严，也是一种卑微中的伟大、流动中的永恒，一种最自然的生活。沈从文的这次开悟，很像是罗曼·罗兰年轻时感应的一次"灵光"，那也是在水上，在法国与瑞士交界的莱茵湖畔，他说"绮丽的山光水色使他感觉自己的精神像处女般在大自然的怀抱中首次受孕"。

追思往古神圣，呼唤原始野性。

"五四"以后，中国新文学营垒中包括鲁迅在内的进步作家自觉承担起一个艰巨而光荣的任务，即"改造国民性"，实际上就是引进西方进步的现代文明，革除国民心灵中被认作愚昧落后、麻木迟钝的精神传承。对于这一运动的主流，沈从文显然是排斥的、抵触的。晚年在回答他的研究者凌宇的采访时依然决绝地说自己"与当时改造国民性思想""毫无什么共通之处"。[1]在沈从文看来，人类若要追求更高的美德，非得保留如动物一

---

[1] 《沈从文全集》第16卷，北岳文艺出版社2009年版，第522页。

样的原始纯良天性不可；一个人即使没有高度的智慧与感受能力，照样可以求得天生的快乐与自然的智慧。沈从文多次非议苏雪林，但苏雪林对他的某些评判，应该说还是颇有见地的。苏雪林指出，沈从文的创作理想"就是借文字的力量，把野蛮人的血液注射到老态龙钟颓废腐败的中华民族身体里去，使他兴奋起来，年轻起来，好在20世纪舞台上与别个民族争生存权利。"[1]沈从文的作品即使产生些"改造国民性"的效应，也决不是因为从西方工业文明中开取药方，反而是回望远古，寻觅那久已失落的原始野性。沈从文说"我还得在'神'之解体的时代，重新给神作一种光明赞颂。在充满古典庄雅的诗歌失去价值和意义时，来谨谨慎慎写最后一首抒情诗。"看来，沈从文也深知自己是在书写现代文学的历史，不过，他的文学史不是面向前方，顺应时代进步的大方向去书写的，而是一种回头怅望，他要求书写的是"属于受时代带走行将消灭的一种人我关系的情绪历史"。[2]这是一条萧条寂寞的游吟诗人的返乡之路。

从以上四点约略可以看出，与那个时代的"进步作家"相比，沈从文无疑是一位"保守"的、"落后"的、"退步"的，甚至多少有些"反动"的作家。当时，他就不断受到一些左翼批评家的指责。其中固然也存在着某些"政见"的不同，主要还是由

---

[1] 刘洪涛等编：《沈从文研究资料》上册，天津人民出版社2006年版，第189页。
[2] 《沈从文全集》第12卷，北岳文艺出版社2009年版，第128页。

于对"社会发展进步"所持的立场、态度不同，应该属于文学观念的歧义。

40年代末、50年代初，随着中国革命浪潮的日益高涨，文学的意识形态色彩更加浓重，"进步"还是"退步"几乎成了革命与反革命的分水岭。此时，郭沫若发表在《大众文艺丛刊》上的一篇文章《斥反动文艺》，不容置疑地把沈从文定性为逆历史潮流的反动作家，并且断言"他一直是有意识的作为反动派而活动着"。同期刊物中冯乃超的文章将沈从文斥责为"地主阶级的弄臣"，其作品是"缅怀过去来欺慰自己的""最反动的文艺"，这等于宣判了沈从文文学生命的死刑。[1] 郭、冯二位进步作家的声讨文章发表之后，沈从文先是精神崩溃，后是自杀未成，从此被中国文坛放逐，结束了自己的文学生命。从文学理论研究的意义上，郭沫若与沈从文的这场战争，有点类似《西游记》中真假猴王的打斗，而结果却是假浪漫主义击毙了真正的浪漫主义。

在新中国成立之后的三十年中，沈从文一直被冷落，被当作文学史上一个保守、愚昧、落后、倒退的典型。在王瑶先生编著的《中国新文学史稿》1983年修订版中，"进步文学家"如茅盾、郭沫若都占据了大量篇幅，而且几乎全是颂扬之词；而关于沈从文的论述仅寥寥七百字，不到郭、茅等人的十分之一。

---

[1] 刘洪涛等编：《沈从文研究资料》上册，天津人民出版社2006年版，第297页。

除了对其作品内容上"脱离现实"、"怀恋过去"的指责外,艺术表现手法也是"空虚浮绘""琐细拖沓"的。唯一提到的优点是"句子简练,'的'字用得极少,有新鲜活泼之致"。如此评价,当然也可以看作批评家的独见或偏见,但如果考虑到该书是由国家教育部门向全国推行的权威教材,那么这也就不再是"见仁见智"的问题了,而成了一个时代对一位作家的判词。

20世纪80年代后期,随着国门大开,海外关于沈从文研究的成果大量涌来。对沈从文文学成就研究的成果之多、评价之高,一时间颇让国内学界目瞪口呆:"沈从文是中国现代文学中最伟大的印象主义者","沈从文的一流作品也是中国小说的一流作品","沈从文是中国现代文学史上少有的几位伟大作家之一","沈从文的文学成就虽然不能与莎士比亚、巴尔扎克相比,但完全可以与华兹华斯、福楼拜、普鲁斯特、福克纳并列"。若不是当年去世,沈从文还几乎成了那一届诺贝尔文学奖的候选人。沈从文去世后,他的身价在国内文坛也开始迅速飙升,在一些民间的"排行榜"上,常常紧挨着鲁迅被排在第二把交椅,由受尽众人践踏的遗民一跃成为众人膜拜的大师。用中国新时期改革开放的话语表述,这或许可以叫做"与国际接轨"。

1930年代,沈从文对于自己的"自甘落后、不求进取"是充满自信的,他说过:"两千年前的庄周,仿佛比当时多少人都落后了一点。那些人早死尽了。到如今,你和我爱读秋水马蹄时仿佛面前还站有那个落后的人。"只是到了后来当时代的进步一日千里向前发展时，沈从文似乎也已经有些"扛不住"了。新中国成立之后，"进步"还是"退步"已经成为一个政治问题，沈从文曾检讨过自己的"拘迂保守"、"窄狭凝固"，并一度曾想追随着时代的大潮让自己也"进步"起来，然而终于没有能够做到。政治立场的转变并不太难，文学观念却是深潜于一个人的意识深层，甚至是种族的记忆、无意识的积淀中，一定要在"灵魂深处爆发革命"，其实也难。

沈从文于是选择了继续后退，从当代文坛退到历史博物馆、故宫博物院，退回唐宋秦汉乃至远古。那年头北京寒冬凌晨，故宫苍老的大门前有时你会看到石阶上坐着一位老人，手里捧了一块烤红薯既充饥又取暖，那就是沈从文。晚年的沈从文在回顾自己的一生时说："我从来是，你进一步，我就退一步，进两步就退两步。你嫌我惹眼睛，我就躲到角落里。你嫌我占的地方大，我就放弃、缩小，缩到最小、最小。"[1]

沈从文是孤独的，也是柔弱的，这孤独和柔弱也养护了他的天真和清纯。他说，当生命已经濒于衰老迟暮时，他觉得自己的"情绪始终若停留在一种婴儿状态中。"[2] 老年的卢梭似乎也曾说过自己像一个"永远长不大的孩子"。这正应了老子《道德

---

[1] 曾敏之：《晚清集》，金城出版社2008年版，第30页。
[2] 《沈从文全集》第16卷，北岳文艺出版社2009年版，第394页。

经》里的话："众人熙熙如享太牢、如春登台。我独泊兮其未兆，如婴儿之未孩"。这里的"婴儿状态"，既是人生的一个出发点，又是一个制高点，人性的制高点，许多人拼搏一生也不能企及的制高点。专气致柔、涤除玄览如婴儿，这也是陶渊明的平常处，也是他的高不可及处。

下边，再说一说冯至。

冯至与沈从文都出生于20世纪初，去世于20世纪末，但两人一北一南，地域、种族、家庭、个性、阅历、学养都存在着巨大差异，却都在中国现代文学史上留下自己深深的足迹。他们的生命虽然共同行走在中国现代文学史的道路上，虽然都与世界文学中的浪漫主义结下缘分，境遇却又大不相同。

随着时日的流逝，关于冯至的研究也在一步步深入，关于冯至的传记，已经出版不下六部。我看重的是由乐黛云先生主编的"跨文化沟通个案研究丛书"中的一册：《冯至：未完成的自我》，作者为北京大学比较文学研究所的张辉教授。此书仅十万来字，更像是一篇研究论文，篇幅虽短，见解堪称卓尔不凡。书中集中探讨了"德国浪漫主义传统对冯至生命早期自我发现的意义"，"揭示他对现代性危机的天才预见与其迷失自我的人生选择"。

从实际的、切身的阅历看，中国现代作家中与"正宗"德国浪漫主义文学关系最为密切的诗人非冯至莫属。冯至23岁毕业于北京大学德文系，后留学德国，先后就读于海德堡大学、柏林大学，受业于浪漫主义文学研究专家宫多尔夫教授与布克教授，博士论文为《自然与精神的类比——诺瓦利斯的文体原则》。诺瓦利斯是德国浪漫主义的"宗派创始人"奥·威·施莱格尔的亲密战友，勃兰兑斯称他为"诗与梦的化身"，一位能够"把外部世界完全消解为内心世界"的杰出诗人。在这篇论文中，冯至一反启蒙理性关于自然与人二元对立的说教，认同诺瓦利斯关于自然与精神"深深地交织在一起"的现实，认同了"世界必须浪漫化"，"一切科学都必须诗化"的观点，这多少有些近似于中国古代哲学中的"天人合一"。在这一前提下，冯至详细地分析了诺瓦利斯风格中的"光""色""火""水""天空""日月""植物""动物""人类"，阐述了他的"精神化为自然，自然化为精神"的运思过程。冯至以这篇论文获得博士学位，而主持其论文答辩的导师就是存在主义哲学大师雅斯贝尔斯！

　　如果说在这篇博士论文中冯至对诺瓦利斯的接受多半停留在理智的层面，那么他对浪漫主义伟大诗人里尔克（Rainer Maria Rilke，1875—1926）的敬仰与迷恋则完全出于自己心灵的需求。在海德堡就读期间，他省吃俭用省下一笔开支购买了里尔克的全集，开始如痴如醉地走进这位伟大诗人的精神世界。1936年，他在纪念里尔克十周年祭日的一篇文章中写到，在诺瓦利斯（Novalis，1772—1801）死去，荷尔德林（F. HÖlderlin，1770—1843）渐趋于疯狂的年龄，也就是在从青春走入中年的路程中，里尔克开始观看：

他怀着纯洁的爱观看宇宙间的万物。他观看玫瑰花瓣、罂粟花；豹、犀、天鹅、红鹤、黑猫；他观看囚犯、病后的与成熟的妇女、娼妓、疯人、乞丐、老妇、盲人；他观看镜、美丽的花边、女子的命运、童年。他虚心侍奉他们，静听他们的有声或无语，分担他们人们都漠然视之的命运。一件件的事物在他周围，都像刚刚从上帝手里做成；他呢，赤裸裸地脱去文化的衣裳，用原始的眼睛来观看。这时他深深感到，人类有史以来几千年是过于浪费了。[1]

冯至说里尔克让他进入澄明虚静的无差别境界，使他超越文化与历史回归本源；使他告别人类中心、无恃于物、无求于人；使他与自然同化，进入一种几类于"纵浪大化中，不喜亦不惧"的境界。他在给友人杨晦的信中还写道："自从读了Rilke的书，我对于植物谦逊，对于人类骄傲了。现在我再也没有那种没有出息'事事不如人'的感受。同时Rilke使我'看'植物，不亢不卑，忍受风雪，享受日光，春天开它的花，秋天结它的果，本固枝荣，既无所夸张，也无所愧疚，那真是我们的好榜样。"[2] 读了里尔克，他甚至说要退隐到修道院里"削发为僧"了。

除了诺瓦利斯、里尔克，冯至还从尼采、荷尔德林那里吸

---

[1] 《冯至全集》第4卷，河北教育出版社1999年版，第84—85页。
[2] 《冯至全集》第12卷，河北教育出版社1999年版，第121页。

收浪漫主义的精神元素。他在致德国朋友鲍尔（W. Bauer）的信中坦陈："对荷尔德林我是十分敬仰的，他那不可企及的纯净，他那不可触摸的美有时甚至使我感到羞愧。"[1] 青年时代的冯至，正是在德国浪漫主义精神的熏陶下渐渐形成了他的文学风格乃至人格的底色。

张辉在他的书中指出，冯至在这一时期形成的自我与郭沫若、徐志摩、梁宗岱、卞之琳等人都不相同，他的自我"对世界保持一颗谦虚的而不是占有的心"，这是一种在寂寞中隐忍的自我，一种"甘居幽暗的自我"，"一种心灵深处对习俗的永恒拒绝"。[2] 应当说，这也是一个已经与大地、与自然融渗为一体的自我。他自己曾在《山水·后记》中披露："我认识了自然，自然也教育了我。在抗战时期中最苦闷的岁月里，多赖那朴质的原野供给我无限的精神食粮，当社会里一般的现象一天一天地趋向腐烂时，任何一棵田埂上的小草，任何一棵山坡上的树木，都曾给予我许多启示……它们在我的生命里发生了比任何人类的名言懿行都重大的作用。我在它们那里领悟了什么是生长，明白了什么是忍耐。"[3] 作为对自然的感恩与回报，他在他的《十四行集》中虔诚地歌颂着那山坡上的树和草：

---

[1] 《冯至全集》第12卷，河北教育出版社1999年版，第162页。
[2] 张辉：《冯至，未完成的自我》，北京出版社2005年版，第82页。
[3] 《冯至全集》第3卷，河北教育出版社1999年版，第73页。

你秋风里萧萧的玉树——
是一片音乐在我身旁
筑起一座严肃的庙堂，
让我小心翼翼地进入。

我常常想到人的一生，
便不由得要向你祈祷。
你一丛白茸茸的小草
不曾辜负了一个名称。[1]

正是由于接受了诺瓦利斯、荷尔德林、里尔克所代表的德国浪漫主义精神的影响，致使冯至这位在"五四"时期成长起来的青年却以另一种身影呈现在中国的文坛上。在他这一时期的诗作中，很少看到对于"科学""民主"的呼喊与颂扬，更多的反倒是对于现代社会、现代精神做出的孤独而又沉郁的怀疑与反思。与沈从文类似，20世纪40年代的冯至因此也成为在中国现代文学史上一个罕见的例外。

不同的是在1949年之后，沈从文被驱逐出中国文坛并从此沉寂下来，冯至却改弦另张重新上路。不过他走上的却是一条自我否定之路，首先是对德国式的浪漫主义的否定。

---

[1]《冯至代表作：十四行集》华夏出版社2009年版，第77、78页。

1955年初，冯至在新中国出版了他的诗文选集，他在这本选集的序言里检讨说："翻阅过去的写作，觉得实在没有什么像样子的东西"，"抒写的是狭窄的情感、个人的哀愁"，未能充分反映现实。同时他诚恳地表示今后要"努力学习，加强劳动，不断地改造自己"，"努力写出对人民有益的作品。"[1] 此后，冯至便一反往昔的浅吟低唱为放声高歌，歌颂领袖，歌颂光明，歌颂时代的进步，歌颂国民经济发展的五年计划，歌颂工业战线的技术革新，歌颂英雄模范人物战天斗地向大自然进军的壮举。

这些被收录在《十年诗抄》《西郊集》中的诗作看似贴近了时代，贴近了现实，表达了集体的声音，展示了诗人与时俱进的决心，但其中的诗意已经荡然无存。下边这首写于1956年8月题为《在建设中》的诗，大体上可代表冯至这一时期诗作的面貌：

> 这里刚安装好沉重的机器，
> 可是还没有四围的墙壁；
> 那里刚铺设了枕木、铁轨，
> 车站的站房却还没有盖起。
> 这里刚运来钢筋、钢管，

---

[1] 《冯至全集》第2卷，河北教育出版社1999年版，第4页。

那里堆积着砖瓦、木材；
不断地制订蓝图、计划，
天天有新的工人涌来。
把荒地变成一片新的工区，
把荒村变成一座新的城市；
一段一段的工程能提前完成，
建设却没有一天能够停止。
新出厂的汽车要更多的汽油，
新发现的油田等待着铁路，
将来会有更多的等待和要求，
不停地建设是我们的幸福。[1]

如果把哪位工厂车间主任提交上级领导的工作汇报分行排列，大抵也就是这个样子。很难想象，一位荷尔德林、里尔克的中国传人，怎么可能写出这样的诗句！然而，这样的诗作，冯至竟然出了一集又一集。这位直接继承了欧洲自然浪漫主义传统并曾取得"真经"的诗人，在现代中国竟陷入这样的不堪，对于其个人来说不免尴尬；对照中国现代文学史，几乎又是一种必然。

可以想象，当沈从文捧着一块烤红薯在故宫门前的冬晨寒

---

[1]《冯至全集》第2卷，河北教育出版社1999年版，第44页。

风中瑟瑟发抖时，冯至也许正在怀仁堂的红地毯上侃侃而谈，对于中国当代文坛而言，沈从文的"失声"与冯至的"变调"，都是不可弥补的损失。

随着时光的流逝，到了1989年春天，冯至在他的一首题为《我同情忧天的杞人》的长诗中，又开始对自己1949年后的自我否定加以否定，他的诗人的立场似乎又回到天地、自然一方，诗风也又回到忧思沉郁、疑惑感伤的境地："我愿意与忧天的杞人为伍，却要抽掉成语中嘲笑的涵义。在天、地、人三者的中间，我更多是忧人、忧地"，"我们把什么留给我们的后代，是旷古未有的文明，还是砍伐和污染的祸害？""科学技术给人们省下了许多时间，难道省下的时间就供人吃喝玩乐？邮电航空缩短了空间的距离，为什么人际间反而像是面对山河？"这些诗句，在其深层的意蕴上似乎又赓续上德国浪漫主义诗人当年对于那个"现代社会"的忧虑与反思。

沈从文的劫后复生与冯至的再度反水，恰恰说明真正的文学比政治家的政策和策略要拥有更长久的生命，也说明自然浪漫主义文学在社会发展至生态时代的今天，将拥有更健旺的活力。

中国现代文学中这两位浪漫主义的诗人、作家与古代诗人陶渊明的传承关系似乎并不格外突出，起码从表面看是这样的。

冯至倒是曾经说过，在中国文学史上他最看重的伟大诗人有三位：陶渊明、李白、杜甫，[1]说自己从少年时代就读萧统的《陶渊明传》并喜欢上了《桃花源记》，[2]他赞美陶渊明的诗句"脱口而出好像宇宙的呼吸一般"[3]。1987年，在联邦德国国际交流中心"文学艺术奖"颁发仪式上致答词时，他还援引陶渊明"万族各有托，孤云独无依"的诗句以阐发里尔克诗歌中"自我与万物交流"的寓意及情调上的"苦闷与彷徨"。[4]对于陶渊明、李白及欧洲浪漫主义诗歌中自然风尚的衰落，冯至曾经忧虑重重："人类的将来有回到自然的那一天吗？我们不能妄加揣测，这要看他在以后的几个世纪里怎样演变。现在，他却是越走离自然越远。""我们不但丢掉了自然，而且现代的生活，无形中有一种伟大的势力，处处使我们抑制自然赋予我们的、许多喜怒哀乐的原始情感。这势力，不容人反抗，它在不住地蔓延扩张，雾一般地笼罩大地。"[5]

读冯至写在20世纪40年代初的这段话，很容易与当前方兴未艾的生态批评话语联成一体。"雾一般地笼罩大地"也一语成谶，那"雾"也就是今天笼罩中华大地的"霾"！

青年时代的沈从文有着一段类似于陶渊明的人生阅历，即在当时的地方军阀陈渠珍幕中充当过"参军"，料理文案方面的

---

1 《冯至全集》第6卷，河北教育出版社1999年版，第353页。
2 《冯至全集》第5卷，河北教育出版社1999年版，第232页。
3 同上，第267页。
4 同上，第201页。
5 同上，第268页。

事务，在司令部的办公室，还时不时地会遇上警卫营长、后来成为中华人民共和国开国大元帅的贺龙。但是，沈从文直接述及陶渊明的文字并不多，早年的一篇《桃源与沅州》，开头虽然讲了一句高度颂扬陶渊明的话："全中国的读书人，大概从唐朝以来，命中注定了应读一篇《桃花源记》"，后文便只是谈起湘西。晚年时，他又写过一篇关于"悠然见南山"的考据文章，意在将"南山"定为"商山"，从而与"商山四皓"联系起来，总让人感到有些牵强，就像陈寅恪考证桃花源在北方而不是南方一样，让人不能轻易接受。

　　沈从文与陶渊明的传承关系不能单从表层事实体认，且不说他与仰慕陶渊明的作家废名、汪曾祺还有者灯火间的传承。沈从文与陶渊明之间还应有着隐藏更深的精神上的联系，那是一种属于同一个民族的潜意识中的共鸣。关于这一点，倒是可以从诸多对于沈从文小说《边城》的评论中得到验证。新加坡学者王润华曾反复将"边城"与"桃花源"相比，并从《边城》意境的具体文字中挖掘出沈从文与陶渊明的一脉相承："《边城》是象征现代文明所尚未侵袭，人性败坏之风尚未吹遍的世外桃源之一角，事实上，沈从文也有把背景布置成类似中国文学中如陶渊明的《桃花源记》所描写的世外桃源。"[1] 刘洪涛教授则视"边

1　王润华：《论沈从文〈边城〉的结构、象征及对比手法》，《南北极》杂志（香港）1977年第18期。

城"为文化隐喻，隐喻了一种"诗意的中国形象"，一种后发民族的文学想象，这一文化心态既是民族无意识心理的历史积淀，又是"近现代以将文化守成主义思潮在文学上的提炼"，"为后发国家回应被动现代化，提供了经典的样式和意绪"。他还进一步指出："在象征层面，《边城》的总体图示与桃花源意象和《圣经》中大洪水意象不谋而合，使其具有了原型意义。"[1]这里其实也就道出了沈从文与陶渊明在文学创作精神上的联系，是在心灵更深处的无意识层面之上的，《边城》与《桃花源记》都是它们的创作者深层无意识心理的自然流露。

《边城》出版后好评如潮，沈从文自己却认为这部小说不过"是一个胆子小而知足且善逃避现实者最大的成就。"[2]除去自谦的成分，那心态与创作《桃花源记》的陶渊明已相差无几。不只《边城》，沈从文还曾记述过他早年游历过的一个乡村，那简直就是又一座桃花源：

> 小村子有一道长流水穿过，水面人家土墙边，都用带刺木香花作篱笆，带雨含露成簇成串香味郁馥的小白花，常低垂到人头上，得用手撩拨，方能通过。树下小河沟中，常有小孩子捉鳅拾蚌，或精赤身子相互浇水取乐。村子中

---

[1] 刘洪涛：《〈边城〉：牧歌与中国形象》，《文学评论》2002年第1期。
[2] 《沈从文全集》第12卷，北岳文艺出版社2009年版，第113页。

> 老妇人坐在满是土蜂窠的向阳土墙边取暖，屋角隅听到有人用大石杵缓缓的捣米声……过小村落后又是一片平田，菜花开时，眼中一片明黄，鼻底一片温馨。[1]

对此，沈从文感到"耳目所及都若有神迹存乎其面"，只是这时，才能感悟到"生命的单纯与庄严"。

精神分析心理学家弗洛伊德与荣格都认为，真正对人类有价值的文学作品，都是生长于创作者的无意识心理之中的。不同的是，弗洛伊德将文学看作个人无意识的替代性满足，荣格则将文学看作种族无意识心理的自然流露或"神旨"般的昭示。在荣格看来，此类文学为数不多，却是人类文学库藏中稀有的瑰宝。陶渊明的《桃花源记》与沈从文的《边城》，这两篇中国自然浪漫主义的杰作均当之无愧。

---

[1] 《沈从文全集》第12卷，北岳文艺出版社2009年版，第122页。

· 第 4 章 ·

陶渊明成了时代的亡魂

陶渊明很像一棵大树，他的根须深扎在中国文学古老的土壤中，枝叶延伸到中国文学历史辽阔的天空，在这棵大树上贯通着中国文学从根到梢的血脉。

陶渊明又像是一道清泉，从中国文学的本源流出，滋润了中国文学广袤的田园乡土，催生出文学田野上茂密的林木花草。

这样的文学家，在灿若星河的中国文学史中为数不多。诗人中可以与他相比并的，也许只有屈原、李白、杜甫。而他更以他的自然人格、自然哲思，及浪漫自然主义的文学独树一帜，成为中国文学中的唯一。

人类社会的某种历史形态，常常决定于人们对待自然的态度。

当中国远古时代的思想家们倡导"天人合一"精神时，"天人两分""天人对立"的诸多社会现象应当已经发生，只是中华民族的先人们并没有鼓励这种自然与人的分裂与对立，没有将

"制天而用之""谋天而役"定位成建国的大政方针及社会的发展方向，而是试图竭力弥合人与自然的割裂，并由此设定一系列道德行为的规范、审美创造的尺度，从而将一个农业社会浩浩荡荡地延续了数千年。以现代社会理论衡量，这叫"发展缓慢"、"贫穷落后"。

西方则不同，"天人二分""戡天制天"，高扬人的理智、得寸进尺地开发自然，使其在短短的三百年内创建下如此富足强盛的工业社会，人们把这叫做"发展进步"。

物极必反，进入21世纪后，这种直线进步的历史发展观在日益险恶的地球生态灾难面前已经漏洞百出，危机四伏，如同大象钻进了"死胡同"。出路何在？回望中国五千年的农业文明，或许可以为现代人走出这一"死胡同"提供一些别样的参照路径。

在现代人编著的中国文学史中，总是把陶渊明看作一位田园诗人、田园诗风的开创者，这固然不错。从一个更广阔的背景上看，陶渊明更可以看作中国农业文明、中国独特的耕读文化的诗意象征，上承诗经风雅、击壤采薇、白杨悲风、搜神游仙之属，下启唐宋以降诗词中山野渔樵、田园耕稼、怀乡思归、固贫守节的审美意趣及天然率真的艺术风格。陶渊明的影响，还一直浸淫到现代乡土文学的创作领域。直到当下，看似渐行渐远的陶渊明，却又以工业时代、现代社会的一个"他者"存在，成为一个发人深思的问题。

往少处说，中国农耕社会的历史不下于五千年，而农业社会相对于工业社会总是与自然拥有更亲和的关系。传统的农业文化中蕴藏着与自然和谐相处的深厚情感、无尽的智慧，"自然的悸动也是精神的悸动"，作为"自然"化身的陶渊明的历史地位正是由此确定的。陶渊明代表的文学精神，也总是随着"自然"在中国文明史、文学史中的演替而消长、波动。反之，对于陶渊明的接受、解读与阐释，在某种意义上也可以成为进一步认识理解中国社会发展起伏、损益得失的线索和契机。

历史是人类的精神现象学

由于这一章中将论及陶渊明在中国文学史乃至中国历史发展进程中的演进与变迁,所以我们准备花费一点笔墨说一说"历史"以及"历史学"是怎么回事。

历史书写的对象是"陈年旧事",而近百年来关于历史学的研究却是一再翻新。此时,我的案头就放着三种"新史学"的论著,一是梁启超于1902年撰写的《新史学》;一是法国史学家丁·勒高夫于20世纪80年代主编的《新史学》;再就是发布当下中西历史学者最新研究成果的《新史学》辑刊。三种"新史学",跨越一百年,一百年里史学似乎一直处于革旧布新之中。虽说同是"新",此"新"则又不同于彼"新"。维新不久便又成了旧论;而旧之又旧的论说在现代史学的"转身"中却又崭露出"新颜",其中玄机,尚有待揭示。

梁启超先生的"新史学",是以中国传统史学为革新对象的。

他首先指出,在中国古代能与西方"通行诸学科"相照应的，唯有史学。然而，与西方史学相比，中国的史学实在又不成样子："上自太史公、班孟坚，下至毕秋帆、赵瓯北，以史家名者不下数百，兹学之发达，二千年于兹矣。然而陈陈相因，一丘之貉，未闻有能为史界辟一新天地，而令兹学之功德普及于国民者，何也？"[1]

待到他出游欧洲，遍访英、法、德、意、荷、比诸国后，西学眼界大开，遂发现中国史学"外貌虽极发达"，却"无真史家"，不能与欧美各国相比，因此必须向西方史学界学习。此后，这一"史学西化"的道路经由胡适、傅斯年、顾颉刚一代学人的持续努力终于奠定基础。20世纪中国"新史学"的主导精神是历史应当反映出人类社会的进步；其操作规则是客观性、规律性、实用性，历史学在往科学靠拢。

这一中国版的"科学史学观"，近百年里虽经国家政权更替，其基本精神、基本原则却始终贯穿下来。如完成于20世纪末的十二卷本《中国通史》主编白寿彝先生在谈及他的史学理论时仍反复强调："历史是客观存在的，它有自己的发展规律"，[2]"历史研究作为一种科学，固然要弄清楚一些必要的事实，但最重要的是在复杂的历史现象中找出历史发展的规律"。[3]所不同的，只是在1949年之后的"新中国史学"更强化了"生

---

[1] 易鑫鼎主编：《梁启超选集》上卷，中国文联出版社2006年版，第299页。
[2] 白寿彝主编：《中国通史》卷一，上海人民出版社1989年版，第279页。
[3] 同上，第283页。

产力决定历史的唯物论"与"人民创造历史的阶级论"。

近百年来国内文学史的书写，注定也是在这种"新史学"方针指导下进行的。钱基博先生在民国三十二年出版的《现代中国文学史》一书的绪论中特意写上这样一段话：

> 文学史非文学。何也？盖文学者，文学也；文学史者，科学也。文学之职志在抒情达意，而文学史之异于文学者，文学史乃纪述之事，论证之事，而非描写创作之事，以文学为记载之对象，如动物学家记载动物，植物学家记载植物，理化学家记载理化自然现象，诉诸智力而客观之学，科学之范畴也，不如文学书写情志于主观也。[1]

写完这段话后，基博先生捎带着顺手一笔，便否定了《史记》的历史地位，同时也就否定了中国史学泰斗司马迁的历史学家地位："更推是论之，太史公《史记》不为史。何也？盖发愤之所为作，工于抒慨而疏于记事，其文则史，其情则骚也。"[2]到了1958年，北京大学中文系师生编撰的四卷本《中国文学史》亦同样强调："在文学史研究中我们坚决贯彻了阶级观点、历史唯物主义观点和人民性的观点，从而把文学史研究初步建立在

---

[1] 钱基博：《现代中国文学史》，上海书店出版社2004年版，第4页。
[2] 同上，第4页。

科学的基础上。"[1]

中国史学界奉为圭臬的这一"新史学",所宗乃欧洲的舶来品。但在它流入中国不久,在它的发源地欧洲却开始遭逢反思与质疑,开始沦为色彩暗淡的"旧史学"。另一种背景,另一种涵义的"新史学"在20世纪中期迅速崛起。在这一新的"新史学"看来,中国学界引进的那种"新史学",其核心仍是笛卡尔、培根的理性主义。当这种理性主义无限膨胀给西方社会带来诸多危机后,对理性主义的反思与矫正自然也波及历史学领域。

第一次世界大战后,在欧洲以法国史学家马克·布洛赫(Marc Bloch,1886—1944)、费尔德·布罗代尔(Fernand Braudel,1902—1985)为代表的一批年青的历史学家对传统的"科学历史学派"加以革新,虽然没有放弃"科学"的旗帜,却从根本上改变了固有的科学观念,并希望把"新史学"建立在"新科学"的基础之上。对此,布罗代尔的学生、当代著名历史学家伊曼努尔·沃勒斯坦(Immanuel Wallerstein,1930—)明确指出:"科学的自我欺骗性已经存在了很多世纪,但有所改变。这就是我们所说的'新科学'。新科学给我的最初印象是对抗传统科学的神话的。"[2] 他还指出,包括历史现象在内的"真实

---

[1] 北京大学中文系1955级集体编著:《中国文学史》(一),人民文学出版社1959年版,第2页。
[2] 〔美〕伊曼纽尔·沃勒斯坦:《知识的不确定性》,山东大学出版社2006年版,第73—74页。

存在"是相对的、复杂的、模糊的、不确定的,二律背反的,"用以观察现实的理论框架是受制于社会变革"的。

最初,狄尔泰(Wilhelm Dilthy,1833—1911)在其生命哲学中,就已经对科学历史学进行了反思,其用心是希望从日益强大并渐渐垄断一切的自然科学的思维模式中释放出人的生命的活力、精神的活力。在他看来,以严格的科学思维方式描述的世界图景及知识整全性的获得是以精神活力的丧失为代价的。由于精神活力的丧失,古代世界观所描述的那一生动活泼、灵性盎然的宇宙图景也就跟着暗淡下来。[1] 狄尔泰认定基于人类记忆的历史是一种精神现象,将精神现象归于自然科学原则统辖之下是错误的。狄尔泰更为看重的是历史学家个人的体验与态度,他将其称为"书写历史的艺术":

> 我们所感兴趣的不仅在于认识性地描述它,而且在于建立对于它的一种感情、一种同情和一种热情——歌德曾正确地看到这是历史观察的最好的成果。一个真正有感受的历史学家能够将自己奉献于他的研究对象,并使自己投入到一种反映整个精神世界的普遍性之中。[2]

---

[1] 参见胡继华:《狄尔泰:〈历史中的意义〉》,《新史学》第一辑,大象出版社2003年版,第266页。
[2] 〔法〕狄尔泰:《人文科学导论》,华夏出版社2004年版,第82—83页。

在狄尔泰的历史哲学话语中，历史学已经开始与科学脱节并朝向文学走来。由狄尔泰为历史学打开的这一缺口，在后继的现象学哲学、存在主义哲学那里进一步扩大，并在梅罗－庞蒂（Merleau-Ponty，1908—1961）的历史现象学中得到充分的展示。在梅罗－庞蒂看来，遍布欧洲的现代社会的危机，其根源是西方的普世主义与科学理性观，而西方普世主义与科学理性观的基础则是对生活世界的历史的把握，因此要摆脱理性的危机，就必须重新审视历史以及以往的历史学。[1]

审视的结果，历史现象下边并不存在一个共同的、普遍的、唯一的、本质性的规律。也不存在那个单一的发展进步的直线，更不存在纯粹的客观的历史学研究。历史是一个文化的网络，又是一个自然的世界，是一个有机整体，一个"历史的肉体"。理性主义的错误就在于错误地看待自然，错误地看待人与自然的关系，将人与自然置于相互对立的框架中，这一立场的持续已经使历史学家远远背离了历史的原生态，背离了历史自身那生生不息、绵延不已的"野性本质"。

从梅罗－庞蒂的历史现象学看来，作为历史学研究对象的历史本身当然是存在的，但它并不是游离于、旁置于历史学家主体之外的东西，历史与历史学家都是"无限的生活着的在场之历史过程本身"。"正如去度假村的旅行是假期的一部分一样，

---

[1] 参见佘碧平：《梅罗-庞蒂：历史现象学研究》，复旦大学出版社2007年版，第1页。

走向对象的道路也是对象的一部分。"现代西方人在二元对立的理性主义的道路上似乎已经走到了尽头,要解救现代社会的理性危机,就必须回望最初的出发点,按照梅罗-庞蒂的说法,即"必须回到'自然与人'的源初关系之中"[1]。

所谓的"源初的关系",那是一个同时包容了自然的世界、社会的世界、文化的世界、精神的世界的有机整体,一个蕴涵了诸多关系、不时"涌现"出无限意义和目的的"格式塔";那也是一个相对于现代科技文明的充满野性与野趣的"历史的肉体"。这一"历史的肉体",才是历史学务要面对的真正的对象。

面对这一"历史的肉体",概念的、逻辑的、纯粹理性的思维方式以及那种所谓客观、真实的科学语气的表达不但不会是唯一正确的,甚至偏离主题更远。梅罗-庞蒂指出,真理,当然也包括历史的真理,"不是对于存在的理智征服与占有。它毋宁说是散布在全部哲学之前的人类生活中的、还没有分化在诸学说之中的一份宝藏……它以评议与诸说混合、反响与调和的方式出现。"[2] 换一种说法,即在"历史的肉体"中,潜隐的与显突的、新生的与湮灭的、无处不在与无处可寻的,那些看似难以相容的东西相互交错,相互浑融在一起。要把握这样的一种

---

[1] 参见佘碧平:《梅罗-庞蒂:历史现象学研究》,复旦大学出版社2007年版,第7页。
[2] 〔法〕梅罗-庞蒂:《哲学赞词》,商务印书馆2000年版,第106、107页。

历史存在,那种理性主义的知识、逻辑、语言等表述方式不但不足以奉为圭臬与楷模,反而是应当突破与挣脱的。

为了寻觅到历史中这种源初性的、野生的存在,当海德格尔把目光投到诗人荷尔德林身上时,梅罗-庞蒂则开始密切关注印象派画家塞尚的绘画。而且,这时他们又同时开始求助于东方的、中国的传统哲学精神,对东方的、中国的古代文化思想做出重新评估。梅罗-庞蒂甚至也劝告自己的同行不妨做一下"换位思考":"在此必须考虑到我们的无知:假如我们同样傲慢和同样疏远地看西方思想,就像看印度和中国思想那样,我们或许也会对它产生一种唠叨反复,永远重新解释,伪善地背叛,无意义地、不能自我驾驭地变化的印象。"接着他援引了中国学者冯友兰《中国哲学简史》中的一段话说明,东方的哲学相对于西方哲学虽然不够明晰,"它们所暗示的几乎是无穷的"。[1]在对待东方尤其是中国哲学的态度上,梅罗-庞蒂曾表示足够的理解与同情:"中国哲学家与世界的关系是一种魅力","印度和中国具有巨大的吸引力"。[2]"印度和中国哲学一直寻求的不是主宰生存,而是寻求成为我们与存在的关系的回响与共鸣。西方哲学或许能由它们学会重新发现与存在的关系、它由以诞生的原初选择,学会估量我们在变成为'西方'时所关闭了的诸

---

[1] 〔法〕梅罗-庞蒂:《哲学赞词》,商务印书馆2000年版,第107页。
[2] 同上,第109页。

种可能性，或许还能学会重新开启这些可能性。"[1]

将史学诗化，认为历史编撰具有诗化性质，史学的基本属性不是科学论证而是艺术创作，并由此从根本上向西方正宗史学提出挑战的代表人物是美国学者海登·怀特（Hayden White, 1928—　）。怀特以其雄辩的姿态强调："研究历史著作最有效的方法应特别注重其文学性的一面"，[2]在历史撰写中，"诗化—修辞话语"比"科学－逻辑话语"更为必须，以往历史著述中的魅力和情感，也总是来自叙述中的想象成分。在他看来，历史事件、历史人物当然是曾经"客观"存在过的，但已无法重演，于是历史的书写不能不是对上述知识性对象的再度"建构"。此时的对象就已经成了"话语主题"，"至于历史现象，自始至终都是建构物"。而这种"知识系统的建构"又总是一个充满诸多想象、描述的修辞过程，这就是诗化。历史编撰过程注定是历史学家对历史的理解、体会过程，"意义的真实性和真实性的意义不是一码事……历史编撰总要给过去仅有的真实叙述添加一些东西。"[3]怀特这里所说的"已经发生的历史现象"就像"已经完成的文学作品"，而对于历史现象的论证就像是对一部历史作品的评论。作品是一个有限的存在，比如《红楼梦》，最初的

---

[1] 〔法〕梅罗－庞蒂：《哲学赞词》，商务印书馆2000年版，第115页。
[2] 〔美〕怀特：《旧事重提：历史编撰是艺术还是科学》，《书写历史》第1辑，生活·读书·新知三联书店2003年版，第19页。
[3] 同上，第22页。

版本是有限的。而两百多年来关于《红楼梦》的评述论证却已经汗牛充栋,并且还在不断添加。这添加的部分,应该说多半便是评论家的"私货",包括他们的理解、联想、想象、渲染,乃至发挥、虚构。对于任何一位文学评论家而言,甚或对于整体意义上的文学评论而言,这都是无可非议的。

早在20世纪80年代,我曾经发表过一篇《我所评论的就是我》的短文,当时曾引起一场争论,现在看来,我的这篇短文倒或许具备某些"后现代主义"的气息了。

将这种观点落实到关于有关陶渊明的研究方面,直至目前,我们能"切实"掌握的有关陶渊明这个历史人物的"客观史料"十分有限,如果用严格的"科学文体"将其表述出来,能够落实的"客观的史实"不会超过三千字。而如今关于陶渊明的"史述",恐怕已经超过三十万、三百万字,多出来的,都应当看作研究者、著述者"添加"的,其中注定少不了"想象"与"虚构"的东西。"我们没有一个权威性的陶渊明,却拥有多个陶渊明。"[1]这话有一定的道理。但作为某个单个的研究者,选择只能有一个。我所评论的陶渊明也只能是我的那个陶渊明。阐释学就是本体论,离开具体的阐释,我们又能从哪里得出一个真实、本然的陶渊明呢!

历史学中蕴含着文学性,历史书写避不开诗化的诱惑。但

---

[1] 田晓菲:《尘几录——陶渊明与手抄本文化研究》,中华书局2007年版,第204页。

怀特同时也指出，即使在文学中，虚构也不能理解成胡编乱造、欺世盗名（如此说来，近期影视界诸多"戏说历史"，不但不是历史学，连文学也算不上）。退一步说，排除了文学性的那些历史著述就一定能够真实地再现历史吗？怀特说，在表现历史真实上"近代伟大的小说家比那些伪社会科学家能提供更好的例证。"[1] 类似的话，我们似乎在当年马克思谈论巴尔扎克的小说时也曾遇过。

如果不走入极端的话，史学中适当的文学性不但是不可避免的，也是必要的，这与史学、文学都必须面对的话语操作有关。对于意义的表达与交流，人类的语言是有局限的，《周易》时代的中国人就已经意识到"书不尽言，言不尽意"的难题；唐代诗人刘禹锡更是时时感觉到"常恨言语浅，不如人意深"的痛苦，而这种"语言的痛苦"几乎是古今中外一切大文学家的共同感受。想必历史学家面对历史现象也同样会遭遇到这类语言的痛苦。怎么办呢？在诗人、文学家那里这一难题似乎得到了有效的化解，那就是借助包括隐喻、象征、虚构、想象以及所谓"赋、比、兴"的修辞手法，在语词文字的间架空隙之处表达日常语言不能表达的东西。

对于历史学家来说，文学家的这一"伎俩"也许是可以借

---

[1]〔美〕怀特：《旧事重提：历史编撰是艺术还是科学》，《书写历史》第1辑，生活·读书·新知三联书店2003年版，第22页。

鉴的。

其实，杰出的历史学家也早已这样做了，一个辉煌的例证，就是中国的司马迁。这位被奉为"史圣"的史学家，历来又被人们奉为伟大的文学家。以往，中国学术史并没有对《史记》的文学性加以贬抑，只是到了 20 世纪初，在西方的"科学历史学"输送到中国并渐渐占据主导地位时，正如我们在钱基博先生的笔下看到的，司马迁的"历史学家"地位才成为问题。然而，三十年河东，三十年河西，山不转水转，待到西方后现代的"新史学"颠覆了现代的新史学后，司马迁作为"史学家"兼"文学家"的崇高地位，又将闪射出令世人瞩目的特异光彩！

"自然之维"的百年遗漏

回顾历史学百年来的发展状况,以此对照中国百年来的文学史书写,将不无意义。从1904年林传甲、黄人编著并油印刊行《中国文学史》算起,百年来中国文学史的书写至少在两个方面留下不少空缺与遗憾。

一是在世界性的史学转向多元化、转向欧洲中心主义批判、转向对其他弱势民族文明关注时,我们自己衡量自己历史的尺度仍然是西方式的,并没有立足于自己民族传统文化精神的基础之上,只求普世化的认同,而缺乏多元化中的自立。

二是在近百年来史学观念已经发生巨大变化时,我们的主流史学界仍然固守着西方百年前的史学定规,且对20世纪中期以来的新的史学观念持排斥态度。

将以上两个方面的问题落实到文学史书写中,尤其是联系到与本书主题相关之处,又造成以下两处疏漏:

一、中国文学史书写中对于"自然"的疏漏。如前所述,"自然"在中华民族的传统文化精神中拥有无与伦比的丰富涵义及崇高地位，从某种意义上讲，中国古代哲学就是一种自然哲学，一种不同于西方近现代文化传统的自然哲学。由于我们的文学史书写没有坚持自己的文化立场，几乎全盘采纳了西方现代工业社会对待自然的态度，因此原本与自然融为一体的中国文学，在其历史书写中竟也丢失了自然的维度。

二、中国文学史文体上的拘泥。中国以往时代的历史书写，本来是拥有多种文体的，既有像司马迁的《史记》那样充满浓郁个人感情色彩与个人文字风格的历史典籍；又有像班固那样遵奉官方意志，"束于成格，而不得变化"，文体严整近乎板滞的正史；还有如刘义庆的《世说新语》那样言简意永、灵动传神的杂史（也有人目之为"小说"，可见中国古代文史本为一家）；更多的还有如清初计六奇所著《明季南略》之类"叙次不论，见闻各异，笔之所至，雅俗兼收"的"野史"。然而一旦进入现代社会，在史学科学化的目标下，历史著述的文体也变得整齐划一了。文学史书写竟也毫不例外，文学史的书写也力求与文学划清界限。那些靠近文学话语，独见史家性情，透递些许诗意的文学史著，反而很难得到文学研究界的认可。

中国文学史书写中对于"自然"的疏漏，从生态批评的视野看，固然是一个应当弥补的课题；从中国文学的民族精神特质看，那简直就是一个不可原谅的错误。

20世纪50年代之后，文学史的书写愈来愈完备、愈来愈成熟了，"自然"却变得更不足道，即使偶尔出现，或者仅只作为文学表现的题材、人物活动的背景，或者竟至成了消极的、有待于克服或战胜的对象。如1982年新版刘大杰先生主编的《中国文学发展史》上册第22页，600余字中针对"自然"竟用了30余次"斗争""征服"的字眼。

诸多文学史著中讲文学起源于"劳动"，而劳动就是向自然开战。讲"神话"是文学的最初样式，神话反映的就是人类与自然界作斗争的坚强意志。"女娲补天"，"反映了我国原始人对自然作斗争的无比伟大的力量"；"精卫填海"、"后羿射日"、"夸父追日"，全都表达了人类反抗自然、征服自然的决心和意志。与此同时，大量表现人与自然相依相生的神话如"盘古开天"、"浑沌之死"、"仓颉造字"、"赤龙生尧"、"玄鸟生商"，则被排斥于文学史书写之外。

如果尊重中国文学发展史的起码事实，就不能不承认老子与庄子美学思想的影响显然大于荀子与王充，但在我们权威的中国文学史著中，老、庄占据的篇幅却往往不及荀、王的一半，至于对他们的评价，更是表现出立场鲜明的褒贬。老、庄因其主张天人合一、天人合德、参赞化育、顺应自然而被指责为消极悲观、反动迷信；荀、王则因其倡导天人之分、戡天制天、理物骋能、人定胜天而被颂扬为无神论的英勇战士、伟大思想家。尤其是王充，在中国文学发展史中原本不曾产生过重大影响，经胡适在"五四"时期定调后，王充便被奉为"伟大唯物主义的思想家"、"务实求真、反迷信、反宗教化的无畏战士"；

而主张"气类感应""天人合一""法天而立道"并对两汉乃至六朝文学产生过重大影响的董仲舒，在当代文学史家笔下不是遭遇冷落，便是被列为抨击的对象。

是否可以这样说：百年来我们所谓"成熟的"文学史书写，原本依赖于对一种西方现代社会发展模式的认同：人类与自然被看作两个截然对立的存在，社会进步的程度决定于人对自然界开发利用的程度——即生产力的发展。因而，文学的发展便意味着文学如何走出自然。走出自然，改造自然，意味着文学的发展和进步；顺应自然，返归自然，则意味着文学的消极乃至反动。于是，文学的内在价值与社会意识的成见便常常在文学史书写的诸多论题中形成显著的落差。

历史为中国人走向世界似乎选择了一个非常糟糕的时机。清代末年，当中国刚刚开始打开国门的时候，中华民族自己的道统在长期腐败政治的侵蚀下已经衰微，中国面对的是一个强大、高傲而又蛮横的西方世界；当中国的知识界开始瞻望西方时，自己却已经失去了多半的自信。于是便造成了这样的境况：中国对西方的倾慕、追随、学习、模仿竟是以西方对中国的鄙薄、拒斥为前提的；而中国接受西方现代文明的前提，则是首先必须拔除自己的文明之根。"五四"运动前后，中国一批民主革命的先驱如梁启超、陈独秀、胡适、鲁迅、钱玄同等，都曾介入过这场"自我拔根运动"。

"五四"文学革命运动时期，中国文学史书写的主流，是以胡适为代表的"科学实证"路线。"白话文学""平民文学"背后是西方现代社会的"科学""民主"以及"社会进化论"。在胡适看来生产工具的进步决定了社会的进步，语言文字是文学的工具，白话相比文言是语言工具的进步，工具的进步也决定了文学的进步，因此白话文学对于文言文学的取代也就成了文学的进步。李商隐、严羽成了文学的罪人，为城市、商业、手工业催生的元、明、清时代的小说、戏曲也就成了中国文学进步的顶峰。悠久的中国文学传统被一些大胆而草率的假设所肢解、所割裂；个别案例的考据，则被冠以"科学实证"的美名。共产党执政后的新中国虽然曾经掀起批判胡适的政治运动，却全盘接受了胡适的文学史论，包括其对王充的高度评价。即使在毛泽东的文艺思想中，诸如"大众化"、"喜闻乐见的表现形式"，也可以找到胡适主张的"平民文学""白话文学"的痕迹。

中华人民共和国建立之后，文学史的书写由"科学实证"的重心转移到现实阶级斗争与路线斗争的"政治实践"上，学者发挥独立思考与个人风格的空间变得更加狭窄。不但《水浒传》成了农民起义的教科书，《红楼梦》成了阶级斗争的形象画卷，就连《易经》中的某些的爻辞，也成了奴隶主欺压百姓的强盗证词。对一位文学家的评价，首先要判明的是他的阶级出身和政治立场，及其对推动社会进步发挥的作用。比如陶渊明，他的优点是不与统治阶级同流合污，还亲自参加劳动，缺点则是乐天知命、顺应自然，放弃了积极改造社会的理想。这样谈论陶渊明，距离中国文学史中的陶渊明恐怕已经很远了，而"自然"，在中国古代文学史的书写中也就完全失去了正面存在的充足理由。

一个民族的文学艺术与一个民族的传统文化精神之间的关系是什么，一个民族的文学史的书写，要不要依据或突出这个民族传统的文化精神？如果说一个民族的文学历史的书写必须切合这个民族的文化特质，必须植根于这个民族的精神文化土壤之中，必须以这个民族特有的宇宙观、存在论、价值取向、审美偏爱为依据的话，那么，世界上其他国家的文学史的书写或许可以忽略"自然"这一维度，惟独中国文学史的书写绝对不能无视于"自然"的存在。这是因为较之西方，"自然"在中国古代哲学思想中拥有截然不同的意义，并曾经在中国文学演替的历史中拥有至高无上的地位。然而，在百年来上千种的文学史书写中，这样一个"自然"却被遗漏了。当然，失误的决不单是文学史家，因为正是在这一百年里，中国传统文化中的自然观也已经被社会变革的主流当作糟粕冲进了历史的下水道。

不过，即使在大一统的文学史书写框架中，也曾涌现过几个自行其是、无视定规的异类。

较早的，有大陆诗人林庚（1910—2006）。

1947年5月，林庚先生在厦门大学任教时曾出版过一部《中国文学史》[1]。该书丢开当时学术界的成规，从自己内心的真切感受出发，认定中国文学是诗性的、女性的、原野的、田园的、和谐的、中庸的，这与中国的象形文字与农业生产密切相关；著者以"诗性逻辑"为准绳，以生命不同成长期比照文学史阶段的划分，把唐代诗人王维奉为中国文学艺术青春时代的峰巅，全书文字清新、行文自然，尽管有时缺乏论证的严谨，却充满了生命气息和个性风采。尤其是在处理人与自然、文学与自然的关系中，基于他先天拥有的诗人气质，常能跳出时代规定的格局，切入中国文学的底蕴与精妙之处。如论及《诗经》时对于"野人文化"的评价："君子的礼乐是人为的，野人的礼乐是自然的。从健康的生趣中带来雍和的欣赏，生活成为一个目的而不是手段，这是野人进于文化。"[2] 至于作为自然化身的陶渊明，林庚也给予了极高的评价，认为他是魏晋风流的一个"顶点"，一个"千古绝高的人物"。"陶渊明是古诗的完成者，同时也是欣赏大自然的第一人，他所以从苦闷中打破出来，而契合于大自然的健康。"[3] 在林庚看来，正是通过陶渊明，中国古来的自然哲学才在文学创作中得到了完美的表现，"那原野的辽阔

1　此书在后来的半个多世纪中未再出版，2005年春我曾查询多家图书馆，未能寻获。最终托友人在上海某图书馆查到，馆方要收取"珍本保管费"，连带复印费共支出600余元，如此图书馆使用起来也难。所幸不久此书再版，又以20元购得。此记。

2　林庚：《中国文学史》，鹭江出版社2005年版，第45页。

3　同上，第126页。

的追求，单纯的创造的启示，乃成为文艺的又一个阶段。"[1]

受时代思潮的浸染，林庚不是没有对于社会进步、文学进步的诉求，然而，这种理念上的诉求并没有在他的文学史书写中顺畅地贯穿下去，反倒由于他诗人的敏感，时时体味到社会的没落以及文学的凋敝，并进而使他在书写文学史时变得更像一位抒情诗人、浪漫诗人那样，时时对于故乡田园的背离、对人类童年的远逝流露出莫名的悲哀。陈国球教授指出："林庚的书写方式，往往是将自己处置在一个非常敏感的状态，类似初民认识自然一样，去感觉，去认识。"[2] 这显然是一种诗化的、近乎浪漫的文学史书写，以诗为心，以心写史，这样的书写更贴近生命与自然，因此也更贴近文学。

侥幸的是，在当时，林庚这部"诗化"的文学史并未受到更多的非议（也许是因为战乱之中），反而受到朱自清先生宽容大度的表彰："著者用诗人的锐眼看中国文学史，在许多新的节目上也有了新的发现，独到之见不少。"[3] 然而，后来的命运并不好，随着文学史书写科学化、意识形态化进程的加速，林庚先生的这部文学史由于没有遵循中国文学史书写的成规与常态，被嘲弄为是在"写诗"而不是"写史"，甚至被视为一个莫名其妙的"怪胎"。新中国成立后，林庚被调入北京大学，自己也渐

1　林庚：《中国文学史》，鹭江出版社 2005 年版，第 126 页。
2　参见陈国球：《文学史书写形态与文化政治》，北京大学出版社 2004 年版，第 130 页。
3　林庚：《中国文学史·朱佩弦序》，鹭江出版社 2005 年版，第 3 页。

渐变更了固有的学术立场，经几度修改，于1994年定稿出版的《中国文学简史》已经完全合乎国家教育部对中国文学史教学大纲的要求，却很难再看到学者自己的学术个性了。

另一位是曾经来华游学、最近又在中国当代文坛连连制造"地震"的德国博士W·顾彬（Wolfgang Kubin, 1945— ），他于1985年在德国的斯图加特弗兰茨·施泰纳出版社出版了他的《空山——中国文学中自然观之发展》，该书于1990年被译成中文出版，书名为《中国文人的自然观》。顾彬自己说，他于1967年从李白的诗开始接触中国文学，1974年到北京学习汉语，"四十年来，我将自己所有的爱都倾注到了中国文学之中！"[1]对于中国文学史的研究来说，顾彬是一个外国人，是一位他者，他的中国文学史研究往往能别开生面。该书在序言中指出：相对于欧洲，自然观念在中国文学中出现要早得多，但中国国内学者对此研究却极其稀少。他以诗歌为主要对象论述中国文学中的自然观，以先秦两汉、六朝、唐为发展三阶段，认为唐以后随小说、戏剧等市井文学兴起，自然观没有新的进展。

由于作者生长环境的局限，顾彬对于中西文学"自然观"这一重大课题的比较分析，显得有些力不从心。作者从自己的西方文化底蕴出发将中国的"自然"坐实为"风景""山水"，甚至

---

[1] 〔德〕W·顾彬：《二十世纪中国文学史》中文版序，华东师大出版社2008年版，第1页。

"环境"、"劳动领域的对象",虽然方便了论证的逻辑性,则失去了"自然"在中国传统思想中丰富的精神涵义。即使在远古人类那里,自然也不曾是单一的客观实在的生产环境,而已经具备了某些精神的品格,就已经是一个亦真亦幻的存在。所谓"物质的、实在的自然",仍然是西方现代工业社会的自然观。尽管如此,让一个欧洲人书写中国文学史,而且是"自然"在中国文学史中的发展衍变,能够做到这一步,已经勉为其难了。

还有一个,则是长年漂泊海外的文化浪人胡兰成(1906—1981)。

胡兰成先生于1977年在台湾出版了《中国文学史话》一书。(另有上海社会科学出版社2004年版)这倒是一部彻头彻尾从中国传统文化入手,力图以中国自然哲学为坐标的文学史。

该书开张明义,认定"文学之道,道法自然",并以"自然"为核心,为中国文学史的书写拟定"五项基本原则":(一)大自然是有意志、有灵气的;(二)大自然有阴阳变化;(三)大自然是有限、无限的统一;(四)大自然是因果性(合理性)与非因果性(偶然性)的统一;(五)大自然是循环的、周而复始的,大自然的发展变化是非线性的。[1]在胡兰成看来,自然的法则也是文学的法则,一个民族的文化程度、文学精神的高度,全看其对待自然的态度。真正的文学,都应该能够与自然

---

[1] 胡兰成:《中国文学史话》,上海社会科学出版社2004年版,第3—4页。

"素面相见"。[1] 科学、宗教都不能领会大自然深处的奥妙，惟有文学，惟有中国文学。

在这部《中国文学史话》中，胡兰成一不看好西方，认定中国的月亮（唐诗中的）最好；欧洲的"月亮"（指贝多芬的《月光曲》中的月亮）、美国的"月亮"（指阿波罗号登月艇看到的月亮）全不可同日而语。二不看好现代，认为文学无必然的进步。自然就是神，离自然最近、即离神最近，才是最好的文学；古人离自然最近，古人的文学最好。在该书中，胡兰成用他百般强化的自然观对中国古代文学史进行了一番点评式的梳理，从《尚书》《易经》到《诗经》《楚辞》《老子》《庄子》，再到《史记》《汉赋》《汉乐府》，乃至李白、杜甫、韩愈、苏轼、《汉宫秋》《长生殿》《牡丹亭》《桃花扇》《三国演义》《水浒传》……最终得出唯《诗经》最高的结论，认为《诗经》高旷远古，《诗经》展现了天地人的威严，比起楚辞、汉赋具有更高的文学品位。至于现代，由于科学技术的超常发展，"食物是味精的味道，颜色是化学颜料，天下孰知正音？孰知正味？孰知正色？刊物泛滥，连小孩亦无复单纯感知的美。现代人是这样对物的素面隔断了，也就是对大自然隔断，与神远离了。"[2] 因此，现代社会中的诗意与文学精神就愈来愈稀薄。

---

1 胡兰成：《中国文学史话》，上海社会科学出版社2004年版，第20页。
2 同上，第75页。

众所周知,胡兰成个人品行素有争议、政治操守亦多有污点,但如果不因人废言的话,他的这部《中国文学史话》,尽管浮光掠影、散乱无章,尽管不乏意气用事、夸夸其谈,时而还展露些"老嬉皮士"一类的表演,但还应该说它是中国文学史书写中一个卓尔不凡的个案,比之许多高头讲章显得还要有生气一些。至于是什么原因成就了他的这部书?是其才子情性、旧学根底?是其敏锐的艺术体验力、审美感悟力?还是因为他亡命日本时接受了大数学家冈洁、大物理学家汤村秀树的新的宇宙意识(那也是哥本哈根的量子物理学家们的宇宙意识)?[1]也许,竟或是由于他政治生活出局、漂泊流亡生涯使他入不了主流,只能晾在边缘看世界,反倒使他能够运用一种较为单纯、自然的眼光看文学。

人类的历史就是人类改造自然、战胜自然的历史;人类社会进步的程度决定于人类对自然开发利用的程度——人类社会的这一发展模式已经受到质疑。在日益波及全球的生态危机面前,这一发展模式更是面临强大的挑战。遗漏千年的"自然之维"已经到了重新提起、再度振作的时候了。

其实,从生态世界观看,面临改写的不仅是文学史,更不仅是中国文学史,也许,还有整个人类历史的书写、整个世界

---

[1] 汤川秀树曾在其《东方的思考》一文中说:"我特别喜欢庄子",老庄思想"是一种类型的宿命论的自然主义,它和关于大自然的科学观点最终可能导致的那种自然主义非常相像。"文池编:《宇宙简史》,线装书局2003年版,第128页。

历史的书写。

在人类历史的书写中引进自然维度，英国历史学家A·汤因比是一个先例。他晚年撰写的巨著——一部叙事体的世界历史，就是以"人类与大地母亲"命名的。在当代严重的生态灾难面前，书中充满了忏悔意识与反思精神：人类"就把自己看作宇宙中心这一点而言，在道德上和理智上都正在铸成大错。"[1] 老子《道德经》中的生态伦理、生态智慧得到了汤因比的认同和礼赞。人文与自然不再是两个毫不相干的领域，也不再是两个绝对对立的领域，而是被一道纳入一个共生、融通的"生物圈"内。在汤因比看来，书写人类历史的平台，就应当是这个包容了人与自然万物的生物圈。

那么，文学史的书写呢？

我们的文学理论界似乎尚未注意到来自国际学术界的最新判断：地球已经进入"人类纪"。在人类纪，人与自然的关系比以往任何时代都更紧迫、更严峻、更真切、更无可回避地摆在我们的面前。与以往人们所熟知的"寒武纪""泥盆纪""侏罗纪""白垩纪"不同，"人类纪"不再是单一的地质学术语，它已经涵盖了地球上人类社会与自然环境交互关联的各个方面，吸纳了地球上不同国家、不同种族共同面对的经济、政治、安全、

---

[1]〔英〕汤因比：《人类与大地母亲——一部叙事体的世界历史》，上海人民出版社2001年版，第3页。

教育、文化、信仰的全部问题。当然也包括文学艺术问题。文学现象以及文学的历史,同样应当在"人类纪"这个统领全局的视阈内重新审视、深入思考。

陶渊明诗歌的源与流

伟大的文学家总是扎根于民族文化传统中,同时也总是时代精神的产物。陶渊明生存的那个时代的人文精神是什么呢?

答案很明显:魏晋玄学,魏晋风度。

中国学术思想史中关于魏晋玄学的评价不一,常见的贬词为"清谈误国",似乎魏晋时代的社会溃败、社会动荡都是一拨人文知识分子招惹起来的,那么他们一个个被关押,被杀头也就是罪有应得了,这显然是站在执政者的立场上说话。

在中国,从来都只有"强人治国",而少有"哲人治国"。中国最大的哲学家孔子活着的时候想凭自己的思想理念治国平天下,四下奔波终无一成。首席哲学家老子只做过类似图书馆长的小官,够不上参与朝廷的政务,自己从来不愿多说,说了也是白说。庄子似乎看透了这一点,伏身草莽,空闲时间写写他的寓言故事。魏晋时代的这拨知识分子,其中不乏身居高位者,但并不认真做官,甚至也不愿意管事,只顾弹琴、下棋、喝酒、聊天,聊天地神人、太极元气、生死化迁,万有与虚无,直到聊出一套系统的宇宙论与人生哲学来。

从历史的结局看，魏晋时代的治国强人们终究没有将国家治理好，魏晋时代成了中国历史上最黑暗、最腐败、最凶险的时代；而魏晋的文人、哲人们却意外地为这个时代提供了最丰富、最深邃、最玄妙的哲学思想，提供了最人性化、最个体化的生活方式，最高雅、最优美、最富独创精神的文学艺术，其中包括王弼的哲思，嵇康的音乐，顾恺之的绘画，王羲之的书法，谢赫的画论，钟嵘、陆机、刘勰的文学批评理论。当然，还有陶渊明的诗歌。夸张一点说，魏晋时代差不多就是秦汉之后的又一次"诸子百家"，差不多就是一次中古时代本土的文艺复兴。而这一局面的开创，不能不说与"玄学"这一时代的思想文化现象密切相关。

魏晋玄学作为一个时代的精神导向，其植根的思想文化土壤是周易与老、庄，而这三者正是中国古代自然哲学的渊薮。稍后，由西土印度移植过来的佛学，随即又被中国传统思想渗透，尤其是为庄子思想同化，遂自成"庄禅"，佛家禅宗也同样充满了中国自然哲学的精神。至于玄学对于儒家的态度，并不蓄意排斥，而是儒道兼综，援道入儒，融合儒道，以道家的自然主义精神开拓儒学的哲学视野。"自然"成为魏晋玄学关注的核心。而围绕这一核心问题开展论辩的主要议题则是"名教"与"自然"的关系，亦即社会体制与宇宙本体之间的关系，或曰：人与自然的关系。

汤用彤先生曾把魏晋玄学中的哲学家分为三种类型，指出他们虽然"一致推崇自然"，立场态度又表现出显殊的差别。一是"温和派"，以何晏、王弼为代表的"正始玄学"，主张"名教出于自然"，"有生于无"，自然为本，礼法为末，自然是绝对的终极的存在，而礼法只是手段与功用，名教必须遵循自然之道，"道法自然"，"名"也要取法自然。二是"激烈派"，随着社会体制的糜烂，政治局势的恶化，统治者的思想禁锢日益加剧，而思想界的反叛情绪亦愈加强烈，玄学阵营里便涌现出以竹林七贤中嵇康、阮籍为代表的"激烈派"，主张"越名教而任自然"。他们认为所谓礼法规章制度只是对于自然人性的束缚与戕害，要葆真自然本性，就必须超越名教的禁囿，对统治者采取决绝的不合作态度，激烈派也因此受到统治者残酷打击与血腥镇压。恐怖与高压之下，后起的玄学家向秀、郭象自觉不自觉地调和了前人的主张，取消了名教与自然的对立与冲突，提出"名教即自然"的哲学主张，为人利用自然、操纵自然开启了方便之门，汤用彤先生将其称为"比温和派还温和"的玄学派。[1]这种温和派实际上已经成了"妥协派"或"投降派"。

至于魏晋玄学与文学的关系，汤用彤先生的《魏晋玄学论稿》一书中也有论及，他从文学理论的角度选取两位学者的著述：陆机的《文赋》与刘勰的《文心雕龙》，在他看来这两部魏

---

[1] 汤用彤：《魏晋玄学论稿》，上海古籍出版社 2001 年版，第 107—108 页。

晋时代的文学理论专著,全都与魏晋时代的哲学精神相吻合。汤先生进而指出,对于文学的价值历来有"文以载道"与"文以寄兴"之分。前者为实用的,如曹丕、韩愈,皆以文章为"经国之大业","实以人与天地自然为对立,而外于天地自然,征服天地自然也"。后者为美学的,"盖以'文'为感受生命和宇宙之价值,鉴赏和享受自然……表现人与自然合为一体。"[1]虽主观上并不"以文载道",实际上却"道"因文显,这里的"道",已经不仅仅是"人道"。而是包含了"人道"在内的自然之道、天地大道。

看来,魏晋时代哲学思想中的自然之道,与文学理论中的自然之道,是同一个自然之道,而且已经占据了当时思想文化领域的核心。那么,生活于这一时代的诗人陶渊明呢?面对这个时代思想核心的"自然"观念,他的立场、态度又是如何的呢?前边已经反复谈到这个问题,这里我们不妨再作进一步的探讨。

"新时期"以来,国内学界研究陶渊明、研究魏晋文学思潮最有见地的两位学者当属北京大学的袁行霈与南开大学的罗宗强,他们关于陶渊明思想的考证与辨析,具有拨乱反正的划时代意义。

罗宗强从文学思想史的意义上将陶渊明的贡献概括为两个

---

[1] 汤用彤:《魏晋玄学论稿》,上海古籍出版社2001年版,第189页。

方面，一是文学创作的题材方面，陶渊明将"田园生活"成功地带入诗中：民歌之外，以往的文人虽然也写山川林木等自然景观，"向往山林甚至隐遁山居，但是他们虽身在自然之中，而其实心在自然之外。他们只是从自然中得到美的享受，得到宁静心境的满足。他们与自然并未融为一体。"而陶渊明是生活在自然之中的，与自然融为一体的，田园中的自然"无不与他的心灵交通，与他的生命一体。山川的美完全体现在人与自然的泯一上。"田园诗由陶渊明为滥觞而汇成滔滔江河传流千古。其二，是文学的创作风格方面开创了"冲淡之美"。这种冲淡是"心与自然泯一的人生境界的自然流露"，[1]是创作态度上的本真自然。将这二者归结起来，即用自然的态度写自然，双重的自然，才是真正的"复得返自然"。

袁行霈的可贵之处是，他于 20 世纪 90 年代初，便将关于陶渊明的研究定位在对于这位诗人的"哲学思考"上，"陶渊明不仅是诗人，也是哲人，具有深刻的哲学思考，这使他卓然于其他一般诗人之上"。[2]对于陶渊明的哲学思考也使袁行霈的研究"卓然于"一般的陶渊明研究者之上。

既然要从哲学意义上研究陶渊明，就必然回避不了陶渊明与魏晋玄学的关系。在这条路径上，袁行霈自谓受到陈寅恪与

---

[1] 罗宗强：《魏晋南北朝文学思想史》，中华书局出版社 2006 年版，第 166、169 页。
[2] 袁行霈：《陶渊明研究》，北京大学出版社 2009 年版，第 1 页。

容肇祖二位前辈学者的影响，将陶渊明的哲学思想定格在"自然主义"或"新自然主义"的范畴之中，在他的《陶渊明研究》一书中，"自然"始终是论证辨析的核心。书中指出："陶渊明思想的核心就是崇尚自然"陶渊明"把崇尚自然的思想运用到人生、社会的各个方面，他用自然做标准去衡量现实，他以自然作为旗帜与虚伪的名教相对抗"，陶诗纯以自然本色取胜，"陶诗的美在于真，也就是自然""陶渊明的思想、生活和诗歌最终都达到了自然的境地，在中国古代诗人和思想家里，他确是一个出类拔萃的人物"。[1] 在袁行霈看来，陶渊明崇尚自然的思想继承了老庄哲学遗产，在魏晋诸多玄学流派中倾向于嵇康、阮籍的"越名教而任自然"，以自然对抗名教。还可以补充一点的是，有别于嵇康、阮籍的"激烈"态度，陶渊明的哲学思想应是扎根于温和派的"崇无"宇宙观之中的，而与向、郭之妥协派则有实质上的不同，也就是说陶渊明通过自己的生活实践与艺术实践，最大程度地凝聚了魏晋时代哲学思想的精华而避开了那个时代文化思潮中的浮躁与矫情。

于是，中国文学史与中国文化思想史中的奇迹出现了：一位身居底层、细民职业、在陇亩躬耕中留下区区百余篇诗文的陶渊明，竟最终站在了那个时代精神高地的峰巅。陈寅恪赞誉他不但文学品节"居古今之第一流"，作为"吾国中古时代之大

---

[1] 袁行霈：《陶渊明研究》，北京大学出版社 2009 年版，第 2、49、55、61、56 页。

思想家"，同样是位居一流。深谙中西思想史的哲学家冯友兰推崇其人其文："在东晋名士中渊明的境界最高"，他的诗"表示了最高底玄心"，他的人表现了"最大底风流"，已经抵达"超于哀乐"的最高境界。[1]

以往，学界总是强调魏晋时代是一个自我意识觉醒的时代、人的自我生命重新发现的时代、人的主体人格自由建构的时代，岂不知这也是一个人对自然重新发现的时代，人的自然意识再度觉醒的时代，人再度自觉地融入自然的时代。宗白华先生在20世纪40年代发表的关于"晋人之美"的文章中倒是注意到了这一点，他说"晋人向外发现了自然，向内发现了自己的深情"，"这两个方面的美——自然美和人格美——同时被魏晋人发现。"[2] 而这两种"美"在一个人身上的外在显现，就是"魏晋风度"，其中的代表人物之一就是陶渊明。

由于陶渊明的出现，中国文学史从此开始奏响另一种不绝于耳的旋律，那就是人与自然、文学与自然的优美和弦。

是否可以这样推论：陶渊明在中国文学史中的地位，是由于他所代表的那种自然精神奠定的，而"自然"在中国文学史中的意义，又是由陶渊明的文品与人格为象征的。陶渊明无疑成了自然在中国文学史演替、衍化过程中的一个标志。

---

[1] 冯友兰：《三松堂全集》第5卷，河南人民出版社2001年版，第316页。
[2] 宗白华：《美学散步》，上海人民出版社1981年版，第186页。

论及陶渊明在中国文学史上的影响，多认为陶渊明在其生前及辞世后的一个时期内，始终是被忽视、被冷落的。粗略看去，不无道理，正如论者指出的：刘勰的《文心雕龙》不提陶渊明，《晋书》"文苑传"不列陶渊明，钟嵘论文学流变不涉陶渊明，乃至萧统《文选》选陶诗不如他人数量之多等等。我倒认为对此似不必苛求，亦无须遗憾。文坛上一个时期内的高下起伏，往往并不能说明一个文学家真正的价值。作家诗人的一时名气往往是由于多种因素决定的，比如作家的社会地位、社会交往、话语权、生活遭际、个人禀赋、传播渠道等。当前文坛如此，古代文坛也不例外。陶渊明作为一个离职的县令、归田的农夫、主动避世的隐者、自甘寂寞的诗人，既没有颜延之、谢灵运那样显赫的社会地位，又没有建安七子、竹林七贤之类的文学团体可以依托，同时还没有像陆机、陆云、郭璞、嵇康那般血溅黄沙的轰动效应，仅凭自己的诗文与德行便在当时才俊云集的文坛获得一定地位，已经很不容易了。有无在其身后绵延不已的潜在生命力，那才是考量伟大作家的最后尺度。

据留存下来的有限的文献记载，在陶渊明辞世不久以及还活着的时候其实已经得到相当高的评价。如他的同代人颜延之在《陶征士诔》中为陶渊明所做的"盖棺定论"："赋诗归来，高蹈独善。亦既超旷，无适非心"，已经切入陶渊明的精神核心。至于私谥的"靖节"虽然多了些儒家滋味，仍表达了时人对诗人的尊奉。稍后的沈约在《宋书·隐逸传》中对陶渊明旷放率真、委任化迁的概括描述，对其日常行状如"无弦琴""葛巾漉酒""北窗下卧"的记载，至今仍是研究陶渊明生平的珍稀资料。至于"百年"之后由萧统为他撰写的传记、文集序言，处处显露了身居高位的昭明太子对一介平民诗人的推崇与爱戴："渊明少有高趣，博学，善质文；颖脱不群，任真自得，""贞志不休，安道若节，不以躬耕为耻，不以无财为病，自非大贤笃志，与道污隆，孰能如此者乎！"对于陶渊明的诗文，萧统自谓"余爱嗜其文，不能释手，尚想其德，恨不同时，故更加搜求"；论及社会效应，"尝谓有能读渊明之文者，驰竞之情遣，鄙吝之意祛，贪夫可以廉，懦夫可以立，岂止仁义可蹈，爵禄可辞！"再看萧统编纂的《文选》，选录渊明的诗文九篇，已不在少数，且全是陶诗的精髓，集中体现了陶渊明的胸襟与精神。至于锺嵘宣布陶渊明为"古今隐逸诗人之宗"，时负盛名的鲍照、江淹都一再推举"彭泽体"，并以学习效仿陶诗为乐。今有论者称直到宋代陶渊明才遇到真正的知音，未免过苛。

后来的文学史家们多以自南朝至初唐的三百年里，谢灵运的诗名高于陶渊明而感到遗憾，其实亦大可不必。文学上的角力，属于历史学中的"长时段"，"文起八代之衰"的事并不罕见。袁行霈指出，在东晋和刘宋之间，陶渊明和谢灵运两人的诗歌分别属于前后两个时期，陶渊明为魏晋诗歌的集大成者，谢灵运为南朝诗风的开创者，当为恰切之议。若进一步推论，陶渊明诗歌实则凝聚了"魏晋风骨"，谢灵运的山水诗则引领了"南朝声色",风骨深潜而历久弥坚,声色彰显却时迁易渝。三百年过去之后,谢灵运的文学地位便遥遥地落在了陶渊明的后边,真正应该遗憾的是谢灵运及其追捧者。

至于陶渊明诗歌的源头何在,钟嵘在其《诗品》中的一句评判:"其源出于应璩,又协左思风力",似乎成了一个定论,却又总是引起历代文论家无休无止、名逞异见的争端。直到今天,赞同者与否定者仍在围绕着钟嵘这句"老话"打转转。

如若非要寻找陶渊明的源头,恐怕不能拘泥于先前的某位诗人、作家,而只能广义地到中华民族特有的文学传统、文化思想传统中去寻找,可以寻找到《古诗十九首》《诗经》《庄子》《老子》《论语》《礼记》《尚书》《周易》……对于陶渊明来说,更切近的则是上述典籍中所蕴涵的自然精神。这种"自然精神"并不拘泥于哪位诗人,哪部著作,那是一种游荡于华夏大地上的无有形迹的东西,是一片氤氲,是一团混沌,是一道神光,用胡兰成在《中国文学史话》中的说法,那是"仙",是"神"。胡兰成有一滔滔高论,不妨权作参照:

> 对大自然的感激,最早的就是舜的《卿云歌》《尚书·尧典》与《洪范》就是日月星辰与岁时、名山大川与天子巡守的文章。
>
> 《诗经》讲朝阳里的梧桐与凤凰,讲"倬彼云汉",讲"七月流火",讲"春日迟迟"。《楚辞》虽多名状草木,还

不及《诗经》的阳光世界，与种稻割麦蒸尝的陇亩与家室风景。《易经》的"象"、"文言"与"系辞"，与《老子》《庄子》，皆是世界上最好的文章，皆是直接写的大自然。孟子的文章好，是写的人对大自然的觉。周礼王制，惟王建国，与春官夏官秋官冬官，是中国文学里朝廷之尊与官人的贵气的由来。

宋玉的赋比屈原的《离骚》更近于自然，《高唐赋》写那神女对楚襄王问，"妾朝为行云，暮为行雨，朝朝暮暮，巫山之下"，与后来曹植写洛神的容貌若晓日之发芙蕖，其姿态是"若将而徘徊，意欲止而复翔，神光离合，乍阴乍阳"，皆是人与自然同一美。与写东郊之女，"增之一分则太长，减之一分则太短，施脂则太白，施朱则太赤"，是比数学还绝对。司马相如与司马迁都有这样自然，班固就在自然上较差了。后世是李白、苏轼的诗有大自然的浩浩，而亲切现前。中国文学的仙意，与此有关。

班固的《汉书》不及《史记》，是《汉书》里人事压没了自然。李白说六朝的诗不好，也是因为六朝的诗里人事胜于自然。宋儒很败坏了中国文学的传统，因为宋儒只知在那里讲天理与气，但不知天意，又不知大自然的象与文言，变得更是人事压没了自然。[1]

---

[1] 胡兰成：《中国文学史话》，上海社会科学出版社2004年版，第16页。

这段"史话"几类"评书",不乏疏漏(如说来说去竟遗漏了最大的自然主义诗人陶渊明),但散漫之中仍不难理会到行文的用意:自然,乃中国文学的精与神,从《诗经》《易经》《老子》《庄子》,到屈原、史迁、李白概莫例外。

中国文学对自然情有独钟,显然这与中国社会长期处于农业社会,浸淫于丰富的农业文明有关。在这一农业文明的生态系统中,天地自然、山川河流同时也是人的机体;人的思想意识、诗人性情也是自然的灵窍,而人们在天地间修筑起来的那一处供自己栖居的窝巢,就是"田园"。华夏民族的祖先们,从传说中的"有巢氏""伏羲氏""燧人氏""神农氏"以及更早一些的"女娲氏"等等,都是这一田园的最初营造者。这一营造于天地间的家窝,养育着、守护着、抚慰着、滋补着艰辛劳苦在世的人们,成为人在大地上的"子宫"。频遭挫折、屡遇风险的世人无路可走又不可能返回母亲的子宫时,却可以返归大地上的田园。田园既是他生命的栖息地,又是他情感的依托,精神的归宿。

"土反其宅,水归其壑,昆虫毋作,草木归其泽。"(古佚诗《蜡辞》)乃是对田园的营构;"日出而作,日入而息,凿井而饮,耕田而食,帝力于我何有哉!"(古佚诗《击壤歌》)是对田园生活自得其乐的吟咏;"谁谓河广?一苇杭之。谁谓宋远?跂予望之。"(《诗经·卫风》)可以说是中国文学史上流传下来的最早的思念故乡家园的诗歌。"征夫怀远路,游子恋故乡","思还故里闾，欲归道无因","故乡不可见，长忘始此回","愿为双黄鹄，高飞还故乡","悲歌可以当泣，远望可以当归","生当复来归，死当长相思"……在魏晋以前的古诗中，怀乡思归的咏叹比比皆是，而这种怀乡思归的心态，显然又是深植于那田园意识之中的。田园意识已经成为一种情结，一种原始意象，一种个人的潜意识，一种民族的集体无意识。这同时也是一种"回归""退隐"的潜意识。如果说陶渊明的文学创作必须有一个源头，那么，这一华夏民族的"田园意识""回归意识"才是其真正的源头，才是其诗文意象的"原型"。

在荣格看来，某种"原型"或"原始意象"，作为一个种族的普遍的心理模式，既有可能是某些"生物本能"的衍化，即生命体内生物组织结构发生的衍变，同时更是某种年代久远的人的社会实践在心灵中积淀下的"痕迹"，即"重复了千百万次的心理体验的凝缩和结晶"[1]，对于华夏民族的田园意识来说，此即陶诗中所写的"舜即躬耕，禹亦稼穑"，"桑妇宵兴，农夫野宿"，"朝为灌园，夕偃蓬庐"……远古如此，数十载之后，至陶渊明之世依然如此："开荒南野际，守拙归田园"，"晨兴理荒秽，带月荷锄归"，"长吟掩柴门，聊为陇亩民"，此乃田园意象的"社会遗传"，其"基因"早在先民的原始生活中就已经种下。至于前者，陶诗中的"羁鸟恋旧林，池鱼思故渊"，"翼

---

[1] 参见冯川：《荣格的精神》，海南出版社2006年版，第61页。

翼归鸟，驯林徘徊。岂思天路，欣反旧栖"，指出即使鸟兽虫鱼，也总要思恋自己的栖居故地，也就是用现代生态学讲的"生态位"，这是一种"自然之理"，人作为一种生物则与此同理。那么，怀乡思归又应是一种"生物性遗传"，是生命体本身固有的自然法则。

由此看来，"田园"与"思归"就是华夏民族的一种特别强大的集体无意识。

仍然是按照荣格的说法：一个民族固有的原型或原始意象"在富有创造性的人身上显得富有生气，它在艺术家的幻觉中，在思想家的灵感中，在神秘主义者的内心体验中昭示自己。"[1]他又说，这种超个人的无意识恰像一种到处蔓延、无所不在、无所不知的精神，相当于古希腊哲学中津津乐道的"灵魂"。陶渊明固然算不得"神秘主义者"，但无疑是一位极富创造性的"艺术家"与"思想家"，于是，华夏民族古老的"田园意象"、"返乡情结"，就在他身上显得格外富有生机，并通过他的诗歌赫赫然昭示于世。在荣格看来，"伟大的诗篇从整个人类生活中吸取力量"，"作家创作的艺术作品包含着那种可以真正称之为代代相传的信息"，诗人的作品贵在他总能满足一个民族精神生活的需要。"他的作品对他来说比他个人的命运更为重要"，"作为一个艺术家，他是一个更高意义上的人"，"一个具有人类无

---

[1] 参见冯川：《荣格的精神》，海南出版社2006年版，第64页。

意识心理生活并使之具体化的人"。[1] 荣格有时还把自己的这一关于文学艺术创作论的理念强化到极端:"鬼魂附体"正是由于某种集体无意识的幽灵附着到了某个人的身上,才成就其为某个诗人。他举例说,不是歌德创造了《浮士德》,而是作为德意志古老民族心理原型的"浮士德"的幽灵创生出歌德。套用这句话,我们也可以说:正是华夏民族历史悠久、积淀深厚的"田园意象"、"返乡情结"如同幽灵一般附着到陶渊明身上,才诞生了中华民族这位伟大的"田园诗人"。"陶渊明的幽灵",首先是华夏民族魂的一个组成部分。

自从有了陶渊明之后,回归自然、返身田园的文学意象,在中国文学史中便又开始了它新一轮的漫长历程。

陶渊明既然是一位"自然主义的诗哲",他的诗文既然是对于自然与名教、自然与人文关系的艺术表现,既然凝聚了华夏民族"回归自然、返身田园"的集体无意识,甚至其人其诗其文都成了"自然"的化身,那么,陶渊明的价值内涵也应与"自然"在中国文学史上的演替有着共同的轨迹和命运,并不总是"进步"和"深化"。

"自然"最早作为"文艺作品"表现的主题,是在人类的远古洪荒神话中。那时,人类自己刚刚从丛林中走出来,虽说已经较其他生物具备了使用物质工具的双手,使用精神符号的语

---

[1] 参见鲁枢元:《文艺心理阐释》,上海文艺出版社1989年版,第166—167页。

言，但依然匍匐在地面上，与原生态大自然血脉相连。那时的人类，其身体几乎像他的近亲猿类以及其他哺乳动物一样，仍然生活于自然之中，但率先萌生起的精神世界则又使他们把自然同化到自己心灵中来。这时候，何为人，何为神，何为心灵，何为自然，在我们的这些原始祖先那里还是浑沌一片。那时节，天、地、神、人是同一个世界，同一个真实存在尚未分化的有机化一的整体世界。

在中国古代神话中，"浑沌"是一位浑浑噩噩、懵懵懂懂然而又辈分最高、历史最久远、威力最强大的神祇，相当于道教神话中的"混元天尊""盘古真人"。火神祝融、水神共工，土神后土都是他的子孙。他还有三个女儿，一个是云神，一个是鸟神，一个风神。那时的"神"，还保留着更多的自然属性，神的形象有许多就是禽兽、鱼类、植物。中国的"太阳神"是炎帝，他同时也是颈子上长着一颗牛头的"农神"。

随着人类文明进程的加快，人从自然的层面上渐渐剥离出来，人与自然浑蒙的原始状态被打破了，人类渐渐意识到自己是天地间一个相对独立的存在。"自然"，开始渐渐地成了人类生存的"环境"。但在漫长的农业文明时代，人类原本是"靠天吃饭"的，远未隔断与自然的联系，包括精神上的敬畏与情感上的依赖，土地依然是人类立足的根基，河流依然是人类发育的血脉，天空依然是人类敬畏的神灵，草木鸟兽依然是人类生命亲和的伙伴。人类社会生活中消耗的多半还是地球生态系统自我生产的盈余部分，人与自然在感性上依然处于一种相关、相依、相存的期待之中。此时的人类对包括天地在内的自然，既持有疑惧、敬畏的膜拜之心，又怀着亲近、依赖的体贴之情。人类童年时代的那种"浑沌"已经化作虚幻中的圆满，为人类的精神乌托邦增设了充满张力的一极。也正是在这一时期，自然才成了人类自觉观照的审美对象，自然开始成为文学艺术作品中的主题。

从一开始，"赋、比、兴"就是中国文学创作的基本思维方式、基本技巧手法，这是一种充分体现了人与自然在文学艺术中和谐共振的关系模式。通常的解释，"借物以喻事谓之比"，"感物以起情谓之兴"，"比"乃以情附事，"兴"为以物动情。这里的所谓"物"，更多的情况下指自然风物，从鸟兽草木，到风霜雨雪，直到山川湖海，日月星辰；事乃人事，情则人的心态情愫。"外感于物，内动于情"，便是文学艺术创作中自然与人心的交感互动。"关关雎鸠，在河之洲。窈窕淑女，君子好逑"，前半写大河沙洲中一对水鸟的求偶鸣叫，后半写少男少女情怀初开的美好憧憬，自然风物与人间情态浑融无间，构成优美的审美境界。"风飒飒兮木萧萧，思公子兮徒离忧"，比兴手法在屈原的《楚辞》中被运用得更加纯粹、精妙。

秦汉之后，到了魏晋南北朝时期，中国文学迎来了它的第二个繁荣期。"田园诗""山水诗"以独立姿态问世，成为这个时代文学的"标志性成果"，尤其是在与自然高度和谐共振的田园诗中，完美地呈现出时代的精神意象，彰显了自然在人们社会生活、精神生活中的独特地位与重大价值。或者说，正是在陶渊明的诗文中，最深刻地把握住了人与自然之间的枢机与玄妙，最完美地传达出人与自然之间的和谐共振。因此，生前并不显赫的陶渊明反而成了中国文学史上一个奇迹。

在陶渊明身后，一千多年来，非陶、疑陶、刺陶的声音并非没有（后边我们还会提到），而慕陶、敬陶、颂陶、仿陶、和陶、师陶、继陶几乎成了中国文学史上的常规和定规。将中国古代有影响的诗人排排队，从南北朝的鲍照、江淹、庾信，到隋唐的卢思道、王绩、孟浩然、王维、储光羲、李白、杜甫、元结、白居易、韦应物、刘禹锡、柳宗元、皎然、郑谷；再到宋元时代的王禹偁、梅尧臣、王安石、苏东坡、黄庭坚、秦观、杨万里、辛弃疾、陆游、方回、元好问；直到明清时代的宋濂、谢榛、归有光、王世贞、方东树，几乎无一例外地受到陶渊明的影响，全都向陶渊明表达过崇敬膜拜之情。如孟浩然："尝读高士传，最嘉陶征君"；如李白："陶令去彭泽，茫然太古心"；如白居易："我生君之后，相去五百年。每读五柳传，目想心拳拳"；如孟郊："忽吟陶渊明，此即羲皇人。心放出天地，行拘在风尘"；郑谷："爱日满阶是古籍，只应陶集是吾师"。又如王安石："江山彭泽空遗像，岁月柴桑失故区"；苏东坡："渊明吾所师，夫子乃其后"；黄庭坚："陶公白头卧，宇宙一北窗"，"欲招千载魂，斯文或宜当"；杨万里："渊明非生面，稚岁识已早";王若虚:"折腰不乐翻然去,此老犹为千载人"等等。

一个作家的"伟大"与"不朽"体现在哪里?就在于他的肉体生命结束后,他的诗文、他的精神却可以绵延千古,历久弥新。

时代的误读与狙击

曾看过两部研究谈论陶渊明接受史的专著，一本写到唐代，一本写到宋元时代，其脉络相应比较清晰，主线应是对陶渊明自然主义哲学精神的认同并逐步深化。其间，否定性的意见并不多有，偶有吐露，也不难理解。如王维因性格上的矛盾偶尔表现出来的对陶渊明弃官、乞食在一定程度上的保留；又如力主文以载道的韩愈及其门人在仕途得意时对陶渊明隐逸自得的排斥，应该说全都不能动摇陶渊明在文学史上的地位，甚至也不能削弱陶渊明对文学界的影响，陶渊明的幽灵在唐宋时代的文坛上始终拥有恢宏而又绵延的神性与法力。

明清以来，文学史保存下来的涉及陶渊明的资料要比前代多出许多，但对于陶渊明的接受却远不如唐宋时代那样毫无保留，而且接受的头绪也渐渐纷乱复杂起来。这应是人与自然的关系以及自然内在价值在明代之后渐渐发生重大变化相关，这种变化又总是潜移默化地表现在华夏民族的审美与文学艺术生活中。而在自然主义哲学中安身立命的陶渊明则必然会成为这一变化、演替的风向标。

随着人类文明发展的进程，文学艺术中人与自然间充满诗意的"谐振"，终于被打乱了，诗歌创作开始走上下坡路。即使在被称作"诗的国度"的中国，在进入15世纪之后，诗歌也开始走向了衰落，伟大的诗人不再出现，支撑诗坛残局的使命降临在"才子"身上，"前七子""后七子""吴中四子"，作诗成了风流才子们显摆学问和才智的游戏。

与诗歌的沉沦相对照，是话本、小说、戏曲、鼓词这些叙事文学的兴盛，文学艺术的主题真正地集中在了"社会"生活方面，社会性的人成了文学艺术作品的主题。《金瓶梅》《牡丹亭》《三言》《二拍》《再生缘》《三国演义》《水浒传》《红楼梦》《歧路灯》《儒林外史》《儿女英雄传》代表了这一时期文学的最高成就。这些作品中反映的社会生活肯定是更加丰富了，但在无意间却渐渐丢落了原本在"唐诗""宋词"中占绝对意义的"自然"。这些小说、戏剧中虽然也还穿插有关"自然"的描绘，有时甚至是非常精彩的描绘，但从整体上看，自然不能再与人事、人情对等地存在，"自然"仅仅被当作人物活动、事件发生的"环境"，由原先的主角降格为仆从，旁落到附庸的地步，成为舞台上的"布景"和"道具"。

叙事性的散文取代了本真意义上的诗歌，这在中外文学史上都被认作一个划时代的标志，这恐怕并非单纯的文体改革，而是时代发生了根本性的变化。

在中国，自明代以来，城市的商品经济开始活跃起来，带来许多社会生活新气象，人们的兴致开始由自然转向市井，说书、唱戏成了供给市民消费的一种商业行径，甚至像冯梦龙这样的"高产畅销"的"大众化作家"也已经应运而生。由于市民普遍的文学消费趣味在于发家致富、金玉满堂，在于"洞房花烛夜"和"金榜题名时"，庐山瀑布，江陵猿声，长河落日，大漠孤烟便渐渐从文学艺术的视野中退隐。

另有一些杰出作家，不肯随波逐流地去迎合时俗，而是站在批判立场上从事写作，如吴敬梓揭露科场黑暗，李伯元鞭笞官场腐败，但作为作家却再也回归不到自然中来了。

中国古文学史中对于陶渊明的接受，到了元代之后，开始出现明显的"拐点"。

宋、元朝代更迭，异族占据汉家的江山社稷，一些士子、文人从政治立场的角度解读陶渊明，将其视为"耻事二姓"的道德模范，退居田园反而成了"不得已而为之"的举动。如元代诗人刘因就曾在《归去来图》上题诗曰："归来荒径手自锄，草中恐生刘寄奴"，似乎陶渊明锄的不是豆田里的野草，而是政敌刘裕。另一位元代学者吴澄，更将陶渊明与屈原、张良、诸葛亮并列为"四君子"，认为他们共同的精神是"明君臣之义"，怀报国壮志。

由元代至明清，从政治伦理角度评价陶渊明行情日涨，屡掀高潮，陶渊明遂被装扮成身怀绝技、满腹韬略、忠君报国、壮志未酬、忧愤难消的前朝孤臣、落魄英雄;他的回归则成了自我贬谪,其诗其酒也成了失意之后的自遣自溺,躬耕南亩只不过是"待尽丘壑焉耳"!在有重大影响的文化人中,顾炎武坚执此见,由陶诗"惜哉剑术疏,奇功随不成",判定陶渊明乃"有志于天下"的进取之士;[1]龚自珍以诗誉陶:"陶潜酷似卧龙豪,万古浔阳松菊高。莫信诗人竟平淡,二分《梁甫》一份《骚》。"[2]清末谭嗣同以反抗专制、抨击名教为己任,亦将陶渊明引为同道,视为刚烈之士:"陶公慷慨悲歌之士也,非无意于世者,世人唯以冲澹目之,失远矣!""使不幸而居高位,必铮铮以烈鸣矣"。[3]在这里谭嗣同完全把陶渊明同化为自己。顾炎武为明清移代之际的忠臣义士;龚自珍为晚清时代经世致用、变革社会的政治家;谭嗣同更是众所周知的戊戌变法时英勇献身的烈士,他们对于陶渊明的评价可谓"仁者见仁",也是完全可以理解的,作为文学接受过程中的特例,也不是不可以接受的。

对于陶渊明的主体人格及其诗文的主导倾向,倒是晚年的梁启超看得更清楚些,他说陶渊明人生观的核心不过是两个字:"自然",而其诗文的"最大价值"便是"冲远高洁"。"当时士大夫浮华奔竞,廉耻扫地,是陶渊明最痛心的事。他纵然没有

---

[1] [清]顾炎武:《菰中随笔》,《海山仙馆丛书》本。
[2] [清]龚自珍:《定庵文集补·杂诗》,《四部丛刊》影印清朱氏刊本。
[3] [清]谭嗣同:《致刘淞芙书》,《谭嗣同全集》卷三,生活·读书·新知三联书店1954年版。

力量移风易俗，起码也不肯同流合污，把自己的人格丧掉。这就是渊明弃官最主要的动机，从他的诗文中到处都看得出来。若说所争在什么姓司马的姓刘的未免把他看小了。"[1] 在梁启超看来，仅从政治立场、政治伦理来评价陶渊明的价值，那其实是小觑了他。

值得深入探讨的，还不是个别人的评价，而是自明清以来，对于陶渊明的评价虽仍不乏赞誉推崇之辞，重心已发生明显的"位移"。概括地说，即由"自然"移向"世事"。众所推崇的不再是陶渊明的自然主义哲学，而是其忠君不二的政治道德与经国济世的社会伦理。魏晋"任自然"营垒中的代表人物陶渊明此时竟又被拉进"名教"的殿堂，原先被认为"亦儒亦道"、"先儒后道"的陶渊明，至此又被许多人奉为精纯的儒家。清初学者吴淇谓"六朝诗，其作者圣贤之徒甚少，相类者止陶靖节一人，其所为诗每合乎圣贤之道……靖节之人，圣贤之人也，其言纯乎圣贤之言。"他甚至还批评萧统缺乏"主词不主意"，没有"选"出陶渊明的"圣贤之作"。另一位学者吴淞甚至还一口否认早为钟嵘确立的陶渊明"古今隐逸诗人之宗"的地位："渊明非隐逸流也，其忠君爱国，忧愁感愤，不能自已，间发于诗，而词句温厚和平，不激不随，深得《三百篇》遗意。"继之，更有人对魏晋唐宋以来关于陶渊明的定评进行了全盘的反拨："陶公实志

---

[1] 梁启超：《陶渊明》，商务印书馆民国十二年版，第5页。

在圣贤，非诗人也"，"但以渊明为隐逸人，旷达人，失之远矣！渊明盖志希圣贤，学期用世，而遭时不偶，遂以乐天安命终其世耳。"在明清一代学人心目中，陶渊明差不多成了另一位忧国伤时、忠君守节的杜甫！本来，"少陵有句皆忧国，陶令无诗不说归"，杜甫与陶渊明的价值取向并不相同，而明清学人弄来弄去把一个陶渊明也弄成了"陶令无诗不忧国"了。陶公若是在天有灵，这种误读该是何等的尴尬！

陶渊明成了不称职的杜甫，陶渊明在中国文学史上的地位也就顺势下滑。

在苏东坡心目中，陶渊明的诗人地位是被尊为魏晋以来诗坛的魁首的，"自曹、刘、鲍、谢、李、杜诸人，皆未及也"。而到了明清时代，菲薄陶诗的言论渐渐多了起来，如在明代诗坛颇有影响的胡应麟就曾对陶诗一贬再贬："叔夜太浓，渊明太淡，律之大雅，俱偏门耳"，"曹、刘、阮、陆之为古诗也，其源远，其流长，其调高，其格正。陶、孟、韦、柳之为古诗也，其源浅，其流狭，其调弱，其格偏"。此后，扬杜抑陶几成时尚，如："杜老诗已独绝千古，而谓其不及渊明，吾尤至死不服"（吴觐文语），"渊明诗不过百余首，即使其篇篇佳作，亦不得称大家，况美不掩恶，瑕胜于瑜，其中佳作不过二十首耳"（钱振锽语）。事到如今，陶渊明作为诗坛"大家"的地位竟也被取缔了。

明清以来，陶渊明在诗坛地位的跌落，与其时诗歌整体的萎缩有关，更与中国社会的经济形态变化、时代价值观念变迁、审美偏爱倾斜有关。按照通常的说法，中国古代社会以农业为主体的自然经济在唐宋达到鼎盛，从明代就开始受到新的经济形态的冲击，主要是城市商品经济的冲击，从而使社会结构、文化心态都发生了微妙的变化。

一些史学家从历史唯物主义的角度阐发，认为从明代开始，中国社会内部已开始孕育出自身的"资本主义的萌芽"。余英时先生并不赞同这一说法，但他同样认为，由鸦片战争前后开始的中国社会的内部变革，早在明清时代就以"渐变"的方式开始了。在思想文化界的表现，就是"15、16世纪儒学的移形转步"。[1]他进而指出：儒家教义的"移形转步"，在知识界表现为文人的"弃儒就贾"，在社会层面表现为民众的"崇奢避俭"，这倒很有些像是今日国内"文人经商"与"大众消费"的滥觞了。明代中期山西、安徽、江苏一带的商人已经达到相当的数量，其中一部分是儒生兼营商业的，一部分是商贾发了财后又以数量不等的金钱购买了"监生""贡生"的"学位证书"加入儒者行列的，这在成书于晚明时代的《三言》《二拍》中均有精彩的表现。在这些脍炙人口的文学作品中，商人已成为主角，士商之间的界限已经变得模糊起来，士商之间的互动、合流已蔚然成风，"传

---

[1] 余英时：《现代儒学的回顾与展望》，生活·读书·新知三联书店2004年版，第189页。

统士大夫一向鄙视商人，现在忽然为商人唱起赞词来"，其中当然少不了利益共沾。历来耻于言利的文人儒士也开始以自己的某些才技投放市场以获取高额酬报。士商合流的结果，儒家重农轻商的传统原则也因此不能不在新的社会现实面前有所调整，"儒家的'道'也因为商人的参加而获得新的意义"。儒者，已经开始了"商人化"的进程，明朝的正德皇帝甚至还在皇宫里开办起商店来。

与商业活动的扩展互为因果，人们对财富、舒适、享乐、奢靡的追求不但成为必需的，也成为合理的。明代学者陆揖（1515—1552）在其《蒹葭堂杂著摘抄》中就表现出"现代商业精神"：反对节俭、鼓倡奢费，认为奢可以刺激生产、扩大就业，从国计民生角度、从发展社会经济意义上肯定"奢侈"的重要性。在陆文中，"俭"与"奢"的道德意味被大大削弱，现代社会的"经济效益"理论在明代开始已被用来为"奢侈消费"正名。明人文震亨所著《长物志》、李渔所著《闲情偶寄》几类于现代社会中的"消费指南"，涉及日常生活衣食住行、休闲游乐的各个方面。从冯梦龙编述的明代时调集中更可看出，色情场所已经遍布各大城市，如同现在的"夜总会"，成为一种大众化娱乐产业。孔子推重的颜回式的安贫乐道生活准则已遭到社会主流生活方式的强烈冲击。类似陶渊明身体力行的"富贵非吾愿"、"转欲志长勤"、心甘情愿承受清贫劳苦生活也已经不再受到社会的鼓励。

宗白华先生屡屡以陶渊明的诗意为证："晋人向外发现了自然，向内发现了自己的深情"，[1]"日暮天无云，春风扇微和"、"采菊东篱下，悠然见南山"，是对外在自然的发现，也是一种"宇宙深情"；"望云惭高鸟，临水愧游鱼。真想初在襟，谁谓形迹拘？"既是诗人对内在深情的抒发，何尝不也是人性中自然天真之袒露？宗白华先生指出：晋人风神潇洒，不滞于物，对于自然、对于友谊、对于哲理的探求全都一往情深，从内到外，无论生活上、人格上都表现出自然主义的精神。而明清以来日渐高涨的"崇奢避俭"的社会心态招致的"商品崇拜"，必然危及人们对于外在自然的感悟；而"弃儒就贾"的士林取向，又必然因利欲熏心而污染了心灵中内在的自然。在这样的社会与时代环境中，以自然为本的陶渊明其诗其人的失落也就无足为怪了。

比起儒家的"移形转步"，道家境遇似乎还远不如儒家。

在中国思想史上，于先秦时代诞生的以老庄为代表的道家思想，除了在西汉兴盛过一个时期，在魏晋掀起过一个高潮外，以后就始终被排挤在社会思想的边缘。最好的情况是以自身的某些精义滋补了释、儒的发展壮大（尤其是哺育了佛教禅宗的壮大），更多的情况是沦落为形而下的道教、道术。孔、孟、荀之后，毕竟还涌现过一轮又一轮的"新儒家"，不断影响时代

---

[1] 宗白华：《美学散步》，上海人民出版社1981年版，第183页。

政治生活的大气候，影响社会的精神导向；而所谓"新道家"，始终都很难真正树立起自己的旗帜，这或许仍旧为中国古代社会发展的某些更为根本的原因所制约。

近年来，站在西方思想界的立场上，多有人从"科学技术"的角度发掘道家思想的价值和意义，认为道家的"自然哲学"促生了中国最早的科学技术，这或许有一定的道理，却不宜过度夸张。因为道家哲学着实还有贬低认知、否定进取的一面。在我看来，老庄道家思想的最大价值和意义还应在文学艺术领域，尤其是诗歌、绘画、书法、音乐方面。不但文学艺术创作，还有文学艺术理论，如诗论、画论等。而道家的元典思想得以赓续，恰恰也是因为有了历朝历代的那些诗人、艺术家，其中的杰出代表人物就是陶渊明、李白、吴道子、石涛一类人物。明清之际，在儒家发生物质化、功利化的转移时，道家却在诵咒画符、设坛扶乩、导引吐纳、养生益寿的形而下道路上加速下滑。至此，陶渊明一意笃守的"寓形宇内能复几时，曷不委心任去留"，"富贵非吾愿，帝乡不可期"，"聊乘化以归尽，乐夫天命复奚疑"，不但不能"与时俱进"，反而成了逆时代潮流而动的不和谐音，风行千年的诗人陶渊明开始遭遇实际上的冷落，已经不可避免。

鸦片战争拉开了中国近代史的序幕，日渐式微且日迫老化的中华民族的文化道统遭遇西方现代社会思潮的猛烈冲击，遭遇西方国家强权政治的严重威胁，古老的中国已经被推上生死存亡的历史关头。传统的儒家精神已无力支撑这一残局，传统的道家精神更无法挽回这一颓势。中华民族遂被推上了这样一种看似尴尬的选择：向西方学习、吸取西方现代文化、走西方社会发展进步的道路，以抗拒西方的入侵，谋取自己的生存。从鸦片战争到"五四"运动不过半个世纪的时间，中国人的思想观念却发生了根本性的改变。

从1911年的"辛亥革命"之后，尤其是1919年的"五四"运动之后，无论从国家体制上还是思想倾向上，中华民族已经开始摆脱传统社会的束缚，步入"现代社会"阶段，开始艰难地进入世界的现代化进程。换句话说，即西方现代性理念开始了改造中国这一古老东方帝国的宏阔过程。在这样的时代格局中，诗人陶渊明将又以何种面目、何种姿态现身于中国民众的精神视野呢？

中国文学史进入现代时期之后，从表面上看，陶渊明的身价地位并未出现戏剧性的大变化，不像"五四"前后的"孔圣人"一下子被列入抛弃、打倒之列。文学界的研究者、文学史的书写者提到陶渊明时，往往仍旧冠以"伟大诗人"的赞语，但若深入进去看一看，"伟大"的内涵已悄然发生变化，陶渊明"形"未变，其内在的精神却被置换了。

在对陶渊明的精神实施改造的过程中，胡适、鲁迅二位新文学运动的先驱发挥了重大作用。

胡适的"文学革命"首先是从"诗界"切入的，当然避不开陶渊明。他评诗的标准简单明确，即：是否明白如话，一般老百姓能读得懂。上升到理论上，一为"白话"，一为"平民性"。接近白话的、容易为民众读懂的就是好诗，否则就是坏诗，简直就是"一刀切"。在他的半部《白话文学史》中，他真正做到了"凡是白话的一律赞赏；凡是文言的，一律贬斥"；即使同一个诗人，接近白话的诗就被赞为上品，用事用典的，难以一读就明白的，便斥为败笔。

平心而论，胡适在这一文学批评标准之下，的确发掘出一批民间的、散佚的、清新质朴的、朗朗上口的好诗，但也拒斥了许多诗意葱茏而用语隐晦的好诗，如李商隐的《锦瑟》，由于"猜不明白它说的意思"，便被他斥为"鬼话"。为胡适推崇的诗人有王梵志、王绩、寒山、王维、李白、杜甫、孟郊、卢仝、元稹、白居易，还包括存诗无几的应璩。

胡适的《白话文学史》中，陶潜是被视为"大诗人"专节论述的，而且评价甚高："陶潜的诗在六朝文学史上可算得一大革命。他把建安以后的一切辞赋化，骈偶化，古典化的恶习气都扫除得干干净净。他生于民间，做了几次小官，仍旧回到民间……他的环境是产生平民文学的环境；而他的学问思想却又能提高他的作品的意境。故他的意境是哲学家的意境，而他的言语却都是民间的言语。"[1] 胡适以他敏锐的目光同样看出了陶

---

[1] 胡适：《白话文学史》，安徽教育出版社2006年版，第95页。

诗中含有"哲学意蕴":"陶潜是自然主义的哲学的绝好代表者。他的一生只行得'自然'两个字。"[1]他毫无保留地认为陶高于谢,谢灵运刻意做出的山水诗,却只能把自然界的景物生硬裁割成骈俪的对子,远不如陶潜真能欣赏自然的美。谢灵运是以"不自然的诗"歌唱"自然",陶渊明是以"自然"的手法写"自然",才真正是"自然诗人"(Nature-Poets)。他还认为"后来的最著名的自然诗人如王维、孟浩然、陆游、范成大、杨万里等,都出于陶,而不出于谢"。[2]胡适的这番话对陶渊明的推崇不可谓不高,不可谓不诚,其中不乏恰切诚挚之论。尽管如此,其中的偏差仍十分明显,胡适推重的陶诗"自然",主要还是陶诗语言风格上的"拙朴"、"天然去雕饰"、"轻描淡写,便成佳作",将陶诗的出现归结为"历史大趋势"——"中国文学史的一个自然的趋势,就是白话文学的冲动",而胡适如此看重陶渊明不是因为别的,主要是因为陶渊明的出现"足以证明那白话文学的生机是谁也不能长久压抑下去的。"[3]且不说胡适的这段史述并不周严,因为陶渊明的诗文并不全都质朴如白话,陶的辞赋中也没有完全抛弃骈俪体的意思。更重要的是陶渊明的"自然"并不仅仅体现在他的诗歌文字与手法上,而是基于他身体力行的"自然哲学"。对此胡适虽然提到,却未加说明。如果将

---

[1] 胡适:《白话文学史》,安徽教育出版社2006年版,第94页。

[2] 同上,第100页。

[3] 同上,第96页。

陶渊明的"自然哲学"追溯到魏晋时代的玄学之上，追溯到老庄哲学之中，追溯到周易的宇宙论、本体论、存在论之中，又将如何呢？我们这里不好妄下结论，但在《白话文学史》一书中，胡适更推崇的文学主张是在白居易的《与元九书》中："每与人言，多询时务；每读书史，务求理道（治国之道）。始知文章合为时而著，歌诗合为事而作。"胡适说"这就是说，文学是为人生作的，不是无所为的，是为救人救世作的。"[1] 这也是胡适文学革命的宗旨之所在，而这类文学主张显然与"好读书不求甚解""散淡旷放""委运任化""心与道冥""纵浪大化中不喜亦不惧"的玄学自然观、人生观所向迥异。

周策纵在论及胡适的诗歌视野时曾经指出：他"没有个人对大宇宙'深挚'的神秘感和默契。因此，他的诗不够幽深，在中国传统中不能达到陶潜、王维的境界，也不能到苏东坡，因为胡又远离老庄的函玄和释家的悲悯与他们的忘我。他可能只得到一些禅宗的机锋，而他对科学的信心又拉住他向另一方面跑。在西洋传统中，他也无法完全了解像华兹华斯、柯里艺、歌德或福劳斯特的对形而上的虔诚感。"[2] 周策纵作为胡适圈子里的友人，此论可谓由衷之言。那么，失去了对大宇宙深情与默契的诗歌，即使被标上"自然"的名分，最终又能自然到哪里

---

[1] 胡适：《白话文学史》，安徽教育出版社2006年版，第313页。
[2] 唐德刚：《胡适杂忆·附录：周策纵论胡适的诗》，广西师范大学出版社2005年版，第222—223页。

去呢？胡适自己做诗当然也是以"自然"为鹄的，但是由于他仅仅将自然局限在文字表达的质朴直白上，忽略了与宇宙间万物的深情与体贴，所以，他的那些白话诗往往缺乏深蕴的精神与茂密的意趣，既不如徐志摩的新体诗，甚至还不如王国维的旧体诗。即如周策纵所说，胡适按照自己的文学主张创作的"白话诗"，成了"无心肝的月亮"。照此类推，胡适在陶渊明的诗歌中所看到的，恐怕也只是月亮的"亮"，而没有看到月亮真正的"心肝"。

下边我们再看一看，中国现代文学革命的另一位旗手鲁迅是如何对待陶渊明的。

《鲁迅全集》中讲到陶渊明的地方有十余处，其中《魏晋风度及文章与药及酒之关系》《隐士》《题未定草》（六）等篇中有较具体的讲述。与胡适论陶的文字相比较，鲁迅的这些文章并非关于陶渊明的针对性研究，多与当时的某些情事有关，其中免不了借题发挥，声东击西、指桑骂槐。如"魏晋风度"一文，原本是1927年夏天在国民政府举办的广州夏期学术演讲会上的讲话稿，他自己后来也说"在广州之谈魏晋事，盖实有慨而言。"[1] 话锋暗中时时指向当时的政治生活。《隐士》一文，其用意在嘲讽林语堂、周作人创办《人世间》半月刊倡导"悠闲生活"及"闲适格调"小品文，顺手牵来"隐逸之宗"陶渊明，说他"不

---

[1] 《鲁迅全集》第11卷，人民文学出版社1981年版，第646页。

办期刊,也赶不上吃'庚款',然而他有奴子",拿闲适文学的老祖宗开刀,杀猴给鸡看,给他所认为的"帮闲文人"们看。这也是鲁迅惯用的枪法之一。尽管如此,鲁迅关于陶渊明的这些言论,仍然具备一定的学术价值,并非单是嬉笑怒骂,在一定的程度上代表了鲁迅对陶渊明的态度与观点。

在"魏晋风度"一文中,鲁迅论及陶渊明处约八百余字,其中前半说陶是一位"贫困""自然""平和""平静"的"田园诗人";后半文字则反过来又说"他于世事也并没有遗忘和冷淡","即使是从前的人,那诗文完全超于政治的所谓'田园诗人','山林诗人',是没有的","陶潜总不能超于尘世,而且,于朝政还是留心,也不能忘掉'死'。"他还说,"用别一种看法研究起来,恐怕也会成一个和旧说不同的人物罢。"[1] 鲁迅这里对陶渊明所做的品评,倒也没有什么突破性的创见,也大体符合陶渊明生平的实际状态,只是特别强调了陶渊明并未忘情于社会政治生活的一面,为后人寻此路径阐释陶渊明留下一片空间。

到了《隐士》篇中,由于索性把陶渊明与面前的论敌"隐君子"林语堂们捆绑在了一起,那用语就尖锐得多、也刻薄得多了:先是说"赫赫有名的大隐"陶渊明有家奴为他种地、营商,要不然,"他老人家不但没有酒喝,而且没有饭吃,早已在东篱

---

[1]《鲁迅全集》第3卷,人民文学出版社1981年版,第515—517页。

旁边饿死了",接着又讲"登仕,是噉饭之道,归隐,也是噉饭之道。假使无法噉饭,那就连'隐'也隐不成了"。[1] 接着又引出了唐末诗人左偃的诗句"谋隐谋官两无成",[2] 道破隐士们的虚伪与奸巧。后边的发挥,明眼人完全可以看出已经不再指称陶渊明,而是完全指向当代隐士林语堂、周作人们的(至于林、周是否这样的人,又将另当别论)。尽管如此,鲁迅对包括陶渊明在内的"归隐之道"的怀疑与不信任还应是真实的。

至于《"题未定"草》之六、之七中论及陶渊明的文字,同样是论战中旁及。这次论战的对象除了林语堂,还有梁实秋、施蛰存、朱光潜。起因是施蛰存批评鲁迅《集外集》中的文章应有取舍,不一定非要全部收录。而鲁迅则认为要看清一个作家的真实面貌就不能看选本,更不能看摘句,一定要顾及整体,于是就举出陶渊明的例子,认为以往的选家由于多半只选录《归去来辞》和《桃花源记》,陶渊明在后人的心目中就成了飘逸的象征。"但在全集里,他却有时很摩登,'愿在丝而为履,附素足以周旋。悲行止之有节,空委弃于床前',竟想摇身一变,化为'阿呀呀,我的爱人呀'的鞋子……就是诗,除论客所佩服的'悠然见南山'之外,也还有'精卫衔微木,将以填沧海,刑天舞干戚,猛志固常在'之类'金刚怒目'式,在证明着他并非

---

[1] 《鲁迅全集》第6卷,人民文学出版社1981年版,第223、224页。
[2] 同上,第224页。

整天整夜的飘飘然。"[1] 这里鲁迅强调的是论人要全面，不可偏执一端，虽然不免意气用事，但仍可言之成理。

《"题未定"草》之七是反驳朱光潜所说"陶潜浑身是'静穆'，所以他伟大"，鲁迅对此深为不满，不但花费许多笔墨重申了要顾及全文、全人的道理，最后他还申明了这样的结论："历来的伟大的作者，是没有一个'浑身是"静穆"'的。陶潜正是因为并非'浑身是"静穆"'，所以他伟大。现在之所以往往被尊为'静穆'，是因为他被选文家和摘句家所缩小，凌迟了。"[2] 笔锋所向，还是针对施蛰存的批评。作为论战文字，鲁迅如此举例说明自己的观点无可厚非，问题在于鲁迅反复强调陶渊明的"金刚怒目式"，最后竟至得出"陶渊明正因为并非浑身静穆所以才伟大"的结论。虽然这一结论突出了相对于陶渊明的"飘逸"与"静穆"，鲁迅更为推崇的是陶渊明的"金刚怒目式"的斗士形象。这如果作为鲁迅一己的偏爱，别人仍无权提出异议；但假如作为一位文学研究者的学术判断，别人或许可以质疑：陶渊明诗文中纵然有"金刚怒目式"，但陶渊明的伟大以及他在中国文学史上的地位和价值，究竟是因为其关心政治的斗争意志，还是其散淡放旷、委任运化的自然精神（即所谓静穆与飘逸）？

---

1 《鲁迅全集》第6卷，人民文学出版社1981年版，第422页。
2 同上，第430页。

毋需讳言的是，鲁迅之所以对陶渊明做出与众不同的评价，除了论战的一时之需外，也是他自己个人化、情绪化的因素使然。一方面，鲁迅自己作为一位一贯主张"痛打落水狗"、"一个也不宽恕"、"费厄泼赖应当缓行"的"猛士"与"斗士"，自然会更欣赏陶渊明的反叛性与斗争性，而且无意间将其夸大了许多。再往深处说，鲁迅全集中留下的那些论及陶渊明的言论，也许还和鲁迅自己当时的切身处境有关。

鲁迅从1912年到1926年十多年期间一直在南京国民政府和北京的北洋政府教育部供职，任"佥事"。1922年年底至1931年年底，又曾受聘于半官方的国民政府大学院任撰述员。为此，他曾受到对立派如陈西滢、林语堂们的大肆攻讦。陈西滢曾发表文章讽刺他"从民国元年便做了教育部的官，从没脱离过。所以袁世凯称帝，他在教育部，曹锟贿选他在教育部，'代表无耻的彭永彝'做总长，他也在教育部……"[1]平心而论，鲁迅供职教育部时也曾为国民的文化生活做过不少有益的事，如普及艺术教育、清查图书、筹建图书馆博物馆等；但官差不自由，有时也不得不委曲自己参与一些并非本心所愿的官场活动，如由国民政府中顽固派所举办的"祭孔大典"，"献爵于至圣先师的老太爷之前"。据鲁迅自己解释，做官只不过是谋个饭碗。鲁迅在回答陈西滢等人的批评时还特别写下这样一段话："目的

---

[1] 转引自吴海男：《时为公务员的鲁迅》，广西师范大学出版社2005年版，第3页。

在弄几文俸钱，因为我祖宗没有遗产，老婆没有奁田，文章又不值钱，只好以此暂且糊口。"[1] 陈西滢的文章中也曾讽刺鲁迅在"衙门"里吃官饭，于是便有了鲁迅在前边提到的几篇文章中所说的陶渊明的"闲暇"是因为"他有奴子"，做官是"嗷饭之道"，归隐也是"嗷饭之道"的议论，其中未必没有为自己辩诬的意气。据当代学者陈明远的细心考证，鲁迅自1912年任国民政府教育部"四等荐任官佥事、社会教育司第一科科长"，相当于现今处级职位，月俸始为200余元，后增至大洋300元（毛泽东当时在北大图书馆做管理员，每月的薪金是8元）。1927年转做"国民政府大学院特约撰述员"，月俸仍为300元，直至1932年，前后共计20年。教书的收入为"月薪"，做官的收入为"月俸"，这在鲁迅的日记中也是有记载的。[2] 鲁迅没有学习陶渊明，放弃这几斗官俸，按说也无可厚非，历史上许多"诗人"同时也是"官人"，如杜甫、白居易、苏轼、辛弃疾、陆游等，并不都要像陶渊明那样决绝地辞官种地。但若要此时此景中的鲁迅去赞颂陶渊明的辞官归隐、不为五斗米折腰，那反倒不正常了。

可以作为参照的是，这一时期的鲁迅受到论敌攻讦的，还有他与许广平的恋爱，鲁迅在论及陶渊明的《闲情赋》时并不否

---

[1] 《鲁迅全集》第3卷，人民文学出版社1981年版，第228页。
[2] 参见陈明远：《鲁迅时代何以为生》上编："鲁迅的经济状况"，陕西人民出版社2011年版。

定陶渊明恋爱的狂态,只说他有些"大胆"和"摩登",甚至还特别为之开脱地说"譬如勇士,也战斗,也休息,也饮食,自然也性交",不能只抓住一点,不及其余。后来,鲁迅在给日本学者增田涉的信中,还特别建议要把陶渊明的《闲情赋》介绍给日本的读者,说它是一篇"坚实而有趣的作品"。[1]

以上之所以对鲁迅评价陶渊明的文字附加了许多解释,只是为了说明鲁迅的这些评价与当时文坛论战的具体语境有关,也有鲁迅自己性格上的偏执。这些文字并不是对于陶渊明的全面论述,甚至也不是严格意义上的学术判断。

在中国文学史上,与陶渊明大致生活于同一时代的诗人,并不静穆而近乎斗士的不是没有,却轮不上陶渊明。其中一位就是深得鲁迅推崇并引为同道的嵇康。嵇康亦好老庄之业,自由放任,厌弃官场,洁身自守,鄙薄功名,志在山野林泉,其"目送归鸿,手挥五弦"的诗句与陶渊明的"采菊东篱下,悠然见南山"几相伯仲间。然而,嵇康却远不是陶渊明"静穆","柔顺"。他不但轻世傲世、任侠尚奇,且峻激刚烈、龙性难驯,眼里容不得半点沙子,著文飚发凌厉,锋芒毕现,"得理不饶人"。在他的心目中,汤武周孔已不在话下,更何况卑鄙龌龊的司马氏集团。他与当局的对抗,终于引来杀身之祸,临刑之际尚能从容不迫、抚琴高歌,尽显英雄本色!这与

---

[1] 《鲁迅全集》第13卷,人民文学出版社1981年版,第485页。

陶渊明以"乐天委分,以至百年"的自祭文完全是两种不同的风格。

另一位更"复杂"的"斗士",该是与陶渊明同代的诗人谢灵运。在中国诗歌史上,陶渊明被视为"田园诗"流派的创始者,谢灵运则为"山水诗"流派的开山人,"陶谢"时时并举。在他们有生之年与辞世后的若干年中,谢的声誉远远高于陶。这两位诗人虽然都面向自然,与自然结缘,凭借自然创立下自己在诗史上的丰碑,其性情却存在极大差异:一位是"人往高处走",身居高官仍要继续攀升;一位是"水往低处流",小官也不愿再做,乐于做个平头百姓;一位富可敌国处处显摆奢侈豪华,一位穷难立身却甘于固贫苦节;一位积极入世奋斗不已,一位消极避世以退隐为乐……关于谢灵运的行状,《宋书》与《南史》均有详细的记述,说他出身世家,爵位显赫,自幼颖悟,博览群书,才华出众,年纪轻轻便博得盛名,"每有一首诗至都下,贵贱莫不竞写",上至皇帝下至平民都成了他的"粉丝"。在日常生活审美化方面他也颇能引领时尚:"车服鲜丽,衣物多改旧形制,世共宗之",还创制出奇巧的"登山旅游鞋"。同时他又喜欢摆谱张扬,外出游山玩水,常携僮仆数百,伐木凿石,铺路架桥,闹得地动山摇、鸡飞狗跳,以至于地方官大惊失色,以为"山贼过境"。他有着高涨的政治热情与强烈的上进心,却缺乏政治斗争的机心与权谋,一旦受到挑战,便不惜以性命相拼。因题诗言志,终于惹怒皇帝,下诏收捕。大难临头,这位

"山水诗人"的骨头也够"硬"的，竟于乡里招聚壮丁健男武力抗捕，真的"舞动干戚"与朝廷刀兵相见。事败被擒，终横尸街头。谢灵运的"战斗精神"比之陶渊明在纸上空吟的"金刚怒目"，不知要强硬多少倍！而这种畸形的主观战斗精神却在无意间戕害了诗人的天性，使得他在自然、真率上远远不及陶渊明；在任侠斗气、剑走偏锋方面则又输给了前朝的嵇康。

由于胡适、鲁迅二人在中国文学研究领域中至高无上的地位所致，也许还由于时代精神已开始为陶渊明铺设别样的色彩，所以从"五四"以后，胡适的"白话体""平民性"，鲁迅的"反叛性""斗争性""金刚怒目式"便成了评价陶渊明的基调。1949年中国大陆政权更替以后，鲁迅固不必说，即使作为异己政治营垒中的胡适，其对于陶渊明的评价实际上依然在大学的教科书中延续下来，并成为评价陶渊明的主要尺度。这恰恰说明，胡适以及鲁迅对于陶渊明的评价同时体现了"现代文学革命"的新理念。

胡适与鲁迅的评价，上承明清以来经世致用的儒学移步，下启文学为政治服务的阶级斗争文艺方针，加上胡适个人的工具理性与实用主义哲学、鲁迅的永不妥协的战斗精神，文学界逐渐开始为古人陶渊明打造现代性形象。

完稿于1952年秋季的李长之先生的《陶渊明传论》率先作出贡献。作者在"自序"中表示，要从政治态度与思想倾向上对陶渊明进行新的阐释，希望能够落实鲁迅先生的夙愿，得出"一个和旧说不同的人物"。[1]作者在阐释过程中一再摒弃青少年时代读陶时获得的真率的感性体验,而希望运用阶级的眼光、政治的眼光对陶渊明其人、其文做出理智的剖析,结果便真的塑造出这样一位新式陶渊明:就"人民性"而言,他虽然出身于没落仕宦家庭,曾经过着地主的享乐生活,后来由于家道败落,开始参加劳动,接触劳动人民,缩短了与劳动人民的距离,在很大程度上成为"人民的代言人","在中国所有的诗人中,像他这样体会劳动,在劳动中实践的人,还不容易找出第二人。因此,他终于是杰出的,伟大的了。"[2]在这篇仅仅六万余字的论著中,李长之先生花费大量的笔墨把陶渊明描述成一位始终念念不忘政治斗争的孔门仕人,他的退隐只是出于"赌气",出于"无奈";[3]他的沉默,不过是与政治的对抗;他的超然,不过是对现实的反对。由于受到"鲁迅的启发",并且为了落实"鲁迅的指示",证明"陶渊明是非常关怀当时的现实","有他极强的战斗性"。作者甚至还将《桃花源记》中"秋熟靡王税"的诗句比附为起义农民"随闯王,不纳粮"的"同义语"。[4]这实际上比之鲁迅已经走得更远了。

日本当代学者冈村繁,他在其《陶渊明李白新论》一书中,

---

[1] 李长之:《陶渊明传论》,天津人民出版社2007年版,第1页。
[2] 同上,第129页。
[3] 同上,第69页。
[4] 同上,第138页。

强调他对于陶渊明的研究也是沿着鲁迅指引的方向开展的，他说："对过去这种视陶渊明为偶像的观念抱有疑问，并想从根本上予以重新审视评价的慧眼之士并非没有，这就是在中国被称为现代文学之父的鲁迅。"[1]冈村繁决心按着鲁迅的指引去挖掘陶渊明"和旧说不同"的一面，令人深为遗憾的是，他在"从根本上""重新审视"陶渊明之后，发现的竟是"深深蕴藏于陶渊明之后的，也可以说是人的某种魔性似的奸巧、任性、功利欲和欺瞒等特点。"[2]他自谓看到了陶渊明这轮被人们美化、幻化了的月亮的另一面，与实际"全然相反"的真实的一面，"那里只不过是由岩石、砂土等构成的一片干燥无味的世界罢了。"[3]在他的笔下，历来被中国诗界崇仰的陶渊明竟成了一个"疏懒""怯懦""苟且求生""虚伪""世俗""卑躬屈膝""厚颜无耻""内心布满阴翳"的丑陋人物。冈村繁的陶渊明研究，实际上已经从鲁迅擘画的道路彻底"跑偏"了。如果鲁迅在世，也决不会同意冈村繁得出的这些"卑污"结论。

到了"文化大革命"中，李长之式的单纯从政治性、阶级性出发的评价模式，发展到了登峰造极的地步，陶渊明遭逢有史以来最险恶的狙击。一般群众的狂热批判姑且不提，即使学力涵养深厚、一生对陶渊明怀有诚挚感情的前辈学者如逯钦立先

---

1 〔日〕冈村繁：《陶渊明李白新论》，上海古籍出版社2002年版，第31页。
2 同上，第34页。
3 同上，第127、128页。

生，也未能抵挡住"时代浪潮的冲击"，在政治高压下不得不改变自己的初衷，对自己钟爱一生的诗人开枪射击，用尽贬抑之词，从退隐归田，到安贫嗜酒，从"游斜川"到"桃花源"，全盘予以否定。看来，在"革命文学"或"文学革命"的营盘里，很难容忍一个自然放旷、闲逸清静的诗人陶渊明。

现代工业社会的亡灵

陶渊明何年出生，众说纷纭，至今没有完全一致的意见。至于陶渊明之死，《晋书》《南史》《宋书》都有明确的记载，即刘宋王朝元嘉四年冬，确切地说是公元427年11月，距今已将近一千六百年。对于生死，陶渊明自己是洒脱的，"死去何所道，托体同山阿"，"匪贵前誉，孰重后歌"。比起陶渊明的"生前之誉"，他的"身后之歌"却要隆盛得多。袁行霈曾有"和陶诗"的专门研究，在他的《陶渊明集笺注》一书后附有"和陶诗"九种十家，和诗不止千首。对于陶渊明诗文的唱和，从陶渊明死后不久的鲍照、江淹就已经开始，此后如江河长流，历代不衰。一部中国文学史中，历数各代著名诗人，几乎全都从陶渊明诗文中摄取过营养与精华。加上那些不著名的诗人，加上那些借用、套用陶诗佳句的诗词，仿陶、和陶的诗文，慕陶、敬陶的诗人，灿若星河，枚不胜数。可以说，由陶渊明的诗歌和人格所彰显的任真率性、放旷冲澹、化迁委运、清贫高洁、孑世独立的自然精神始终如和风细雨滋养着中国的文学和文化。从这个意义上说，一千多年来，陶渊明仍然并未死去，他的精神依然活着，作为他生命象征的诗歌和文章仍然活着。

"哀莫大于心死"，在现代工业社会，在20世纪60年代的中国，陶渊明却面临第二次死亡，即他的思想，他的精神，以及作为他思想和精神载体的诗文已经在现实世界中渐渐消泯。比起陶渊明一千六百年前的那次死亡，他的这一次死亡，才是真正的死亡。

20世纪以来，尤其是20世纪50年代以来，关于陶渊明的研究虽然还在文史的考据疏证与会议的学术研讨中继续展开，甚至仍不乏赞誉之词，但在人们的现实生活中，包括现实的文学创作界，陶渊明的身影却在不断淡化。偶尔登台，却又形象不佳，或灰头土脸，或面目全非。

在我的前半生里，印象较深的有陶渊明的这么两次"露脸"。

一是1959年7月1日，也就是中国共产党的38岁诞辰，党的主席毛泽东写下了《七律·登庐山》一诗，诗中写到陶渊明和桃花源："陶令不知何处去，桃花源里可耕田？"一些语文教科书中对这句诗的解释是：毛主席充分肯定了陶渊明对理想社会的追求，如今祖国各地不是桃花源，胜似桃花源，倘若陶公地下有知，听了伟大领袖的表扬，不知要多么高兴！这恐怕只是中学教员们一厢情愿的臆说，距离当时的写作背景与作者的创作心境都相去甚远。倒是臧克家、周振甫在该诗公开出版时做下的注脚比较贴近作者原意："陶渊明已经过去了，在当时他可以到桃花源里耕田吗？不行，因为那是空想。今天中国的农村跟桃花源不同，今天的知识分子自然也跟（古代知识分子）陶渊明不同了。"[1] 照此说，毛泽东主席的这句诗不但没有肯定陶渊明和桃花源的意思，反而认为中国文化史中陶渊明的这一页已经翻过去了。可资以佐证的，是中共中央文献研究室副主任、中共文献研究会副会长、全国毛泽东文艺思想研究会副会长陈晋先生出版的《读毛泽东札记》一书。书中披露，毛泽东主席在对他的文学侍读芦荻谈论两晋人物时曾说到陶渊明："即使真隐了，也不值得提倡。像陶渊明，就过分抬高了他的退隐。"接着是陈晋对此话的解读："在历代社会，读书人不是总有修身、齐家、治国、平天下的责任吗？结果你却躬耕南亩，把说说而已的事情当了真，白白浪费了教育资源不说，忘却了自己更大的社会责任和历史使命，实在是有违于士子们的共识。再说了，如果真的像老、庄宣扬的那样，全社会都绝圣弃智，有文化有知识的人都陶然自乐于山野之间，文明的脚步还怎样向前？"[2]

陈晋的解释应当说是贴切的。

与这首《七律·登庐山》几乎同时写下的还有《七律·到韶山》："喜看稻菽千重浪，遍地英雄下夕烟"，诗中高度赞誉的

---

1 臧克家、周振甫：《毛主席诗词讲解》，中国青年出版社1990年版，第37页。
2 陈晋：《读毛泽东札记》，生活·读书·新知三联书店2009年版，第86页。

是战天斗地的人民公社社员。后来毛泽东主席关于此诗写给《诗刊》的信中，曾坦诚地挑明了他写作这两首诗的心态与动机："近日右倾机会主义猖狂进攻，说人民事业这也不好，那也不好，我这两首诗，也算是答复那些王八蛋的"。[1]在毛泽东的心目中，陶渊明也是一位"右倾"分子。或许还要更差劲一些，因为朱向前在他主编的《毛泽东诗词的另一种解读》中披露："毛泽东的原稿为'陶潜不受元嘉禄，只为当年不向前'，后改为'陶令不知何处去，桃花源里可耕田'。改后化实为虚，意味隽永。"[2]改前的诗句子的确不够含蓄，明显流露出对陶渊明更大不满：在晋、宋改朝换代之际，你陶渊明拒绝为新政权服务，缺乏"与时俱进"的态度，实在不宜倡导！

现在的人们也许会说，不也就是领袖的诗中有那么一两句偶然讲到陶渊明吗？从那个时代过来的人都知道，毛泽东主席诗词的普及绝对超过中国文学史上任何一位诗人，毛泽东的话在一个时期内真的是可以"一句顶一万句"的。无论诗人的本意如何，《七律·登庐山》中对于陶渊明的表态，也就为那个时代的陶渊明评价定下基调：消极的、保守的、不能顺应时代潮流的右倾知识分子。

从1957年开始，中国上上下下处于"反右派"、"反右倾"、

---

[1] 毛泽东：《关于〈到韶山〉〈登庐山〉两首诗给臧克家、徐迟的信》，见《建国以来毛泽东文稿》第8册，中央文献出版社1993年版，第488—499页。
[2] 朱向前主编：《毛泽东诗词的另一种解读》，人民文学出版社2008年版，第294页。

"反保守""反倒退""反'反冒进'"的政治风潮中，全国有五十五万人被打成"右派分子"，被劳教，被流放，被监禁，包括开国元勋彭德怀在内的许多高层人士被定为"右倾机会主义分子"、"反党、反革命集团"，被贬职，被罢官，乃至被迫害致死。在此背景下，陶渊明被定为右倾保守主义分子，如果下沉到现实生活中就决不仅仅是一个诗意的戏谑了。

接下来，在20世纪60年代围绕着陶渊明发生的一件"文学政治"事件，就很不轻松了。

事件源于陈翔鹤的一篇短篇小说《陶渊明写挽歌》。

陈翔鹤，四川重庆人，生于1901年，20世纪20年代先后就读于复旦大学、北京大学，并与杨晦、冯至等人创办沉钟社，编辑出版《沉钟》半月刊。他1938年加入中国共产党，20世纪50年代先后任四川省文联副主席，四川大学教授、《文学遗产》主编等。此人性情率真内向，喜欢养花，尤喜兰花，崇尚陶渊明，是共产党内一位有自己个性的文化人。大约也是由于性格的散淡，比起他同代文化人，著述不多。《陶渊明写挽歌》是发表在《人民文学》1961年第11期上的一篇短篇小说，问世后颇得友人圈好评。

这篇小说写得风致有趣、舒卷自如，有30年代文坛的遗韵，也深得陶渊明精神之三昧，旷达中游移着丝丝感伤，愤世中又不乏从容的自我解脱。略嫌不足的是，作者似乎太过拘泥于史书中记载的陶渊明的行状，没有完全放开笔来。但正因如此，小说更贴近中国文学史中的陶渊明，绝非当下"大话""戏说"之流可比。

小说写的是，元嘉四年秋日陶渊明上庐山东林寺见慧远和尚不欢而散，步行二十余里下山后一夜未能安眠。次日在儿孙绕膝的温馨农家生活中情绪稍得缓解。在与家人的闲谈中，论及佛门名僧慧远的世俗矫情，达官贵人王弘、檀道济之辈的骄横跋扈，名士刘遗民、周续之的浅薄平庸，友人颜延之与人为善的优点与患得患失的毛病，同时也还表露了对新上台的皇帝刘裕的蔑视与憎恶，对前贤阮籍高风亮节的认同。涉及的方面虽多，小说作者却能娓娓道来，并不失于说教，而能给人以亲切、自然的感受。在多方面的比较中，作者渐渐凸显出陶渊明的人生观、生死观，而此刻的陶渊明也为自己正在撰写的挽歌与祭文所感动，"引为感慨的不仅是眼前的生活，而且还有他整个艰难坎坷的一生。"[1]

陈翔鹤这位老作家的才力表现在通过精心的结构以万把字篇幅全面展现了中国旷世诗才陶渊明的精神内涵，即：坚守率真自然，厌恶矫情作势；拒斥权力高压，保持人格独立；超然对待现实，旷达直面生死；不肯依附时代大潮，甘愿固穷守节、困顿终生。小说家写的是陶渊明，颂扬了陶渊明"不戚戚于贫

---

[1] 陈翔鹤：《陶渊明写挽歌》，《中国新文学大系·1949—1976·短篇小说卷二》，上海文艺出版社1997年版，第163页。

贱，不汲汲于富贵"的高风亮节与正直狂傲、淡泊高远的人生志向，同时也就流露出20世纪60年代初中国知识分子屡受整肃与迫害的抑郁心态，以及希图从文学创作中寻求自我解脱的意向。《陶渊明写挽歌》既真实地塑造了一位存活于历代文人心目中的陶渊明，也如实表达了如陈翔鹤一类知识分子从灵魂深处对陶渊明的认同，这在1949年以后的中国文学界，是颇为罕见的。应视为陶渊明精神一丝尚存的些许迹象。

然而，这一线生机很快就被扼死了。

从1964年开始，权力高层组织了对于《陶渊明写挽歌》的批判，认定这是一篇"有害无益"的小说，充满了"阴暗消极的情绪"，"宣扬了灰色的人生观"，是"没落阶级的哀鸣与梦呓"。这里的"阴暗""消极""灰色""没落"，不仅指向小说家的创作心态，同时也是对陶渊明政治上的定性。此后不久，当时文坛的绝对权威姚文元就在另一篇文章中指出，某些共产党员不想革命，却神往陶渊明的生活情趣。

到了"文化大革命"中，更有人将这篇小说的写作背景与"庐山会议"放在一起，宣布《陶渊明写挽歌》是"为一切被打倒的反动阶级鸣冤叫屈，鼓动他们起来反抗的'战歌'"，是"射向党和无产阶级专政的毒箭"。小说作者陈翔鹤因此受到残酷的迫害，于1969年4月22日下午惨死于前往批斗现场的路上。

《陶渊明写挽歌》竟成了小说家为自己写下的"挽歌"！

这里还值得一提的是，陈翔鹤与沈从文、冯至的交谊。人以群居，物以类分，陈翔鹤与冯至早年同办"浅草社"与"沉钟社"，可谓志同道合。陈翔鹤与沈从文为多年挚友，交情尤深，即使在沈从文蒙受不公正的遭遇后，陈翔鹤仍是沈家的常客，沈从文对此常怀感激之情，说在他的生涯中浸透着翔鹤等友人"澹而持久的古典友谊、素朴性情人格"。应该说沈、冯、陈都是与陶渊明"心有灵犀一点通"的现代作家，从他们在这一时期的沉沦，自然可以看出陶渊明的诗人地位在中国现实社会生活中的衰败。

文革十年中，中国古代历史人物除了秦始皇以及主张君主集权、严刑苛法的"法家"人物（其中即包括萧统在《陶渊明集序》中所不齿的"苏秦、卫鞅之匹"）深受热捧之外，几乎全在批判打倒之列，更不要说陶渊明了。

"文革"结束后，"陶渊明研究"与其他文学研究、文学批评一样，一度出现活跃局面，并最终推出像袁行霈的《陶渊明研究》、龚斌的《陶渊明传论》、胡不归的《读陶渊明集札记》以及关于陶渊明接受史研究的一些有分量的学术成果。然而，中国诗人陶渊明在新旧世纪交接间却又遇到了严重挑战，这次并不在学术界，甚至也不再是政治思想界，而是要面对中国社会的时代转型。

20世纪90年代，中国社会开始迅速由传统农业社会转向工业社会，从严格的国家计划经济转向市场经济。经济发展成为社会发展的硬道理，国人的注意力一致被引向发财致富的金光大道,市场经济、消费文化迅速占据了社会的公共空间乃至私人空间。包括医疗卫生、教育科研、新闻出版、宗教管理这些历来属于精神文化领域的部门,也纷纷张扬起市场规律,捣鼓起量化管理。版税多少,票房高低,不容分说地成了衡量文学艺术的硬标准,祖传以"清高"自命的中国文化人,也开始为了"货币"日夜算计。齐奥格尔·西美尔(Georg Simmel)在其《货币哲学》一书中所说的"非人格""无色彩""平面化""齐一化"的货币特性变成"现代社会的语法形式",变成一种"无形无迹却又无处不在的统摄力量",成为现代人的上帝。这一价值体系日渐消泯了人们对高尚生活风格向往与追求,被货币侵蚀的人类生活界变得越来越贪婪、越来越低俗、越来越粗鄙。

在此大背景下,陶渊明在新世纪遭逢的语境是:农村城市化,农业工业化。农民蜂拥进城打工挣钱,"谁发财谁光荣,谁受穷谁无能"的标语口号刷在暴富人家的土洋楼上,田园风光已经不再。国民教育从小学甚至从幼儿园到中学、大学,通体贯穿着功利的、实用的教育思想。教育机构官僚化、市场化,做官与经商成为莘莘学子的一致追求。读书人"待价而沽","公务员"(小官吏)成为大学生们的最高理想,知识分子清贫自守的气节已荡然无存。面对蜂拥进城的农民工,你还能说什么"归去来兮,田园将芜胡不归"?面对一脸乞求走进"公务员"考场的学士、硕士、博士,你还能说什么"不为五斗米折腰"?

就连现代文学史中由胡适与鲁迅联手为评价陶渊明定格的

"平民性"与"斗争性",当前也已经遭遇尴尬。文革结束以后,国家的领导决策层就不希望再将阶级斗争或路线斗争开展下去,也不情愿再把"斗争性"作为每个国民必备的政治品格。"阶级斗争年年讲、日日讲"变成"稳定压倒一切"。因此,当初本来就是从为政治服务出发、假手陶渊明强化的"斗争性"已经失去光彩。至于胡适强调的"平民性""大众化",情况更要复杂些。当一个社会真正进入现代化轨道之后,"大众化",包括文学艺术大众化、审美大众化,其真正的推手已经不再是文学艺术家,甚至也不再是政界的"英明领袖",而是由资本与高新技术操纵的网络市场。例如手机大众化,手机不仅可以用来通话、交流,还可以用来拍照、购物、炒股、理财、交友、导航、游戏、娱乐,因而迅速带来信息大众化、图像大众化、娱乐大众化、交友大众化,人手一机,机不离手,拨打无极限,沟通无极限,"全世界无产阶级联合起来"竟是依靠"诺基亚""摩托罗拉""苹果""华为"们实现的。事实证明,最最喜欢大众化的并非大众,还应当是企业老板。制药厂的老板总希望天下人都使用他的"脚癣一次净""无毒一身轻"。明说"顾客是上帝",能驱动亿万个上帝的人又是什么呢?历来的"大众化"差不多总是成了某种力量支配的"化大众"。在市场经济汹涌澎湃的今天,文化事业正在转型为产业和企业,实力在手的资本家完全有办法热捧或扼杀那些形色不一的文化精英。面对文化市场的芸芸众生,一千六百年前的这位"诗人中的诗人"陶渊明,似乎也未能逃脱那些文化大腕、商业大鳄摆设下的一个又一个"大众化"的陷阱。

前些年，台湾著名导演赖声川先生的话剧《暗恋桃花源》在大陆演出场场爆棚，无论是票房价值还是社会效应，都取得了极大成功。"桃花源"作为一个语言符号或许正是由于此剧的演出，将得以在"80后""90后"青年一代的集体记忆中延续下去。

剧中的"桃花源"情节是：

> 武陵人老陶受不了自己的妻子春花与袁老板的私情，独自一个到上游地区捕鱼，原本想给自己一个了断，没有想到竟误闯桃花源。桃花源里平淡无波的日子让他黯然、淡定。但他心里始终惦记着妻子春花，并一厢情愿地想把春花带来与他一起超脱。虽然得知回去后，再难进入桃花源，老陶仍执意回到家中去，其时，自己的妻子春花已与袁老板成家生子，日子过得比跟老陶时更糟。老陶无奈，最终只好独自离去。
>
> （摘自《暗恋桃花源》的剧情介绍）

古装"桃花源"与时装"暗恋"相互穿插、相映成趣，古今交错，悲喜交加，熔冰炭于一炉，让观众看得时而笑颜大开，时而泪流满腮，你不能不佩服编剧与导演的卓越才华。然而，正是这"卓越的才华"将中国传统文化中的这位"陶渊明"、这座"桃花源"整个地解构了。留在人们记忆里的是那位"老陶"

第4章：陶渊明成了时代的亡魂

"春花"与"袁老板",而陶渊明连同他的桃花源再度被遮蔽起来。

腾格尔原本是一位独具艺术天性的民族歌手,一位坚守民间立场的原生态歌手,他的《天堂》一曲,曾如晴天霹雳般震撼了海峡两岸炎黄子孙的心。在沉寂数年之后,却以他自编、自唱的一首神曲《桃花源》再度走红。一个扮作渔夫的老男人闯入传说中的"桃花源",这个桃花源已经不是陶渊明那个民风古朴、世道淳厚、"相命肆农耕"、"衣裳无新制"的乡村,反倒像是一所美女如云、艳歌冶舞的夜总会。老渔夫也忘记了自己的本分,一味陶醉于脂粉队里,搔首弄姿、打情骂俏,"捕鱼"变成了"渔色"。一些网友在追发的帖子里拍案惊奇:原本"武陵人误入桃花源",在腾格尔这里变成"猪八戒乐闯盘丝洞"了!就是这样一个如此不堪的《桃花源》竟至登陆万目仰视的首都"春晚",尽夺舞台上下的眼球。

撇开当前舞台上的"桃花源",到互联网上搜索一下,争先恐后扑进人们"眼球"的"桃花源"竟全是房地产开发商们的广告,"桃花源"变成身为"桃花源房地产开发公司"。这里下载一例,为陶渊明的研究者们长长见识:

豪宅专家营造绝版"桃花源";单体面积:988 m^2;起价 86600 元 /m^2;私家花园、室内游泳池、小桥流水、仿古长廊;周边环境:百老汇影视城、沃尔玛购物超市、育英才贵族小学；超级经纪人专业代理，多套供选，现房诚售，一次付款9.6折优惠！

这样的桃花源，不再是"相命肆农耕，日入从所憩"、"虽无纪历志，四时自成岁"的桃花源。陶渊明的桃花源在现代人的日常生活中，已被成功置换。"桃花源"变成了"销金窟"，这样的"桃花源"对于现实的人们却拥有更强烈的吸引力。

如果说陶渊明在后现代的艺术家那里只是被解构，那么，他在当代近乎疯狂的中国房地产开发商那里遭遇到的却是被侵吞，连骨头带肉的一并吞噬。面对中国现实生活从内到外的各个方面，陶渊明似乎已经整个地失去了存在的意义，他赖以传布百世的自然主义生存理念、闪耀千年的浪漫主义文学精神也已经死亡。在21世纪的中国，历史上的陶渊明已经完全成为这个时代的局外人，成为被这个时代消解、戏弄的人，成为一个被世人遗弃的亡魂。

但也恰恰因为如此，陶渊明成了我们这个时代的一个"他者"，"陶渊明之死"成为一个值得深思的问题。

按照德里达"幽灵学"的说法，陶渊明的这一次死亡，才使他可能成为一个真正的"幽灵"。而"幽灵"是再也不会死去的存在。陶渊明将作为"幽灵"在一个隐匿的空间里继续给我们以启迪，给我们以开悟，给我们以导引，我们现在重提陶渊明其意义也许正在于此。

· 第 5 章 ·

陶渊明与当代人的生存困境

启蒙主义的工具理性割裂了"知白守黑"的宇宙模则，也因此严重地破坏了地球生态系统各个方面的有机联系与动态平衡，诸如物质与精神、文明与自然、知识与信仰、理智与情感、男人与女人、城市与乡村、科技与人文、进步与保守、强大与弱小、利益与良心、清晰与混沌、数量与质量之间的相知相守、互依互动。这样做的后果，《老子》一书中似乎早有警示，一旦"道"的有机整体统一性被破坏，那就是："天无以清将恐裂，地无以宁将恐发，神无以灵将恐歇，谷无以盈将恐竭，万物无以生将恐灭，侯王无以贞将恐蹶"（《老子·三十九章》）。翻译成现代汉语即："天不能保持清明难免要崩裂，地不能保持宁静难免要废毁，神不能保持灵妙难免要消失，河川不能保持充盈难免要干涸，万物不能保持生长难免要灭绝，统治者不能保持公正难免要被颠覆"[1]，这不正是当代人日益临近的生态危机

---

[1] 参见陈鼓应：《老子著译及评价》，中华书局1984年版，第222页。

的真实写照吗!

中国人历来是把自然等同于"天",把万物的本源看作"气"的,如今,"天"与"气"都已遭遇到工具理性的彻底改造,当代人运用先进科技手段制造出来的那些"气"——二氧化碳、一氧化碳、甲烷、和氟氯烃不但毒害了大自然中原本的"气",进而搞乱了人们头顶上的"天"。气温因此变暖,气候因此变乱,地球上许多物种正在被推上灭绝的边缘,南极日益扩展的"臭氧空洞"使得女娲补天无术。陶渊明诗歌中"山气日夕佳"的"气"已经不复清新美好;"神景一登天"的"天"已经失去了神的光辉;"飘飘西来风,悠悠东去云"的"风"和"云"都不再是纯粹的自然之物,而是弥漫着建筑工地上的粉尘,甚至核爆炸的扩散物。至于"归鸟趣林鸣","翩翩新来燕",也都成了往昔大自然中的绝唱,在经过化肥、农药洗涤的田野里,失去鸟鸣的春天变成一片喑哑。一些工业开发区的喜鹊甚至连足够的树枝也寻觅不到,不得不衔来铁丝筑巢以生儿育女,陶诗中的"羁鸟恋旧林"的诗句也要失去原有的温馨了!

自然界如此,近三百年来在政治、经济、文化、教育领域酿下的谬误,更是贻患无穷。

当年,随着启蒙运动而崛起的西方现代社会,由于拥有了强大的政治经济实力,于是连自己的"人种"也显贵起来。"白人"因此便把尚且处于原始社会、农业社会的有色人种视为"野蛮""落后"的民族,任意诋毁欺凌、盘剥压榨。身处最底层的非洲"黑人"、北美"印第安人",竟被当作牲口、奴隶一般贩卖、虐杀,几乎到了种族灭绝的地步。目前,那种以露骨方式表达的种族歧视已经受到遏制,但国际交往中"恃强凌弱"的本质并没有改变,甚至变本加厉。"落后就要挨打",一些以前由于贫弱一再挨打的国家,也正在不惜血本地死拼硬打,力争挤进强国行列。一旦国力强盛,便称王称霸,无视弱小国家的尊严,极尽欺凌之能事。上至联合国论坛、下至基层部门,强梁霸道者风行无阻,柔弱虚静者已无立锥之地。殊不知一旦手握核武器的强手们变为失控的对手,人类社会真的就要在一次"强力无比""光芒四射"、"白热化"的大爆炸中终结自己的历史。

外部世界如此,滋生在人们的心灵内部的隐患同样令人震撼。

1955年,海德格尔在家乡一位先辈音乐家的纪念会上讲道:"自然变成唯一而又巨大的加油站,变成现代技术与工业的能源","生命掌握在化学家手中的时刻不远了,化学家将随意分解、组合和改造生命机体","一切都掉入规划和计算,组织和自动化企业的强制之中","莫测高深的世界"已变成"彻头彻尾的技术世界",物质主义与计算性思维犹如令人目眩的强烈光照,将一切神圣的、神秘的东西遮蔽起来,"人将否定和抛弃他的最本己的东西,即它是一个深思的生命本质",人的生命将被从大地上连根拔起,进入一种"总体性"的无思、无根状态。[1]自然遭遇的危机也是人的精神危机，自然的溃败必将带来人心的颓败，于是，在科技日新月异、经济超速飙升、商品消费日益奢靡的同时，现代人也进入一个有史以来最为浮华虚骄、最为苍白空乏乃至无论"公德"还是"私德"都最为鲜廉寡耻的时代。

即使对现代社会充满温情与厚爱的安东尼·吉登斯也直言不讳地表达他的困惑："现在我们怎么会生活在一个如此失去了控制的世界上，它几乎与启蒙思想家们的企望南辕北辙？"他说不清这是"设计的错误"，还是"操作的失误"，甚或是世界本来意义上的"复杂性"在自以为得计的现代人面前化作一头凶猛的野兽？吉登斯问道："我们，作为整体的人类，究竟在什么程度上能够驾驭那头猛兽？或者至少，能够引导它，从而降低现代性的危险并增大它所能给予我们的机会？"[2]

对于此类吉登斯之问，在他之前之后已经有那么多的人在进行反思、探讨，成熟而有效的答案仍未得出。

这里，我们把拯救的希望寄托给一位古代东方诗人，确切地说是一位死去千年的诗人的幽灵，一个幽远茫昧中的幽魂，这是否显得很有些虚妄呢？在现代工业社会高速发展的三百年里，既然受害最烈的是自然生态与人类精神，那么，面对"自然

---

[1] 参见孙周兴选编：《海德格尔文集》（下卷），上海三联书店1996年版，第1234—1241页。
[2] 〔英〕A·吉登斯：《现代性的后果》，译林出版社2000年版，第133页。

的衰败"与"精神的沉沦",我们为什么就不能求助于作为"自然人生"与"自由精神"的化身的伟大诗人陶渊明呢?

德里达的幽灵学认为,"死人比活人更有力量",幽灵就是一个永远不死的鬼魂,一个总是要到来的或复活的鬼魂,那也是对一种救赎的怀乡式的期待。我们期待柔弱轻盈的幽灵最终将冲破现代社会森严的"樊笼",将本真与自然归还人间。

这也许只是一种文学想象中的期待。

现代人能否求助一个"幽灵"

在中国古代或民间的一些传说故事或文学作品中,"幽灵"的用法与英文 Specter 或德文 Gespenst 的指涉相仿。比如,莎士比亚戏剧《哈姆雷特》中那位饮恨而死、在城头的月光云影中现形,告诫儿子为其复仇的丹麦国王的幽灵,与《三国演义》第七十七回那位中计身亡、在玉泉山头的月白风清之夜高呼"还我头来",并请求刘备为其报仇雪恨的关云长的幽灵,其阴冷恍惚如出一辙。这些"幽灵"都是人在形体亡故后依然存在的精魂的再现,一种失去了实体,若气若雾、如梦如幻的存在。据说,这种东西(其实又不是东西),在人的形体存活之际,总是隐藏在人的身心的深邃处、幽微处,潜伏于精神的深渊中,却须臾不离地守护着人的存在。而一旦形体消亡,魂不守舍,灵魂出窍,便成为一丝游魂,显得更加杳冥恍惚、飘忽游移,然而却比它拥有"实体"时更加柔韧、缠绵,更加妙曼多变,斩之不伤,摧之不毁,来去无阻,伸缩自如,它不是生命,却又似乎拥有了不死的生命。

大约正是民俗、神话、传说中这一寓意吊诡的意象，激发了德里达的哲学情思，促使他在临近晚年之际研发出一门关于幽灵的学问。陈晓明教授在他的《德里达的底线》一书中指出："这个幽灵（specter）更接近中国传说中的魂魄。"[1]

当代著名哲学家雅克·德里达（J. Derrida，1930—2004）笔下的哲学幽灵，也像中国志怪小说中的幽灵一样，充满了吊诡的意味。他说，幽灵是一种自相矛盾的结合体，既不是灵魂，也不是肉体。既不真实，又不虚幻。它无影无踪，又可以显形露面；说不清它是死了，还是活着；我们看不见它，它却总在注视着我们。幽灵是在肉体消亡之后粉墨登场却又比肉体拥有更为持久的在场性。幽灵可以缠绵，可以变异，可以繁殖，可以积累。德里达甚至说"世界本身的现象形式是幽灵的"，"现象学的自我是一个幽灵"。[2] 他还说过"幽灵是一种原生的力"[3] "人性只不过是诸幽灵的集合或系列"，[4] 这里的幽灵，又更贴近瑞士精神分析心理学家荣格的集体无意识。就这一点看来，德里达的"幽灵"更像是"精神"或"精神的遗产"，即"精神的传统"与"精神的传承"。他说"幽灵"是"传统"或"遗产"，但并不就是死去的以往，并不就是被动的给予，它又是活着的

---

[1] 陈晓明：《德里达的底线》，北京大学出版社2009年版，第507页。
[2] 〔法〕雅克·德里达：《马克思的幽灵》，中国人民大学出版社1999年版，第190页。
[3] 同上，第206页。
[4] 同上，第193页。

当下，又是未来的使命。德里达说："如此这般地重现幽灵的逻辑，那是因为它将我们引向了一种对于超越于二元逻辑或辩证逻辑之外的事件的思考。"[1]

中国当代哲学家尚杰在与那位法国的老年哲学家德里达虚拟的"对话"中说：打乱常规、目光复杂才能看到幽灵，看见那些看不见的东西，进入"没有看见的看见状态"，看出那些"没有身体的身体，没有物体的物体"，即看见那些看不见的幽灵。[2]这也许就是"原始思维""神话思维"优于逻辑思维、科学思维的地方。

多年前，我在我的忆语体散文集《蓝瓦松》中曾记录了一则"招魂"的往事，故事的主角是童年时代的"我"与一位拥有"法术"、能够"看见"幽灵的王奶奶。

王奶奶和王爷爷一对老夫妇就住在我们那条小街东头一座废圮的庙院旁边，二老长得慈眉善目，小街上的人都知道这两位老人具有降妖除魔、招魂驱鬼的法力。王奶奶的法力比王爷爷还要高出一筹，是由于她那双能够洞察阴阳的"法眼"。街上人遇到什么病灾，总是说："请您老给看一看吧。"王奶奶强大法力的表现首先就是"看一看"，就像德里达说的，她能够"看见那些看不见的东西"，其中就包括"幽灵"。

---

[1]〔法〕雅克·德里达：《马克思的幽灵》，中国人民大学出版社1999年版，第90页。
[2] 尚杰：《与老年德里达对话》，同济大学出版社2006年版，第261、262页。

大约八九岁的时候，我与邻居家的孩子到城外的柳树林子里玩，逮蚂蚱、捉蜻蜓、滚沙丘、打土仗，简直要玩疯。回来之后无缘无故地哭泣不止，别人越是劝，越是哭得厉害，眼泪哗哗地往外流，颇有些失魂落魄的样子。母亲吓坏了，忙跑到庙院后面请来了王奶奶。经王奶奶的法眼一番巡视，说我的灵魂已经丢在东北方的荒郊野外，被一个年老的孤鬼拘去做伴，至今还困在一棵弯腰老榆树下边。王奶奶一边抚摸着我的头，一边柔声嘱咐我母亲先安顿我休息入睡，再设法为我招领迷魂。招魂的具体经过是，午夜子时由母亲在十字路口焚香烧纸，祝祷本邑土地帮忙指引，同时拿上我的一件衣裳朝着东北方向呼唤我的名字，让我的魂魄回到我的衣服里，然后把衣服小心捧回家来，盖在正昏睡着的我的身上，迷失的魂魄便又重新回到我的身体里。

第二天，我果然一切正常，欢快如初。[1]

看来，"幽灵学"及其作为巫术出现的方法论早就存在于民间了。只是，后来的科学技术将其"祛魅"了。作为后现代哲学家的德里达重新把"幽灵"呼唤出来，乃是为了解释现代地球人类精神领域太多的疑难。

---

[1] 参见鲁枢元：《蓝瓦松》，海燕出版社2001年版，第44—45页。

此前，我曾翻阅过三本以"幽灵"命名的书：一本是德里达晚年的力作《马克思的幽灵》；另一本是路易·阿尔都塞的哲学论集《黑格尔的幽灵》，还有一本是我国学者汪民安为解读尼采而编纂的文集《尼采的幽灵》。

三个幽灵，虽然各有渊源，但都应当是欧洲启蒙运动释放的精灵。黑格尔代表的是一种以逻辑为本体，以概念为手段，以追求普适性本质为目的的科学思维方式。马克思则意味着通过改变生产关系、发展生产力以推动历史进步、建造人间天堂的社会政治理想。尼采的幽灵是从个体的生命意志出发，标榜一种强者的生存法则，在道德停滞的欧洲从根本上改写一切传统价值观念。三位幽灵的依次呈现，彰显了西方工业文明由兴盛到坠落的精神历程。随着西方现代化运动向全球的推进，三个西方的幽灵也渐渐成为人类的幽灵，纵横驰骋在现代人的精神空间。即使在今天，无论马克思，还是黑格尔、尼采，从自然到人世，从政治经济到文化艺术，从人类的实践到人类的精神，作为"幽灵"他们都仍然发挥着潜在作用。

这三个幽灵不但全是西方的，而且全都是德国的，德意志民族竟然如此盛产哲学的幽灵。

其实，东方也有自己的诸多幽灵，中国也有自己的诸多幽灵。

如果说德国是"哲学的国度"，那么，我们可以自信地说：中国是"诗的国度"。尽管世界上每一个国家都会拥有让自己民族引以为荣的诗人、视为珍宝的诗篇，但是，恐怕没有一个国家像中国这样，在自己漫长的历史年代中拥有如此多的优秀诗人，拥有如此多的美妙诗篇，诗歌的精神始终在古老而又广袤的国土上空高高飘扬！这里，我们希望向世界推举的幽灵是一位诗人的幽灵，即陶渊明的幽灵。陶渊明虽然死去千年，甚至他的精神也已经被流布全球的"市场经济"消解，但他的"魂魄"至今依然在大地上绵延游荡，而且注定再也不会死去。

比起哲学，诗人、诗意的生存，或许更接近人的天性，人的本性。海德格尔说过："人类此在在其根基上就是'诗意的'"，"诗是对诸神和物之本质的有所创建的命名"。[1] "诗意的创作"，是"思想的共同灵魂"，"思想的共同灵魂先行于现实而思考现实之现实性"。真正的诗人往往成为人类历史的先知，甚至是"把陷入历史迷误的大地转换成诗意的大地"的精灵。陶渊明就是一位这样的"真正诗人"，同时他又是一个德里达幽灵学意义上的"幽灵"，当大地在21世纪的今天深深陷入历史的迷雾时，他反倒有可能更加活跃在人们心灵的深处，昭示人们在荒芜的精神原野上，去辨识社会发展迷误的路径，去清理被严重污染了的大地与天空，去追寻现代人失去太久的性灵。

正如梭罗所言，当代的问题都可以从那些"很早很早以前的神圣书写中"追溯到它的形迹。重新探视陶渊明的文学世界

---

[1]〔德〕海德格尔：《荷尔德林诗的阐释》，孙周兴译，商务印书馆2002年版，第46页。

以及他所代表的文化传统，其目的在于：为当前过于物质化、功利化、金钱化的人类社会，为当下惨遭背弃、饱受攻掠、濒临崩溃的大自然，为这个精神生活日益颓败低俗的时代，召回一个率真、素朴、清洁的灵魂，一个能够让人与自然和谐共处、让人重新体认自然、融入自然的灵魂。面对地球人类纪的严峻形势，面对 21 世纪自然生态、社会生态、精神生态的重重危机，我们应该将陶渊明的诗文纳入世界一体的"圣书"中，为积重难返的人类社会探求新的走向。

日新月异的科学技术将现代人的世界打理得光彩夺目，而幽灵的显现则往往是在星稀云暗的夜晚，现代人如果愿意往悠远的历史深渊回眸望去，或许就会从那幽暗的渊薮中追寻到陶渊明精神的爝光，并以此烛照出现代社会光明亮鲜掩饰下的某些焦虑与困顿、某些凶兆与隐患。

达人善觉：樊笼隐喻与规训社会

"久在樊笼里，复得返自然"，"樊笼"是陶渊明诗歌精神世界中的核心意象之一。陶渊明以"樊笼"隐喻剥夺人们身心自由、令人厌恶恐惧而又无助无奈的生存处境。在他的诗文里作为同义词的还有"尘网""密网""宏罗"等，如："密网裁而鱼骇，宏罗制而鸟惊。彼达人之善觉，乃逃禄而归耕。"

樊笼这一意象，当然并不始于陶渊明，更不是陶渊明的专利，它几乎就是古今中外诗人、学者阐发人生境遇的一个"共名"。

庄子就曾说过："泽雉十步一啄，百步一饮，不蕲于樊笼中"（《庄子·养生主》），连自然界的水鸟都知道，活着尽管不免为口腹辛勤劳作，但也不愿被囚之于"樊笼"之内，失去身心的自由。

远古时代传说中的那些"帝王"，或许就是些原始部落的"酋长"，由于离开自然不远，尚且明白这个道理，不愿意被装进笼子里，尽管那是一个冠冕堂皇的笼子。当尧要把王位禅让给许由时，许由一听拔腿就跑，生怕深陷樊笼之中。舜要把王位让给南方的善卷，善卷说我一个农夫，日出而作、日入而息，冬夏春秋逍遥于天地之间，为什么要受那个王位的约束！在陶渊明之前，秦始皇"席卷天下，包举宇内，囊括四海，并吞八荒"，已经将六合之内建成一个严实合缝的大笼子，亿万苍生都成了任其羞辱、宰杀的笼中鸟。在陶渊明之后，唐太宗大兴科举制度，国内人才被他一网打尽，他自己也洋洋得意地说："天下才士尽入吾彀中"。从此以后，"科举"这个巨大牢笼便成了中国文化人趋之若鹜的名利场与竞技场。

随着社会的发展、人类的进步，一个"花花世界"渐渐夺取人们内在的纯真与素朴，有意无意间将人类自己创造的文明变成囚禁自己的樊笼。人类自己创造的文明，支撑了人类的现实生存，却把人束缚在文明的种种条规之中。这种生存的悖论，成为困惑无数志士达人的最大难题，也往往成为他们思索人生、变革社会的起点。

英国浪漫主义诗人威廉·布莱克（William Blake, 1757—1827）在他的一首诗中写道："一只知更鸟身在樊笼，整个天堂陷入狂怒之中。"他的同乡哲学家以赛亚·伯林（Isaiah Berlin, 1909—1997）对此的解释是："他所说的樊笼是指启蒙运动。18世纪下半叶，身在樊笼之中的布莱克和类似布莱克的人们感到快要闷死了。"[1]

卢梭的《社会契约论》开篇第一句话便是："人是生而自由的，但却无往不在枷锁之中"。[2] 这里讲的是人的自然天性与人类自己创造的文明社会之间的矛盾，这也是一个从来就存在着却始终无法得到解决的问题，即使一次次的"革命"，也无法改变人类的这一处境。

20世纪的无产阶级革命运动中，曾经响彻全球的《国际歌》中唱道："让思想冲破牢笼"，"把旧世界打个落花流水"。从后来的革命实践看，"旧世界打个落花流水"通过努力奋斗倒是可以办到，而"新世界"要冲出牢笼却难以实现，哪怕仅仅是让思想冲破牢笼。比如苏联，人们冲破了沙皇的思想牢笼后，又掉进了斯大林的思想牢笼，甚至不只是象征意义上的"牢笼"，还有货真价实的铁窗、镣铐，比起往昔沙皇的牢笼，新的牢笼一点也不宽松。

人类社会在发展进步，人类为自己打造的"牢笼"似乎也在"与时俱进"。

如果说，生活在中国古代农业社会中的陶渊明遭遇的还是门阀制度、名教规训的拘禁，其"樊笼"还是由"木头"制作的，就像京剧舞台上小女子苏三脖子上套的那具"木枷"、现实生活

---

[1] 〔英〕以赛亚·伯林：《浪漫主义的根源》，译林出版社2008年版，第55页。
[2] 〔法〕卢梭：《社会契约论》，商务印书馆1980年版，第8页。

中杨乃武与小白菜站立其中的那只"木笼"。到了物质极为丰富的工业时代,这种情形反而变本加厉,正如马克斯·韦伯(Max Weber, 1864—1920)所说:"物质产品对人类的生存就开始获得了一种前所未有的控制力量,这力量不断增长,且不屈不挠。""对圣徒来说,身外之物只应是'披在他们肩上的一件随时可以甩掉的轻飘飘的斗篷',然而命运却注定这斗篷将变成一只铁的牢笼。""这个文化的发展的最后阶段:'专家没有灵魂,纵欲者没有心肝'",它最终要无情地吞噬一切,"一直持续到人类烧光最后一吨煤的时刻"。[1] 这个"铁笼"压抑精神生活、牺牲个人自由,已经贴切地成为现代工业社会象征性的"标志"。比起先前的"木笼",它注定要严密得多,也冷酷得多。

韦伯关于"铁笼"的论述,也曾在中国诗人们那里得到共鸣。20世纪30年代初,正沉浸在欧洲浪漫主义氛围中的冯至,在德国海德堡写信给他的朋友杨晦、陈翔鹤、废名等人,信中怀着景仰的心情将里尔克的一首写"笼中豹"的诗传抄给他们:

> 它的目光被一条条的铁栏弄得疲倦了,
> 什么也看不见。
> 它觉得,

---

[1] 参见〔美〕马克斯·韦伯:《新教伦理与资本主义精神》,生活·读书·新知三联书店1987年版,第142—143页。

> 只有千万条的铁栏,
>
> 在千万条的铁栏后再也没有世界了。[1]

整个现实世界成了一具铁制的巨大"牢笼",一切向往自由的人就成了那只铁笼中的困兽。遗憾的是,早早已经意识到身在笼中的诗人冯至,此后却未能"达人善觉",而是"违己交病"地从一只"铁笼"跳进另一只"铁笼",如前文我们曾经说过的。

为了透析现代社会沦为"樊笼"的深层原因,海德格尔从"科学技术"的实质入手,揭示了为现代社会一切福音所依赖的"科学技术"其本质却在以一种"座架"(Das Gestell,另有译作"框架""阱架""托架")的方式规约着、掌控着现实社会所有的人。在高度发达的现代社会中,世上万物都被客体化,被当作生产的资材与原料,人的存在被概括、被集约到技术制造的钢筋水泥的"框架"或"阱架"上,失去了自然的生机,失去了神圣的灵性。不是人在操纵着技术,而是技术(再加上市场)在操纵着人,而且是在貌似给人以自信自足的假象下,恣意操纵摆布着人。这是一种无法摆脱的格局:"是西方人违背天意,替自己打造的陷阱。其中日益危机四伏,人却乐在其中,认为理当如此。"[2] 海德格尔所谓的"座架",说白了就是人类在

---

[1] 《冯至全集》第12卷,河北教育出版社1999年版,第119页。
[2] 赵一凡:《从胡塞尔到德里达——西方文论讲稿》,生活·读书·新知三联书店2007年版,第72页。

第5章:陶渊明与当代人的生存困境

自己亲手制造的一个舒适"座位"上将自己"绑架"起来。

高度发达的现代社会确实有一套自我调节的招数，能凭借发达的科学技术把囚笼打理得如同五星级宾馆，使囚犯竟然忘记自己还是囚犯。多年前美国《商业时报》一篇文章许诺：十年之后微电子技术将为人提供这样一个舒适省力的生存空间：电子钟模仿女儿的声音喊你起来，电脑开始按你的爱好为你选读今天的新闻，计算机帮你设计出一周的食谱并通知菜场食品店送货上门，自动控制的汽车送你上班，机器人帮你看家，代人收拾房间，晚上机器手帮你洗澡搓背按摩，夜间电子音乐模拟着轻轻的大海涛声和风吹棕榈树的沙沙声，伴你和你的太太进入睡眠。十多年过去，《商业时报》没有瞎说，他许诺的这些舒适与便利一项一项都在变成现实。但人的幸福感并未随着成倍增长，而生命的意义却更加茫然若失。这不能不让人想起早年爱因斯坦曾经说过的话：把安逸和享受看作生活目的本身，是一种"猪栏的生活"。那么再回头看《商业时报》这篇文章，现代人似乎已经变成了一头被豢养在现代化猪舍里的动物，令人恐惧。无论人们意愿如何，自觉还是不自觉，现代科学技术给人们建构的这个方便舒适、彻底功能化的世界，实际上已经成为凌驾于人之上的超级樊笼，一个不设围墙的隐形囹圄。

社会发展至如今，陶渊明说的那种"木头牢笼"、韦伯说的那种"钢铁牢笼"，如今已经进化为"电子牢笼"，让渴望自由的人们更是插翅难逃！

后现代思想家米歇尔·福柯（Michel Foucault, 1926—1984）则把批判的重心由科学技术转向社会体制以及整个现代文明，他那过人的犀利目光与潜心研究，使他的批判力度与深度都超越了前人。在他看来，现代社会制度的范本其实就是一套现代监狱管理的模则，与古代监狱不同之处，只是将凭借暴力的肉体惩罚改为凭借权力与知识对于人的身心驯化，其为害的程度有增无减。"当代社会正是一个巨型监狱"，"监狱在功能上，在目的、手段、意图和性质上都等同工厂、兵营，他们之间并没有实质的差异。"[1] 福柯把这样的社会命名为"规训社会"（disciplined society），以区别于以往的传统社会。"规训"（discipline）一词，是福柯创造的一个新术语，也是他的《规训与惩罚》一书中的核心概念。"在法文、英文乃至拉丁文中，这个词具有纪律、教育、训导、惩戒等多种释义，同时还有学科的释义。"[2] 福柯强调，这是一套完整的"规训技术"，即通过一系列可以切实掌控与操作的监视、考察、量化、评估、通报、裁决、惩治的手段，将社会中的每一个人都变成"驯服而有用的人体"。福柯通过大量的调查与比对指出，这种现代社会管理体制，不过是对监狱制度的效仿。

英国的法理学家、功利主义哲学家杰里米·边沁（Jeremy

1　汪民安：《福柯的界限》，南京大学出版社2008年版，第175页。
2　刘北成：《福柯思想肖像》，上海人民出版社2001年版，第285页。

Bentham，1748—1832）是现代监狱最初的设计师，其设计蓝图类似一个"圆形的巨大笼子"：所有的囚室都朝向中央的监视塔，监视塔上安装有"百叶窗"，从监狱长、巡视员到各级管理人员对囚犯们一览无余，而囚犯们虽然知道自己在被监视却又不知当下是否正在被监视，因此惶惶不可终日，只有老老实实地服从管理。"边沁本人得意地宣称，他的这一简单发明适用于任何机构。"[1]福柯说，实际上，现代社会的各个重大机构，如军营、医院、工厂、学校，都是遵照这一模式被规训管理的。这就是说现代社会不过是一座庞大的监狱，人人都成了被监管、被改造的对象。虽然，真正的监狱要严苛得多；但社会的管理范围比起监狱来却要广泛得多。

福柯认为，各种各样的规训机构已经遍及现代社会，组成了"监狱金字塔""监狱群岛"。他首先认定自己所在的法国社会已经成为一个为"监狱网络"所覆盖的"监狱社会"。[2]乍然听去，福柯的言论似乎令人难以置信。但是，距离福柯《规训与惩罚》一书问世四十年过去，如果看一看近年来围绕你的环境几乎全都布满观察你、监视你的"摄像头"（又叫"探头"），从公路、车站、宾馆、超市，到电梯、网吧、餐厅、教室、办公室甚至自己居住的社区、自己的客厅、卧室全都设置了这种观

---

[1] 刘北成：《福柯思想肖像》，上海人民出版社2001年版，第291页。
[2] 同上，第297页。

察、监视的高科技设施，你的所有行动都可能在你不觉知的情况下被某些机构甚或个人所窥测、拍摄、存档、查阅。亲爱的朋友停下你的阅读想一想，你这会儿或许就有了身在樊笼，身在密网中的感受！

在规训与被规训之间当然也存在冲突，比如，有人就针锋相对地提出，为了最大多数民众的利益，倒是应该首先把政党、政府和领袖手中的权力关进笼子里。遗憾的是，掌管牢笼的钥匙很难握在一般民众手里。

在这个现代社会的超级"樊笼"里，其实没有一个人是真正自由的，正像现代监狱的设计者边沁所说，即使"监狱的最高管理者"，同时也处于被观察、被监视的位置上。美国前任总统奥巴马在接受记者专访时抱怨说：总统生活让他觉得自己总是"处在一个气泡中"，白宫幕僚、特工和媒体每时每刻都盯着他。他说，"非常难脱身"，"随着时间流逝，你会觉得自己无法自然地与人谈话。"两年多的总统生活让他白发徒增，轻松和自然离自己越来越远。[1] 应当说，奥巴马还是一位相当明智而又坦诚的总统，他明白自己的处境，他所说的"气泡"，也是陶渊明诗歌中抱怨的那个无形的"樊笼"。

是否真的有走出樊笼、回归自由与自然的路径？

学贯中西的金岳霖先生曾有此一说：

---

[1] 林昊：《奥巴马谈白宫生活：总觉得"处在一个气泡中"》，新华网2011年2月8日。

> 人们可能会倾向于同意卢梭的看法，人是无处不在枷锁之中，不管是否存在着他在其中享受自由的那种自然状态……有着相互冲突的目的的个人是一封闭的精神斗争的堡垒。石砌的围墙并不是真正的监牢，纯粹客观自然中那些妨碍他的欲望现实的种种障碍也不是，然而他却是他本人的囚犯。个人所取得的力量有多大，那么他就在多大的程度上成为奴隶。[1]

现代人的确取得了比古人大得多的力量，不但表现在凭借科学技术对自然的控制，也表现在凭借先进的管理制度对他人的控制，依照金岳霖的说法，人们自己被囚禁的程度与此同时也在加大。这种"囚禁"实际上又是"自我囚禁"，出逃的办法还在于"自己的放弃"。即使做不到"身的放弃"，也应学会"心的放弃"，即所谓"结庐在人境，而无车马喧。问君何能尔？心远地自偏。"这自然又是一种东方式的、中国老庄式的解脱之道，一条人类社会的"回返"之路。

关于笼子的话题。这里再补充几句。

2020年新年伊始，一场由"新冠病毒"引发的瘟疫迅速蔓延全球，殃及全球近两百个国家，一时间飞机停飞，火车停运，工厂停产，高速公路关闭，大中小学暂停开学，封城、封

---

[1] 金岳霖：《道·自然与人》，生活·读书·新知三联书店2005年版，第153页。

村、封户，娱乐、饮食、旅游等行业接近于停摆，基本生活物质断供，失业人口剧增，数十万人死于非命，整个国民生活停止了正常运转。地球上自命不凡的人类，一下子就被这"微不足道"的病毒"封锁"在自己的公寓内、房间里，自我"囚禁"起来。对此不少网友自我解嘲：一直以来都是人类把动物关进笼子。今年春节，那最小的"动物"却成功地把几十亿人赶回笼子里！与此同时，常年被人类挤兑的动物们却逍遥起来：武汉的黄鼠狼大摇大摆走上街头；西班牙阿斯图里亚斯市的棕熊、野猪在居民楼间呼朋唤友；已经绝迹的海豚、水母开始在威尼斯的"大街"上浮游嬉戏；号称美人鱼的儒艮，消失多年后如今却在泰国水域一展芳姿……人类曾在地球上几乎杀尽了狮子、老虎、大象、蟒蛇，却败给最最渺小的生物病毒，或许这就是"自然的报复"？

久在樊笼里，复得返自然？人们被囚禁在樊笼里的时间的确够长久了，如何才能返回自由、返回自然呢？逃脱的出路还只能由人类自己抉择。那么，陶渊明的回归与返乡，能够找到它的现代模式吗？

归去来兮：回归哲学与进步论

在历代人的心目中，陶渊明的名字总是与"归"联系在一起的。陶诗中"归鸟""归人""归田""归心""归园田""归去""归尽""归空无"，层出不穷。有人说，仅只一篇《归去来兮辞》，就足以奠定陶渊明在中外文学史中的地位。钱锺书先生在《管锥篇》中曾围绕《归去来兮辞》大展笔墨，借前人之口盛赞"晋文章唯此一篇"，"南北文章之绝唱"。又说萧统《文选》于陶文只录此一篇，便可称得上独具慧眼。后人慕陶者，常在诗中将陶渊明喻为泣血望归的杜鹃，"不如归去来兮好，百世闻风只杜鹃"，"杜鹃不是蜀天子，前身定是陶渊明"。这就是说人们历来都把"回归"看作陶渊明的精神象征。

尽管在读《山海经》后他也曾写下过"夸父诞宏志，乃与日竞走"、"刑天舞干戚，猛志固常在"的诗句，从他的仕途经历看，他其实该是个天生不思进取的人。常言说，"水往低处流，人往高处走"，前半句说的是自然界的规律，后半句说的是人的社会属性，此话已经彰显出人与自然的相悖。而陶渊明由官场而返乡，由入仕而耕田，走的是人生的下行道，是人往低处走，显然与世态不符，但却吻合了自然、认同了老庄之道——"上善若水，水善利万物而不争"（《老子·第八章》）。现代科学也早已证明，一切有生之物中都离不开水，人体中百分之八十以上的物质都是水。正因为水性善下，才能够周流天下万物，"江海之所以能为百谷王者，以其善下之。"（《老子·第六十六章》）

人往高处走是世情，岂不知"高处不胜寒"，也是一种风险。陶渊明遵循着"水利万物"的轨迹"往低处走"，即出于生存的大智慧，也是天性上对于自然的认同。

"羁鸟恋旧林，池鱼思故渊，开荒南野际，守拙归园田"，鸟兽虫鱼都发自本能地眷恋自己的生存环境，用现代生态学的术语讲，都拥有自己的"生态位"，人也不能例外，对于自己的生命栖息地，对于生于斯、长于斯的故土，同样拥有一种近乎本能的亲近与怀恋。

"回归"与"樊笼"之间实际上存在着一种因果关系。"静念园林好，人间良可辞"，"人间"既已成为束缚自由的牢笼，回归园林就等于从牢笼中脱逃。"望云惭高鸟，临水愧游鱼"，高鸟与游鱼是自由自在的，而人却时时陷落在"密网"、"宏罗"中，怎不叫人"悔愧"！陶渊明的一声长啸"归去来兮！田园将芜胡不归？"，实乃对自己前半人生道路的沉痛反思："既自以心为形役，奚惆怅而独悲！悟已往之不谏，知来者之可追；实迷途其未远，觉今是而昨非"。回归，就是返回本源，返回自然。

"悟已往之不谏，知来者之可追"，如果说陶渊明的诗性回归与二十世纪西方现代性反思中诞生的"回归哲学"具有"异质同构"关系，并非妄语。梭罗、尼采、舍勒、西美尔、施特劳斯、海德格尔、德里达、福柯……都是这样一些"迷途知返"、"迷途思返"的人。只不过比起陶渊明，这些西方人已经在"迷途"上又走过了一千多年！

尼采站在其超人的立场上，决绝地要对现代社会进行"价值重估"：

> 现代社会不是什么"社会"，不是"身体"，而是一种由首陀罗组成的病态胶合物——这是一个连排泄力都不具备的社会。
>
> 请看，由于千百年来的同居，这种病态已深化到了什么地步：现代道德，现代精神，我们的科学，都是疾病的形式。[1]

现代社会引以为傲的科学知识、道德精神，在尼采看来全不过是疾病形式，而当他向着历史由来的方向回望过去，却充满无限深情：人的"本真形象"或曰"本真的人"，那是古代希

---

[1] 〔德〕尼采：《权力意志》，商务印书馆1991年版，第598页。

腊人，那是"知识尚未制作、文化之门尚未开启的自然"，"是与神灵共患难的难友"，他们的目光留恋于大自然明朗健康的笔触，从而获得崇高的满足。[1] 尼采哲学是一种诗意偾张的回归哲学。

前边我们已经说过，与陶渊明更容易心灵交流的海德格尔，也是一位神往于"回归"的当代哲学家。在他看来，自柏拉图、亚里士多德以来，一部西方思想史，就是一部西方思想迷误史，其中最大的迷误就是对存在的遗忘、对外物的依赖、对理性的偏执、对自然的漠视，其结果是"人言嚣张，天道式微"，"小技得逞，大道废弛"，"现代人碌碌在世，却陷入一种万劫不复的沉沦之中"[2]。"日暮乡关何处是？烟波江上使人愁"，便是海德格尔晚年的心境，他的存在主义现象学其实就是要为陷入历史迷误的西方人寻找一条"回家"之路，回到世界的本源，回到存在的本真，那也就是过一种更贴近自然的生活，类似于中国老子所说的"复归于婴儿"，也就是陶渊明的"复得返自然"。海德格尔的回归哲学在其黑森林中修炼三十年后，最终似乎又走上东方式的冥思之路、诗性之路。

"道路"这个形象在海德格尔的哲学思想中占据了特别重要的地位，他的许多著作都是以"道路"或"路途"命名的。然而，

---

[1] 〔德〕尼采：《悲剧的诞生》，生活·读书·新知三联书店1986年版，第29页。
[2] 参见赵一凡：《从胡塞尔到德里达》，生活·读书·新知三联书店2007年版，第70—73页。

与现代社会的前进方向相比,他的哲学之路却是背道而驰的。海德格尔认定:思想实行的是"返回步伐"。"返回"乃是思想道路的特性。"思想中特有的东西就是道路。而且思想道路于自身中隐含着神秘莫测的东西。我们可以向前和向后踏上思想道路。甚至返回的道路才把我们引向前方。"[1] 这条思想的"返回之路"是一条返璞归真之路,它不是一条通衢坦途,更不是一条金光大道,而是一条田间路、山野路、一条杳无人迹的"林中路"。有人形容说那只是幽深大森林中一片树影交织、光斑摇曳、明灭变幻的空隙;有人说那只是一条山石偃卧、清涧横流、荒草迷目、荆棘丛生的林海绝径。这样的道路,我们在陶渊明的诗中似曾见过:"既窈窕以寻壑,亦崎岖而经丘。木欣欣以向荣,泉涓涓而始流。"那也是一条飘渺的"思归"之路:"慷慨思南归,路遐无由缘。关梁难亏替,绝音寄斯篇"。然而,那又是一条如此令人心神向往、通向本真、本源的道路:"缘溪行,忘路之远近。忽逢桃花林,夹岸数百步,中无杂树,芳华鲜美,落英缤纷。"

陶渊明的"桃花源"也正是海德格尔的"林中路"。

"云山重垒溪水春,渔舟远去茫无津。但见桃花万千树,寂寂何曾逢一人。"无论是"桃花源"还是"林中路",回归道路上历来人迹寂寂。人们依旧乘载着火车、汽车、飞机、轮船在现

---

[1] 转引自孙周兴:《说不可说之神秘》,生活·读书·新知三联书店1994年版,第3页。

代化的道路上一往直前，而且一天比一天加快前进的速度。如此的"飞速向前"，现代人果真距离幸福美满的天堂越来越近了吗？那也许只是现代人的一厢情愿。海德格尔的告诫值得我们留心：我们急促地追求进步，企求切近前方的目标；但当我们走进它看到它时，它却与我们更加疏远了。

英国当代著名诗人菲立浦·拉金（Philip Larkin，1922—1985）在1977年写过一首诗，据说那是应英国国家环保局之约撰写，诗的题目是《逝去了，逝去了》，其中有这样一段：

> 那将是逝去的英格兰
> 那些树影、草坪、小巷、
> 会馆、雕花的唱诗台。
> 还会有书籍；英格兰将继续
> 在画廊里逗留；但是给我们
> 剩下的只是混凝土和轮胎。[1]

诗人所叹息的三十年前在英格兰逝去的东西，如今也正在中国的国土上急遽逝去：森林、草地、溪流、湿地，还有那旧时乡镇民居、传统市井风情、宗教祭祀仪式。以往的场景今后只能作为某种文化遗产保存在图书馆的书架上、博物馆的图片

---

[1] 原载 *New Literary History*, 1999, 3: 541–560。

里。现代人生活中剩下的只有"混凝土和轮胎"。"轮胎"转动着"气吞万里如虎"的汽车工业（还有摩托），"混凝土"固化着步步为营的房地产开发（还有高速公路）。"轮胎"的横行霸道吞噬了肥沃的农田、荼毒了清新的大气；"混凝土"的四下浇注痍毙了大地的生机。

失去的不仅仅是森林、草地、溪流、沼泽，还有人自身内在的自然。中国时下流行一种说法，进入21世纪后，中国人纷纷沦为"车奴""房奴"，如若用拉金的诗句来表达，那就是我们已将自己的身心全都卖给了"轮胎"和"混凝土"！或者说："混凝土"已迅速地凝结了中国大众原本质朴的心灵，把心灵变得坚硬而冷漠；"轮胎"则取代了人们身体的自然运动，将人置于高速运转的传送带上。在"轮胎"与"混凝土"的双重作用下，人的内在的自然天性或许就要被机械化工产品代替。

在我们的现代汉语词典中，"进步"绝对是一个铁定的褒义词。我自己从上小学到读大学乃至参加工作若干年后，关键时刻的政治思想鉴定上总少不了一句"要求进步"。在我们一些权威的文学史教科书中，"进步"与否成为衡量一位作家、一部作品高下优劣的首要条件。不料想，在人类社会发展进步若干年后，人们渐渐发现"社会进步"已经连带出太多的问题。政治问题、经济问题、道德问题、生态问题堆积如山，已经让进步举步维艰，难以持续下去。一个有点"吊诡"意味的问题已经摆在我们面前：一心渴求"进步"的人们究竟能否获得真正的进步，正有待于我们对"进步"作"退一步"的思考。

英国历史学家约翰·伯瑞（John B. Bury, 1861—1927）于 1920 年写过一本厚厚的书：《进步的观念》（THE IDEA OF PROGRESS），对"进步观念"进行了系谱学意义上的梳理。伯瑞本人是信奉"进步论"的，在他看来，"进步论"的出现其实很晚，萌生于公元 16 世纪末 17 世纪初，是启蒙时代的产物。在这之前，历史学界占据主流地位和压倒优势的反倒是"退步论"，人类社会中一些最伟大的思想家的历史观都是倾向于"退步论"的。如柏拉图、亚里士多德，他们都相信在人类社会早期曾经存在一个"单纯质朴、天真自在的黄金时代"，而人类社会后来的发展全是对这个美好时代的背离，历史的发展是人类一再堕落而又力挽堕落的过程，这和《圣经》里表述的历史观也是大体一致的。持"退步论"历史观的古代圣贤中，显然还应当包括中国的孔子、孟子、老子、庄子们，他们心目中的黄金时代是过往的夏禹、商汤、周文王三代盛世。孔子以"兴灭继绝"为己任，他心目中的理想人格是先他五百年的周公；孟子主张"遵先王之法"，处处以尧舜为楷模。老子、庄子是更加彻底的倒退派，主张"绝圣弃智""绝仁弃义""绝巧弃利"，总之是拒绝后世的一切文明，回归到"圣人"之前的素朴浑沌状态，复返于生命之初的婴儿状态。

伯瑞正确地指出，彻底摧毁这种"历史退步论"的，是欧洲启蒙运动的两位先驱人物培根和笛卡尔。培根提出"知识就是力量",科学技术是"满足人类物质便利和舒适"的工具。笛卡尔则宣告人拥有对自然的独立地位和支配地位,人的理性是至高无上的,是认识自然、控制自然、开发自然的力量源泉。伯瑞说:正是在培根、笛卡儿的"精神氛围中","一种关于进步的理论即将成形"。[1] 从那时起,"人类中心""理性至上""人与自然的二元对立""以科技为手段开发自然""以更多的物质消费营造人间的幸福"便成为进步论的核心理念。差不多就在伯林著书的同时,1924年中国哲学家冯友兰先生在他的《人生哲学》一书中,专列了"进步派——笛卡尔、培根、费希特"一章,并将"进步主义"概括为:"人与天然,两相对峙,而人可以其智力,战胜天然也。"[2] 冯先生对于"进步论"的理解,堪称精当。

此前,牛顿的物理学碰巧为这一"进步论"提供了一种线型的、匀质的、无限的时空模型,直线的、无限的人类历史"进步论"似乎由此具备了科学基础。从那时起,"进步论"开始被普遍当作不证自明的真理。

从18世纪初算起人类社会高速发展二百年后,人们渐渐发现,这种发展进步带给人间的并非全都是福音,同时还有偏失、灾难、祸患,还有更多一时看不清楚的凶兆与噩梦。

20世纪连续两次世界大战,暴露了工业时代人性的畸变,

---

[1] 〔英〕约翰·伯瑞:《进步的观念》,生活·读书·新知三联书店2005年版,第46页。
[2] 冯友兰:《三松堂全集》第二卷,河南人民出版社2001年版,第132页。

在奥斯威辛集中营的毒气库和广岛原子弹爆炸的废墟上，是超高效、大规模的生命毁灭。伴随着"科技"的发展，却很难看到人性的进步。近年来愈演愈烈的地域间贫富差异的扩大、民族冲突的升温、恐怖组织的蔓延更增加了人们对进步怀疑的理由。工业的发展、技术的进步、产品的丰富，消费的增多，并没有使国民个人的幸福感得到相应提升，在许多方面，国民的道德水准、生活质量反而下降了。

给这种"进步论"更响亮地敲起警钟的，是地球上接踵而至的生态灾难和日益逼近的生态危机。且不说地下的矿藏和地上的物种是有限的，包括空气、水源甚至阳光在内的这些地球资源也都是有限的，在一个有限的空间里追求无限的发展，岂不是一句自欺欺人的妄语？

"进步论"走红近三百年后，"进步"的初衷已经大部分落空。在今天的社会学界和历史学界，"进步论"已经丧失大半信誉，进步论者也已经失去了往昔的气势和风采。

实际上，"进步论"从产生伊始就不断受到质疑和反思、批评和抵制。

卢梭可以看作反对"进步论"的一位旗手，他断定社会发展是一个巨大错误；人类越是远离纯朴的原始状态，其命运就越是不幸；文明在根本上是堕落的。正如尚杰在《启蒙时代的法国哲学》中指出的："卢梭从另一角度揭示了其他启蒙学者不曾看到的东西：人类文明在创造财富和舒适的同时，必然要失去另外的东西，而且是永远地失去了。"[1]启蒙主义思想家卢梭从一开始就看到了"启蒙"产生的负面效果，这使他成为超越了一般启蒙理念的思想家，一位以反启蒙面貌出现的启蒙者。也正是在这层意义上，当坚决主张"进步论"的伏尔泰日渐暗淡了昔日光焰时，主张"退步论"的卢梭却闪现出更加迷人的光彩！

卢梭之后，再次对现代文明进步论发起攻击的是法兰克福学派的思想家们。其中与卢梭的"原始主义倾向"较为接近的是本雅明。本雅明以散发着诗人激情的语言斥责启蒙主义的进步论：随着人类理性的进化和征服自然的文明进程的发展，人与万物血脉相连的生命纽带被斩断，人外在于自然，自然变成了他者、材料、资源，被利用，被操作，自然从此不再具备自己的品性、自己的语言、自己的时间，而只是数量和物质。启蒙的"进步"是对本源的背离与盲进，如同从天堂吹来的狂风，把渴望进入天堂的人们吹向相反的方向，使人们距离理想中的天堂越来越远！本雅明断言，进步论不过是19世纪资产阶级夺得政权之后确立的意识形态，现代化进程留给历史的只是一座座废墟。针对这种启蒙主义的进步论，他提出自己的口号："本源就是目标，复归也是救赎。"[2]

有趣的是，启蒙话语中的"进步观念"本来是力求以"科学"

---

1 尚杰：《启蒙时代的法国哲学》，凤凰出版社2005年版，第263页。
2 参见郭军：《本雅明的关怀》，《论瓦尔特·本雅明》序言，吉林人民出版社2003年版。

为依据的；后来，在科学内部也开始了对于这种"进步观念"的拆解与颠覆。

在爱因斯坦发现物理学的相对论之后，人们同时也发现"进步"所依托的"时间观"是有局限的，时间并不是绝对的、直线的、匀称的、无限的。与此相反，新的时间概念却可以是相对的、扭曲的、非匀称的、甚至中止在某一点（黑洞）。爱因斯坦在晚年常发出如此感叹："人类对于无止尽进步的信心，仅在五十年以前还是那么广泛地流传着，现在却好像已经完全消失了。"[1]

近年来国外科学界隆重推出的"复杂性"理论，似乎又为科技进步、社会进步套上了一副难以解套的"绊马索"，使进步变得更加举步维艰。

复杂性理论提出一种"九头怪兽效应"的法则：传说中的那个九头毒龙被砍下一只头颅时便会长出另一只头颅，甚至更多的头颅。"进步本身使我们越来越深地陷入困境。因为每一个问题的解决都将导致新问题的出现，就像九头怪那样难以根除。"而且尤其麻烦的是，在我们砍下这只头颅时，还不知另一只头颅从哪里出现，这只头颅又将给我们带来哪些风险。伴随着社会进步，问题在不断增殖，管理在不断膨胀，而风险也在不断提升。复杂性理论的推断是悲观的，它认为在进步的道路

---

[1] 〔美〕爱因斯坦：《爱因斯坦文集》第三卷，商务印书馆1979年版，第325页。

上,"哪里通向正确的步骤数目增加一倍,哪里事情出错的可能性也会相应地增加一倍。"[1] "在进步的过程中——不论是认知的进步还是技术的进步——问题的增长比其解答的增长速度更快"。[2]

剪不断,理还乱,科学技术给人以聪明,结果聪明反被聪明误。人类处理更大复杂系统的能力终有一天会达到极限,所有人造系统可能由于某一偶发诱因的出现在自然面前失效,其结果或将是人类社会整体的"崩盘",人类作为一个物种的覆灭。

至于解决的办法,复杂性原理的发现者似乎也没有什么积极的筹措,所能提出的忠告:一是适当约束我们的物欲,即无限索取财富的热望,要学会向自然的法则妥协,乃至必要时的退缩;二是认识自己的局限,承认理性的困境,承认我们知识的不完善性,"无知无为"的状态有时反而是一种"自我防护"。[3] 事到如今,这颇具后现代色彩的"复杂性理论",竟像是朝着古代中国老子倡导的"退步哲学"——"朴治"与"弃智"的方向回归了。面对终究无法"持续"的发展进步,身心疲惫的现代人一定要学会抱朴怀素、藏愚守拙,遂顺自然。

---

1 〔美〕雷舍尔:《复杂性——一种哲学概观》,上海世纪出版集团2007年版,第213页。
2 同上,第235页。
3 同上,第223页。

回归自然，即回归人与自然的和谐。陶渊明在其《归鸟》一诗中，写的就是"倦鸟归林"的那种感觉：

> 翼翼归鸟，驯林徘徊。
> 岂思天路，欣反旧栖。
> 虽无昔侣，众声每谐。
> 日夕气清，悠然其怀。

在中华民族思想史上，几乎从一开始就有那么一股强大的力量警惕人类文明的进步，捍卫自然的本真与质朴，这集中表现在老庄道家哲学中。文明开化之前的原始社会被称作"至德之世"，被认为是最理想的社会：

> 彼民有常性，织而衣，耕而食，是谓同德；一而不党，命曰天放。故至德之世，其行填填，其视颠颠。当是时也，山无蹊隧，泽无舟梁，万物群生，连属其乡，禽兽成群，草木遂长，是故禽兽可系羁而游，鸟鹊之巢可攀援而窥。夫至德之世，同与禽兽居，族与万物并，恶乎知君子小人哉！同乎无知，其德不离；同乎无欲，是谓素朴，素朴而民性得矣。（《庄子·马蹄》）

这种消极倒退的理想主义与文明对立，与社会政治对立，与统治者的利益对立，甚至也与大众的需求嗜欲对立，因而总不被主流的文明社会采纳，真正身体力行去实践的人更是稀少。在历代文人中也多半是以此作为安身立命的"进退之道"——一种聊以备用的人生选择。只有陶渊明是一个杰出的例外，"拥孤襟以毕岁，谢良价于朝市"，面对功利社会选择了主动决绝的立场与态度。

陶渊明的这一人生选择的深远意义，长期以来其实并未被人们真正理解，随着人类社会文明的不断发展反而被渐渐遗弃。只有在人们对现代社会进行反思，只有当现代人对自己的生态处境有了新的体认，只有当生态问题成为一个世界性、全局性的问题时，陶渊明退隐田园的恢宏意义才进一步彰显出来。被称作"后现代哲学家"的让-弗朗索瓦·利奥塔德（Jean-Franois Lyotand，1924—1998）指出："对我而言，'生态'意味着隐退之物的话语"，"这种话语被称为'文学''艺术'或广义的'写作'。"[1] 在他看来，政治的、帝国的、大都市商业中心的时代将人已经压制成一份"电子的公用档案"，已经抑制了人的复归之路，已经打碎了"自然之神"，田园牧歌早已成了田园挽歌，田园生活也已成为感伤的遗绪。

---

[1]〔法〕让-弗朗索瓦·利奥塔德（Jean-Fransois Lyotard）: Ecology as Discourse of the Secluded, Routledge, 2000, P135-137。

素心清谣：清贫自守与消费社会

陶渊明的一生从没有大富大贵过，早年为了家人的生计，"投耒去学仕"，曾经到官府谋过几次差事，多半时候是做秘书或文员，由于受不了官场规矩的约束，就又毅然回家种地去了。

庄子曰："鹪鹩巢于深林，不过一枝；偃鼠饮河，不过满腹。"（《庄子·逍遥游》）返乡归田后的陶渊明，始终恪守道家信条，只愿过一种自食其力、且有余闲、温饱无虞、宁静平和的俭朴日子："弊庐何必广，取足蔽床席"，"耕织称其用，过此奚所须"，"园蔬有余滋，旧谷犹储今。营己良有极，过足非所钦。"尽管如此，在遇到天灾人祸时，基本的温饱仍然难以保障，一家人往往陷于饥寒交迫之中："环堵萧然，不蔽风日。短褐穿结，箪瓢屡空。""夏日常抱饥，寒夜无被眠"，"弊襟不掩肘，藜羹常乏斟"，"倾壶绝余沥，窥灶不见烟"，"弱年逢家乏，老至更长饥。菽麦实所羡，孰敢慕甘肥。惄如亚九饭，当暑厌寒衣。岁月将欲暮，如何辛苦悲。"有时甚至不得不出门乞讨，"饥来驱我去，不知竟何之。行行至斯里，叩门拙言辞"，求亲告友的尴尬浮于纸上。以今天的生活标准看,陶渊明晚年这种忍饥挨饿、朝不保夕的日子已在"贫困线"之下了。

尽管如此,他仍不改初衷,"宁固穷以济意,不委曲而累己。既轩冕之非荣,岂缊袍之为耻?诚谬会以取拙,且欣然而归止。拥孤襟以毕岁,谢良价于朝市。"对于《论语》中颂扬的"固穷"精神,陶渊明始终念兹在兹:"斯滥岂彼志,固穷夙所愿"、"竟抱固穷节,饥寒饱所更"、"谁云固穷难,邈哉此前修"、"不赖固穷节,百世当谁传"。陶渊明身罹贫苦困厄,仍能心安理得,并通过亲近自然、通过与乡曲邻里的融洽相处,甚至通过身体力行的陇亩劳作,在物质生活贫困的条件下营造出一种充满诗意的高品位生活。从陶渊明诗文集中我们可以发现,生活尽管贫苦,却不乏优美清雅的乐趣:"今日天气佳,清吹与鸣弹","清歌散新声,绿酒开芳颜","日暮天无云,春风扇微和。佳人美清夜,达曙酣且歌。""清谣结心曲,人乖运见疏。拥怀累代下,言尽意不舒。""荣叟老带索,欣然方弹琴。原生纳决屦,清歌畅商音。"诗中讲述的荣叟与原生,即春秋时代的荣启期、原子思,都是乱世中的隐居之士,是陶渊明引为知音的"素心人"。在他们看来,贫苦并非病患,只不过是"无财"而已;真正的病患在于"学道而不行"。"古之得道者,穷亦乐,通亦乐。所乐非穷通也,道德于此,则穷通为寒暑风雨之序矣。"(《庄子·让王》)对于这些得道的素心人来说,穷困顺畅犹如季节变化,无足多虑;苦日子是完全可以唱着过的,这就叫做"安贫乐道"。

"先师有遗训，忧道不忧贫。瞻望邈难逮，转欲志长勤。"这里援引的是孔夫子《论语·卫灵公》中的话。孔子曰："君子谋道不谋食。耕也，馁在其中矣；学也，禄在其中矣。君子忧道不忧贫。"在孔子看来，道与禄本来是可以双得的，但不能以禄害道，卫道第一，为了守道不惜择贫。

在"忧道不忧贫"上，道家与儒家是交叉汇流的，孔子之道与老庄之道有相通之处，也存有差异。孔子倾心于"王道"，不无功利之心，总期待着当政者的赏识与录用；老庄寄情于"天道"，旨在"弗有""弗恃""弗居"，一切随顺自然。故孔子一生周游列国，不得不与权贵豪门苦苦周旋；庄子则终生厮守园林，种漆树、打草鞋清净度日。晚年的老子甚至连图书馆的馆长也不做了，独自骑着头青牛，消失在茫茫天地间。陶渊明的《咏贫士十首》之三就曾批评做了卫国之相的子贡："赐也徒能辩，乃不见吾心。"他的心思更多地寄予黔娄、壤父、长沮、桀溺、荷蓧丈人等隐逸者的身上。

儒家能够做到的，只是穷困之际"不忧贫"，不以困厄失去操守；道家却主张只有主动放弃、不持不有、散放恬淡、甘守贫穷才能得道。"贫"与"穷"反而成了"得道"的前提。"无不忘也，无不有也，澹然无极而众美从之。此天地之道，圣人之德也。""夫恬淡寂漠虚无无为，此天地之本而道德之质也。"（《庄子·刻意》）在庄子看来，"平为福，有余为害者，物莫不然，而财其甚者也。"（《庄子·盗跖》）富贵之于人反而害多于利，富人更与天道无缘。道家的"贫",是放弃,是舍得,是尽量减少对于外物的"占有";道家的"清",是胸襟的坦荡真率,是怀抱的澄明洁净。陶渊明诗曰:"不觉知有我,安知物为贵"、"若不委穷达,素抱深可惜",其中的"深惜素抱"与"不以物贵",即可看作"清贫"的释义。

在古汉语词典中,"清贫"差不多总是一个褒义词,不仅用于形容物质生活的匮乏,更经常彰显文人学士的品格与操守。"清"者,洁净、明晰、纯正、虚静也,固然为褒义;"贫",乃空缺、匮乏、亏欠、稀少、不足,在老庄哲学的原典中也绝不是贬义。"保此道者不欲盈,夫唯不盈,故能蔽而新成","大成若缺,大盈若冲","无欲而民自朴"。老庄哲学中尚虚、尚无、尚静、尚俭、尚朴、忌得、忌盈、忌奢的精神无不与"清贫"二字通。陶渊明清贫自守的节操是他自觉的选择,是老庄哲学中少私寡欲、见素抱朴精神的体现。

对于"清贫"的自守,也是对于"素朴"之道的坚守。素者,不染之丝也;朴者,不雕之木也,皆为"自然而然"者。道法自然,因此"见素抱朴"即得"道"。不染不雕即物之本色与初心,素朴于是又具备了原初、本真之义。老子曰:"常德不离,复归于婴儿","常德乃足,复归于朴",返朴归真便成了道家修成正果的至高境界。从这一意义上来说,陶渊明的"返乡归田"就是"返朴归真"。而清贫于此不再是困顿难捱,反而成为回归本真、回归自然的不可缺少的"元素"。本书开头讲到的金岳霖先生推重的"素朴人生观",讲的也是这种回归型的、单纯的、尚未完全分化的生存观念,几近于"孩子气",这与老子讲的"复归于婴儿"也是一致的。

人类社会却并没有遵照老子等人的意图退回那个"婴儿"状态,而是一天天发展、强大,成为一个无所不能、无所不包的巨人。遗憾的是,这个强大的巨人距离自己扎根其中的本源、本性却越来越远了。陶渊明活着的时候,那个社会就已经"真风告逝,大伪斯兴",他所指的不外乎是"闾阎懈廉退之节,市朝驱易进之心",即社会上已松懈了廉洁谦让的品节,官场上勃起投机钻营的心态。看看当下的现实,如今官场、市场中人们的贪欲及污行不知比那时又"壮大"了几多倍。

现代人无不视贫困为洪水猛兽,避之唯恐不远,于是竞相争富。富者富可敌国,穷则穷到无法活命,于是社会各阶层、世界各国家之间的矛盾冲突日益激烈。世事纷争,清静、清洁、清平的日子不再有;人欲横流,贪污腐恶随社会富裕的程度日益攀升。如果说陶渊明时代就已经"真风告逝",如今已"逝"得更远。

内心的自然与真诚还剩下多少姑且不论,人们对自己的身体甚至也已完全失去自信与诚意。近年来,各种媒体极力宣扬的"人造美女"成了现代社会一道炫目的风景,"颜值"与"人生价值"无缝对接。据称制作一个高标准的美女要实施高密集的外科手术:隆鼻、隆胸、割眼、吸脂、截皮、拉皮、锉骨、延骨,其酷烈程度无异于旧时顶级刑罚的"凌迟"。尽管"千刀万剐",无数的青年男女仍趋之若鹜。当年,庄子对于人们给马上了笼头、给牛穿了鼻绳就已经大为伤感,以为破坏了牛马的本性与天真,如果庄子再世,遇上这样一位暴殄天物的"人造美女",不知将作何感想!

由此观之,陶渊明的清贫操守更接近道家精神。"清",则有益于精神生态的陶冶,"贫"则有助于自然生态的养护。如果判定一千六百年前的中国古代诗人陶渊明同时也是一位近乎完美的"生态人",并不为过。

王先霈教授曾著文指出:"在中国古代卓越的诗人中间,陶渊明的生态思想和他的行为实践,最富有启迪意义。""他看重的是个人精神的自由,是不以心为形役,不让精神需求服从于物质需求,看重的是人在与自然的和谐相处中得到宁静、恬适。"就其人生价值的取向而言,"他尊奉的'道'并不是孔孟之道,而是自然之道……孔子所忧的'道'离他太远,他是'乐道忘其贫',他所欣乐的是田野上春景体现的自然之道。"文中还指出:"把他的思想归结为知足常乐不很准确,甚至很不准确。这不是量'足'或'过'的问题,而是人要不要有精神追求的问题,是生活哲学的方向问题,是个人精神境界以至于社会精神生态的高下、雅俗、清浊的问题。"[1] 王教授还接过美国当代生

---

[1] 王先霈:《陶渊明的人文生态观》,《文艺研究》2002年第5期。

态批评家艾伦·杜宁的话说：陶渊明的生态思想应是人类文化中弥足珍贵的"古老教诲"。

令人痛心的是，这一"古老的教诲"，在诗人陶渊明自己的国度被彻底遗弃了，近年来更以最快的速度被遗忘。

近年来中国社会最大的变化之一，表现在消费观念上，最引人瞩目的是"奢侈消费"，说出来几乎就是一个难以置信的天方夜谭。

在全球深深陷入经济衰退之际，据中商产业研究院公布的数字：2018年中国内地奢侈品市场规模达到1700亿元，占全球市场份额的33%，成为消费大国中的"龙头老大"。消费的品类从名包、名表、名车、名牌服装、腕表珠宝、服饰皮具、香水化妆品、古巴雪茄、瑞士烟斗，到游艇、别墅、高档汽车、私人飞机、高档酒店、贵族学校、海湾度假酒店、高尔夫俱乐部、名媛培训班等，已经无孔不入。奢侈消费的趋势更令人堪忧：消费者的年龄越来越年轻，提升速度越来越快；消费规模正由一线城市波及二线、三线城市；消费者的欲望大大超过消费的能力；内地的奢侈消费已远远超过香港、台湾这些所谓的"资本主义地区"。更可怕的是，在一些地方政府、甚至国家级别的大型活动中，不惜投入巨量财力物力将奢华、排场视为向外界显示"软实力"、"硬实力"的表演噱头。

旁观者清。中国的奢侈消费居高不下，让发达国家的资本家们赚得盆满钵满偷着乐，同时他们还嘲讽中国的富人和年轻白领女性对"奢侈耻辱"拥有天然免疫力！在他们的眼里，中国的高消费者就像的十字街头各色人等都在围观的那个涂脂抹粉、披金挂银、浑身名牌、搔首弄姿的"傻妞"，难道这就是富裕起来的中国人！

也有一些外国朋友真诚地为中国担忧，认为比中国富裕得多的日本人早已不再追求奢侈生活，而是重新捡起原有的勤劳节俭意识。而中国人均 GDP 只相当于发达国家的 1/10，人均收入远远落后于世界上许多国家，中国人不该如此任性地放纵自己。还有人斥责西方市场，不应该把奢侈品当作"新的鸦片"倾销中国市场，诱惑中国渐近小康的国民。

中国有一句古老的格言："玩物丧志"，当代中国人却"玩物上瘾"，玩到最后，"物"越来越尊贵、强劲、美好、伟大，"人"却注定越来越卑微、脆弱、空洞、渺小。令人费解的是，一个拥有勤俭传统、不久前还在高唱"勤俭是我们的传家宝"（其中"俭"为老子的"三宝"之一）的当代中国，为什么会如此轻而易举、变本加厉地接受了资本运营体系中如此粗鄙的消费观念。

中国古汉语词典中并没有"消费"一词，人作为自然界的生物，在生物圈内总是要消耗一定的物质和能量以维持生命的延续，如果把"生计日用"的开支也叫做"消费"，那么在此意义上建立的生产与消费的关系乃属天经地义。

进入现代社会之后，"消费"（consumption）的性质发生了根本的变化。牵制人们日常生活行为的不再是自然生态的戒律，更不是精神上的道德感召，而是资本运营的价值规律。资本市场借助高科技的力量，全力刺激人们的消费欲望，以获取高额回报。消费纯粹成了为资本开发市场、赚取利润的工具。人们不是为了需要而消费，而是为了消费而消费；不是为了消费而生产，而是为了生产而消费，整个社会成了一架制造消费欲、消费品的机器。现代中国缺少资本主义的传统，也欠缺资本主义的免疫基因，因此，中国当代消费者就更容易被市场俘获、被固定在这台机器上，完全丧失了自我。

当代法国著名思想家波德里亚（Jean Baudrillard, 1929—2007）一生与消费主义作对，人称"消费文化解码专家"，他深刻地揭示了西方现代"大型技术统治组织"如何通过消费建立起资本对社会的严密控制：挥霍钱财的程度，成了一个人事业成功、一个国家国力强大的标志，消费主义已经成为资本主义经济学中最邪恶的逻辑。现代社会变成了"消费社会"（consumer society），消费异化为无益的"消耗"与"浪费"，而铺天盖地的广告，仍在日夜不停地为现代消费敲响催促的"战鼓"。现代文明已经变成"垃圾箱文明"，现代社会秩序、生产秩序已沦落到"厚颜无耻"的地步。[1] 消费社会成为现代人的一个"白色的神话"，一个除了自身之外再没有其他神话的社会，一个近于猥

---

[1] 〔法〕波德里亚：《消费社会》，南京大学出版社2000年版，第24页。

琐却又恶魔般掌控着人类的社会，它"正在摧毁人类的基础"、"时时威胁着我们中的每一位"。[1]

波德里亚是否在故作惊人之语呢？只要看一看消费社会中的自然生态状况与人类的精神状况，就不难看出波德里亚批判的现实性与急迫性。

据世界自然基金会发布的公告称，1961年至2003年之间，地球上的生态足迹[2]增长了3倍多，到2050年，地球人类将消耗掉相当于两个地球的自然资源，地球已经被人类的消费行为大大透支了。在当代社会以8%的速度发展国民经济的同时，自然界的淡水生态系统却以8倍于以往的速度减少；当人们获得了五花八门的享乐方式时，作为生命基本需要的空气与水源却成为"卡脖子"的要命问题。更不要说为了争夺石油，中东地区已经成为国家之间血火交织的战场！

据有人统计，中国国民经济增长率的大半是依靠自然资源与环境的超额投入为代价的。中国环境与发展国际合作委员会2010年会公布的《中国生态足迹报告》称，2007年中国的生态足迹已达2.2全球公顷，且增加速度远高于生物承载力的增长

---

1 〔法〕波德里亚：《消费社会》，南京大学出版社2000年版，前言。
2 "生态足迹"也称"生态占用"，20世纪90年代初由生态学教授里斯（William E. Rees）提出，通过测定人类为了维持自身生存而利用自然的量来评估人类对生态系统的影响。如同一只负载着人类的巨脚，在地球上留下的脚印越大，对生态的破坏就越严重。该指标的提出可以在全球尺度上比较人类对自然资源的消费状况。

速度，生态足迹已是生物承载力的2倍，生态赤字还在逐年扩大。[1]如此"寅吃卯粮"，对于我们这个家底并不丰厚而人口超多的国家来说，后发的劣势与潜伏的危机无疑是十分险恶的。

至于伴随消费主义风行在精神领域引发的病变，在当下中国，似乎已经不必多加举证。各级党政部门的贪腐行为达到令人发指的程度，严重的贪腐之风已成为国家安全的最大威胁。在神州大地横行肆虐的"毒奶粉""瘦肉精""地沟油""吊白块""苏丹红""黑哨""假球""假烟""假酒""假文凭""假刊物""假疫苗""医疗陷阱""旅游陷阱"等等见怪不怪的种种劣迹，已经印证国家前总理温家宝发出的感叹："国民的道德状况已经到了何等严重的地步！"

自然生态的恶化，精神生态的沦丧，已经让经济飞升的意义大打折扣。至于个人的日常生活领域，英国伯明翰学派文化研究的代表人物理查·霍加特（Richard Hoggart）曾指出："一种健康的、淳朴的生活方式正在逐步被堕落的消费主义文化所取代。"[2]美国生态批评家艾伦·杜宁（Alan Durning）更是得出这样的研究结果："消费与个人幸福之间的关系是微乎其微的"，"生活在90年代的人们比生活在上一个世纪之交的他们的祖父

---

[1] 章轲等：《中国生态足迹报告：生态赤字正逐年扩大》，东方网，2010年11月10日。
[2] 转引自莫少群：《20世纪西方消费社会理论研究》，社会科学文献出版社2006年版，第19页。

们平均富裕四倍半,但是他们并没有比祖父们幸福四倍半。"[1]他还引用牛津大学心理学家的判断:幸福生活的真正条件"是那些被三个源泉覆盖了的东西——社会关系、工作和闲暇。并且在这些领域中,满足的实现并不绝对或相对地依赖富有。"[2]

对照这些当代西方学者批判消费主义社会的话语,我们不能不再度回望我们的古代诗人陶渊明。当代美国学者艾伦·杜宁所说的"幸福生活"的"三个源泉",原本是在陶渊明这里的。请看他的这首题为《移居·之二》的诗:

> 春秋多佳日,登高赋新诗。
> 过门更相呼,有酒斟酌之。
> 农务各自归,闲暇辄相思。
> 相思则披衣,言笑无厌时。
> 此理将不胜,无为忽去兹
> 衣食当须纪,力耕不吾欺。

公元408年,陶渊明在柴桑郊外的故居蒙受火灾,后来移居到更为偏僻的南村,这里虽然偏远,却住着与他声气相投的诸多"素心人"。陶渊明在这首诗中既写到邻里间亲密无间的和

---

[1] 〔美〕艾伦·杜宁:《多少算够》,吉林人民出版社1987年版,第6页。
[2] 同上,第22页。

谐融洽，又写到生活中必不可少的农务，更写到春秋佳日、登高赋诗的闲暇时光。杜宁书中罗列的幸福生活三要素，全都具备了（在陶渊明这里还应多出一点，即亲近自然）。这样的生活是清贫的，也是健康的、淳朴的，因而也是幸福的。"清贫""寒素"一类的字眼，在古代汉语中从来就不只是一个经济学的概念，而总是散发着浓郁的道德芬芳，闪烁着晶莹的精神光芒。

最初的启蒙主义者大约也没有料到，理性主义的极致竟把人完全变成"经纪人"，进而变成"货币人"。波德里亚在他的《消费社会》一书的结语中发出强烈呼吁，要人们面对"消费社会之弊端及其无法避免的整个文明悲剧"务必保持批判的"反话语"，"重要的是要给消费社会额外附加一个灵魂以把握它。"[1]中国伟大诗人陶渊明就是这样一个消费社会里必不可缺的"灵魂"，他以自己的人生经验证明：即使在清贫生活中依然能够获取精神上的最高愉悦，在最低"消费"的前提下，仍然能够为人类文化做出最卓越的奉献。

---

[1] 〔法〕波德里亚：《消费社会》，南京大学出版社2000年版，第230页。

悠悠南山：闲逸散淡与劳动伦理

像陶渊明这样长期生活在底层、亲自从事劳动生产的中国古代著名诗人的确不多，甚至很难找出第二人。因此，"劳动"便成了当代陶渊明研究中的一个亮点，并多给予高度的评价。

游国恩先生主编的《中国文学史》中写道："由于诗人亲自参加了农业劳动，并由衷地喜爱它，劳动，第一次在文人创造中得到充分的歌颂。他的一些田园诗还表现了只有一个劳动者才可能体会的思想感情……不仅表现了与剥削阶级寄生观点鲜明对立的依靠劳动生活的思想；而且表现了不辞辛苦、坚持躬耕的顽强态度。这些都超出一般士大夫的思想意识，使他的田园诗闪烁着进步的思想光辉。"[1] 逯钦立先生在其《读陶管见》一文中，也极力强调陶渊明"长期的农耕劳动和斗争生活"的意义，认为这"使陶渊明逐步扬弃了封建教养，感染了农民的思想品质，一定程度地超越了阶级局限。他从坚持躬耕自资思想到要

---

1 游国恩等主编：《中国文学史》卷一，人民文学出版社 1963 年版，第 243 页。

求人人劳动天下平等的思想，创作思想不断发展和提高。"为了突出"劳动"的意义，文章还有意把"退隐"与"躬耕"做出区别，认为"退隐"只是"躬耕"的前提条件，"躬耕"才是陶渊明的最高价值与意义。因此，文章认真地告诫读者，不要过分地推崇那些歌颂隐居的诗篇，只有参加劳动一类的作品"才是陶渊明的代表作，代表着他的特殊成就和最高成就。只有把握了这一点才能了解陶渊明及其写作的进步意义。"如果不这样看，那就将犯下"主观上推崇诗人，客观上贬抑了诗人"的错误。[1] 廖仲安先生甚至还将陶渊明的劳动实践与儒家"固贫守节"的思想对立起来："因为贫困生活的逼迫，他开始觉得孔子说的'君子谋道不谋食''忧道不忧贫'的话非常不切实际……于是不得不学起老农来了。"[2]

把陶渊明的劳动实践推至登峰造极地步的，还应属李长之先生。他认为前期的陶渊明是一个"中小地主"，自己有房产、有童仆，属于剥削阶级。因此，"他在诗文中表现的封建地主的意识形态也就十分显著"，前期的许多诗篇中"都有俨然在人民头上而服服帖帖死心塌地维护封建统治者的意味在。"四十二岁以后，由于陶渊明越来越多地参加实际劳动，思想感情与劳动人民不断靠近，与农民的距离不断缩短，晚年愈是接近于一个

---

[1] 逯钦立：《逯钦立文存》，中华书局2010年版，第313、314、312页。
[2] 廖仲安：《陶渊明》，国文天地出版公司（台北）1992年版，第19页。

农民的生活。"在中国的所有诗人中,像他这样体会劳动,在劳动中实践的人,还不容易找出第二人。因此,他终于是杰出的,伟大的了。"[1] 为了突出"劳动"的伟大价值,李长之先生还把人们送给陶渊明的"闲适""淡远""孤洁""田园诗人""平民诗人"之类的头衔,统统看作是对陶渊明的"污蔑"。[2]

上述"劳动成就伟大诗人论",出现在中国"以阶级斗争为纲"的年代不足为奇,当年甚至还曾有过从工人、农民中选拔作家、诗人的政策。新时期以来,龚斌与袁行霈关于陶渊明的专著中都不再纠缠于以往的"劳动说",可谓开明之举。

现在看来,"劳动创造文学"亦不妨当作众说纷纭中的一说。但是,无论从人类学还是社会学的意义上讲,"劳动"都是一个事关重大而又异常复杂的问题,作为人类最重要的活动,它与社会、自然、与人的精神生态的关系至为密切,至今存在诸多误区。陶渊明在"躬耕"与"闲逸"、"劳作"与"散淡"方面的践行与文学表现,或许会给我们某些启示。

"劳动光荣","劳工神圣","劳动创造了人","劳动创造世界","不劳者不得食",这些提法固然不错,但也都是一定语境中的命题。换一种语境,劳动也可以是屈辱;劳工也可以很卑微;人类的劳动可以创造一个美好的世界,也可以创造一

---

[1] 李长之:《陶渊明传论》,天津人民出版社 2007 年版,第 129 页。
[2] 同上,第 145 页。

个丑恶的世界；不从事劳动（只是别把一切都说成劳动）而单纯从事思考与写作的人也应当有饭吃；劳动创造了人也可以最终毁掉人。尤其在现代社会，"劳动"问题显得更为复杂。

马克斯·韦伯认为，从社会学的意义上讲，工业时代的"劳动"与农业时代的劳动有着本质的不同。农业时代的劳动对于劳动者来说是繁重的、苦累的，然而在劳动时间上则是松散的、灵活的、季节性的。在组织形式上是个体的、家庭型的。在种类上是多样的——你织布来我耕田、你挑水来我浇园。总之，是富于感性的、效益低下却相对自由的。而工业时代的劳动，由于机器的广泛使用且性能的不断提高，劳动者的体力支出大大减轻，但人却被牢牢固定在生产流水线上，个人被纳入庞大的劳动组织中，劳动时间被严格规定，精神处于高度紧张之中。韦伯将工业时代的这种劳动称作"自由劳动的理性组织方式"，并把这种劳动方式看作资本主义的"起源问题"与"中心问题"。[1]

马克思强调工业时代的劳动是一种由资本、资料、机器、设备、交通运输与劳动力"组织起来的社会力量"，资本主义社会的实体就是建立在这种性质的劳动之上的。[2]在对于工业劳动实质的看法上，韦伯与马克思大体一致，都认为这是一种"劳动的理性组织方式"。只不过韦伯关注的是精神文化，马克思更

---

[1]〔德〕马克斯·韦伯：《新教伦理与资本主义精神》，生活·读书·新知三联书店1987年版，第13页。
[2]《马克思恩格斯全集》第16卷，人民出版社1964年版，第140页。

关注的是政治经济领域的问题。

马克思指出，在工业社会的劳动组合方式中，资本家占有一切生产资料与生活资料，工人"只有自己的手和头"，除了自己的劳动力一无所有，而且还必须把自己的劳动力交由资本家支配。资本家为了高额利润将劳动者买进，劳动者为了谋生将自己卖出，劳动的剩余价值全被资本家拿去，成为他们继续增长的资本，工人们则成为彻底的无产阶级。在这样的社会里，劳动产品反而成了统治和奴役劳动者的异己力量；劳动失去人类本性中的自由，成为被逼迫、被强制的活动，劳动者不再能够从劳动中体会到幸福和愉悦。资本家最喜欢诚实、守纪律的劳动者，诚实、规矩的劳动者对劳动却充满愤怒与怨恨。这就是马克思命名的"劳动的异化"。马克思时常提起，在这个异化的劳动世界里，资本家比农奴主还要阴险狡猾，工人的处境比起当年的农奴还要悲惨！因此，马克思号召全世界的无产阶级联合起来："在自己的旗帜上写上革命的口号，'消灭雇佣劳动制度！'"[1] 接下来便是持续一个多世纪"四海翻腾云水怒，五洲震荡风雷激"的共产主义运动，遗憾的是，结果并没有落实马克思的设计。即使在笃信马克思主义的中国，劳动的异化在当下仍然清晰可见："昨日入城市，归来泪满襟"，城市里的高楼大厦并不属于它们的建造者，为城市建设中付出劳动最多的"农

---

[1] 《马克思恩格斯全集》第 16 卷，人民出版社 1964 年版，第 169 页。

民工"在城市里却很难拥有自己的一套住宅。勤劳很难致富，诸多富且贵者不需勤劳；面对亿万"农民工"的遭遇，官员们、专家们任何关于"劳动光荣""劳工神圣""勤劳致富"的标榜，都显得过于空泛。

抛开劳动的阶级斗争学说，"劳动"其实还涉及另外一个重大课题，那就是"人与自然"的元问题。这一问题虽然无比重大，在以往的"劳动理论"或"劳动伦理"中却一直没有被认真地当作一个问题。

一些大型辞典中关于"劳动"的概念，一是基于黑格尔的观点：劳动是人利用工具支配外部自然的力量；一是凭借马克思的说法：劳动是人以自己的活动调整、控制人和自然之间物质交换的过程，并由此得出的结论：劳动是"人类凭借工具改造自然物，使之适合自己的需要，同时改造人自身的有目的的活动。""人自身作为一种自然力而与自然物质相对立，有目的地以自身的活动直接或间接地作用于自然对象，在一种对人自己生活有用的形式上占有自然物。"[1] 这一关于"劳动"概念的权威释义，其核心内容是：站在自然的对立面、从人的需要出发、改造自然、占有自然。如此看来，劳动既是人类为自己积累财富的手段，又必然是对自然掠夺盘剥的利器。也可以说，人们把资本家对待工人的立场态度置换到了人对自然的关系之中。

---

1 冯契主编：《哲学大辞典》上卷，上海辞书出版社2001年版，第790页。

资本家凭借一切手段控制、改造、占有他人是不公平的，是罪恶的；而人类这样对待自然却被认作是天经地义、合理合法的。面对严峻的地球生态危机，这样的"劳动伦理"，也应当重新审视了！

目前，在那些所谓发达国家和正在高速发展的国家里，许多情况下劳动早已不再是为了满足人们的基本生存需要，而是为了满足现代人挥霍无度的消费欲望——那实际上是一个永远填不满的欲望沟壑。如今的许多规模盛大、组织严密的劳动——如砍伐森林，开挖大山，修高速公路，建拦江大坝，盖摩天大厦，造豪华汽车，开办超级游乐场等等，其目的在于给人们提供冗余消费、奢侈消费。在中国，一些动辄上千亿资金投入的超大型建设项目，甚至仅仅出于官员谋取晋升的所谓"政绩"！这样的"劳动"，一是激发人们得寸进尺度的贪欲，败坏了社会的道德；二是损耗巨量不可再生资源、破坏地球生态系统，最终毁坏了人类自己的家园。舍勒说这样的"劳动"更多地散发出种种腐恶之气，属于没有教养的劳动，是可怕的野蛮，早已丧失了以往劳动观念中的道德芬芳。在这样的劳动观念支配下，世界上的贫富两极分化将进一步加剧，人类社会的安定和谐将更加遥遥无期。

这种畸形的劳动观，也必将严重地污染人们的心灵，损伤人的天性，伤及人类的内在自然。睿智的波德里亚曾论及这一问题，在其《消费社会》一书中的最后一章，他由"消费"引申出另一个概念："疲劳"。即现代人由于过度劳作、过度忙碌而引发的身心疲惫。他说：正像"消费"成为一个"世界性问题"一样，"疲劳"也正在成为一个"世界性问题"，成为"世纪新病症"，成为"我们时代的标志"。[1]

上帝似乎给现代人开了一个大玩笑：以身心享乐为目的、崇尚并实施着高消费的现代人群，却最终"透支"了自己，深深陷入极度的身心疲惫之中。而且随着社会现代化进程的提速，"付出"与"获得"之间的"赤字"越来越大。那就是说，现代消费文化逼迫消费者不能不付出与日俱增的巨大代价，而从中得到的"幸福"和"愉悦"却越来越少！其中的道理，其实又再简单不过：对于绝大多数民众来说（除去偶尔从福利彩票中赚得 500 万、5000 万的幸运儿），一个人要想获得更多的消费，就必须付出更多的劳动，永无休止的消费伴随着永无休止的劳作。

那年在瑞士的旅游给了我许多启示：正赶上礼拜天，首都伯尔尼商业中心大街——据说相当于我们的王府井，却冷冷清清。大街两边长廊下的商家橱窗，倒是灯火辉煌，摆放的货品璀璨琳琅，但一律"锁将军"把门，无人营业。店主与店员也都各自度周日假，自找地方逍遥去了，外来的游客若想购物，只有等到礼拜一他们上班后再来光顾。这让中国的游客很是郁闷，

---

[1]〔法〕波德里亚：《消费社会》，南京大学出版社 2000 年版，第 208 页。

很不理解：周六、周日，正是绝好的商机，无论北京还是上海，所有商家都在利用这个时间段争夺顾客，不惜使出打折销售、有奖销售、送礼销售的种种绝招，把周六、周日的假期搞得比平日还要喧闹十倍！难道瑞士人真傻，不晓得赚钱的门道？恐怕并非如此，能够将一块腕表的方寸之地做到精工极致的瑞士人，不至于笨到不会数钱。

问题在于在他们的观念中还有比钱更有价值的东西，那就是安安稳稳、从从容容过日子，过好自己的小日子。节假日宁可不挣钱，也要带上自己的老婆孩子到湖边看风景、到山脚晒太阳、到林子里听鸟叫，那才是人生的最大享受！据说这种观念最早起源于他们的宗教信仰，上帝造人劳作了六天后，第七天就不再干活，也要放松休息。后来又成为一种商业伦理，再后来甚至被商业法规固定下来，说不营业，大家全都不营业，管他什么游客不游客。

瑞士不算是现代工业国家的翘楚，但也少了许多现代工业化带来的弊端，甚至还保留了不少传统社会的生活习惯。日子还是要从从容容地过。从从容容的生活，就是自自然然的生活，是与自然相协调的生活，那也是更合乎人性的生活。

市场经济的潮流汹涌澎湃，现代社会里的"休闲"也早已成为名目繁多的商品，并且是价格不菲的商品。君不见以往本是无价的清风、阳光、蓝天、星夜，现在也都被打入"农家乐""田园度假村""生态游览区"的成本核算，呼吸一口清新空气，看一眼繁星密布的夜空，都要支付相当的费用。对于一般民众来说，享受休闲必须以更多的劳作为代价，最终以新的疲劳收场。波德里亚说，"疲劳"已经成为一种传染性的病症，已经成为"后工业社会的集体症候"。劳作与忙碌已经成为当代人脚上挣脱不掉的"舞鞋"。当代人已经深深地陷入"消费—劳作—消费—劳作……"的怪圈中不能自拔，宛如一个患上"强迫多动症"的精神病人。与精神病人不同的是，他不但在情不自禁地折磨着自己，同时还在肆无忌惮地糟蹋着自然资源与自然环境。

现在，再让我们回过头来看看我们的伟大诗人陶渊明，他是如何过日子的。

陶渊明不像梭罗，家族中有自己的铅笔制造厂；也不像卢梭，可以替人抄乐谱、写书拿稿费；陶渊明为了维持基本生存需要，他只有靠自己与家人的双手"土里刨食"，从事"夫耕于前，妻锄于后"的农业劳动："贫居依稼穑，戮力东南隅，不言春作苦，常恐负所怀。""衣食当须纪，力耕不吾欺。""商歌非吾事，依依在耦耕。"这种陇亩之上的劳作，有时还不得不起早摸黑、肩挑背扛，相当辛苦："晨出肆微勤，日入负禾还"，"晨兴理荒秽，带月荷锄归。"但除此之外，陶渊明并没有在经济领域进一步开拓发展的雄心，"弊庐何必广，取足蔽床席"，"耕织称其用，过此奚所须"，"营己良有极，过足非所钦。"因此，在乡土田园劳作之余，他仍可以"心有常闲"。空闲的时间，便用来读书，"既耕亦已种，时还读我书"。即便读书，也不是为了学以致用，"好读书，不求甚解"，更多地还是为了兴趣、为了消闲。再不就是"得欢当作乐，斗酒聚比邻。"晨昏冷暖之际与街坊四邻把酒话桑麻，谈笑送日月，"父老杂乱言，觞酌失行次"，自有无限情趣在。除了这些，当然还有温馨和谐的家庭乐趣，"命室携童弱，良日登远游"，于秋高气爽之际，带着老婆孩子，到山中远足，听闲谷鸣鸥，看云飞云散。孩子们虽然不求上进，上不了名牌，拿不到学位，但能够在大自然的怀抱中自由自在地活着，同样令人欣慰。不消说，在他日常生活中还有重要的一项，那就是诗歌创作，写下了"采菊东篱下，悠然见南山"这样的千古名句。

总之，陶渊明的生活中既有劳作之苦，也有闲逸之趣，这应该是中国传统社会中一种理想的有劳有逸、劳逸相得的"耕读"生活，唯独陶渊明能够做得臻于精纯，臻于完美。如若用现在生态批评的尺度衡量，这才是真正的"低碳生活"，一种"低物质消耗的高品位生活"。陶渊明的"杰出"绝不仅仅在于他参加劳动、深入民众，而在于他真诚地践行了这一"劳动"与"闲逸"两相结合的生存方式，而且运用汉语言近乎完美地表达了这一生存方式。这或许就是海德格尔渴慕的那种生存方式：

充满劳绩，然而人诗意地
栖居在这片大地上。[1]

---

1 〔德〕海德格尔：《荷尔德林诗的阐释》，商务印书馆 2002 年版，第 46 页。

这种东方式的"劳动精神气质",似乎天生是资本主义的"消解剂"。按照韦伯的说法,正是由于这种乐于悠闲、近于懒散的精神气质作梗,中国以及印度在自己的漫长社会进化史中,都没有能够从其内部生发出像样子的资本主义。[1]这究竟是好事还是坏事,恐怕还有待于今后人类历史演进的验证。

从全球生态安全考虑,现代人倒是不如少一些支付给冗余消费的劳动,多一些近乎懒散的悠闲。

从现代社会公认的"劳动"理念看,卢梭、梭罗以及我们的陶渊明,这些堪称生态楷模的人物,看上去都是"懒散"的。梭罗活着的时候就被康克德镇上的公民看作一个"四处闲逛"、"游手好闲"、"不务正业"的人。他自己却一再表白,不愿意为了"消费的一时舒适",去从事那些"诸多不适"的劳动,而在大自然中游游荡荡,不用花费一分钱,就可以得到人世中罕见的愉悦。[2]他还断定,现代人的"劳动"已经铸成"一个大错"[3]。卢梭在《一个孤独漫步者的遐想》中,以自己的亲身经历说明,钱多不一定快乐就多,"真正的快乐不能以金钱来衡量,用铜板得到的快乐比起用金币换来的快乐更亲切。"[4]

---

[1] 〔德〕马克斯·韦伯:《新教伦理与资本主义精神》,生活·读书·新知三联书店1987年版,第36页。
[2] 〔美〕H·梭罗:《瓦尔登湖》,吉林人民出版社1997年版,第48页。
[3] 同上,第3页。
[4] 同上,第146页。

中国民间有句谚语："有书真富贵，无事小神仙"，说的也是闲适的可贵。欧阳修的《偶出》一诗，写到他晚年读陶的心得："吾见陶靖节，爱酒又爱闲，二者人所欲，不问愚与贤。奈何古今人，遂此乐犹难，饮酒或时有，得闲何闲焉。"诗中充满了对"闲人"陶渊明的羡慕。苏东坡仕途坎坷，宦海沉浮，忙碌一生，颠簸一生，晚年从海南流放归来，方才彻底悟出生命的真谛，决计不再从政做官，"对一张琴，一壶酒，一溪云，做个闲人。"

当代老一辈学者钱谷融先生常自命"懒人"，又将自己的书斋命名为"难得闲静斋"。在钱先生的小书房里，有一次先生眯起眼睛对我说：有一点你是一辈子也学不到了。我问哪一点，先生说了一个字："懒。"先生的这个"懒"，实际上是"散淡""旷放""宁静""闲逸"，乃"魏晋风度"的精髓，也是陶渊明的遗绪。先生还曾在文章中解释说："有闲，方能有读书的时间；能静，方能有读书的心情……而我这几十年来所缺的，却就是这'闲静'二字。唯'闲'与'静'，是我一生从青年时代起就日夜向往、苦苦思求的东西。"[1] 钱谷融先生把"闲静"看作自己、也看作"知识分子"安身立命的必要心境，是具有精神生态意义的。一个文化人惟求闲静而数十年来竟不可得，其中自渗透难以言表的时代苦恼。

---

[1] 钱谷融：《散淡人生》，上海教育出版社2000年版，第344页。

如今中国，尽管很难再有大规模的、狂暴的整治知识分子的运动，然而当下的知识者较之前辈学人似更不得清闲。"哀莫大于心死"，与前代学者不同，他们缺少的是对于内心宁静的自我需求。发文章、上项目、拿奖励、评职称，进而当评委、当嘉宾、当老板、当股东、网上开博、电视作秀、签名售书、粉丝见面，辛苦恣睢的结果什么都有了，唯独没有了学问、道德。看来，"闲逸""闲静"不仅是个人心境，也与时代的氛围息息相关。

20世纪50年代，有一首非常流行的歌曲，叫《咱们工人有力量》："咱们工人有力量，每天每日工作忙，发动了机器轰隆隆地响，举起了铁锤响叮铛！盖起了高楼大厦，修起了铁路煤矿，改造得世界变了样！"当初作为一首工业支援战争前线的宣传歌曲，无可厚非；今天，作为一种"每天每日工作忙"的忘我劳动观，已不再被年轻一代人认同。21世纪，劳动观的变化已经悄悄发生在最底层的年轻打工者一族——"飞特族"。

"飞特族"（Freeter）是由英语free（自由）与德语arbeiter（工人）构成的一个混合词，指那些没有固定单位，没有固定职业的年轻打工者。他们中的许多人甘居下游，缺少发家致富的欲望，缺乏向上奋斗的意志，对于他们来说休闲第一，适意第一，工作尚在其次。只在需要用钱的时候他们才去找一份工作，他们拒绝像其父兄辈那样遵守雇用制劳动道德、献身职场的生活方式，不愿看老板的脸色行事，也不怕丢掉工作。他们并非寄生者，都拥较高的学历，拥有自己的一技之长，他们只希望用必要的一点劳动维持基本的生活。那不是富贵人家的生活，但那一定要是一种新鲜、随意、由自己独立掌控的生活。

他们被人戏称作"职场的吉普赛人"。

在这些人的心目中，"劳动"不再是人生的第一需要，也不再是改造世界的手段，更不再是"神圣的业绩"，生命的意义已开始朝着生命自身回归。

从年轻的"飞特族"身上，我们似乎又看到梭罗那懒散放纵、不务正业的身影，悟出卢梭所谓"愉快的生活是简单的，几乎随手可得，那不是富有，而是过不单调、不重复的生活"的哲理；也恍若看到陶渊明"今日天气佳，清吹与鸣弹"、"未知明日事，余襟良已殚"的洒脱与"耕织称其用，过此奚所须。去去百年外，身名同翳如"的散淡。

无奈的是，"飞特儿"们向着生命本真的回归不能不遭遇到现代工业社会层层铁幕的阻隔，相对于农业时代的陶渊明，后现代的"回归自然"恍若一帘幽梦：陶渊明式的"田园"，在"飞特族"那里成了"网吧"，陶渊明式的"赋诗"变成了"跟帖"，陶渊明式的"菊花"变成了"动漫"，陶渊明式的"种豆南山"成了"网上偷菜"，陶渊明的"酒壶"变成了"微波炉"、"方便面"，"清吹鸣弹"成了"卡拉OK"。"飞特族"们是否最终"飞"得起来，还很难说。

但这毕竟是一个转折，一个时代性的转折。

引人深思的是，这个叛离传统劳动伦理的"飞特族"，首先诞生在以"朝九晚九工作狂"、以高发"过劳死"著称的国度——日本。据日本官方统计，日本国内的"飞特族"已超过400万。日本"80后女性小说家"青山七惠（1983—　）以"飞特族"为主要人物的小说《一个人的好天气》，因荣获2007年度芥川文学奖而风行世界，"飞特族"现象已成为现代职场社会一道异样的风景。

进入新世纪后，《一个人的好天气》已在中国翻译出版，读者以数十百万计，中国社会的"飞特族"也已在北京、上海、台北、广州、南京、深圳等大都市闪亮登场。即使不把他们看作是陶渊明幽灵的灵光再现，起码也可以看作基于"自然"、"自由"的人类天性透过现代社会层层壁障，在新一代年轻人的日常生活中萌生的一片新绿，那也许就是"反者，道之动"的又一轮回，亦即《古乐府》中所吟唱的："回黄转绿无定期，世事反复君所知"。

长吟陇亩：田园诗与农业文明

陶渊明作为"田园诗流派的创始人"、"田园诗派的象征"，描绘田园风光，抒发乡土情感，是他对中国文学做出的最大贡献。田园诗也因此成为中国诗歌创作一脉清新洁净、流淌千古的源泉。仅此意义上，陶渊明的诗歌也应是中国精神文化中一笔宝贵的遗产。

这里，让我们重温一下陶渊明诗中的田园画卷。

首先是对田野风光的宏观礼赞：

山涤余霭，宇暧微霄。
有风自南，翼彼新苗。

十六个字，空中地下，皇天后土，冷暖动静，一揽笔底，欣悦之情溢于言表，若无切身体验，万难写出。

再就是他对乡土与农耕生活的一往情深：

>代耕本非望,所业在田桑。

>园田日梦想,安得久离析。

>商歌非吾事,依依在耦耕。

>长吟掩柴门,聊为陇亩民。

诗中更多地是写他的田园劳作生涯:

>贫居依稼穑,戮力东林隈。
>不言春作苦,常恐负所怀。

其中自有丰收年景无忧无虑的欢娱:

>相见无杂言,但道桑麻长。
>桑麻日已长,我土日益广。

>春秋多佳日,登高赋新诗。
>过门更相呼,有酒斟酌之。

>故人赏我趣,挈壶相与至。

班荆坐松下，数斟已复醉。

日暮天无云，春风扇微和。
佳人美清夜，达曙酣且歌。

也不乏饥馑年景衣食不济的悲苦：

躬亲未曾替，寒馁常糟糠。
岂期过满腹，但愿饱粳粮。

怒如亚九饭，当暑厌寒衣。
岁月将欲暮，如何辛苦悲。

　　梁启超曾赞扬陶诗写农村生活已入妙境，"陶渊明"就是"农村美的化身"。如果不是怀有过多偏见的话，应当承认陶渊明田园诗中所描绘的这些情景，当属于中国传统农业社会的正常境况。

　　正如陶渊明诗文中指出的，早在神话传说中的时代，中华民族便以务农为本、以耕作自足："哲人伊何？时惟后稷。赡之伊何，实曰播殖。舜既躬耕，禹亦稼穑。远若周典，八政始食。"延至后世，贵如天子帝王，每年开春也还要"亲耕籍田，以祈农事"、"劝农桑"，为万民做表率。我们常说的"中华文明五千年"，实际上就是"农业文明五千年"，陶渊明田园诗中的情调，正体现了这一文明的精神风范。

在农业时代，"农为天下之本，务莫大焉"，读书做官与做不成官时退隐归田，都是社会认可并鼓励的生存方式。正因为这种生存方式较为贴近自然，人与人之间尚保留了较多天然的亲和关系，生活中的悲欢离合也更容易被诗意感染。田园诗因此又可以看作农业时代特有的生活情调、农业文明的精神升华。陶渊明的一声"归去来兮"，迎来中华诗国千百年来回肠荡气的共鸣，直到20世纪的中国，田园虽然已大大消褪了自然的本色，田园诗还仍然在周作人、废名、沈从文、孙犁、汪曾祺等人的乡土文学中一脉相系、余韵缭绕。

在以往革命浪漫主义高涨的时代，作为农业社会文化精华的"田园诗"往往被视为"封建情怀""士大夫情调"加以贬弃，这是非常不公平的。河南大学刘增杰、关爱和主编的《中国近代文学思潮史》，着力矫正了这一偏颇，给予以废名为代表的"田园诗派"恰当的评价，指出此类作品"以隐逸，恬淡的心态，朴讷而略带神秘的文笔，为读者勾勒了一幅'世外桃源图'"。作者并不把古老的农村视为悲惨境地，而是"当作理想的伊甸园，以恬然自得的心态导游人们向古朴、静谧、封闭的宗法制农村皈依"。这种田园风味小说是"植根在中国传统的老庄哲学和陶渊明型的传统文化积淀的沃土里的"，虽然不是战斗文学，却表达了人性中的"情感美""道德美"，展现了自然中的"宁静美"、"意境美"。[1]

一如格兰·拉夫所言:

> 田园传统为我们留下了文学长久以来一直在审视自然多样性的大笔遗产,文学田园提供了一个传统上的自然界,一个绿色世界,供世故的城市居民寻找回归自然、学习简朴课程的归隐之地。在那里,在森林灌木、草地和乡村人物中间——有理想化的乡村世界的意象——世故的人可以从中获得某种善良的、简单的生活视域,这种视域成为它们最终返归地平线的大世界的支柱。[2]

田园生活对于诗人为什么具有如此强大的感召力?田园诗为什么拥有如此绵长的生命力?或许就是因为它更接近人的本真生存状态,是自然生态、精神生态与社会生态相对协调的有机融合,更富有生态学意蕴。英语生态学ecology一词中的"eco"是由希腊文"oikos"演化而来的,"oikos"原本含有"居所"、"环境"、"家园"的意蕴。"生态学(ecology)是研究生物住所的科

---

[1] 刘增杰、关爱和主编:《中国近现代文学思潮史》上卷,上海文艺出版社2008年版,第285、287页。
[2] Glen A. Love, Revaluing Nature: Toward An Ecological Criticism in Cheryly and Harold From meds., The Ecocriiticism Reader: Landmarks In Ecology, The University of Georgia Press, 1996, pp.230–231.

学，强调有机体与其栖息环境之间的相互关系。"[1]依照这一定义，那么，陶渊明的"田园诗"也可以说是"生态诗"。而就其本意来说，生态学也可以说是一种关于"家园""田园"的学问。

启蒙运动以来，工业化在全球范围内的成功推广，田园生活已经在人类社会中日渐消失；现代都市，作为工业化结出的硕大果实，成为人们一致追求的目标。中国的现代化虽然起步晚，对于中国这个历史悠久的农业国家来说，城市化反倒具有更为强劲的吸引力。目前的中国，一场由政府设计掌控的"城市化运动"正在突飞猛进地向前发展。短短的三十年里，据官方文件显示：中国大陆的城市化比率已经由1978年的17.92%提高到2006年的43.9%，计划在2050年将达到72.9%，接近欧美发达国家水平。上百座城市宣称要建成国际大都市，据经济之声《天下财经》报道，当今中国正在建设的摩天大楼总数超过200座，平均每5天就有一座封顶，这一数量相当于今天美国同类摩天大楼的总数，5年后中国的摩天大楼总数将超过800座，是现今美国总数的4倍。[2]这种城市化的"狂飙运动"在人类历史上也是十分罕见的。

就是在这场疾风暴雨式的"城市化"运动中，中国传统的农业文明已被连根拔起，乡土中国的田园风光已经被扫荡净尽。

---

1 〔美〕Eugene P. odum 等：《生态学基础》，高等教育出版社2009年版，第1页。
2 《中国日报网》http://www.chinadaily.com.cn/dfpd/jingji/2011.6.9。

一些良知未泯的学者针对"土地财政""撤村圈地""拆村并居""暴力拆迁""农民上楼""土地换户口"等意在消灭农村的行径，已经接连发出许多愤怒的指责。

中国式的城市化在迅猛扩张，农村、农民的实际状况如何？这里让我们选取一个文学的视域、一个诗歌的视角："农民工"的"打工诗"。

"农民工"脚踩"城市""农村"两条船，对于当前中国城市与乡村之间的种种冲突与纠结拥有刻骨铭心的体会。他们属文化水平低下，缺少话语权的弱势群体，侥幸的是在他们之中竟冒出一些业余诗歌创作者，农民工自己的诗人，即所谓"打工诗人"；他们的诗歌被称作"打工诗"。人们只要愿意俯下身来看一看，便会察觉：尽管写作的时代不同、吟咏的声腔已发生沧桑之变，仍然只有这些出身"卑微"的"打工诗人"，才是伟大诗人陶渊明的嫡亲"传人"。

不幸的是，他们注定又只能是陶家沉沦了的一代后人。

从题材上看，"打工诗"与传统的"田园诗"其内涵同是关于乡土家园，其指向却恰恰相反：打工诗的基调不再是陶渊明式的"归去来"，而是"走出去"；不再是"返乡"，而是"背乡"；不再怀有对于乡土的期待，而是怀着对于乡土的绝望；不再是田园赞歌、颂歌，而成了田园悲歌、挽歌；不是回归自然，而是背离自然、不得不背离自然。

按说，农民工的"出走"与陶渊明的"回归"，都同样出于对理想生活的追求,然而,陶渊明在"回归乡土"后,尚能尽情享受"久在樊笼里,复得返自然"的愉悦;而打工者们满怀希望地走进城市后,反而陷入更加严酷的牢笼。打工诗人的杰出代表、四川女孩郑小琼,在经济发达的广东省东莞市有着近十年的打工阅历,她在诗中写道,当她进入一家五金工厂后,就不得不把自己捆绑在车间流水线上,甚至连自己的姓名也被剥夺去,人们只叫她"245",那是她工卡上的编号。她那"被合同包养的生活"是:在一分钟内,从机台上取下一公斤多重的铁块,摆好,然后打孔,重复的动作每天要持续十二个小时、打出一万三千个孔!农民工多半被"压缩"在城乡边缘连"鸽子笼"也不如的租赁屋里,有时,十几平方米的房间竟不可思议地住上十户人家:"十平方,十户人家,二十几个人的呼吸/这狭窄的人生,狭窄的呼吸/我们把自己压缩,压缩在一个小小的火柴盒中蜷曲着"[1]

城市里的打工生活已经比以往任何田间劳动都辛苦百倍,而城市给予他们的是什么呢?城市仅只给了他们"工地""工衣""工号"、"加班的夜晚",给了他们"颠动""皱纹"和"白发",而"我想要的,你一样也没有给我;我给你的,你也一样没有还我。"[2]

---

[1] 许强:《十平方米,十户人家》,《打工诗人报》,第22期,2009年6月,广州。
[2] 唐以洪:《异乡,你给了我什么》,《中国打工文化报》第8期,2009年10月15日,广州。

他们被给予的还不仅是皱纹、白发，还有更惨烈的，那就是工伤。农民工的工伤几乎不能算是意外事件，据统计，由于设备陈旧、环境恶劣、缺少必要的技术培训，加上超时运转的疲劳，在珠江三角洲打工者的人群中，每年都有超过三万例的断指事件，断掉的手指达四万多根。用他们自己的诗句说：成千上万的打工者，只能像"一棵进城的庄稼，在机器时代的锋芒里漠然倒下"；像"一只水土不服的小鸟，被钢筋水泥的尖利枝条撞得遍体鳞伤"。

还有比断指更惨烈的吗？有，那就是"跳楼"，不是有农民工选择以跳楼的方式自杀。据报道，自2010年1月23日至2010年11月5日，台商在大陆的著名企业富士康已接连发生十四起跳楼事件，引起社会各界乃至全球的关注。

尽管如此，乡村里的青年男女仍然如潮水般涌往城市！

当年的陶渊明仅仅为了一根"腰带"，即不愿规规矩矩地扎上腰带拜见上司，就毅然弃官返乡，回家种地去了；而如今我们这些农村青年男女，为什么在被轧断四万根手指后，仍然"死不还家"呢？尽管跳楼自杀事件接连发生，每天到富士康应聘的人数反而与日俱增！这已经不能单纯用个人选择加以解释，更不能以陶渊明式的"清贫""散淡"为范本要求这个时代的青年。根本原因在于：社会与时代在整体结构上已发生根本变化。

陶渊明时代，社会生活中只有农业文明一极，而如今不但多出了"工业文明"一极,这一极还正在以冷峻无情的强制手段拆除毁坏固有的另一极,固有的乡土田园已被迅猛的城市化的进程拆解得七零八落。这并不是一句象征性的话,在中国大陆,为了尽快完成政府官员与房地产开发商联手制定的城市化指标,农民们世世代代居住的村庄、家园正被大面积地拆除,一桩桩"强拆""血拆"的悲惨事件令人触目惊心。原先的乡土田园,命运好一点的开始被工业社会所同化,变成农副产品生产的加工场,即所谓"现代化新农村";处境更糟糕的是被工业化、城市化敲骨吸髓、抽尽生机与活力后,变成一具羸弱的空壳,千百万村庄里除了白发苍苍的老人,就只剩下光着屁股的娃娃。农业问题专家贺雪峰教授通过调查研究得出这样的结论:传统的乡土文明已经解体,传统的农民已经蜕化,传统的田园风光已经消失,当代农村已经难以给农民提供一个有效的生命意义系统。在工业化进程设置的一道道厚重的钢筋水泥墙壁的拦阻下,返乡的道路已经断绝。背乡进城的打工者实际上已经成了"无家可归"者,这才是进城打工者"死不还家"的根本原因。

农村中往昔的一切,不是在迅速失去,就是完全改变了模样。像是为了印证学者们的判断,打工诗人用自己的切身感受做出了生动的描绘:"樟树在昏睡""青山在颤抖""阳光积满灰尘""河流漂着油腻""风声中夹着铁片""树上的鸟儿一脸颓丧""连寂静也染上了疾病",年轻人不得不告别祖祖辈辈蕃息养育了他们的土地,纷纷踏上艰辛的漫漫打工路:

> 再见了，五谷，果树，溪流，槐树，榕树
> 再见了蝉鸣，青草，紫云英的童年
> ……
> 当最后一根稻子已经倒在推土机间
> 这个有着上千年的村落将消失在那里
> 月光再也穿不过木头的门户，铁器与铝合金门[1]

工业化的挖掘机"伸出巨大的钢铁巨齿"，无情地挖断了乡土中数千年的文明之根，"从大地深处挖断了祖先与我遥遥相望的脐带"：

> ……这是二十一世纪
> 这是灰蒙蒙的机器，被砍伐的荔枝林
> 它们倒下来，庭院化为瓦砾，大地的废墟
> 辽阔的大地被工业的火焰烧烤，垒积，啊
> 楼群，工厂，混凝土，从泥土到我
> 从机器的手臂到我的手臂，玉米叶，水稻苗
> 我的肌肉，骨骼，皮毛都成了机器的一部分[2]

---

[1] 郑小琼：《郑小琼诗选》，花城出版社2008年版，第145页。
[2] 同上，第137页。

在这些年轻的、敏感的打工诗人的早期记忆里，乡土和田园已经远非那么美丽悠闲，即使记忆中还曾有过祖上那位先辈诗人陶渊明，也已成了一个久远而模糊的梦幻，一缕被幽暗吞噬的光。那些旷远散淡的田园诗，在他们的心目中甚至已经成为难以置信的妄语：

  它穿越我们眺望的峡谷
  却不能抵达我们眺望的村庄
  隐居的陶渊明如此说
  他敲着铁皮鼓，唱着血液的歌谣
  ……
  九月里的菊花开放抵达撒谎者的巢穴
  网罟的鱼奔跑到野兽中
  落木的声音，陈腐的月光
  幽暗的光不能照亮这个年代的麻木，绝望的人群[1]

与打工诗人们悲凄、绝望情绪相对的，是当下洋溢在国内政界、学界、舆论界对于人口城市化、农业现代化的乐观情绪。国人寄希望的可能是西方发达国家的城市化模式与现代农业生产模式，岂不知这种凭借先进科学技术与工业管理手段以获取

---

[1] 郑小琼：《郑小琼诗选》，花城出版社2008年版，第117页。

最大经济效益的发展模式，在西方发达国家也已经受到了郑重的质疑。能源耗损与日俱增，地下水位急速下降、土壤大规模流失、有毒有害物质在农田大量积聚，生物种类急剧减少，大气严重污染且气温逐年升高，正在动摇人们固有的信念，也已经开始动摇现代社会赖以建立的根基。[1]

具体到中国的国情，对于这样一个拥有五千年优良农业文明传统、并且至今还拥有如此庞大农村人口的国家，硬要仿照英国、美国走现代城市化道路，更是难以行得通的。有人计算过，依照发达国家务农人口的比例，便有八亿中国农民要住进城市，那么，中国就需要再建造八十个北京、上海、深圳规模的大城市！而开始不久的中国城市化进程，已经用去全世界百分之五十的水泥、百分之三十的钢铁，这样的发展如何能够持续下去！

以往，一个被许多人当作不证自明的法则是：在人类历史发展道路上，农业比工业落后，农民比工人保守，农村比城市愚昧。走工业化道路，走市场化道路，走城市化道路，将农民改造成市民，将农人转换成商人，才是社会发展与全球化的"必由之路"，才是历史的完美进程。所有这些，尽管目前是以"政策"与"民意"的名分出现的，但其合理性、可实施性以及最终

---

[1] 据2011年10月12日《羊城晚报》报道："全国3亿亩耕地正在受到重金属污染的威胁，占全国农田总数的1/6，而广东省未受重金属污染的耕地，仅有11%左右。"

的意义和价值仍然是有待于证明的。

在欧洲,英国诗人威廉·考伯最受欣赏的诗句是:"上帝造了乡村,人类造了城市",那就是说,乡村的环境是属于自然的,而城市环境却是人工制造的。人类不可过于自信,农业文明的出路、人类社会的去向,还应当允许有不同的探讨与选择。

人类的历史,长期以来是建立在农业文明的根基之上的,农业文明的一大特性是人与自然尚且保留较密切的亲和关系。而现代工业社会执意要以农村的彻底牺牲换来城市的高速发展,这或许并非现代化的成功经验,而恰恰是现代化值得反思之处。

一个浅易明白的道理是:高物质、高能量集中消耗的城市化进程总是与地球生态养护逆向而行的,当前恶劣的城市生态状况已经令人忧心忡忡。法国学者克洛德·阿莱格尔(Claude Allegre)在其《城市生态,乡村生态》一书中写道:

> 如果说大浮冰上的企鹅的命运或喜马拉雅山中老虎的命运确是令人不安的话,那么拉各斯、那不勒斯、洛杉矶、达卡或墨西哥城的市民的命运起码是同样令人不安的![1]

---

[1] 〔法〕克洛德·阿莱格尔:《城市生态,乡村生态》,陆亚东译,商务印书馆2003年版,第128页。

他认为,"我们在衷心呼唤城市生态的同时,我们还应该重新建立一个新的乡村生态。由此出发便可以发展一种'城市-乡村'平衡、'北-南'世界平衡。"[1]城市生态与乡村生态注定是相互依赖的,没有一个好的乡村生态,也就绝不会有好的城市生态。阿格莱尔关于城乡生态平衡的动议,使我们自然联想到中国古代"负阴抱阳"、"知白守黑"的哲理,由钢筋水泥构筑的城市,总不能取代溪流环绕、草木繁茂的乡村;城市里昼夜通明的灯火也不能替代乡村的星空与月夜。母性是蕴涵在内敛温柔之中的,奥秘是潜隐在幽暗深邃之处的,城市文明不但不应取缔乡村文明,良好的城市生态反而应当依附、蕴涵在良好的乡村生态之中。

梁漱溟先生早年以中国乡村建设为志业,他对于陶渊明的诗文曾给予高度评价,谓其"恬淡悠闲,超旷出尘"、"通乎宇宙本体",可以"感召高尚深微的心情,彻达乎人类生命深处,提高人们的精神品德。"[2]当年他寄望的"乡村自救",却早已成为泡影。

进入现代社会以来,中国农村一再失去重建的机遇,但新的机遇也许还会出现,问题在于中华民族如何看待自己的民族特性,如何利用好自己的传统文化资源,而不是跟在

---

[1] 〔法〕克洛德·阿莱格尔:《城市生态,乡村生态》,陆亚东译,商务印书馆2003年版,第130页。
[2] 梁漱溟:《梁漱溟学术论著自选集》,北京师范学院出版社1992年版,第193页。

别人后边亦步亦趋。澳大利亚农学家大卫·弗罗伊登博格（D. Freundenberger）曾郑重建议中国走"后现代农业之路，发展一种独特的后现代农业"，这种农业不应是现代工业式、商业式的，而应当是生态文化式的，它应当充分利用自然、生物能源，采取最低限度的耕作技术以维护土地的潜在的"地力"，要切实改善农村的文化教育、医疗卫生状况，人们要像尊重教授、官员一样维护农民的尊严……城市要以自己的财力、人力支援农村，要"把城市的好处带往农村，而不是把农村的人弄到城市里来。"[1]

令人欣慰的是，这种情况近年来已经有了转机，中国政府郑重宣布：中国要强，农业必须强；中国要富，农民必须富；中国要美，农村必须美；农村是现代中国立国的根本。

多年来，太平洋对岸的一位老人小约翰·柯布（John B. Cobb, Jr, 1925— ）不远万里，一次次来到中国，运用自己毕生积累下的学识与智慧屡屡向中国政府和中国人民建言：要从根本上解决好中国的农业问题，就必须建立人类和自然新的和谐关系，走有机农业、生态农业的道路。柯布先生强调：乡村就是乡村，乡村文明建设不能走城市化的路子，反之，应当把乡村建设成比大都市更符合生态精神、更适宜人类诗意栖居的"乐

---

[1]〔澳大利亚〕D·弗罗伊登博格：《中国应走后现代农业之路》，《现代哲学》杂志2009年第1期。

境"。柯布先生排斥农业集约化、产业化,强调向古代圣贤学习,"回到大地"、"回到自然"、回归传统文化,以挽救陷入生态危机的现代农业。他总是希望中国能够认真复兴古典传统,优先考虑改善乡村生活品质,为世界各国做出榜样。什么是高品质的乡村生活?陶渊明的田园时光仍然具备参照意义。柯布先生的"生态愿景",也总是让中国听众联想起陶渊明的"田园诗风"。[1]

未来之中不能没有过去,工业文明不应一味傲视农业文明,现代化、城市化不应摧毁人类的田园传统。"园田日梦想,安得久离析。终怀在归舟,谅哉宜霜柏。""后现代"要想成为一个比"现代"好一些的时代,确有必要从"前现代"汲取更多的生活情调与生存智慧,其中自应包括陶渊明的田园诗。

---

[1] 参见鲁枢元:《陶渊明的田园时光与柯布的农业生态愿景》,《黄河科技学院学报》2019年第1期。

桃源情结：东方乌托邦与后现代浪漫

"桃花源"在什么地方，历代都有人着力考证，有人说在南方，有人说在北方，捕风捉影，按图索骥，众说纷纭。就连学术大师陈寅恪先生的结论，也未被多数人接纳。不久前，王先霈教授曾专程偕我到陶渊明的故乡，在江西九江县、星子县相关人士协助下先后探访了东林寺、虎溪、东皋、斜川、柴桑桥、传说中的陶渊明醉酒石、陶渊明陵墓，以及陶渊明纪念馆等。星子县退休的文化局长刘希波先生还特意陪同我们一路步行走进县西庐山汉阳峰下的康王谷。此谷幽深古奥，谷口狭窄，两厢山峰壁立，林木葱茏，谷中一溪，溪随峰转，溪侧桃树成林。山谷深处则有一小小村落，茂林修竹，木桥茅舍，野趣天成。刘先生介绍说，陶渊明居家离此不过二十里路，生前肯定来过此谷，或由此创作出《桃花源记》。"康王谷"可以说是激发了诗人创作灵感的"原型"，所谓"桃花源"实乃文学想象的产物。由此观之，还是沈德潜所言中肯：桃花源"此即羲皇之想也。必辨其有无，殊为多事。"

另一个存在争议的问题，即《桃花源记》题材，究竟是写的神仙、仙境，还是人事、人间。认为写神仙的，有唐代王维，其《桃源行》一诗中有这样的句子："初因避地去人间，更问神仙遂不还"，"春来遍是桃花水，不辨仙源何处寻"。王维的判断有些含糊；到了刘禹锡的《桃源行》中，神话的气氛就更浓了，"洞门苍黑烟雾生，暗行数步逢虚明。俗人毛骨惊仙子，争来致词何至此"（皆见《乐府诗案卷九十》）。苏东坡认为"桃花源"虽然有虚构、想象，但毕竟写的是人间、人事，源中人是人不是神。他在《和桃花源诗》中写道："凡圣无异居，清浊共此世"，"桃园信不远，黎杖可小憩"，并在序言中以源中人"杀鸡作食"证明非仙人，以"菊水""枸杞"食之可长寿证明人亦可类仙等，其言之凿凿，理由则多少有些牵强。倒是北宋末年的抗金将领李纲因其长年奔袭南北，见多识广，明确指出因避战乱潜入深山，与世隔绝的例子并不少见。他在其《桃源行》一诗中说："渊明作记真好事，诗人粉饰言神仙。我观闽境多如此，峻豀绝岭难攀缘。期间往往有居者，自富水竹饶田园……何须更论神仙事，只此便是桃花源。"（《梁豀集·卷十二》）清代汪藻继承了李纲的说法，在其《桃源行》中认为桃花源中的主人，只是一些"避世人"，他们避难到此，并从此与世隔绝，只是一个偶然事件。

桃花源的故事，在现实生活中并不是没有可能。陈寅恪先生在其《桃花源记旁证》中特别强调，《桃花源记》既是一篇"寓意之文"，也是一篇"纪实之文"，两晋战乱时期，乡人远离本土，逃往深山，纠合宗族乡党屯聚堡坞，据险自守进而耕种自足者，绝不罕见。陈氏所言符合历史事实，但最后将"桃花源"坐实在"北方之弘农，或上洛"，就显得过于"史学"了。[1] 陶渊明笔下的"桃花源"，并不一定就是其人实地，诗人完全有权利根据自己的生活阅历或传言虚构一个这样的世外山村。唐宋以来就不断有人揣测，说《桃花源记》是陶渊明酒醉以后于精神恍惚之际书写下的亦真亦幻的情景；或曰武陵渔人归舟唱晚，酒醉后向陶渊明讲述的传闻。这些均属猜测，无据可查。可以肯定的是，《桃花源记》作为一篇经由诗人想象虚构出来的传奇故事，一篇彪炳史册的文学杰作，其中渗透着诗人的情感，潜伏着诗人的理想，而且与中华民族的文化心理血脉相连。优秀的文学，尤其是诗歌，由于总是植根于人类天性的幽微未明之处，因此总是可以超越时代，给人以永远的昭示。这才是我们对陶渊明深入阐释的重点。

这样做，我们还只有回到诗的本身，回到作品的字里行间。

《桃花源记·并诗》开篇一百三十六字，即：

  晋太元中，武陵人捕鱼为业；缘溪行，忘路之远近。

---

[1] 陈寅恪：《桃花源记旁证》，《金明馆丛稿初编》，生活·读书·新知三联书店2009年版，第188页。

忽逢桃花林，夹岸数百步，中无杂树，芳华鲜美，落英缤纷。渔人甚异之。复前行，欲穷其林。林尽水源，便得一山。山有小口，仿佛若有光。便舍船从口入。初极狭，才通人，复行数十步，豁然开朗。土地平旷，屋舍俨然。有良田、美池、桑竹之属。阡陌交通，鸡犬相闻。其中往来种作，男女衣著悉如外人。黄发垂髫，并怡然自乐。[1]

诗人以简洁生动的语言叙述了桃花源被武陵渔人发现的经过，行文光影婆娑、色彩斑斓，始则曲径通幽，继而豁然洞开，置人于熟悉的陌生境界，足见出大诗人的叙事功力。仅此成就，就已让历代文人骚客追慕不已。

接下来，"见渔人乃大惊"，此惊乃是由于不速之客闯进桃花源，隐居之地已为外人所知。同时又暗含源中人甘于保守、甘于自闭，不希望为外人所知。尽管如此，善良的源中人还是亲切热诚地款待了这位不速之客，听他讲述"外边"的世界。至于听过之后源中人的感受，渊明以三字表达："皆叹惋"。为何"叹惋"，其一源里源外两重天令人惊奇；其二，外面常年战乱的世道让源里人深感侥幸。桃源人担心外人拥进破坏他们宁静、古朴的生活，因此在送别武陵渔人时还特别叮咛："不足为外人道也"。这位武陵渔人却不够地道，走出洞门便连忙报官，

---

[1] 逯钦立校注：《陶渊明集》，中华书局1979年版，第165页。

且一路做了记号。官府听后便"遣人随其往",仙境面临瞬间陷落的危险。所幸官兵们"迷不复得路",桃花源终得保全。南阳高士刘子骥心向往之,也曾计划前去探访,尚未动身便一病不起。桃花源竟如天眼大开,灵境一现,重又"幽闭"于天地之间的茫茫旷野中。

陶渊明这些生动的描述,让人强烈感受到源内、源外两个世界的截然对立。从空间上说,武陵桃花源在"人世"之外,即秦始皇建立大秦帝国之后的中国社会之外。陶渊明只一句"嬴氏乱天纪,贤者避其世",就划清了理想社会与现实社会的界限。源内是怎样一个理想社会呢?诗中写道:

> 相命肆农耕,日入从所憩。
> 桑竹垂余荫,菽稷随时艺;
> 春蚕收长丝,秋熟靡王税。
> 荒路暧交通,鸡犬互鸣吠。
> 俎豆犹古法,衣裳无新制。
> 童孺纵行歌,斑白欢游诣。
> 草荣识节和,木衰知风厉。
> 虽无纪历志,四时自成岁。
> 怡然有余乐,于何劳智慧![1]

---

[1] 逯钦立校注:《陶渊明集》,中华书局1979年版,第167页。

这里描绘的完全是一幅原始农业社会的日常情景，日出而作，日入而息，阡陌交通，鸡犬相闻，不劳智慧，怡然余乐，这显然也是老子、庄子们的理想，中华民族历史上是否真的存在过这样一段时期，是在"无忧氏"时代，还是在"葛天氏"时代，恐怕也如这桃花源一样难以考证。但你不能排除它从来就真实地存在于历代思想家、诗人的心中，一个想象中的理想的社会。

在时间上，桃花源中的时间即使不说是停滞的，也是"循环"的，周而复始的。陶渊明的诗文中说的很清楚："虽无纪历志，四时自成岁"，"俎豆犹古法，衣裳无新制"。他们的时间还是自然的时间，是以自己的身体通过对日出日落、草青草黄、春华秋实、星转斗移来感知的。一次春夏秋冬的轮回就是一年过去，人心、天时、劳作、景色是一个统一的整体，如果说有规律存在，这就叫自然的规律，即"天道运行"，即诗中所说的"天纪"。"嬴氏乱天纪"，嬴氏们扰乱了"天纪"，也就扰乱了人与天地万物和谐共处的自然规律。

"奇踪隐五百，一朝敞神界。淳薄既异源，旋复还幽蔽。"桃花源正是由于守护了自己的时间与空间，才成为与外面截然不同的另一个世界，一个神秘的世界，或者说一个接近于"神灵"的世界。

有些近乎诡异的是，多年来我们的陶渊明研究，在承认陶渊明"伟大诗人"封号的同时，却又把批判的矛头指向其最蕴藉、最精微、最高妙，也最柔软的精神核心。如将其返乡归田说成是甘居下游、不求上进；散淡宁静说成是懦弱消极、自我麻醉；委运任化说成是回避矛盾、屈从命运。《桃花源记》在被认定"千古名篇"的同时，又指责其"逃避现实""复古倒退"。应该说，这是研究者以理性主义、进步论为批评尺度得出的必然结论，以启蒙主义的现代理念阐释前现代的诗人陶渊明，大约也只能得出这样的结论。

那么，如果转换一下文学批评的天幕与背景，在新启动的生态时代、或曰"后现代""人类纪"的理论背景下重新审视陶渊明及他的《桃花源记》，可能就会引出完全不同说法，得出更为顺畅的结论。

前边我们曾经论证陶渊明是一位中国古代自然浪漫主义诗人。并借助梁启超、朱光潜的判断，说《桃花源记》体现的是一种"东方式的""淳朴的"乌托邦精神，实际上也就是一种传统的生态文化精神。西方的"后学"专家们多倾向于认为，后现代主义与浪漫主义之间有着天然的血统关系，浪漫主义在许多方面恰好是后现代主义的先驱和思想源泉。德里达的研究者、英国学者斯图亚特·西姆对此曾有明确的论述：

> 后现代主义者虽然不完全等于浪漫主义者，但他（她）身上显然流淌着浪漫主义的基因，因为它坚信每个人都有其独特的价值，都是唯一的和不可替代的。一味仿效他人在浪漫主义者和后现代主义者看来是件可笑复可悲

的事。这就是为什么浪漫主义者和后现代主义者不仅一直拒绝参加风靡全球的现代经济主义、物质主义、拜金主义以及进军自然的大合唱,而且大唱反调。他们看中精神生活,主张过一种崇尚自然的简朴生活,懂得欣赏大自然抒情而生动的意蕴。因此他(她)们是天然的生态主义者。他们相信梭罗在瓦尔登湖畔悟出的真谛:"一个人的富有与其能够做出的顺应自然的事情的多少成正比。"这,也是一种抵抗,一种高贵的抵抗,因为它需要过人的胆识。[1]

中国社会科学院的程志民研究员还曾列表对比了后现代主义与浪漫主义之间的"血缘关系",指出起码在"崇尚自然""天人合一""非标准化""民族文化相对论""怀疑科学与社会进步""现实危机感"诸多方面是相呼应的。他由此得出结论:"后现代主义是源远流长的西方浪漫主义传统在20世纪的转世灵童和最新时尚表现。后现代主义继承了浪漫主义的衣钵并加以发扬光大。后现代主义就是20世纪的浪漫主义,或者说,是极端的浪漫主义。"[2]

王治河、樊美筠夫妇在他们的最新著作《第二次启蒙》一书中,设置专节为"后现代浪漫主义"正名:后现代浪漫主义者寻

---

[1] 〔英〕S·西姆:《德里达与历史的终结》,北京大学出版社2005年版,第25—26页。
[2] 程志民:《后现代哲学思潮概论》,华夏翰林出版社2005年版,第111页。

求的是一种"诗意的存在",他们不向生存事实屈服,推重精神生活;不仅敬畏自然,而且热爱自然,过一种崇尚自然的简朴生活。他们是一些"能够细细品味自然的人"、"人性丰赡的人"。他们又是一些"呵护精神尊严的人",理性但不机械,诗意但不矫情,他们是"一方面与他人、社群、自然保持着水乳交融的关系",同时又是勇敢地"活出生命""活出风格""活出优雅,活出美"的人。总之,这是一群活得"自然"而又"自由"的人。书中,他们还推出一位"后现代浪漫主义者"的楷模——诗人、散文家、世界著名有机农耕的先驱与精神领袖温德尔·贝瑞(Wendell Berry, 1934—):

> 温德尔·贝瑞就是这样一个活出自己生命的人。早在20世纪70年代初,当许多人不由自主地被现代化大潮挟裹时,温德尔为拒绝现代化的绑架,毅然辞别令人羡慕的大学教职和城市生活,在一个小小的乡下落地生根,当上农民,开始其有机耕种的乡村生活。返乡后,他再未离开,并写下了四十余本诗集、小说以及散文集。[1]

从这位后现代浪漫主义诗人身上,任何一位中国读者难道不会自然想起我们的诗人陶渊明吗?算一算,温德尔·贝瑞返

---

[1] 王治河、樊美筠:《第二次启蒙》,北京大学出版社2011年版,第442页。

乡归田的时间，与陶渊明一样，也是在四十来岁，也就是中国人俗谓的"不惑之年"。像陶渊明写《归去来兮辞》一样，贝瑞也写过《返回》，他乐于看到"黑暗的河流淌过土地，太阳的光辉洒在草上"，那也类同一种"知白守黑"的哲思。像陶渊明在田野中欣喜地看着风的翅膀掠过禾苗，贝瑞也曾"在原野中等待，看雨如何为草带来滋润"。

那么，是否也可以说，在后现代浪漫主义的体内也流动着东方前现代的自然浪漫主义的血液？

或许，更深层的原因在于：东方式乌托邦、欧洲浪漫主义、后现代、生态时代之间原本存在着同一个"人类生命共同体"中血脉相连的关系。

美国女权主义生态批评家卡洛琳·麦茜特在其《自然之死》一书的第三章"有机社会与乌托邦"中，曾揭示另一种乌托邦——"生态乌托邦"。她首先强调，这种乌托邦"秉承自然与社会之联结的古代传统"，是一个"以自然生态哲学为基础"、近乎"与世隔绝"、"静止不前"的社会，"在这个生态社会里，对树木、水和野生动植物的敬畏通过祷告、诗歌和小小的神殿等形式表达了一种生态宗教。分散化的共同体、扩展了的家庭自发性的活动、激情表达的自由无拘、消解竞争本能的仪式化战争游戏等，构成这一文化的习俗和价值特色。"[1]

---

1 〔美〕卡洛琳·麦茜特：《自然之死》，吉林人民出版社1999年版，第106、108页。

有趣的是，在黑泽明晚年拍摄的电影里，竟然生动地再现了这样一种"生态乌托邦"。

日本著名电影导演、被誉为"日本电影之父"的黑泽明（1910—1998），雄踞世界影坛半个世纪，先后拍摄过《罗生门》《七武士》《生之欲》《大镖客》《白痴》等影片，荣获过威尼斯电影节、戛纳电影节、莫斯科电影节的金奖，并荣获奥斯卡终身成就奖。他信奉过武士道精神、个人英雄主义、存在主义，一生阅世甚多。迟暮之年，即80岁那年，却又拍摄了一部风格迥异的《梦》，梦境一共八个：太阳雨、桃树、暴风雪、隧道、梵高、红色富士山、哭泣的魔鬼、水车村。有人说这八个梦概括了黑泽明一生的阅历，有人说这八个梦浓缩了日本社会在20世纪的坎坷历程，有人说八个梦传达了黑泽明80年里对人生、对世界的真切感悟，呈现了人类在现代社会的沉浮，以及一个艺术家对于过往岁月的反思、对于未来世界的憧憬。

其中最美的梦，是最后一个梦："水车村"。

黑泽明借着梦中那位103岁的老爷爷之口说，这个村子其实没有名字，就叫"村子"，只是因为水车多，过往的人都叫它"水车村"。水车村没有任何工业化、现代化的东西，照明靠蜡烛、亚麻子，取火靠树枝、牛粪，耕田靠牛马，因此村子里的天是蓝的、水是清的，白天有舒展的云彩，夜间有闪亮的繁星。村子里的人是淳朴的，衣着古朴，或穿草鞋，或打赤脚。葬礼也保留着古朴的仪典，没有肃穆的追悼会，没有溢美的悼词，由亲人和邻居们将死者抬起，一路抛洒着鲜花，唱着歌谣，迈着轻盈的舞步，来到在山坡上落葬。村子里的人是善良的、充满爱心的，"落地为兄弟，何必骨肉亲"，对一位死后埋在村头的外来流浪汉，也不忘世代奉献鲜花。村子里的人又是安详、愉快的，从那位老祖母葬礼上传来的阵阵鼓乐，可以听到村民们真实的心声。影片中那位老爷爷对偶尔闯入的来访者说：自然最伟大，人也不过是大自然的一部分，那些学者们自认为拥有知识可以改造世界，结果发明了许多到头来使人不快乐的东西，却把自然送上了死亡的边缘；那位老爷爷还谈了什么是最好的东西，最好的东西是清爽的天空、清洁的水源，是树木，是植物。老爷爷还谈到生与死：有生就有死，年纪大了，自然会死，在世活着时愉快地劳作，死亡降临就坦然地接受，顺着自然生死，没有什么痛苦。

水车村里的人生，也是自然的人生。

这位日本乡村老爷爷的谈论，恍若出自陶渊明的诗文；或者说，"水车村"俨然又是一个"桃花源"；或者说一生轰轰烈烈的黑泽明最终还是将自己的理想社会、幸福人生安顿在东方古老的乌托邦——桃花源中。

或者说，黑泽明在《梦》中宣示的，就是一种"后现代"的浪漫！

另一部可以视为"后现代浪漫主义"的电影，是2010年由好莱坞著名导演詹姆斯·卡梅隆拍摄的《阿凡达》。影片运用现代高超的科技手段却揭示这样一个道理："世界上的万恶无不归于人类文明，宇宙间的真善美无不归于丛林旷野"，文明人是天地间的罪人，哈利路亚神山上的原始人才是最纯真、最善良、最高尚的人。早在 1853 年，当美国总统富兰克林着手开发西雅图的密林旷野时，那位印第安人部落的酋长就曾郑重宣告："您怎么能买卖苍穹与大地？""对于我的民族而言，每一寸土地都是神圣的。每一枝灿烂的松针、每一处沙漠、每一片密林……都是神圣的"[1]这位酋长的宣言也可以视为"阿凡达"们的心声。如今，重归荒野已不可能，但以荒野中的自然精神救治现代人的"文明病"，却是可以期待的。

后现代浪漫也许已经开始重新营造当代人的生活风格。

2010 年 5 月，法国巴黎著名商业区香榭丽舍大街被民众装点成绿色原野，各种林木、花草、庄稼、蔬菜覆盖石头、水泥地面，甚至还有猪、狗、牛、羊徜徉其间，游人恍若回到了中世纪的乡村。这固然是政府支持下的一次规模庞大的"行为艺术"，其用心却在于提醒人们，最好的生活方式乃是"回归自然"。

这一年的秋天，36 岁的尼尔·卡什卡利辞去美国财政部金融稳定办公室主任、美国政府七千亿美元救市计划"操盘手"

---

[1] W. C. Vanderwerth, *ed.* Indian Oratory: Famous Speeches by Noted Indian Chieftains, University of Oklahoma Press: 1971, pp.120–25. 胡志红译。

的职务，偕妻搬进内华达山区，像他的前辈梭罗那样，拿着把斧头，自己砍树、造屋，白天在山林中沐浴清风白云、听兽叫鸟鸣；夜晚与妻子一道聊天读书、观看划过夜空的流星雨。望着深邃的夜空，尼尔说："和这个相比，七千亿美元实在太渺小了！"

另据报道，一些美国人已经自发组织起集训班深入旷野，编筐编篓、搓绳制陶、捕猎采集、钻木取火，从头学习过"原始生活"。

在中国的文学评论界，时常可以听到这样的责难："难道要倒退到陶渊明式的田园理想吗？""难道要退回小国寡民式的农耕社会吗？"以往，如此提问者只要语气再强硬些，就足以令对方哑口无言。在现下的生态批评语境中，在"后现代即生态时代"的今天，即使时光不会倒流（刚刚发现的超光速的"中微子"已经让这个问题带上了不确定性），问题也已经远非如此简单了。

社会学家贺雪峰教授在他的中国新农村建设的宏观设想中，曾踌躇满志地讲到诗人陶渊明，希望借助陶渊明的诗情画意引导中国当代农村走出险象环生的困境，让占据中国人口大多数的农民过上从容、自足、体面的生活：

我希望重建田园牧歌的生活，希望温饱有余的农民可以继续享受青山绿水和蓝天白云，可以继续享受家庭和睦和邻里友爱，可以继续享受陶渊明式的"采菊东篱下，悠然见南山"的休闲与情趣。劳作是有的，却不需要透支体力；消费是有的，却不追求奢华；闲暇是有的，却不空虚无聊。总之，农民的生活是幸福的，却不是依靠高消费来获得的，因为农民没有可以高消费的收入条件。农民应该保留带有乡土本色的不同于消费主义的生活方式，这是一种强调主体体验和人际关系的"低消费、高福利"的生活方式。农民不一定特别有钱，却可能因为有了主体体验而生活充实。[1]

哈佛大学设计学博士俞孔坚先生于1997年学成回国创业，同时带回他的"生态型"的、"后现代"的、富于"浪漫情调"的规划设计理念。2006年秋天，ASLA（美国景观设计师协会）和IFLA（国际景观设计师联盟）在美国明尼阿波利斯举办学术盛会，中国的俞孔坚先生在全球六千多名景观设计师面前畅开宣讲的竟是陶渊明的"桃花源"。他说，桃花源以及与桃花源类似的许多中国乡村，"他们是数千年农业文明的产物，是农耕先辈们应对各种自然灾害和可怕敌人，经过无数次适应、尝试、失败和胜利的经验产物……正是这门'生存的艺术'，使得我们的景观不仅安全、丰产而且美丽。"[2] 围绕这一核心，俞先生为自

---

[1] 贺雪峰：《乡村的前途》自序，山东人民出版社2007年版。
[2] 俞孔坚：《回到土地》，生活·读书·新知三联书店2009年版，第26页。

已拟定的三个话题分别是：

一、桃花源：景观设计学作为一门"生存艺术"的起源
二、消失的桃花源：景观设计学面临的挑战和机遇
三、重归"桃花源"：当代景观设计学的使命与战略

演讲结束之际，他再次强调：人与自然的平衡在当下被再度打破，人类的生存再度面临危机，我们必须创建新的"桃花源"，重建天、地、人、神的和谐。2009年他在总结自己十多年实践经验的基础上出版了一本新书，书的名字仿效陶渊明的《归去来兮辞》，叫做《回到土地》。从俞孔坚这位更年轻的后现代学者身上，我们再次看到中华民族深潜于内心的、浪漫的"桃源情结"。

由上边列举的两个例证可以看出，中国古代伟大诗人陶渊明的自然人生不但有助于引导当下中国人走出现代性的陷阱，同时也在生态时代到来之际为世界人民提供诸多有益的启示。陶渊明，这一片原本漂浮在柴桑山川之上的白云、原本吹拂在柴桑原野上的清风，已经跨越千年历史、跨越万里空间，化作雨露滋润工业时代干旱太久的荒漠。

跋：魂来枫林青

历来人们都认为陶渊明是一位田园诗人，田园诗歌流派的创始人。而生态学的原意，也是关乎家园与在大地上栖居的学问。因此说陶渊明是中国古代一位伟大的生态诗人，亦不为过。意识到这一点后，我便把向世界生态运动推荐陶渊明作为自己的努力方向。

《陶渊明的幽灵》是我多年前承担的一项国家社科基金项目，结项后经由上海文艺出版社出版，学界反响尚好，竟荣获了第六届"鲁迅文学奖"。颁奖词肯定了"陶渊明的人格理想、人生态度及天人合一的诗歌写作，是古老中国留给世界的重要精神遗产。"指出这本书"是关于陶渊明的当下解读，也是对'人与自然'关系的重建寻求一份东方式的解答。"

接着，这本书又被翻译成英文，由颇具影响力的施普林格出版社出版。2018年，我有幸荣获"柯布共同福祉奖"，在美国克莱蒙特大学城举办的授奖仪式上，主持人特意指出这本书"对于促进中西方的生态文化交流产生了良好效用。"

《陶渊明的幽灵》早已售罄。责任编辑余雪霁女士建议我在该书的基础上削减一些冷僻专业用语及琐细学术考证，突出面向现实、切近人心的内容，印行一部新的版本，以便获得更多读者的关注。我觉得这个意见甚好，就花费数月工夫进行调整、修改、订正、润色，于是有了这本《陶渊明的幽灵：悠悠柴桑云》。

从当代生态学的角度看，陶渊明的意义就在于他为走入迷途的当代人提供了一个人生典范：物质的消费极低，达成的生活品位极高，我曾将其概括为"低物质消耗的高品位人生。"

事实已经证明，多年的经济高速发展，更多的金钱与商品的累积，并没有给世人带来应有的幸福，尤其是精神的愉悦。反而使我们在繁忙、快速的日常生活中显得疲惫不堪、失魂落魄。

如何让我们的感情更加平和，让我们的兴致更加高远，让我们的日子过得更加从容，让我们的心灵更加贴近自然、更加充满诗意，千古诗人陶渊明是可以给我们许多启示的。

"魂来枫林青"，陶渊明精魂的复归，可以让我们赖以栖居的大地、我们内在的心灵变得更加青翠葱茏！

最后，我希望将这首《集陶诗句·返自然》奉献给读者，以期共勉：

万化相寻绎，顺流追时迁。

历览千载书，八表须臾还。

行行循归路，亭亭日将圆。

游魂在何方，复得返自然。

庚子年立夏·姑苏暮雨楼

图书在版编目（CIP）数据

陶渊明的幽灵：悠悠柴桑云/鲁枢元著.-上海：上海文艺出版社.2021（2022.8重印）
ISBN 978-7-5321-7915-2
Ⅰ.①陶… Ⅱ.①鲁… Ⅲ.①陶渊明（365-427）—人物研究
②陶渊明（365-427）—文学研究 Ⅳ.①K825.6②I206.2
中国版本图书馆CIP数据核字(2021)第032448号

发 行 人：毕　胜
责任编辑：余雪霁
装帧设计：胡斌工作室

书　　名：陶渊明的幽灵：悠悠柴桑云
作　　者：鲁枢元
出　　版：上海世纪出版集团　上海文艺出版社
地　　址：上海市闵行区号景路159弄A座2楼 201101
发　　行：上海文艺出版社发行中心
　　　　　上海市闵行区号景路159弄A座2楼206室 201101 www.ewen.co
印　　刷：浙江中恒世纪印务有限公司
开　　本：889×1168　1/32
印　　张：13.25
插　　页：5
字　　数：200,000
印　　次：2021年6月第1版 2022年8月第2次印刷
ＩＳＢＮ：978-7-5321-7915-2/I・6277
定　　价：86.00元
告读者：如发现本书有质量问题请与印刷厂质量科联系　T:0571-88855633